DROEMER

THOMAS RAAB

Der Metzger kommt ins Paradies

Kriminalroman

Jesolo, Caorle, Bibione, egal, das Fegefeuer ist ein Meer aus Sonnenschirmen und Goldkettchen auf öliger Haut – zumindest für den Restaurator Willibald Adrian Metzger. Entführt und seinem eigenen Untergang nahe, bekommt er es am Ufer der Adria mit einer Ausgrabung zu tun. Einer dermaßen makabren, versteht sich, da scheinen die alles andere als harmonisch urlaubenden Alpenländler und Teutonen, allen voran ein vorlauter Berliner unbekannter Profession, das geringste Übel zu sein, möchte man meinen. Und weil es höchst ungesund ist, vom Liegestuhl aus Dinge zu beobachten, die einen nichts angehen, wird für den Metzger und seine Danjela aus dem Fegefeuer dann die reinste Hölle.

»Dieser Metzger ist Kult!«
Freundin

THOMAS RAAB

Der Metzger

Kriminalroman

DROEMER

Besuchen Sie uns im Internet:
www.droemer.de

FSC
www.fsc.org
MIX
Papier aus verantwortungsvollen Quellen
FSC® C083411

Originalausgabe August 2016

Ein Imprint der Verlagsgruppe
Droemer Knaur GmbH & Co. KG, München

Covergestaltung: schoelldesign, Stephan Schöll
Coverabbildung: GraphicRiver, fotolia
Satz: Sandra Hacke
Druck und Bindung: CPI books GmbH, Leck
ISBN 978-3-426-28136-9

2 4 5 3 1

1

Ein Wettkampf ist es irgendwie immer, olympisch sogar, da braucht sich kein Mensch dieses Planeten extra erst mühselig für irgendwelche Sommer- oder Winterspiele zu qualifizieren. Geboren werden reicht. Ab dann gilt der Komparativ:

Schneller, höher, weiter.

Größer und stärker wäre natürlich auch nicht schlecht.

Dümmer möglicherweise nicht ganz so gut. Wobei, in Kombination mit wohlhabender ist es dann wieder egal, das sticht ja sowieso alles aus.

Das Leben ist ein ständiges Ausscheidungsrennen, nicht nur vorne weg, auch hinten raus, zuerst in die Windel, dann in den Flach- oder Tiefspüler, schließlich als Komplettpaket in die Grube, und reichen die drei Steigerungsstufen nicht aus, hat es noch eine weitere auf Lager. Auf erstens, hoch, folgt zweitens der Komparativ, höher, dann drittens der Superlativ, am höchsten, und schließlich viertens: der Degenerativ.

Ist ja schließlich kein Spaß mit der Höhenkrankheit. Da glaubt sich der Aufsteiger noch euphorisch siegessicher und erreicht den Gipfel doch nur als verwirrter Kotzbrocken. Je weiter oben nämlich, desto dünner die Luft, und nachhaltiger Sauerstoffmangel schlägt sich bekanntlich aufs Hirn, Langzeitschäden nicht ausgeschlossen.

Diesbezüglich hat es den Woplatek senior, Wurstkaiser dieser Stadt, ziemlich deftig erwischt, was keineswegs an seiner Geisteskraft liegt. Blöd wär er ja nicht. Sein gigantisches Ego ist das Problem. Eines, das ihn zwar weit hat kommen lassen, trotzdem kann ein Mensch so gscheit ja gar nicht sein, als dass mit einem nur noch auf sich selbst gerichteten Blick langfristig kein handfester Trottel aus ihm würde.

Und weil Heinz Woplatek sich selbst so gern sieht, sehen ihn gezwungenermaßen auch so gut wie alle anderen. Seine Bekanntheit liegt sicher bei um die neunzig Prozent, denn erstens nimmt er sein Abendessen prinzipiell auf diversen Society-Veranstaltungen zu sich, zweitens scheint der arme Woplatek, wie die Mücke dem Licht, der Anziehungskraft jeder Fernsehkamera hilflos ausgeliefert, und drittens bewirbt er sein Unternehmen ganz im Stile eines Spitzenkandidaten, Immobilienmaklers, Schönheitschirurgen oder Dentisten: mit der eigenen, bildbearbeiteten Visage.

Eines Tages wird es wohl von den Plakatwänden dieses Landes nicht mehr herablächeln:

Alles Wurst. Woplatek for everyone

Sondern:

Ihm ist nix wurscht. Woplatek for Präsident

Dem Willen des Heinz Woplatek sind Grenzen eben fremd.

Ebenso seiner Kühlkette. Kein Zeltfest, kein Stadtfest, kein Sportfest, kein Parteitag ohne Woplatek-Würste und natürlich Woplatek-Logo: ein gelbes W auf rotem Hintergrund. Völlig unnötig, sich erst mühselig in den Handstand zu schwingen, der offenkundige Affront, der Frontalangriff auf das Schnellfutterketten-M ist auch so gut zu erkennen.

Ein Held dieser Stadt ist er, der Woplatek Heinz, der die Tradition des einfachen Bürgers, in Soßen getunkt und mit

Schwarzbrot serviert, salonfähig hat werden lassen, ein Mann des Volkes.

Denn auch er hat klein begonnen, in der Fleischerei seines Vaters, Kaiserstraße 17, nicht mit Schnuller oder Beißring, sondern mit Speckschwarte im Mund. Zwischen der Frischwurstvitrine und dem Fleischwolf stand sein Stubenwagen. Irgendwann stand er selbst darin und kam trotzdem weit herum, zumindest kulinarisch, eine Scheibe Kalbspariser in der Hand, oder Wiener, oder Polnische, oder Ungarische Salami, oder Prager Schinken, egal, Hauptsache Fleisch. Die Gitterstäbe seines Laufstalles glänzten dank seiner stets speckigen kleinen Finger. Der Überzug der Stubenwagen-Matratze: Selchgeruch. Die frische Wäsche an seinem Körper: Selchgeruch. Das mütterliche und väterliche Bukett: Selchgeruch. Der Duft seines Lebens also: Selchgeruch.

Bald band er sich folglich selbst die Schürze um, stopfte Würste, unermüdlich, Jahr um Jahr, wuchs immer mehr aus seiner Haut heraus und in die der Krainer, der Klobasa, der Frankfurter hinein, stopfte sie mit allem, was ihm nur an Resten in die Finger kam, übernahm die Firma, stopfte weiter, und eines Tages mit dabei seine fleißige erste Ehefrau Marianne. Er der Kraftprotz, sie die zierliche Kundin, herrliche sechsundzwanzig Jahre jung, hingezogen sowohl in Richtung Debreziner als auch deren Hersteller. Und blöd ist er ja nicht, der Woplatek Heinz, hat er also zugelangt, sich einfach genommen, was da so unübersehbar ihre fleischlichen Gelüste über die Frischwurstvitrine schob. In puncto Selbstbewusstsein lässt sich bei dem Eins-neunzig-Koloss ja von Geburt an kein Mangel erkennen. Seit Übernahme des Familienbetriebes hängt die Zeile »Heimat bist du großer Söhne!« eingerahmt in seinem Büro. Und ja, damit meint der Woplatek Heinz bis zum heutigen Tag schon schön sich selbst. Und nein, niemals würde er da auch nur ein Wort daran ändern wollen, geschweige denn sich einen andersgeschlechtlichen Nachwuchs wünschen. Genauso ein großer Sohn musste also her, auf dass sich das beste Fleischgemisch dieses Landes nicht nur dank der Kühl-, sondern auch der DNA-Kette einwandfrei weiterverbreiten könne.

Folglich hob Marianne in diversen Mittagspausen die blutige Schürze und ließ ihren Heinz darauf hoffen, das entstehende Produkt möge ihm möglichst die Spiegelung seiner selbst bescheren.

Nur ist das in diesem Fall mit der Ähnlichkeit nicht einmal annähernd so vorhersehbar wie bei einem Gugelhupf. Eher Kategorie Popcorn. Da platzt etwas auf und dann: Überraschung. Wobei, so überraschend ist es natürlich auch wieder nicht, wenn in einer Familie, in der sich ohnedies alles nur noch um die Würste dreht, dann eben auch ein ordentliches Würstel dabei herauskommt.

Kurz: Hansi Woplatek.

2

Es war ein Wintertag, wie ihn die Stadt sonst kaum zu sehen bekommt. Die geparkten Autos nur noch sanfte, weiße Hügelketten.

Die Gehsteige nur noch schmale Schneisen.

Die sich darauf begegnenden fremden Menschen kurzfristig Vertraute.

Willibald Adrian Metzger kann sich gut daran erinnern, sieht sich heute noch mit knirschenden Schritten durch diese ihm vertraute Gasse schlendern, die Bäume wie in den Himmel ragende Zuckerwatte, sieht die Kundschaften aus seiner Stammfleischerei Woplatek, Kaiserstraße 17, aus und ein marschieren, dicht an dicht, Steppjacke an Lodenmantel, jede mit einer Tüte in der Hand und einem Grinsen im Gesicht.

Und als er selbst eintrat, vor dem Schaukasten Aufstellung nahm, wurde auch ihm ein ebensolches Papier-Stanitzel über die Kühlvitrine gereicht: »Ein Bub, Willi. Es ist ein Bub. Jetzt hab ich als gelernter Fleischhauer endlich auch so einen Metzgerjungen, wie du einer bist.« Die reinste Glückseligkeit lag da feierlich ausgebreitet in dem speckigen Gesicht des frisch zum Vater gewordenen Heinz Woplatek.

»Hans soll er heißen. Zur Feier des Tages gibt's ein paar Grammeln extra. Und nicht unterwegs alle wegnaschen, gell, weil da wird dir sonst schlecht.«

Klingt nach Bevormundung. Und ja, er war damals in gewisser Weise eben selbst noch ein Bub, der Metzger, obwohl längst ausgewachsenes Mannsbild und Restaurator. Nur was blieb ihm, dem Scheidungskind, der er mit seiner werten Frau Mama unter einem Dach wohnte und sich folglich für sie verantwortlich fühlte, schon anderes übrig. So oft hätte er da gar nicht selbst die Wäsche waschen, das Gulasch kochen, die Socken stopfen, die Unterhosen bügeln können, um nicht allein durch diese Lebenssituation zum ewigen Muttersöhnchen degradiert zu werden. Eine Situation, die es ihm natürlich verunmöglichte, ein Frauenherz für sich zu erobern, auch wenn ihm seine Mutter nichts inniger vergönnt hätte.

Jedenfalls stand er also an diesem Wintertag in der Fleischhauerei, hörte Heinz Woplateks schrillen Tenor: »Wart, Willibald, ich zeig dir was, ganz exklusiv!«, sah den backfrischen Vater hinter dem Vorhang verschwinden und kurz darauf wieder hervortreten, wie einen Zirkusdirektor in die Manege.

In seinen Händen der Thronfolger Hans höchstpersönlich. Ein kleines, zartes, stilles Kind. Wehrlos emporgehalten, bis zu den von der Decke baumelnden Dauerwürsten: »Was für ein Prachtkerl, oder? Seit du ein Baby bist, kenn ich dich jetzt schon, Willi, und hoffentlich wird der Hans eines Tages genauso ein netter und kräftiger Bursche, wie du einer bist!«

Kräftig im Sinne von überfettet, denn was der Metzger damals bereits um seine Hüften trug, fand einzig in den Augen des ebenso wuchtigen Fleischers Heinz Woplatek Anerkennung. Vielleicht, weil dieser schon über Jahre hinweg an Willibalds Breitenwachstum durchaus auch ein paar Scheiben beizutragen gewusst hatte, Anfütterung also sowohl im kulinarischen als auch klassischen Sinn: ein Radl Extrawurst zum sofortigen Verzehr, ein paar Gramm Salami mehr ins obligate Jausensemmerl und später dann unter Gebrauch des Elektromessers: »Probier schnell, ganz frisch!«, Kümmelbraten, Geselchtes, Stelze, je nachdem.

Ja, damals hatte Heinz Woplatek eben noch ein gutes Herz zu bieten, nicht nur, was die tierischen Innereien betraf.

Das sollte sich ändern.

Denn Willibald Adrian Metzger blieb auch nach dem Tod seiner Mutter ein treuer Stammkunde, sah folglich den Säugling Hans immer mehr zu einem Hansi heranwachsen – und Heinz Woplatek verfallen. Von genetischer Übereinstimmung nämlich keine Spur. Zierlich blieb der Junge, erwies sich handwerklich begabt wie ein Rauhhaardackel zum Gleitflug, wurde kein Fleischfresser, sondern verschlang Bücher. Vaterfreuden sehen anders aus, denn was bitte soll ein Wurstfabrikant mit einer derartigen Nachkommenschaft schon groß anfangen? Und Heinz Woplatek behielt diese Sorgen keineswegs für sich, auch nicht in aller Öffentlichkeit: »Muss ich den Wappler als meine Sekretärin anstellen oder was? Weil, wem bitte soll ich eines Tages die Firma übergeben? Ihm? Ich lass mir ja auch von einem Bandwurm kein Flugzeug bauen und flieg damit.« Hansi saß derweil in einem der unzähligen Hinterzimmer der Fleischerei, las und schwieg, wie auch sonst die meiste Zeit.

Gelegentlich spazierte das schweigsame Kind mit dem ebenso schweigsamen Willibald Seite an Seite durch die Gassen, der eine in die Schule, der andere in die Werkstatt, Gleichklang in Schritt und Atem, seltsame Nähe. Ein einziges Mal nur griff die kleine Hand nach der großen, kurz, bis Hansi der Irrtum bewusst wurde, er zurückzuckte. Für den Metzger ein unvergesslicher, wunderbarer Irrtum, eine Ahnung, ein Hauch Erzeugerstolz. Fühlt es sich so an? Vater und Sohn?

Ja, und einige Male wurden daraus Verabredungen: »Der Hansi will mich heute Nachmittag in der Werkstatt besuchen kommen, darf er?«

Er durfte, saß dann dort in einer Ecke, sah dem Restaurator zu, schlief hin und wieder ein oder dachte nach, las ein Buch oder bekritzelte einen Notizblock, und gelegentlich hieß es aus Marianne Woplateks Mund: »Willibald, der Hansi würd sich gern wieder einmal nicht nur bei uns in der Fleischerei die toten Tiere ansehen, sondern auch die lebenden. Nur wir haben keine Zeit. Könntest du vielleicht ausnahmsweise?«

Er konnte. Immer wieder. Und dann spazierten die beiden zwischen Dickhäutern und Siebenschläfern, zwischen Polar- und Savannenbewohnern, zwischen Säugern und Insekten durch den städtischen Zoo, einerseits wie Freunde, andererseits wie Schicksalsgenossen, beide allein und doch zusammen. Zwei fixe Zielkoordinaten gab es dabei immer. »Willst du wieder eine Runde Ponyreiten?«, nannte zuerst der Metzger die seine, und im Anschluss an diesen Ritt, der nicht einmal ein Trab war, kam von Hansi stets ein »Gehen wir wieder zu Egon in den Schatten!«.

Ein großer, von dichten Föhren geworfener Schatten. Darunter eine Bank. Dort, wo sich selbst an sonnigen Wochenendetagen aus Gleichgültigkeit kaum ein Mensch hin verirrte, saßen die beiden dann, glücklich, schweigsam, vor diesem, im hintersten Winkel liegenden, hohen Gehege mit seinen eng stehenden schwarzen Eisenstangen, bis über Lautsprecher die Sperrstunde verkündet wurde. Hier bleibt kein Kind stehen, kein Erwachsener, hier gibt es für den schnellen Blick nichts zu erkennen, außer die im Sand liegenden toten weißen Mäuse. Nur das genaue Auge entdeckt ihn, ganz oben, verborgen im dürren Geäst, regungslos, passiv, weil nachtaktiv.

Egon, so sein Name.

Tiergruppe: Eule.

Seines Zeichens Habichtskauz.

Lebenserwartung: 20 Jahre.

Und Hansi wollte es hören, ein ums andere Mal, stupste

seinen Sitznachbarn an, heimlich fast: »Und wenn er nicht gefüttert wird, wie würde er jagen gehen?«

»In der Nacht!«, flüsterte der Metzger zurück: »Ganz still bleibt er sitzen, so wie jetzt, beugt seinen Kopf hinunter, spreizt die Gesichtsfedern, und kaum sieht oder hört er seine Beute, lehnt er sich vor, waagerecht fast, lässt sich fallen, breitet seine Flügel aus, fliegt und fliegt und fliegt, lautlos. Dann schnappt er zu.«

Und wie das Amen im Gebet immer die gleiche Frage: »Muss er wirklich zwanzig Jahre in diesem Käfig bleiben, er hat doch gar nichts getan! Wann lassen sie ihn frei und darf er endlich fliegen?«

Ein wenig kam es dem Metzger damals schon so vor, der kleine Hansi könnte dabei auch von sich selbst gesprochen haben.

So vergingen die Jahre, wuchs alles heran, das Kind, das Geschäft, der Konflikt. Und wie gesagt: Reichen die drei Steigerungsstufen nicht aus, hat das Leben noch eine weitere auf Lager.

3

Der Komparativ:

Heinz Woplatek baute mit Hilfe seiner emsigen Gemahlin Marianne das Unternehmen aus, eröffnete den ersten Würstelstand, und auch beim kleinen Hansi tat sich etwas auf. Die Bauchdecke.

Das ist eben nichts für einen zarten Bubenkörper: mit einem als Indianergewehr zweckentfremdeten Schweinsschlögel auf imaginäre Cowboys schießen. Und bum, Leistenbruch, dermaßen herausragend, aus dem Mund der australischen Turnusärztin war nur noch ein ehrfürchtiges »Ayers Rock!« zu hören.

Der Superlativ:

Heinz Woplatek übernahm mehrere kleine Konkurrenzbetriebe, ließ innerhalb der Stadtgrenzen seine roten Würstelstände aus dem Boden schießen, und auch beim nicht wirklich größer werdenden Hansi schoss etwas Rotes heraus. Blut.

Das ist eben nichts für so ein zartes Bubenhanderl, erstmals des Vaters Wunsch auszuführen: »Jetzt leg endlich deine gschissenen Bücher weg und stopf ein paar Würsterln, sonst tuscht's!«, und beim Füllen einer eigenen Kreation, vegetarisch natürlich, Kaiserschmarrn-Reste des Vortages in Kombination mit Powidl und Rum, irrtümlich dann doch ein Stückerl Fleisch mitfaschieren. Wodurch die väterliche Sorge nicht kleiner wurde und sich in Gegenwart des Kunden Willibald Adrian Metzger beispielsweise folgendermaßen zum Ausdruck brachte: »Hat eh schon zwei Linke, der Sautrottel, und jetzt fehlt ihm der rechte Daumen! Schleppen kann er nix, Fleisch frisst er keines, wenn das nicht aufhört mit seiner Leserei, wird er schasaugert auch noch. Was bitte soll ich mit dem Blindgänger einmal anfangen?«

Sprachlos war er natürlich, der Metzger.

Mit elf Jahren gab der kreative Woplatek-Nachwuchs Hansi dann schließlich selbst die Antwort, zu Ehren des Vaters.

Fünfundvierzig Jahre war Heinz Woplatek an diesem Tag alt geworden, die Fleischerei mit Lampions geschmückt, ein Gläschen Prosecco für die Kunden, dazu hausgemachte Husarenkrapfen.

»Dann prost, Herr Woplatek!« Der Metzger stand gerade als einzige Kundschaft in der Fleischerei, mit dabei ein frisch angestelltes, großgewachsenes, sehr fleischlich und kräftig wirkendes Lehrmädchen, vom Chef liebevoll als »Heast Madel!« benannt, da stürmte der kleine Hansi herein, den wuchtigen Schulranzen auf seinen schmalen Rücken geschnallt. Und er trug ihn aufrechter als sonst, alles Gebückte an ihm schien wie weggeblasen.

Sichtlich aufgeregt nahm er an der Seite des Restaurators vor der Frischwurstvitrine Aufstellung, blickte mit strahlenden Augen durch die Glasscheibe zu seinem Vater empor und sprach in dessen Gegenwart mit einem Schlag so viel wie zusammenhängend nie zuvor in seinem Leben: »Weißt du Papa, was ich grad gelernt hab? Dass mein Taufname ›Johann‹ auf Russisch ›Iwan‹ heißt!«

»Und? Soll ich dich jetzt als Hansi der Schreckliche anreden, oder was!«, war die Antwort, gespickt von einem Lacher, des eigenen großartigen Witzes wegen.

»Nein, Papa, aber ich hab mir gedacht, wenn ich groß bin, dreh ich den Nachnamen um und nenn mich statt Woplatek Hansi einfach Ketalpow Iwan!«

Da war es dann für Heinz Woplatek natürlich schlagartig vorbei mit dem Spaß. Hinter der Vitrine kam er hervor, baute sich vor seinem Hansi und neben dem Metzger auf, die Hände in die Hüften gestützt, den Kopf gesenkt, als stünde er vor einem Urinal, und nahm zielbewusst wie einen der blauen Toilettensteine seinen Sohn ins Visier.

»Und dann? Was willst du dann werden? Zuhälter? Ringer im Fliegengewicht? Eishockeyspieler? Maximal als Puck, so wie du ausschaust.«

»Schriftsteller, Papa. Ich will Schriftsteller werden! Das geht auch mit neun Fingern.«

»Was willst du werden? Sozialhilfeempfänger? Auf meine Kosten? Sicher nicht!«, schwoll das durch die Schläfen plätschernde Aderbächlein des schlagartig erröteten Heinz Woplatek zu einem mächtigen Strom heran. Der Metzger trat sicherheitshalber ein Stückchen nach hinten, und der sanftmütige Hansi rang um Worte des Trostes:

»Aber Papa, ich hab geglaubt, du freust dich an deinem Geburtstag, weil dann musst du dich für mich nicht mehr schämen! Verstehst du denn nicht, ich heiß ja dann gar nicht mehr Woplatek, sondern hab den für einen Schriftsteller eh viel gscheiteren Namen, einen Künstlernamen eben: Iwan Ketalpow!«

Kein guter Trost.

»Gscheiterer Name, sagst du! Und das an meinem Geburtstag.«

Beim »Ketal« war die rechte Hand des Heinz Woplatek bereits so hoch erhoben, da musste der Hansi gar nicht erst lange überlegen, was bei »pow« folgen würde. Ein Glühbirnenwechsel auf jeden Fall keiner. Ein Ausgehen des Lichtes schon eher.

»Was bitte passt dir Fetzenschädel an Woplatek nicht? Stolz kannst sein drauf. Hörst du: stolz.«

Und aus dem »pow« wurde zuerst ein von rechts kommendes Zisch, weil rechtzeitig abgeduckt, dann ein von links kommendes Patsch, weil der Vater natürlich zwei kräftige Pranken sein Eigen nannte, wodurch es schlagartig vorbei war, sowohl mit der Unversehrtheit der durch die Luft fliegenden, grauen, kindlichen Brillenfassung als auch mit der Stammkundschaft des Willibald Adrian.

Keinen Fuß hat der Metzger jemals wieder auch nur in die Nähe dieser Fleischerei gesetzt. Ein schmerzhafter Verlust, auch des kleinen Hansi wegen, denn viel schneller noch, als das Bürschchen irgendein schriftstellender Iwan werden konnte, griff sein zornerfüllter Vater zur Feder und schrieb dieses missratene Kind in die Waldschule, ein abgelegenes Vollzeit-Internat ein, Geld genug hatte er ja. Dort übergab er ihn, auf dass sich diese Zeit zwecks Mannwerdung und Abhärtung besonders nachhaltig ins Gedächtnis brenne, in die Obhut eines guten Freundes aus Bundesheerzeiten, des als Schleifer verrufenen Deutsch- und Turnlehrers Richard Vogel, und wurde schließlich zu genau dem, der er heute ist:

Der Degenerativ:

Der Auslagerung des eigenen Kindes nämlich folgten drei, wie es scheint, für älter werdende Männer fundamentale Einsichten:

1. Die Einsicht des unaufhaltbaren Verlustes der eigenen Jugend.
2. Die Einsicht, diesem Verlust trotzen zu müssen, folglich dringend einen Neuwagen und natürlich eine neue Haar-

farbe zu benötigen, von strohblond bis pechschwarz ist alles möglich.

3. Die Einsicht, sich selbst neu finden und zu diesem Zweck intensiv suchen gehen zu müssen: in Renate Hödlmüller, wie einst Marianne sechsundzwanzig Lenze jung, die Haut so glatt wie die Hochglanzseiten eines Thailand-Urlaubsprospekts, der Duft Pfirsich-Zitrone-Vanille. Und so herausstechend war das Odeur der Wohlgemeinten, da hatte der herbe Selchgeruch, sprich die mittlerweile von ihrer schweren Arbeit ausgemergelte, deutlich ältere Marianne Woplatek, weder ein Leiberl mehr noch ein überzeugendes Dessous auf Lager.

Dann ging alles ruckzuck:

- Kurzes mediales Aufwallen, weil Woplatek-Scheidung ohne Rosenkrieg, und wen interessiert das dann? Marianne durfte das alte Fleischereigebäude, Kaiserstraße 17, behalten, dem Wurstkaiser Heinz aber wurde die Kaiserstraße zu wenig, er sehnte sich nach einem Schloss, sprich einer herrlichen Villa.
- Längeres mediales Aufwallen, weil Woplatek-Hochzeit mit Buhlschaft Renate Hödlmüller, die mindestens seine Tochter hätte sein können.
- Geburt des Woplatek-Sohnes Konrad.
- Selbstmord der geschiedenen Marianne. Sprung vom Dach, klugerweise ein Hochhaus, also auf Anhieb tödlich. Der Zweitfrau Renate, geborene Hödlmüller, kam diese Beförderung nicht ungelegen, denn somit war sie mit einem Schlag die einzig lebende weibliche Woplatek. Ja, und für Heinz bedeutete der Verlust seiner Ex-Frau vor allem den Wegfall seiner Zahlungspflichten.

Kurz: Besser hätte es nicht laufen können.

Anders bei Hansi, wie der Metzger eines Nachmittags erfahren sollte, denn Kontakt hatte er ja keinen mehr. Nur stand ihm da plötzlich vor einer auf Rot gestellten Fußgängerampel das »Heast Madel!« gegenüber, Woplateks einstiges Lehrmädchen, mittlerweile eine wuchtige, kräftige, durchaus hübsche Frau, die den Metzger betroffen auf den neuesten Stand brachte.

Kam eben nicht von ungefähr, des Hansis Sehnsucht, der schreibenden Zunft angehören zu wollen, denn wie gesagt: Reden war seine Sache nicht. Folglich beschloss er eines Tages, den Fängen dieses Psychos, dieses pädagogischen Totengräbers Richard Vogel, zu entfliehen, aus dem Internat aus- und in die Villa seines von ihm verachteten Erzeugers einzubrechen, offiziell Zugang hatte er ja keinen mehr. Dort betrat er das zu diesem Zeitpunkt leere Kinderzimmer seines Halbbruders Konrad, streckte sich auf dem Teppich aus, tibetanische Hochlandwolle, und verlieh seiner Trauer, seiner Wut, seinem an den Vater gerichteten Schuldspruch mittels Durchtrennung beider Pulsadern Ausdruck.

Im Gegensatz zu Hansi Woplatek besaß die Putzfrau natürlich einen Schlüssel, worauf der ungebetene Gast nicht beerdigt, sondern ebenfalls befördert wurde, zuerst in die Notaufnahme, dann in die Psychiatrische.

Ein einziges Mal soll ihn sein Vater dort besuchen gekommen sein, nicht etwa, um seinem Sohn Trost zu spenden, sondern um die unvergessliche Botschaft zu hinterlassen: »Gratuliere! Bist du also im Gegensatz zu deiner Mutter sogar für einen Selbstmord zu blöd. Schaut sicher vertrauenerweckend aus: kein rechter Daumen mehr, dafür Schnittnarben auf den Unterarmen. Und unbedingt die tibetanische Hochlandwolle hast du dir zum Sterben aussuchen müssen! Der Teppich ist ruiniert. Jetzt sag mir bitte: Warum tust du so was? Warum versaust du mir alles? Macht dir das Spaß?«

Dem einstigen Lehrmädel standen die Tränen in den Augen, wie sie da auf offener Straße dem Metzger davon erzählte, und es war ein seltsamer Anblick, denn so stille Tränen, in einem so regungslosen Gesicht, hatte der Restaurator noch selten gesehen, als wollte sie sich all die in ihr schlummernde Wahrheit, den eigenen Chef Heinz Woplatek betreffend, mit aller Kraft verkneifen. Stockend dazu ihre Stimme, denn nur noch zwei Sätze soll Hansi seinem Vater gegenüber über die Lippen gebracht haben.

Satz Nummer eins: »Mir geht es richtig dreckig, du kannst dich also freuen, Papa!«

Als Antwort kam pure Verachtung: »Da freu ich mich vor allem für dich, Hansi. Weil, korrigier mich bitte, falls ich im Geschichtsunterricht nicht richtig aufgepasst haben sollte, aber Dreckiggehen, Depressionen und ein gescheiterter Selbstmordversuch sind doch wunderbare Zutaten für jemanden, der Schriftsteller werden will, oder? Sozusagen eine Win-win-Situation. Ach ja, und Mittellosigkeit ist doch auch ein Berufsmerkmal? An deiner Stelle würd ich also das Haus verkaufen und mir eine Zweizimmerwohnung nehmen, weil von mir bekommst du keinen Cent mehr. Wir sind fertig miteinander.« Und ruckzuck peilte Heinz Woplatek die Tür an, vielleicht auch beflügelt durch den Abschiedsgruß seines Sohnes, sprich Satz Nummer zwei: »Dann sehen wir uns das nächste Mal also bei einer Beerdigung.«

Besonders lange sollte es bis zu diesem Wiedersehen nicht dauern.

4

Jetzt

»Es tun.
All die Wünsche langer Nächte, wenn mit geschlossenen Augen, in die Decke vergraben, doch kein Schlaf zu finden ist, stumme Streitgespräche geführt werden mit jenen Menschen, in deren erdrückender Gegenwart ansonsten das so notwendige Aufbäumen ausbleibt, die Gegenwehr, der Widerspruch. Menschen, die anderen alles nehmen und dafür nichts als Unrecht, Leid bringen.
Menschen, die Freundlichkeit empfangen, obwohl ihnen Verachtung zustünde.
Widerliche Menschen, bösartige, feindselige.
Menschen, die es einfach verdienen.
Es tun.
Und keine Ausflüchte suchen.
Nicht wie sonst feig zu Hause aus Stofffetzen für jeden Kandidaten zuerst Puppen basteln und diese dann Schritt für Schritt durchbohren, Messer, Nadeln, Spickeisen. Extremitäten abtrennen, Schnitte zufügen, bis die Wattefüllung herausquillt, und schließlich jede einzelne verbrennen.
Nicht so.«

23 Uhr. Er musste das Buch weglegen, konnte nicht schlafen, wälzte sich von seiner Seite des Bettes auf die andere, die leere, die namenlose, denn da liegt niemand. Niemand mehr, und wer weiß, ob jemals wieder. Und es ist in Ord-

nung so. Lieber auswärts hundert Euro gut investieren, für ein paar Minuten Befriedigung, als ein Leben lang draufzahlen.

Oder noch besser: rund zwanzig Euro investieren, und mindestens einen ganzen Abend lang zu Hause seiner größten Lust frönen. Der Leselust. Die Liebe seines Lebens wohnt zwischen zwei Buchdeckeln.

So dachte er zumindest bisher.

Und nun wurde er betrogen, von dieser Lektüre, hatte kaum das erste Viertel gelesen, starrte bis Mitternacht fassungslos an die Decke, in seinem Kopf ein Feldzug, eine gnadenlose Schlacht gegen alles und jeden. Zwischen Mitternacht und ein Uhr ging er noch eine Runde spazieren, wollte der Marter seiner Gedanken entkommen. Und jeder der Schritte sinnlos. Kaum zu Hause, nahm er es erneut zur Hand, las wieder und wieder diese eine Seite anstelle der Widmung:

»Die Handlung und alle handelnden Personen in diesem Roman sind frei erfunden, jegliche Ähnlichkeit mit lebenden oder realen Personen ist rein zufällig.«

Trank danach seine Flasche Whiskey aus, brach kurz weg.

Um 3 Uhr nachts kam der Schweiß.

Alles durchnässt. Wieder derselbe Traum: sein ewiges Scheitern, die lachenden Gesichter.

Also weiterlesen oder, noch besser, das Hörbuch einlegen:

»Es tun.

Brutal. Erbarmungslos.

Kein Holz hacken gehen, keine Sandsäcke schlagen, keine Stundenläufe absolvieren, sich nicht abreagieren an falscher Stelle, sondern es zulassen, genau dort, wo der Zorn auch hingehört. Niemandem nur den Tod wünschen, sondern ihn auch schenken.

Und nicht glauben, es wäre ungebührlich.
Nicht glauben, es wäre krank, überhaupt an so etwas zu denken.
Nicht glauben, es gäbe keine anderen, unbescholtenen, ehrbaren Bürger mit ähnlichen Ideen, die nicht Absolution suchen für ihre düsteren Fantasien. Wenn es nachts in Duschtassen, Badewannen nur so prasselt, haben sich Menschen entweder geliebt oder wollen schlaflos ihre innere Zerrissenheit abspülen, ihre Bosheit, ihre dunkle Fratze.
Nur, Wasser nützt nichts.
Also aufhören, sich einzureden, in jedem Menschen stecke auch das Gute, sondern auch die Rache als das Gute verstehen, auch die Mordlust, es sich zugestehen, sich nicht verlogen alles schönreden bis zum eigenen Untergang, sondern endlich verstehen, die Aufgabe lautet: er oder du. Sie oder du. Und wenn nicht du übrigbleibst, sind es er oder sie, deine Feinde.
Willst du alles aufgeben, alles verlieren, um derentwillen? Wenn ja, dann such dir einen Strick, sofort, nimm dir ein Gewehr, setze es an deine Brust, und erlöse die Welt von deiner Feigheit. Frieden ist kein Ausdruck lahmenden Tatendrangs.
Für Frieden muss gesorgt werden. Nicht in Gedanken, nicht mit Gebeten, nicht in deinem Bett, mit geschlossenen Augen und vergraben unter der Decke.
Sondern vor deiner Türe.
Es tun.
Jetzt.«

Um 3 Uhr 15 ging er duschen, bis 3 Uhr 30, bis das Wasser des Boilers eigenständig von heiß auf warm auf kalt wechselte, doch er stieg nicht aus der Wanne, sondern blieb stehen, bis 3 Uhr 35, in dem scharfen, eisigen Strahl, die Finger klamm, aber der Geist wach.

Hellwach.
Um 4 Uhr öffnete er eine neue Flasche Whiskey, hörte weiter, bis der Morgen kam, ging den ganzen Tag durch die Stadt, von einer Buchhandlung zur nächsten, sah es gelegentlich in der Auslage, dieses Buch, sah dazu sich selbst, gespiegelt in der Glasscheibe, und wusste mit einem Schlag, was zu geschehen hat.

Es tun. Das Pferd von hinten aufzäumen.
Jetzt.
Brutal. Erbarmungslos.

5

Pferd, bitte. Mit scharfem Senf und Pfefferoni!«

Das ist natürlich ein Pech: seit dem Frühstück keinen festen Bissen zu sich nehmen, dann nach intensivem Arbeitseinsatz von der angebeteten Holden, Danjela Djurkovic, telefonisch den klaren Auftrag bekommen: »Nimmst du mit vier Käsekrainer von Zawodnik, weil is Kühlschrank zu Hause leer wie Hirn von millionenschwere republikanische Präsidentschaftskandidaten!«, hungrig die Straße überqueren, brav in die fünfköpfige Reihe Wartender eintreten und schließlich zusehen dürfen, wie sich justament der Vordermann den einzigen auf der Karte ausgewiesenen Appetithemmer kredenzen lässt – zumindest was die Geschmacksnerven des Restaurators Willibald Adrian Metzger betrifft.

»Kann ruhig eine schöne, dicke Scheibe sein. Und ein Bier dazu.«

Als gäbe es nichts anders!

Unmengen verschiedenster Würstel brutzeln da Haut an Haut, wie zu Ferragosto an der Adria in der prallen Hitze, und auch der schwitzende Laib Leberkäs kann sich inmitten seines gläsernen Schauofens über Isolation nicht beklagen. Rundum Artgenossen. Käs-Leberkäs, Paprika-Leberkäs, Chili-Leberkäs, Puten-Leberkäs, Pferde-Leberkäs, Bauern-Leberkäs – wobei hier, sehr zur Freude eines ganzen Berufsstandes, einzig der Bauern-Leberkäs nicht gleichzeitig eine Inhaltsangabe der verarbeiteten Zutaten darstellt. Anders jedoch der an vorletzter Stelle ausgewiesene Posten der Speisekarte.

Er ist sich der Absurdität dessen ja völlig bewusst, der Metzger, denn wenn schon Fleischfresser, warum dann Kuh und Schwein, aber kein Ross? Nur, was nutzt schon die lupenreinste Logik, wenn ihr der Bauch nicht folgen will. Es wurde ja auch einst in seiner Kindheit auf den Wochen-, Jahr- oder Weihnachtsmärkten weder das Kalb noch das Ferkel, sondern eben das Pony geritten, ganz zu schweigen von seinem täglichen Schulweg vorbei an dem offenen Garagentor und dem herauswinkenden, buckligen Kutscher Herrn Friedrich samt aufrechter Stute Erna, das Schaubild wahrer Freundschaft. Ja, und wenn schon Freundschaft, dann natürlich nicht zu vergessen der alte Schwarz-Weiß-Fernseher und das darin dauergepiesackte Viecherl Black Beauty. Ganze Nächte hat er durchgeheult, der Willibald, rotzig sein Polster, verschwitzt das Leintuch. Da wird es dann langfristig ziemlich schwer mit Fohlenschnitzel und Pferde-Leberkäs.

»Der Nächste, bitte!«

Überhaupt wird es schwer, denn der Gusto auf die Käsekrainer ist dahin.

»Oh, der Herr Nachbar! Was darf es denn sein?«

Unschlüssig steht der Restaurator vor einer der letzten verbliebenen alten Labe-Stationen dieser Stadt namens: »Zawodniks Heiße«.

Seit sich beinah flächendeckend diese roten Woplatek-Kästen mit ihrem gelben W über die heimischen, heruntergewirtschafteten Würstelstände gestülpt haben, wie das Spiderman-Kostüm über den Wurm Peter Parker, verwandelte sich auch der Eigentümer seiner Bude, der alte Erich Zawodnik, in einen Superhelden, auf dass niemals ein Woplatek aus ihm werde. Was hatte er denn auch sonst in seinem Leben? Da war die Frührente, das Nichts, die Leere, der Traum einer kleinen Imbissstube, die Übernahme dieses Würstelstandes, das mehr schlecht als recht laufende Geschäft. Ja, und dann kam, wie eine Seuche, Heinz Woplatek. Zawodnik aber hielt dagegen, wie das kleine gallische Dorf da und der große Caesar dort. Also Sparbücher plündern, Komplettrenovierung, gold-braune Außenfarbe, edles Ambiente, Alu-Stehtische, ausladende Überdachung, Heizstrahler, kein zu verzehrendes Würstel muss hier in Regen, Schnee und Kälte stehen. Wirklich kalt ist bei Zawodnik nur das Bier, wohlgemerkt aus der Flasche, denn so lautet sein Motto: »Dosenfutter gibt's nur beim Woplatek!« Und dann erzählt er von den glücklichen, in seinen Würsten steckenden Freilandschweinen und Almrindern, von dem Bauernbrot, preist seine selbst gezogenen saftigen Paradeiser an, die es einzeln zu erstehen gibt.

Und es funktioniert, das Geschäft läuft wie geschmiert. Da gleitet hochfrequentiert Fleischliches durch die speckigen Finger des Erich Zawodnik wie sonst nur ein paar Ecken weiter im Laufhaus Erika. Egal wie lang die Schlange auch wird, Zawodnik behält seine Ruhe, verdirbt den unfreundlichsten Menschen die miese Laune, Erderwärmung der anderen Art. Nur selten, dass sich seine, wie ein U inmitten der Stirn plazierte, beinah lächelnde Narbe in Falten legt, zu einem erstaunten O verbindet oder zu einem skeptischen V verjüngt: »Bin als Kind durch eine Glastür gefallen!«, erklärt er stets dazu, und gerade diese Schramme gibt seiner so freundlichen Ausstrahlung erst das gewisse Etwas, lässt eine subtile Bedrohlichkeit durchschimmern und verleiht seiner stoischen Gelassenheit die nötige Ausstrahlungskraft. Mehr Zawodniks braucht die Welt! Nur ein Lächeln, ein Schmäh, dazu ein Griff mit der Holzzange ins Einmachglas. Das Glück ist eben kein Vogerl, sondern ein Essiggurkerl aufs Haus.

Lang also ist die Schlange. Menschen, vorwiegend Männer, egal welchen sozialen Standes, welchen Alters, welcher Herkunft und natürlich Verfassung. Und je fortgeschrittener die Stunde, umso geduldiger die Wartenden. Für derartige Entspannung ist es aber offenbar noch nicht spät genug. Der Imbiss muss also seinem Dasein als Fastfood gerecht werden. Und das im wahrsten Sinn des Wortes. Da bleibt die Unschlüssigkeit des Restaurators nicht lange unkommentiert.

»Sind S' kurzsichtig oder wollen S' die Speisekarten auswendig lernen?« Getragen, beinah selbstverliebt wirkt der aus dem Hintergrund vernehmbare Ton, als entspringe er trotz leichten Dialekteinschlags den Stimmbändern eines Schauspielers, Synchronsprechers – und eine Schärfe steckt darin, da kann sich das Fleischmesser des Erich Zawodnik noch ein Beispiel nehmen. Scharf durchaus auch im Sinne des ausgeströmten Atems. Alkohol. Hochprozentig. Whiskey vielleicht.

Anfangs noch verdutztes Stillschweigen auf Seiten des Restaurators, folglich wird zumindest verbal weiter in den Rücken gefallen: »Sind S' also nicht nur kurzsichtig, sondern auch noch schwerhörig! Und jetzt warten S' auf einen ordentlichen Behinderten-Rabatt, oder was?«

Doch so aggressiv, angriffig der Ton auch ist, es wundert den Metzger nicht. Denn trotz Prachtwetter hängt eine seltsame Übellaunigkeit, ja Aufgeladenheit über den Dächern und verwandelt die Stadt in ein explosives Tiefdruckgebiet. Amerikanische Waffengesetze in Kombination mit der hiesigen Verdrossenheit, und die Straßen wären mittlerweile menschenleer. Seit bald drei Wochen bereits zeigt der Himmel splitterfasernackt sein intimstes Blau, die Sonne all ihre Freizügigkeit, und genau dieser heitere Zustand scheint vielen Menschen das Unerträgliche, ja Anrüchige zu sein. Wer bitte verkraftet schon so viel an Wunscherfüllung: Im Winter die Sehnsucht nach Sommer, im Frühling die Vorfreude auf und die Einkäufe für den Sommer, und dann, Wunder, kommt dieser Sommer tatsächlich, wolkenlos, lustvoll, herrlich heiß, und zur völligen Überraschung auch noch mitten im August. Was zu viel ist, ist eben zu viel. Also wird gejammert, über die Hitze im Speziellen, über das Wetter im Allgemeinen. Und darüber jammern, dass es immer etwas zu jammern gibt und wie furchtbar anstrengend nicht nur dieses Jammern, sondern im Grunde eh alles ist, geht ja sowieso immer. Nein, lustig ist das nicht. Schon gar nicht, wenn es auch des Abends kaum abkühlt, die Luft und somit Gereiztheit hartnäckig in den Zimmern hängt, wie Schnupfenviren in Schnauzbärten.

»Jetzt machen S' hier endlich weiter, verdammt!«, legt die Stimme im Rückgrat des Restaurators nun an Lautstärke zu, dazu ein Zischen, zwei Mal, nur verkehrt herum, als würde sich der Kerl ein paar hartnäckig zwischen den Schneidezähnen sitzende Speisereste in den Rachen saugen, holzige Mango oder zähe Flugentenbrust vielleicht.

Konfliktlösung, so lautet die Devise im Budeninneren: »Zur Abwechslung vielleicht eine Burenwurst, Herr Metzger? Die sind heut ganz frisch.«

»Na hoffentlich ist hier alles frisch!«, drängt sich der Hintermann nun in den Vordergrund. Aufrecht, großgewachsen, hager die Gestalt. Unangenehm das Auftreten. Unberechenbar, auch dank Alkoholisierung. Eine Ausstrahlung, die auf Anhieb Überlegenheit zum Ausdruck bringt, Beklemmung verbreitet.

»Bis zwei Uhr hat die Bude hier offen, da können S' noch ein bisserl nachdenken!«, wird nun mit spitzen, weit ausgefahrenen Ellbogen vor dem Metzger Aufstellung genommen, eine lederne Aktentasche auf die Budel gestellt und mit einer zusammengerollten Tageszeitung, die allein zu halten schon den Anstrich des Intellektuellen verleiht, auf den Leberkäse gedeutet.

»Also, Zawodnik, den Gaul da am Schneidbrettl lassen S' gleich liegen und um drei Scheiben zum Mitnehmen schlanker werden! Ich hab's eilig.«

»Offenbar sehr eilig!«

Der Metzger nickt: »Ist schon recht!«

»War wohl ein harter Tag?«, bemüht sich Zawodnik um Entschärfung, während er bedächtig die bestellten Scheiben vom Leibe trennt.

Doch vergeblich. Beißend der Ton, gemein.

»Und das rentiert sich, Zawodnik, Ihren Würstelstand auch noch als Zweigstelle für Gesprächstherapie zu betreiben?« Dazu wieder dieses unappetitliche, wie ein Morsezeichen erklingende, zweimalige Sauggeräusch, Schnitzelflachsen oder Erdnusssplitter vielleicht, »lang lang«, ein M also, für Maria oder Miguel.

Und der Metzger muss lächeln. Denn dieses furchteinflößende Abbild eines Feldmarschalls, eines Großinquisitors, mit leichtem Buckel, hätte sich gar nicht erst groß in den Vordergrund schieben müssen, um von ihm erkannt zu werden.

6

Einen wunderschönen guten Abend, Herr Hofer!«, entkommt es dem Restaurator ausgesprochen höflich. Gibt ja auch keine größere Gemeinheit dem Grant gegenüber als Freundlichkeit. Wobei, so viel muss der Fairness halber schon gesagt sein, ein nicht unerheblicher Anteil berechnender Pflicht steckt auch dahinter, denn besagter Riese namens Hofer ist einer seiner Stammkunden, denkbar schwierig, im Grunde unerträglich, aber eben auch einträglich. Nur ein paar Ecken weiter wohnt er inmitten dieses Grätzels, meidet aus reinster Bequemlichkeit Ausflüge an den Stadtrand samt den dort herumstehenden überheizten Einrichtungshaus-Containern und legt sich folglich, sozusagen im Vorbeispazieren, sein Mobiliar in dem kühlen Gewölbekeller des Restaurators zu, Gratislieferung inklusive. Sogar die Putzfrau hat er sich während eines Werkstattbesuches auf diese Art unter den Nagel gerissen, ihr beim Bodenwischen auf den Hintern gedeutet und wissen wollen: »Und? Sauber?«

»Wer?«

»Na die? Kann sie auch mehr als Werkstatt und ist verlässlich?«

»›Die‹ heißt Olga Mitrovic, putzt auch in meiner Wohnung und spricht fließend Deutsch!«

Da könnte sich seine Danjela noch ein Beispiel nehmen.

»Na dann, Frau Mitrovic, nächste Woche Montag, 8 Uhr?«

Und Hofer bekommt, was er will.

Ähnlich verfährt er in puncto Nahrungsaufnahme. Schnell muss es gehen.

Da ist es also auch wirklich keine Besonderheit, wenn Willibald Adrian Metzger nun vor der Durchreiche der Zawodnikschen Würstelbude steht und auf Hofer trifft.

Miguel Maria Hofer, um genau zu sein.

»Aha! Der Herr Metzger also!«, gibt dieser nun ohne den geringsten Ansatz einer peinlichen Berührtheit von sich. »Ich hab meine Brille zu Hause liegen lassen. So wie offenbar auch Sie? Oder ergötzen Sie sich an der hohen Literatur der Speisekarte?«

Dazu wieder ein Hinwenden in Richtung Würstelbude:

»Übrigens Zawodnik, Curry schreibt man mit Doppel-r.«

»Na, da bin ich ja heilfroh, bei der Debreziner kein Doppel-p erwischt zu haben! Vielen Dank, Herr Hofer, wird korrigiert. Und meine Hochachtung«, bleibt Zawodnik die Ruhe in Person, »weil, wenn ich meine Brille wo liegen lass', könnte ich das alles nicht mehr lesen!«

Er weiß eben, was seine Kunden haben wollen, in Hofers Fall: Recht, Huldigung inklusive, und natürlich das letzte Wort: »Ich hab ja mein Hirn nicht vergessen. Eine Speisekarte, die sich so oft ändert, wie die Erdumdrehung ihre Richtung, kann ich längst auswendig. Und wenn wir schon dabei sind, Zawodnik, die ›Peperoni‹ können S' ruhig auf ›Pfefferoni‹ ausbessern, wir sind hier ja schließlich bei uns daheim!«

Wo immer auch dieses »bei uns« sein soll. Bei dir oder mir oder ihr oder ihm oder euch? Der Metzger weiß es nicht.

Und Amen!, denkt er sich.

Gott hat sich, so muss Miguel Maria Hofer wohl der festen Überzeugung sein, auf diese Erde herniederlassen, und zwar als Miguel Maria Hofer höchstpersönlich. Das Wort ist also Fleisch geworden. Wahrlich sogar. Und jetzt steckt ihm ein Lacher im Hals, dem Metzger, denn der Vergleich könnte zutreffender nicht sein.

Miguel Maria Hofer nämlich ist Germanist. Ein Fachmann seiner Zunft, nicht einer, der alte Meister obduziert, sondern die Gegenwart filetiert. Das Jüngste Gericht. Kurz: Literaturkritiker.

Kein Wendehals, kein Grashalm, sondern ein Stahlbetonpfeiler. Einer, der felsenfest, wie die in Stein gemeißelten Gebote, seine Meinung offenbart und keine andere gelten lässt. Da braucht es natürlich nicht lange, sich wohltuend von den Arschkriechern dieser Welt zu unterscheiden. Und weil dem unberechenbaren Menschen von vornherein mehr Ehrerbietung entgegengebracht wird als dem berechenbaren, wurde die wandelnde Sprengladung Hofer zu dem, der er heute ist. Was Pisa für die Schule, Moody's, Fitch und Standard & Poor's für den Staat, ist Hofer in gewisser Weise für die Literatur.

Und hätte sich Hofer bei seinem Erstbesuch in der Restauratoren-Werkstatt nicht gleich selbst vorgestellt, der Metzger wüsste bis heute nichts von seinem Glück.

»Interessant! Haben Sie die alten Schinken hier in Ihren Biedermeier-Regalen wirklich alle gelesen, oder handelt es sich nur um Dekoration?«, lautete die Frage.

»Erwischt! Was Literatur betrifft, bin ich leider ähnlich bewandert wie die Eiger-Nordwand. Und Sie?«

»Ich!« Und es handelte sich um ein höchst erstauntes »Ich!«, eines, als müsste ein Eskimo die Frage beantworten, ob er schon einmal den Schnee gesehen hätte, oder ein Tuareg den Sand.

»Dann meiden Sie also auch Ausflüge in Richtung Tageszeitungen, Radio oder Fernsehen?«

»Weil?«

»Weil Sie mir dann die Frage, ob ich lese, nicht stellen würden!«

Und dann hat er sich vorgestellt, der werte Herr Hofer, hat inmitten des Gewölbekellers zu erzählen begonnen, mit tragender, sonorer Stimme, als stünde er auf den Brettern eines Staatstheaters, taufrisch den Iffland-Ring an einem seiner Finger.

Ein Monolog. Anfangs begeistert. Über das Lesen fiktionaler Stoffe. Freiheit, die sich auf Schenkel, Tischplatten, Nachtkästchen, Badetücher, Ohrensessel, Sitzgarnituren legen, in Koffer, Taschen, Mäntel stecken, auf Einkaufs- und Wunschlisten schreiben lässt: »Und diese Freiheit bedeutet Verantwortung.«

Dann hob sich Hofers Stimme, färbte sich sein Haupt, schwollen ihm die Adern des Zornes, und Willibald Adrian Metzger war nicht nur heilfroh, in einer anderen Branche tätig zu sein, sondern wusste auf Anhieb: Den Alkoholiker Hofer zum Feinde haben, das geht wohl nicht nur Hofer selbst mächtig an die Leber.

»Ihr Leberkäs!«, übergibt Zawodnik nun die Folie und erhält ein: »Bitte schreiben Sie's auf, ich hab heut kein Bargeld dabei!«

»Sie sind doch sonst im Austeilen so großzügig!«, kann sich Zawodnik nicht verkneifen, und Miguel Maria Hofer beweist seine Schlagfertigkeit: »Dafür hab ich im Einstecken noch Lernpotenzial! Also, Zawodnik, geben S' mir ein Bier dazu!«

Und dieses Lernpotenzial sollte er nun umfassend ausschöpfen können.

»Wiedersehen!«, ringt er sich noch ab, mitsamt einem professorenhaften »Und Sie wissen, was zu tun ist, Zawodnik?«.

Ein devotes Nicken auf der Gegenseite, dazu ein: »›Curry‹ und ›Pfefferoni‹. Ich nehm es mir zu Herzen. Welch Ritterschlag, mit meiner Speisekarte nun den Reihen der von Ihnen besprochenen Texte anzugehören!«

Und ganz wunderbar ist es für den Metzger nun zu beobachten, wie des Hofers Stolz noch ein Stück über sich hinauswächst: »Da haben Sie recht, Zawodnik! Und sei es der schlimmste Verriss!«

Und genau der trifft nun auch Hofer höchstpersönlich.

Doppelt sogar.

7

Sein Abendmahl in Händen, zündet sich Hofer gierig, nervös fast, eine Zigarette an, blickt auf die Uhr, will die Straße überqueren, schulgemäß, bewegt also während des Gehens den auf langem Halse ruhenden schmalen Schädel, zuerst schau links, dann schau rechts. Und dieses »rechts« scheint es ihm angetan zu haben, denn erneut reißt es seinen Kopf nun in dieselbe Richtung. Was ansonsten als Bemühen plumper Schauspielkunst eine Art Erstaunen, ein »Huch, was seh ich denn dort!« zum Ausdruck bringen soll, ist bei Hofer offenbar ernst. Unverblümt sein zweiter Blick einer wunderschönen, herrlich anzusehenden Frau entgegen. Auf der gegenüberliegenden Straßenseite steht sie im Rampenlicht einer Straßenlaterne. Dezent kniefreies Röckchen, keine Strümpfe, hohe Schuhe, enge, weit aufgeknöpfte Bluse, und darunter kein junges Pupperl, sondern eine reife Dame Mitte vierzig, wie ein französischer Filmstar, Kurzhaarschnitt, rostbraun die Farbe, dazu ein kräftig dunkelroter Lippenstift, freier, graziler Nacken, aufrechte Haltung, zehn Jahre Ballettschule mindestens. Fast erwartungsvoll nickt sie Miguel Maria Hofer zu, ein Gruß offenbar, und blickt dabei auf einen Zettel.

Wallendes Männerherz, was willst du mehr.

Randstein jedenfalls keinen. Da stoßen dann vor lauter lüsternem Blick die langen, dünnen Kritikerbeine koordinativ an ihre Grenzen. Hofer strauchelt, vor aller Augen, lässt somit einen Funken Menschlichkeit durchblitzen, greift sich mit schmerzverzerrtem Gesicht an seinen Rücken, ein

Verriss also, heftig wohl, doch er hält sich aufrecht. Um einen Hofer zu Fall zu bringen, braucht es schon deutlich mehr. Und dieses Mehr lässt nicht lange auf sich warten.

»Passen S' auf!«, brüllt Erich Zawodnik.

Ein Moped nähert sich mit hysterisch brüllender Jugend, sprich ein Möchtegern-Paris-Dakar-Teilnehmer auf einer in Richtung Enduro auffrisierten 50-ccm-Lärmbelästigung, dem zuvor aber noch die viel schwerere Rallye weg von Mami und Papi hinein ins eigene Leben bevorsteht. Worauf sich Hofer irritiert dieser akustischen Luftverpestung zuwendet. Und weil so ein Mensch natürlich kein Hammerhai ist, es ihm folglich an Rundblick mangelt, sieht Hofer somit den wie aus dem Nichts gegen die Einbahn herannahenden Kleintransporter nicht, der nun auf seine Rückseite zusteuert. Die Frischfleischbelieferung der Stadt. Ein Kleintransporter, rot lackiert, mit gelbem W auf der Seitenwand, und ohne Getöse. Der Nachschlag für die Woplatek-Stände also, und er kommt seit neuestem auf leisen Sohlen, folglich medial hochgejubelt, weil zeitgemäß, weil umweltbewusst, weil eben Elektro-Laster. Ist natürlich ein bisserl wie der Smoking darüber und der Sprenggürtel darunter, einen der Emissions-Kaiser der Menschheit, nämlich den täglichen Fleischfresserwahnsinn, abgasfrei von A nach B transportieren zu wollen. Die reinste Augenauswischerei. Nur, was tut man nicht alles zwecks Aufmerksamkeits-Erregung.

Wobei, von Aufmerksamkeit kann nun wirklich nicht die Rede sein. Gibt ja dank der Geräuschentwicklung eines Elektrofahrzeuges wirklich keinen hörbaren Grund, sich umzudrehen. Gesund für die Umwelt, definitiv aber ungesund für Hofer.

Hände heben sich, Stimmen, gewiss auch die Strömungsgeschwindigkeiten diverser Kreisläufe, vielleicht sogar in freudiger Erwartung ein Herz. Hofer hat gewiss nicht nur Freunde. Zawodnik streckt sich wie ein Leistungsturner an den Ringen waagrecht aus seiner Bude, brüllt erneut, dabei sirenenhaft langgezogen das O:

»Hofer! Hinter Ihnen!«

Doch zu spät.

Der Mopedfahrer mit seinem getönten Vollvisierhelm verreißt sein Gefährt, weicht in letzter Sekunde auf die Gegenspur aus. Da braucht der entgegenkommende Kleintransporter jetzt gar nicht mehr mühsam zu rechnen beginnen, denn Geschwindigkeit durch zehn mal Geschwindigkeit durch zehn ergibt in diesem Fall nie und nimmer den benötigten Bremsweg.

Und während der Metzger nun schlagartig erbleicht, ihm die Panik durch die Glieder fährt, geht es seiner Danjela ähnlich.

Verzweifelt kriecht sie durch die Wohnung. Knallrot, klitschnass ihr Gesicht. Ja, der ganze Körper ist in Mitleidenschaft gezogen, da hilft es auch nicht wirklich, dank des liebevollen Gesabbers des Promenadenmischlings Edgar, beinah auf Augenhöhe Trost zu erfahren. Abgesehen davon wäre ihr im Augenblick des Hundes Rat auch deutlich lieber als dessen feuchte Zunge.

Nur, was ist schon von einer Kreatur zu erwarten, die unter »Sitz!« offenbar »Sofasessel!« versteht und bei »Platz!« mit wedelndem Schwanz lauthals zu bellen beginnt. Da legt dann so ein unkultivierter, tierischer Spürsinn eben auch nicht gleich los auf Kommando.

»Suchst du!«, zischt Danjela zum wiederholten Male, und es ist mittlerweile nur noch ein rhetorisch gemeinter Ausruf.

Was auch soll Edgar noch lange suchen, wenn es doch möglicherweise bereits längst in ihm steckt.

Hubertus nämlich.

Alter: vier Jahre.

Klingt nach Dreikäsehoch, würde es sich um ein Menschenjunges handeln. In diesem Fall aber liegen die Dinge anders, denn ein vierjähriger Dsungarischer Zwerghamster namens Hubertus ist mindestens schon ein Hubertus der Zweite, heimlich ausgetauscht für den regungslos in seinem Laufrad liegenden Hubertus den Ersten.

So ein Nager, kleinster gemeinsamer Nenner nach strikter Verweigerung der kindlichen Sehnsüchte Pony, Hund, Katz, Kaninchen, Meersau, wird eben maximal zweieinhalb Jahre alt – vorausgesetzt, der Käfig steht, wie im Fall der Kleinstfamilie Matuschek-Pospischill, sprich Mutter und Kind, nicht direkt neben der Heizung. Folglich wurde Hubertus der Erste an keinem Tag seines elend kurzen Daseins müde, eifrig sein heißes Rädchen zu bereisen, Flucht wahrscheinlich, durch die iranische Wüste Dascht-e Lut, über die chinesischen Flammenden Berge, direkt in die USA: Death Valley.

»Du brauchst nicht zu weinen, Lilli. Mit Hubsi ist alles in bester Ordnung. Er schläft nur ein wenig!«, brachte es Trixi einfach nicht übers Herz, ihrer damals dreijährigen Tochter zu verkünden, das geliebte Haustier wäre, was die Konfession betrifft, im besten Falle Hindu und von nun an seine eigene Reinkarnation.

Wodurch mit dem tags darauf putzmunteren, aber fremdelnden Hubertus dem Zweiten auch die Lüge Einzug hielt im Hause Matuschek-Pospischill. Und nicht nur dort. Die Lüge ist eben ein gar gierig lüstern Ding, fortpflanzungswillig, nimmt sich weniger den Zuständigen zur Brust als den Anständigen an die Hand.

So nun auch Danjela.

»Ja, Lilli, geht Hubertus allerbestens, ist pudelwohl!«, ringt sie sich durch die Wohnung kriechend ein möglichst positiv klingendes Schnaufen ab, das Telefon zwischen

Schulter und Ohr geklemmt. Ist ja auch nicht leicht, den so herrlichen Körper samt all den wuchtigen, weiblichen Rundungen auf allen vieren bei saunaartigen Temperaturen durch den Raum zu bewegen.

»Warum hechelst du so wie Edgar, Tante Danjela, bist du joggen?«

»Ja, sicher, Lilli, kennst du mich doch, bin ich gerade gelaufen Halbmarathon. Und war ich vorher natürlich noch in Schwimmbad und dann auf Zehngang-Rad. Nennt man Triathlon!«

»Triathlon? Klingt wie ein Dinosaurier!«, kichert Lilli.

»Klingt nicht nur so, weil ist für mich genauso ausgestorben!«, müht sich auch Danjela einen Lacher ab und wechselt, bevor Lilli erneut auf Hubertus zu sprechen kommt und sie tatsächlich ins Schwimmen gerät, das Thema: »Und, wie war letzter Tag und Schnorcheln mit Uwe, habt ihr endlich gesehen weiße Hai, oder war wieder nur Unterseite von Tretboot!«

Was die zwei aktuellen Grundprobleme auf den Punkt bringt.

1. Hubertus
2. Uwe

Mit dem Plazieren eines Haustieres ist es nämlich generell nicht ganz so einfach, vor allem, wenn der Haustierbesitzer des Reisens wegen nicht wie Hubertus ein Laufrad besteigt, sondern ein Flugzeug. Folglich wurde, ganz in der Tradition erfahrener Haustierbesitzer, Hubertus samt Behausung dort abgegeben, wo in puncto Nein-Sagen eiskalt die größte Schwäche zu orten ist: im Haushalt Djurkovic & Metzger.

»Aber haben wir schon andere tierische Mitbewohner, und ist Edgar Fleischfresser!« So der heimliche Gedanke Danjelas, denn der kleinen Lilli und ihrer Mutter Trixi etwas abschlagen: undenkbar. Vor allem für Willibald Adrian Metzger.

Immer wieder nämlich bringt er die kleine Lilli in den Kindergarten, und dieses Immer-wieder kann ihm nicht oft genug sein. Einmal an der Sprechanlage bei Matuschek-Pospischill läuten, kurz warten, dann das freudig durchs Stiegenhaus hallende Gejohle vernehmen: »Ich komm schon!« Oft in Kombination mit Trixis mütterlich besorgter beziehungsweise energisch bedrohlicher Stimme: »Dein Apfel!« Oder: »Du hast dein Kopftuch liegen lassen!« Oder: »Mach die Jacke zu, es ist kalt!« Und schließlich, egal wie mies das Wetter auch sein mag, der Sonne ins Auge sehen.

Lilli.

Schöner kann ein Tag nicht beginnen.

Zehn Minuten Seite an Seite durch die Straßen schlendern, meist sogar Hand in Hand. Und dabei summt, singt oder erzählt sie. Ununterbrochen. Selbstverständlich auch jene Dinge, die Lilli mütterlicherseits gebeten wurde auf keinen Fall weiterzusagen. Der Metzger weiß also Bescheid, mehr, als ihm lieb ist:

- dass zum Beispiel seit neuestem ein Herr Uwe ins Hause Matuschek-Pospischill zu Kaffee und Kuchen kommt, der laut Lilli »Mama immer ein langes Bussi auf den Mund gibt, und dann drückt er sie so komisch zu sich her und greift ihr auf den Popo!«
- und dass: »... mich morgen einmal der Uwe in den Kindergarten bringt, stell dir vor, Onkel Willi!«
- und dass: »... wir jetzt in den Urlaub fahren, zusammen mit Uwe!«.

Entsprechende Panik bei Willibald Adrian Metzger und Danjela Djurkovic, denn immerhin ist Lilli die Tochter seines ermordeten Freundes Eduard Pospischill, da müsste sich der Nachfolger doch bitte schön erst einmal ordentlich bewerben, sozusagen Aufnahmeprüfung. Und leicht wird die Bewerbung laut Danjela also nicht, »weil ist Qualifikation mit Name wie Uwe doppelt schwer!«.

Nur, bis jetzt ist dieser Uwe ein Gerücht, ein Gespenst, und wird demnächst beängstigend reale Formen annehmen.

Ein zweiwöchiger Urlaub also wurde angekündigt und Hubertus zurückgelassen mit den Worten: »Ihr werdet sehen, Hubertus stört ja nicht!« Und natürlich stimmt das alles keineswegs.

Aus zwei- ist dreiwöchig geworden, »weil es hier schöner nicht sein könnte!«. Und aus Hubertus eine massive Lärmbelästigung. Wo auch immer in der Wohnung der Käfig verstaut wird, dieses elende Geschabe und Geratter hängt trotzdem in der Luft, hartnäckig wie die üble Nachrede. »Hätte ich mir nie gedacht, dass plötzliche Herztod wird wunderbare Vorstellung!«, entkam es Danjela noch vor kurzem, nun also entkam ihr Hubertus selbst.

Es geschieht ihr ja, wie sie selbst weiß, auch völlig recht. Denn wie oft schon hatte sie vor dem Schließen der Schlafzimmertür zumindest gedanklich den Hamsterkäfig in mondheller Sommernacht direkt neben dem gekippten Fenster geöffnet, um Hubsi die ewige Freiheit zu schenken. Katzen streunen ja genug herum. Und jetzt, kurz vor Lillis Heimkehr, ist es tatsächlich passiert: Türchen auf, Futter rein, das Hirn dabei ganz woanders, dann zwar Tür zu, allerdings nur die der Toilette. Und weg war er.

Wodurch dieser Tag für Danjela unter einem gar schlechten Stern enden sollte – und nicht nur für sie.

8

Und los

»Nacht.

Alles bereit.

Der Motor läuft, dazu jeder der Reifen den Asphalt entlang, und sein Herz. Immer schneller. Alles wird schneller.

Auch der Wagen. Kein Zurück mehr. Erstes Mal.

Blut wird den Asphalt benetzen. Gleich.

Rhythmisch tippt er mit den Fingern auf das Lenkrad, dazu das Auf und Nieder seines linken Knies, immer schneller. Ein Reflex schon, wie der Wimpernschlag. Eine Angewohnheit, die Glasvitrinen, Tischplatten, schwimmend verlegte Parkettböden mitschwingen lässt.

»Jetzt hör schon auf mit dem Gewippe!« So einst seine Eltern.

»Bitte!« Seine Ex-Frau.

»Muss das sein!« Seine Kollegen.

Ja, es muss. Er wird nicht mehr aufhören, jetzt, wo alles beginnt.

Ein paar Kurven noch. Den Hut ablegen, um nicht aufzufallen.

Sein Hut. Cowboy eben. Manneskraft, die sich aus Filz geformt in die Stirn ziehen lässt. Gelegentlich dazu seine Lederstiefel, das Lederarmband.

Jugend. Du trägst sie in dir, oder eben nicht. Und er ist deren Verkörperung. Ihn wird nichts beugen. Nicht ihn. Niemals.«

Und STOPP. Das Hörbuch unterbrechen. Perfektes Timing. Sein Ziel ist in Sichtweite, und aus den Lautsprechern kündigt sich Mord Nummer eins an. Grausam, unerbittlich.
Der Kriminalroman, das Drehbuch, er der Hauptdarsteller, die reale Welt die Kulisse.

Eine der feigsten und armseligsten Arten zu töten ist der Rufmord. Nicht die Aussprache suchen, den Frieden finden durch ein respektvolles Voneinander-Lassen oder Aufeinander-Zugehen, sondern andere besudeln, sie bedrohen, mit dem Finger auf sie zeigen, nur aus Lust und Laune, Rachsucht und Neid, Hass, auch auf sich selbst. Seine Opfer verantwortlich machen für das Darniederliegen des eigenen Lebens und voll Zerstörungswut das Dasein der anderen zerschlagen wollen, mit versteckten Angriffen und Lügen neue Feindbilder schaffen oder alte aus der Kiste zaubern, egal, ob nach einem Monat oder einem halben Leben, egal, ob anonym im Internet oder offiziell durch Mails, Briefe oder eben, wie in seinem Fall, durch ein Buch. Jeder, der es liest und ihn kennt, wird wissen:
Er ist gemeint.
Und sie werden sich amüsieren, ihn auslachen oder eben einfach nur an ihn denken, diesen bösartigen Zerrspiegel vor Augen.
Was ist Gerechtigkeit?
Wenn sich die anderen ihr eigenes Bild von Fairness, von Wahrheit formen und in die Schlacht ziehen, warum nicht auch er.
Und nein, seine Taten schaffen ihm mittlerweile keine Probleme mehr. Denn wenn jemand in diesem Leben auf derart unappetitliche, feige Weise nach Abrechnung zumute ist, warum dann nicht die tatsächliche Währung, um die es hier geht, zur Hand nehmen, nämlich das Leben selbst, und mit dem Leben bezahlen lassen?

Kurz zurückschalten, in den dritten Gang, nicht um zu bremsen, sondern um gut beschleunigen zu können, dabei wieder die CD laufen lassen, als schmerzenden Nadelstich, als Motivation, als Anordnung:

»Alles hat ein Ende.
Und einen Anfang.
Also los.«

9

Willibald Adrian Metzger ist kein Arzt, er weiß aber auch so: Miguel Maria Hofer wird es die nächste Zeit wohl etwas ruhiger angehen – und vor allem trockener. Die Übung macht zwar den Meister, und das betrifft natürlich auch das Saufen, trotzdem nutzt ein derartiges Expertentum reichlich wenig, wenn Reaktionsgeschwindigkeit gefordert ist.

So also liegt Hofer nun in einer nicht unerheblichen Menge von ins Freie getretener Flüssigkeit. Gut, natürlich ist auch jener mitgerissene Hydrant zu berücksichtigen, von dessen ehemaligem Standort aus die Straße nun unter Wasser gesetzt wird, als ginge endlich der längst erhoffte Regen nieder. Und inmitten dieser Fluten: Hofer.

Die Kleidung durchnässt, das Hemd voll Erbrochenem, der Metzger kann kaum glauben, dass all das überhaupt in den von Schürfwunden verunstalteten hageren Körper hineingepasst haben soll. Möglicherweise gebrochen auch vom leichten Touchieren und Zu-Boden-Fallen, denn einen Frontalaufprall konnte er durch seitliches Ausweichen verhindern, ein paar Hofer-Knochen, sicher gebrochen vom Darüberrollen des Kleinlasters all die in der Aktentasche steckenden fragilen Inhalte, elektronische Geräte vielleicht, und wohl auch gebrochen ein Teil seines Herzens. Gebremst hat der Woplatek-Transporter nämlich keinen Millimeter, beziehungsweise der Fahrer, nicht vor, nicht während und schon gar nicht nach der Kontaktaufnahme zuerst mit Hofer und dann dem Hydranten. Ein Mann war hinter dem

Lenkrad zu erkennen. Groß, schwarzer Wuschelkopf, Vollbart, verspiegelte, großflächige Sonnenbrille, Modell psychedelischer Glockenhosen-Pop. Einfach weitergefahren ist er, nun mit wilden Hupgeräuschen. Womit es zum wirklich tragischen Teil dieses Manövers kam.

Denn auch die ganze Warteschlange hungriger Männer musste schlagartig das Weite suchen, Willibald Adrian Metzger inklusive.

Erich Zawodnik hingegen hielt die Stellung, starrte wie gelähmt aus seiner Würstelbude und auf das sich abzeichnende Unabwendbare.

Er der Kapitän auf offener See.

Der Lastwagen die herantreibende Eisscholle.

Kein Entkommen.

Willibald Adrian Metzger konnte es beinah hören, wie da dem Elektromotor, als sollte extra noch Schwung geholt werden, ein paar Umdrehungen mehr abgerungen wurden. Dann flogen die Alutischchen durch die Gegend, die Pappteller, Holzgabeln, Bierflaschen, die Überdachung, die Trümmer des Imbissstandes, die Leberkäswecken, alles Fleischliche, und vor allem der Hausherr selbst.

Direkt aus der Durchreiche ist Zawodnik herausgesprungen, ein Hechtsprung also auf seine alten Tage, zwar mit harter Landung, aber immerhin. Und gut ist das, denn somit wurde nicht auch ihm, sondern nur seiner Bude das Hinterteil weggerissen. Wobei, vielleicht wäre es Zawodnik umgekehrt ja lieber gewesen, vielleicht hätte er sich eher ein Sterben inmitten seiner Lebenserfüllung, seines Paradieses gewünscht. Von einem Irgendwo zärtlich in Empfang genommen werden, dabei mit einem erfüllten Lächeln auf die Leuchtschrift der Würstelbude blicken, dankbar für die wunderschönen Jahre, und verscheiden, lediglich noch das Spiegelbild der schimmernden »Zawodniks Heiße«-Buchstaben als verbliebenen Glanz in den Augen.

Nur leider wollte es sein Leben umgekehrt, ging also vor Zawodniks Augen der Leuchtschrift das Licht aus. Niedergewalzt von jener Gewalt, die schon einmal sein Dasein ruiniert hatte. *Woplatek for everyone.* Einfach durchgeprescht ist der Lastwagen, erbarmungslos. Kein Einlenken, kein Anhalten, nur ein Hineindonnern, Weiterfahren, Verschwinden.

Zurückgelassen die geschockten Menschen, die Zerstörung und vor allem der zerstörte Erich Zawodnik.

Wie ein Häufchen Elend sitzt er, bis auf ein paar Prellungen unverletzt, mitten auf der Straße. Neben ihm der Metzger.

Im Hintergrund müht sich jene attraktive Mittvierzigerin vergeblich ab, Miguel Maria Hofer, den sie gerade noch so freundlich gegrüßt hat, Beistand zu leisten, während dieser sich, die Hand mit schmerzhaft verzerrtem Gesicht auf seine Seite gelegt, Richtung Gehsteig schleppt.

»Soll ich wen informieren, Herr Hofer, die Rettung?«

Keine Reaktion.

»Falls Sie verheiratet sind, Ihre Frau vielleicht? Oder Ihre Lebensgefährtin?«

Erneut keine Reaktion.

»Angehörige? Kinder?«

Hofer starrt ins Leere.

»Freunde?«

Dann doch eine Antwort, boshaft wie eh und je, vielleicht sogar noch eine Spur verärgerter: »Wird das jetzt ein Verhör? Kümmern Sie sich doch einfach um Ihre Angelegenheit!«

»Alles klar! Dann Ihnen nur das Beste!«, nimmt die Dame kopfschüttelnd Abschied und geht davon.

Was auch immer im Leben dieses so verbitterten, feindseligen Miguel Maria Hofers passiert ist, wird wohl keine Kleinigkeit gewesen sein, da ist sich der Metzger sicher.

Sein ganzes Mitleid jedenfalls gehört Erich Zawodnik. Fassungslos sitzt er inmitten der Trümmer seiner Existenz.

»Kann ich etwas für Sie tun, Herr Zawodnik, soll ich wen anrufen?«

Aber auch der antwortet nicht.

Seltsam still ist es geworden. Ein wenig kommt es dem Metzger vor, der Tod würde gemächlich seine Runden drehen, jedem Einzelnen über die Schulter streichen und sagen: »Seht alle gut hin. Am Ende wird auch euch das Licht ausgehen, nur noch nicht jetzt. Nicht jetzt!«

Wie schlagartig ein Mensch aus seinem Glück herausgerissen werden kann, wie plötzlich alles gehen kann. Und er sollte sich diesen Zustand gut ansehen, der Metzger.

»Kommen Sie, ich helfe Ihnen zum Gehsteig! Nicht, dass gleich noch ein Unfall passiert!«, beugt er sich hilfsbereit über Zawodnik.

»Unfall!«, beginnt dieser nun für seine Verbitterung die richtigen Worte zu suchen, leise anfangs: »Seit Wochen schon schickt mir der Teufel lächerliche Kaufangebote für meinen Stand, aber ich will nicht!« Ein Weilchen scheint er nachzudenken, betrachtet die Ruine seiner Würstelbude, dann legt sich ein Schalter um, schiebt sich seine Stirn in Falten, formt aus seinem vernarbten U weder ein O noch ein V, sondern nur noch einen tiefen dunklen Krater: »Das war kein Unfall!«

»Dann wird Woplatek sicher zur Rechenschaft gezogen. Wichtig ist: Sie leben und sind so gut wie unverletzt!«, versucht ihn Willibald Adrian Metzger etwas zu beruhigen – und scheitert. Wie weggeblasen die ansonsten so festgefahrene Güte im Zawodnikschen Gesicht, keine Rede mehr von Erderwärmung der anderen Art, ganz im Gegenteil, eiskalt seine Miene. Wie einen Besessenen reißt es ihn hoch.

»Zur Rechenschaft gezogen? Mit all seinen Beziehungen bis in die höchsten Kreise wird es am Ende des Tages schon wer anderer gewesen sein! Diesen elenden Dreckskerl schnapp ich mir schön selber!«

Schnurstracks bewegt sich Erich Zawodnik auf sein unversehrt gebliebenes Fahrzeug zu. Grün ist es, von matten Lackflecken übersät, hat drei Räder, wirkt im Vergleich zu den übrigen geparkten Autos tiefergelegt, allerdings nicht aus aerodynamischen, sondern aus zulassungstechnischen Gründen. Ein Kleintransporter, der seinem Namen gerecht wird, minimale Außenmaße, optimale Wendigkeit, außerordentliche Sparsamkeit in Unterhalt und Verbrauch, aber hochtourig gefahren nicht zu überhören. Wie ein Schwarm wilder Bienen. Nomen est omen eben. Eine alte Ape *(italienisch: Biene)* 50, Italofeeling pur. Und mit diesem Mopedfahrzeug scheint Zawodnik nun die Verfolgung aufnehmen zu wollen.

»Jetzt warten S' doch!«, versucht sich der Restaurator noch als Stimme der Vernunft, sieht Zawodnik hektisch telefonieren.

Dann legt sich auch bei Willibald Adrian Metzger ein Schalter um, aus Mitgefühl, Solidarität und darum Fürsorge, denn wie gut kann er dieses Aufwallen verstehen. Ein Mann, dem alles genommen wurde, bricht auf, um Selbstjustiz zu üben – und läuft womöglich in sein Verderben. Heftig pocht er an die Außenscheibe: »Das bringt doch nichts, Zawodnik!«, sprintet wie ein Tour-de-France-Zuschauer neben dem Gefährt her, hält aus Verzweiflung hartnäckiger durch, ignoriert den schneidenden Schmerz in seiner Seite, die vom Schweiß brennenden Augen, läuft sich selbst ein wenig die Erschütterung des gerade Erlebten von der Seele.

»Machen S' keinen Blödsinn, Zawodnik!«

Doch sinnlos.

10

Willibald Adrian Metzger läuft für seine Verhältnisse zwar ein durchaus respektables Stück, dennoch ist es gezwungenermaßen von erstaunlich kurzer Distanz. Es fehlt ihm eben das Training. Spaziergänge um des Spazierengehens willen sind ja seine Sache nicht, genauso wie Laufen um des Laufens willen, selbiges gilt für Radfahren, Schwimmen, überhaupt für Bewegung im Allgemeinen. Er wechselt ja auch nicht vom Sofa in die Küche, ohne etwas aus der Küche zu brauchen.

Irgendwann ist es also nur noch ein gehetztes Dahinschleppen, ein übersäuertes Sich-an-der-Hausmauer-Entlanghangeln, ein Aufgeben, soll Zawodnik eben tun und lassen, was er für richtig hält. Bald verliert er das grüne Dreiradmobil aus den Augen, sieht, wie es in jener schmalen, mit Bäumen bewachsenen Quergasse verschwindet, in der einst auf Nummer 17 die alte Fleischerei Woplatek zu finden war. Die Kaiserstraße.

Ein Viertel, das nicht mehr zur Routine des Willibald Adrian, zu seinen täglichen Wegen zählt, seit aus einigen der ohnedies so engen Gassen liebevoll gestaltete Fußgängerzonen geworden sind, sich Bars und Beiseln mit kleinen Läden und Boutiquen abwechseln. So herrlich die aus den Häusern kriechende Lebendigkeit auch sein mag, der Metzger bevorzugt seinem Naturell entsprechend trotzdem die stillen Routen.

Nur Ausnahmen lassen ihn das ehemalige Geschäftslokal der Woplateks betreten. Ausnahmen wie: »Holst du mir bitte Hautcreme von Lukas!« Dann überwindet er sich, denn jene streichbare Masse, mit der Danjela Abend für Abend ihren Körper schmiert, auf dass er geschmeidig bleibe und eben genauso dufte, wie es der Metzger gewohnt ist, liebt und als olfaktorische Heimat empfindet, gibt es nur dort.

Kaiserstraße 17.

Über Jahre hinweg stand dieses Gebäude leer, wer legt sich auch auf die Schnelle ein Haus zu, in dem massenweise gemordet wurde, der Hinterhof samt Schlachterei also eine Todeszone.

Dann aber zog der Retter ein, der Schutzpatron aller Ärzte, Maler und Fleischer höchstpersönlich, das Universalheilmittel Lukas. Severin Lukas, um genau zu sein, und Heilmittel im wahrsten Sinn des Wortes, sprich: die Lukas-Apotheke. Statt Schweine und Rinder wurden plötzlich magistrale Zubereitungen erledigt, statt Blutwürste wurden Salben, Cremes, Gele, Pulver, Tropfen, Zäpfchen angerührt.

Der Metzger ist hier, wie in alten Fleischertagen, trotzdem kein Stammkunde geworden. Wenngleich es in diesem Augenblick vielleicht gar nicht so schlecht ist, eine Apotheke zwecks schmerzlindernden Cayennepfeffer-Rückenpflasters in der Nähe zu haben, denn wie er nun in die Kaiserstraße einbiegen will, biegt es ihn zugleich selbst, und zwar rückwärts, ins hohle Kreuz, vor Schrecken.

Kann ja passieren. Da wollen zwei Menschen aus entgegenkommender Richtung jeweils ums gleiche Eck, und dann: Überraschung. Im Fall des Metzgers: eine große Überraschung.

»Ja, Himmelherrgott!«, kommt es ihm aus, die Handflächen auf seine Lendenwirbelsäule gepresst.

Sein Gegenüber scheint kurz nachzudenken, dann wird zurückgegrüßt: »Wa alaikum as-Salam!«

Tief die Stimme, allerdings nicht im räumlichen Sinn, denn die Ortsangabe jener dunklen Augen, die nun auf den Restaurator herniederblicken, müsste lauten: hoch. Sehr hoch sogar.

Mit ziemlicher Sicherheit kratzt der Scheitelpunkt jenes vollbärtigen Mannes an der Zweitausender-Marke, in diesem Fall Millimeter. Und auch die horizontale Ausdehnung weiß zu protzen. Herrliches Muskelfleisch, Schultern so breit, da könnte jeweils links und rechts gemütlich ein Kind sitzen und sich an der wallenden, trichterförmig ebenfalls in die Breite gehenden Haarpracht festhalten. Was das Äußere betrifft, hat sich Gott also als denkbar gnädig erwiesen, beziehungsweise Allah, denn im Zuge des Ersten Kreuzzuges ins Heilige Land hätte dieser Zweimeter-Prügel garantiert höchst effektiv und furchteinflößend auf der Gegenseite gestanden.

Und dem Metzger wird ein wenig angst und bange. Denn unübersehbar sind die Übereinstimmungsmerkmale mit Zawodniks Attentäter: die langen schwarzen Locken, der Vollbart, die Größe, die nun im Ausschnitt des T-Shirts steckende Sonnenbrille. Was, wenn der rote Transporter in eine Garage gestellt wurde, und jetzt heißt es, gemütlich zu Fuß nach Hause spazieren?

»Haben Sie sich weh getan, das Kreuz verrissen?«

Entsprechend befangen der Ton des Restaurators: »Alles gut. Und bitte verzeihen Sie, ich war zu schnell. Eile mit Weile, kann man da nur sagen!«

Wieder scheint das Gegenüber nachzudenken, dann aber wird gesprochen, und wie: »Sie zitieren aus Shakespeare, wie wunderbar. Wenn ich mich recht entsinne, sagt Romeo am Ende der dritten Szene des zweiten Aktes: ›O lass uns fort von hier! Ich bin in großer Eil‹, und Lorenzo entgegnet: ›Wer hastig läuft, der fällt; drum eile nur mit Weil.‹ Dann gestatten Sie mir aus *Tausendundeiner Nacht* zu ergänzen.

Geschichte des Schneiders: Eile ist des Teufels Sach, sie bringt uns Reue und Ungemach.«

Ein Poet also.

Und es ist nun die doch auffällig eingelegte Pause, die den Metzger irritiert, dazu der tiefe Blick, schließlich die Ergänzung: »Insofern haben wir Glück gehabt. Kein Ungemach, keine Reue, nichts passiert! Das freut mich natürlich!«

»Mich auch!«, streckt der Restaurator dem Fremden die Hand entgegen, denn jetzt will er schon wissen, mit wem er es da zu tun hat: »Gestatten, Metzger mein Name, Willibald Adrian Metzger!«

Wieder ein kurzes Überlegen, dann ein »Mohamed Fahim, freut mich ebenso!«.

Fest ist der Händedruck, lange, dazu ein Näherkommen dieses wohlduftenden Fremden. Kopfnote irgendwo zwischen Anis, Bergamotte, Kokos, Koriander.

Leicht neigt sich der Kopf des Riesen nun zur Seite, der Blick stechend, dazu ein forschendes »Meine Güte, Sie schwitzen ja aus allen Poren. Verfolgen Sie wen?«.

Und sie wirkt sich höchst beunruhigend auf den Metzger aus, diese direkt hellseherische Frage.

»Im Grunde nicht, wobei Anlass dazu gäbe es. Gerade eben ist ein roter Woplatek-Transport in Zawodniks Würstelstand gedonnert und, und ... eigentlich war es ein Attentat! Haben Sie vielleicht den Wagen vorbeifahren gesehen?«

»Hab ich. Ein Attentat, sagen Sie?« Erstaunen legt sich in das von Natur aus braun gebrannte Gesicht. Mit den kräftigen Fingern werden sanft die Locken aus der Stirn gestrichen, dazu zeigen sich ein paar Denkerfalten: »Das ist ja schrecklich. Mit welchem Ausgang?«

»Alles zerstört, mindestens ein Verletzter!«

»Tote?«

»Nein, zum Glück nicht!«

»Trotzdem ein Irrsinn. Ich war schon ziemlich verwundert über das hohe Tempo des Wagens, hab mir gedacht: Fahrerflucht, und Teile des Kennzeichens gemerkt: HW 7!«

»Steht wohl für Heinz Woplatek!«

»Oder Hans Wurst!«, erklärt der Fremde nüchtern. »Und was haben Sie jetzt vor? Sie wirken so angespannt.«

»Nur mehr nach Hause!«, versucht der Metzger dieser seltsamen Begegnung ein Ende zu setzen und wieder Schritt aufzunehmen, einen schnellen Schritt sogar.

»Da haben Sie es aber ziemlich eilig?«, wird die Stimme im Hintergrund nun ein wenig forscher. »Verfolgen Sie also doch den Attentäter? Muss übrigens ein großer Mann sein, so wie ich, schwarzes Haar, wie ich, Vollbart, wie ich!«

Beschwichtigend hebt der Metzger im Davongehen die Hand: »Sehe ich aus wie jemand, der einem Attentäter hinterherlaufen könnte? Alles gut!« Und wie fein wäre es, kämen ihm jetzt weitere Passanten entgegen.

Doch leider.

»Aber offenbar sehe ich wie jemand aus, der ein Attentäter sein könnte, oder? Befinden Sie sich also, um gleich im Terroristenjargon zu bleiben, ein wenig in der Geiselhaft gewisser Vorurteile?«

Unangenehm! Was soll er darauf antworten, der Metzger, denn Rassist ist er ja bei Gott, Allah, Manitu oder sonst wem keiner. Allerdings wirkt sie eben auch bei ihm, diese elende Gehirnwäsche der Gegenwart, dieser Virus, der sich resistent gegen jegliche Vernunft in jeden Kopf setzt, erhaben über alles, was Geschichte lehren könnte. Der Mensch war eben immer schon ein Viehzüchter und sein liebstes Tier der Sündenbock. Er weiß es also selbst, der Metzger, geniert sich sogar, doch in die Karten schauen lässt er sich trotzdem nicht: »Kann aber natürlich auch sein, Sie suchen überall krampfhaft das gegen Sie gerichtete Vorurteil!«

Das Aneinanderprallen zweier Handflächen ist zu hören. Applaus also. »Gratuliere. Da kann ich nur sagen: gutes Argument! Stimmt mich nachdenklich.«

Erleichtert dreht sich der Metzger um, winkt noch einmal: »Wie gesagt: Alles gut! Schönen Abend noch« und nimmt Tempo auf. Dann bricht Musik los, hinter ihm, laut, rhythmisch, unvermittelt, was heutzutage nicht, wie noch in Willibalds Kindertagen, bedeutet:

- Ein Halbstarker ist stolz auf seinen neuen Kassettenrekorder,
- die jungen Nachbarn wollen sich unbekümmert lieben oder streiten,
- die alten Nachbarn hören Radio,
- irgendwer im Haus feiert irgendetwas,

sondern:

- irgendjemand, egal ob jung oder alt, erhält einen Anruf.

Eindringlich der Klingelton, kraftvoll, monoton das Gitarrenriff, Bill Withers, *Lonely Town, Lonely Street.*

You can live your life in a crowded city.
You can walk along a crowded street.
But the city really ain't no bigger
Than the friendly people,
friendly people that you meet.

Beherzt klingt dem Metzger ein »Salam alaikum!« hinterher, bevor Mohamed Fahim der Musik ein Ende setzt und seinen Anruf überraschend mit »Hallo!« entgegennimmt.

Genug für heute.

Nur noch heim.

Salam alaikum.

Ja, Friede sei mit dir, denkt sich der Metzger, und mir, und ihm, und ihr, und euch, und generell allen Menschen. So sollte es sein.

Dennoch sind das aktuell gerade hundsmiserable Zeiten für jede Weltoffenheit, Nächstenliebe, jeden Optimismus, jeden Glauben an das Gute und die Wandlungsfähigkeit des Menschen.

Eher scheint es dem Metzger, die Welt an sich wäre im Wandel, nicht zum Guten. Und das betrifft auch seine eigene, denn:

- Danjela Djurkovic quälen Stimmungsschwankungen. Vielleicht der Pendelschlag der Liebe, wenn sich mit Fortschreiten der Beziehungsjahre das Auf und Nieder, Hin und Her nicht mehr nur allein als körperliches Vergnügen herausstellt? Vielleicht die Ungeduld? Immerhin steht dem bereits ein Weilchen zurückliegenden Heiratsantrag des Willibald die durchaus drängende Frage gegenüber: »Und wann wird aus Antrag Heirat?« Vielleicht die Hormone?
- Was Trixi und somit Lilli betrifft, bahnt sich jedenfalls mit Gewissheit ein hormonelles Problem namens Uwe an.
- Willibalds Halbschwester, die Unternehmensberaterin Sophie Widhalm, hat ihre Selbständigkeit zugunsten einer Fixanstellung im gelobten Land des bedrohlichen Franken aufgegeben und zusammen mit ihrem Geliebten Toni Schuster überhaupt gleich den Hauptwohnsitz verändert.
- Ja, und der Ruhepol seines Lebens, sein einzig wahrer

Freund, Hausmeister Petar Wollnar, weilt in Polen, um, wie während jedem einzelnen seiner Urlaube, alles Ersparte in das Ziegel für Ziegel wachsende Eigenheim zu investieren – für den Metzger auch nicht gerade eine beruhigende Perspektive.

Alles Feste also zerbröselt, alle Zeiger deuten auf Abschied. Alles ihm Liebgewonnene scheint zu entschwinden, langsam, aber unaufhaltsam. Ist so das Leben?

Beängstigend.

»Und wo sind Käsekrainer?«, lautet Danjelas Begrüßung. Abgekämpft sieht sie aus, da trägt dann die Schilderung der Tragödie rund um Zawodnik auch nicht unbedingt zur Instandsetzung bei.

»Wie schrecklich!«, nimmt sie den Metzger schließlich in den Arm, heilfroh, ihn wohlbehalten bei sich zu haben. Und ja, da kommen ihr jetzt sogar ein paar Seufzer der Erleichterung und Erschöpfung zugleich.

»Alles in Ordnung mit dir?«, will er alsdann wissen. Und wie er endlich hundemüde in seinem Wohnzimmer auf dem Chesterfield-Sofa Quartier bezogen hat, ein Glas Rotwein in Händen, fehlt ihm immer noch die Antwort.

»Ob alles in Ordnung ist, war meine Frage? Du siehst mitgenommen aus.«

»Wenn schlägt zu, ist Schicksal wie Boxer, oder Klavierspieler«, wird neben ihm Platz genommen, dazu ein tiefes Luftholen. Ein Rätsel also.

Willibald Adrian Metzger ist zwar nur mehr eingeschränkt geistig anwesend, schafft aber doch noch die entsprechende Reaktion. Er kennt das ja mittlerweile zur Genüge: Um an die nötigen, aussagekräftigen Endinformationen zu gelangen, muss er ein oft heikles Frage-Antwort-Spiel durchlaufen, an dessen Ende im schlimmsten Fall nicht die Information, sprich des Rätsels Lösung steht, sondern eben nur noch das Ende, sprich: ein zänkisches »Hab ich Gefühl, hörst du mir nix zu!«.

Sicher, Danjela könnte ja auch gleich klipp und klar sagen, was sie will, was sie bedrückt, nur wozu einfach, wenn es auch so wunderbar prickelnd kompliziert geht. Er ist also gewappnet.

»Aha, das Schicksal schlägt also zu. ›Wie ein Boxer oder Klavierspieler‹ heißt jetzt was genau?«

»Na, nimmt immer beide Hände!«, ist eine leichte Gereiztheit zu spüren. Und nein, das kommt ihm jetzt gar nicht in den Sinn, die bedenklich lange Pause zu kommentieren, sich ein verhörartiges »Du willst mir doch etwas sagen, oder?« entlocken zu lassen.

Stattdessen legt er seinen Arm um dieses Häufchen Elend an seiner Seite, erklärt geduldig: »Da hast du recht!«, und ein paar tiefe Seufzer dauert es, als müsste sich behäbig die gefüllte Kammer einer Schleuse öffnen. Dann bricht alles aus ihr heraus, ausführlich, eindringlich, voller Schuldbewusstsein. Doch so groß ihr Bemühen, so einleuchtend ihre Argumente, der Metzger weigert sich, diesen Todesfall anzuerkennen: »Da mach dir mal keine Sorgen: Edgar hat den Hamster garantiert nicht gefressen. Wie soll das gehen? Der Hund ist ja keine Katz!«

»Dann sagst du mir, wie geht sonst? Hab ich durchstöbert ganze Wohnung, jede Winkel, jede Lade, und glaub ich nicht, willst du wirklich wissen, was ist da alles wieder aufgetaucht! Nur eben nix Hubertus! Oder meinst du vielleicht, weil wir gerade reden von Tauchen, geht Nager wegen große Hitze ein bisserl schnorcheln in Klomuschel! Hörst du mich? Klomuschel?«

Nein, kein Streit mehr heute, so angriffig, verzweifelt auch Danjelas Tonfall sein mag.

»Mach dir keine Sorgen, wir finden eine Lösung!«

»Ja, aber muss schnell sein, weil …«

Doch der Metzger hört nichts mehr.

So ein langer, harter Tag muss ja schließlich auch einmal sein Ende haben dürfen, vor allem, wenn dann der nächste Morgen mit aller Wucht daherkommt.

11

Beate Gruber kannte Derartiges ansonsten nur aus der Intensivstation. Die Plastikschürze, die blauen Plastik-Überziehsocken, die blaue Plastik-Überziehhaube.

Mittlerweile gehört diese Ausrüstung zu ihrer Standardbekleidung. Öffentlichkeitsarbeit nämlich lautet ihr Auftrag.

»Können wir uns die Patschen nach Hause mitnehmen?«, will ein Bursche, etwa dreizehn Jahre alt, wissen, quietschvergnügt, und wird auch gleich nach Hause wollen, obwohl sie noch ein Weilchen dauert, die Führung hier durch die Wurstfabrik Woplatek.

Bedächtig und liebevoll konterkariert Beate Grubers zärtliche Stimme die doch groben Tätigkeiten der Fleisch-Verarbeiter und Fleisch-Verarbeiterinnen, beginnend mit dem Wareneingang über die Zerlegung bis zur Verpackung und dem Versand. Und gerade die Zerlegung, die scharfen Messer, die Kettenhandschuhe, die Geschwindigkeit, mit der hier gearbeitet wird, sind ihr nicht fremd und sorgen bei den Zuschauern für eine Mischung aus Bewunderung und Befremden.

Mittlerweile verträgt Beate Gruber den Anblick recht gut, träumt nicht mehr, wie all die Jahre zuvor, von herabregnenden Rinderteilen, von Schweinehälften, die schutzsuchend zu ihr unter die Decke schlüpfen, von sich in eingeschweißten Großpackungen unterhaltenden Würsten: »Und was warst du einmal? Und wo bist du aufgewachsen? Und weißt du, was Tageslicht ist, und Schlamm, und Erde?«

Ihr hartes Leben ist ein geordnetes, ansonsten hätte sie keine Chance, über die Runden zu kommen, alles zu schaffen, die Pflege ihres so kranken, geliebten Mannes, die schwere Arbeit hier, der hohe logistische Aufwand, die Zusatzaufgaben, und dazu zählt es auch, Menschen durch diese Wiederverwertungs-Anlage zu führen. Ebenfalls geordnet. Menschen, die gerne kommen, auch der Würstelbuden-Gutscheine und der üppigen Endverkostung wegen.

Diesmal aber kann und wird sich die gesamte Gruppe jegliche Anfütterung liebend gerne aus dem Kopf schlagen.

Sicher, im Grunde ist jedem hier eines völlig bewusst: Damit durch die Vordertür dieser Hallen das Lebensmittel hinausgehen kann, muss durch die Hintertür der Tod hereingetragen werden. Besichtigen will man die in ganzen Stücken zur Verarbeitung gebrachten Leichenteile dann aber auch nicht unbedingt.

Wobei, als Schauraum derartiger Exponate ist jene Kammer auch gar nicht gedacht, deren große Edelstahltüre Beate Gruber nun öffnet, um den Besuchern diesen einzigartigen Duft entgegenschwappen zu lassen.

»Und hier geben wir den Würsteln ausreichend Zeit, einmal ordentlich abzuhängen, Relaxing-Zone sozusagen. Da haben sie dann ein Weilchen Ruhe von uns und erhalten dabei ihr wunderbares Aroma!«, erklärt Beate Gruber mit einer Sanftheit und Hinwendung, da könnte man fast meinen, so ein Haufen gefüllter Cellulose-Faserhüllen, einst Schweinedärme, wäre wie die in finnischen Saunen hockenden Wellnessgäste imstande, dankbare Stöhn-Geräusche auszustoßen.

Gestöhnt wird nun aber trotzdem.

Aus Beate Grubers plötzlich weit aufgerissenem Mund. Und zuerst nur aus ihrem. Denn sie ist mit Abstand die Kleinste dieser Runde und damit genau auf Augenhöhe des dreizehnjährigen Buben, der Beate Gruber nun, wie alle anderen Besucher auch, verdutzt anstarrt, dann aber aus seiner etwas tiefergelegten Perspektive suchend unter den hängenden Wurstreihen vorbei und somit bis in den hinteren Teil der Selchkammer sieht.

Lang muss er nicht suchen. Ein kindlicher, glockenklarer Brüller geht durch die Hallen, das Aufnahmekomitee der Wiener Sängerknaben oder auch der Regensburger Domspatzen hätte die reinste Freude. Die Riege der Fleisch-Verarbeiter hingegen reißt es geschockt aus jeder Routine, Fleischwunden nicht ausgeschlossen.

»Dort!«, hebt sich die Hand des Burschen und deutet unter den Würsten durch: »Dort hinten, über der Blutlacke, da hängt wer!«

12

Hubertus der Dritte wirkt, sein kleines Pelzmäntelchen betreffend, eine Spur heller als sein Vorgänger.

Die angepeilte, ins Dunkelbraun gehende Lösung konnte nach vergeblichem Besuch zweier innerstädtischer Zoohandlungen selbst der gigantische, zweistöckige Blechkasten am Stadtrand trotz seines Beinamens Mega einfach nicht bieten. Was wiederum beweist: Sogar Mega kann die Steigerungsform von genau nix bedeuten. Also wurde in das erste der beiden Kleintierunternehmen zurückgekehrt und zugeschlagen, denn wenn schon, dann Einzel- statt Großhandel.

»Glaub ich, ist besser ein bisserl ausgebleicht als ausgebüxt!«, entschied sich die Djurkovic aufgeregt für den Dritten von links.

So also schiebt sich an diesem Tag ein erleichtertes liebevolles Lächeln zwischen den Willibald und seine Danjela, danach der Verkäufer den Dsungaren in eine kleine Kartonschachtel und schließlich der Metzger einen dermaßen lächerlichen Kaufpreis in Richtung Kassa, da ließe sich so ein Zwerghamster beim Wirt nur gegen Aufzahlung auf ein Schnitzel mit Kartoffelsalat eintauschen.

Der nächste Kunde ordert als Imbiss für seinen Königspython ein paar auch recht possierliche Afrikanische Vielzitzenmäuse, von Danjela kommentiert mit: »Stell ich mir nix unbedingt lustig vor, ganze Geschichte mit Hinduismus und Wiedergeburt!«, und der Metzger spitzt die Ohren.

Reinkarnation setzt eben den Tod voraus.

»Hast du gehört, Danjela?«

»Was?«

»Na, den Radio. Dein Bumbum-Sender!«

»Das Radio. Lernst du Deutsch!«

Gebrüll kann der Metzger ja nur ganz schlecht vertragen, vor allem wenn es aus dem Munde ihm fremder, unsichtbarer Menschen kommt, durchmischt von welcher Humtata-Musik auch immer. Wenn es also einen Streitpunkt gibt in der ansonsten so trauten Dreisamkeit zwischen Willibald, Danjela und Promenadenmischling Edgar, dann ist es das Radio-Programm. Der Metzger nämlich braucht diesbezüglich gar keines, und am allerwenigsten diese übertrieben fröhlichen, aufgesetzten, bis zur Unnatürlichkeit sprachgecoachten Stimmen, die da aus den Lautsprechern brüllen, als würden sie ihm rund um die Uhr einen Gebrauchtwagen, eine Gemüsereibe oder ein Haarwuchsmittel verkaufen wollen.

»Welcher Mensch, bitte, spricht so, außer er steht unter erheblichem Drogeneinfluss!«

Danjela Djurkovic hingegen bevorzugt genau diese Art der lustigen Dauerbeschallung.

»Ist besser Stimmungsaufheller aus Radio als Antidepressiva aus Apotheke!«

Auch hier also, in der Zoohandlung, werden die Tiere bei guter Laune gehalten, sollen ja schließlich bei ihren potenziellen Käufern einen guten Eindruck hinterlassen. Die Wellensittiche zwitschern, die Papageien plappern, die zwei Havaneser in ihrer Glaskoje kläffen, und auch der Sprecher erfreut sich am Ende der einführenden Schlagzeilen über einen neuerlich herrlichen Sommertag.

Nachrichten also.

Im Radio allerdings mit Sommerloch, sprich Staubkörner, die vor lauter Ereignis-Ödnis zu schwarzen Löchern hochstilisiert werden. Neuigkeiten von Chi-Bo, dem kaffeebraunen Panda-Nachwuchs des städtischen Zoos, oder von O-Je, den formumwandelnd in der Sonne geschmolzenen Silikonimplantaten.

Heute aber gibt es wahrlich Bedeutsames zu berichten, und auch Danjela vernimmt nun den Beitrag, dessen Schlagzeile den Metzger so aufmerksam hat werden lassen:

»Mord in der Fleischfabrik: Heinz Woplatek erhängt in Selchkammer gefunden! Wer war der Mörder des Wurstkaisers?«

»Na, würd ich sagen, ist wurscht, Hauptsache, tot! Also nix mehr Woplatek for everyone, sondern nur mehr Woplatek for Every-Wurm. Ab in Grube!«

Der Metzger ist entsetzt: »Danjela, wie kannst du so etwas Pietätloses nur sagen!«

»Ist in diesem Fall Pietät noble Schwester von Falschheit. Kann ich also sagen noch viel mehr, zum Beispiel: Hat Woplatek nicht nur verarbeitet Schwein, war auch selber! Gibt wirklich tragischere Todesfall! Sag ich nur ›Vielzitzenmäuse‹.«

Sie mochte ihn eben nicht, diesen Proleten-Bonzen. Nicht seine von jeder Plakatwand herablachende Visage, nicht seine mediale Dauerpräsenz, nicht seine Unternehmensphilosophie. Eine, die sich auch in seiner Lebensführung zum Ausdruck brachte: Expansion, Vermehrung, sprich Fortpflanzung.

»Passt Mord für ihn wie Faust auf Auge. Killer killt Killer!«, erklärt Danjela, da fischt der Zoohändler im Hintergrund mit verwunderter Miene einen Rückenschwimmer aus einem der Aquarien. Und so viele selbstlautende L und rollende R sind da im Einsatz, Revolution der Konsonanten gegen die Dominanz der Vokale, kann man da nur sagen. Die reinste Freude hat Madame Djurkovic offenbar an dieser Tragödie: »Kommt eben alles zurück in Leben, weil hat Woplatek nicht nur erledigt haufenweise Kleinunternehmen und wette ich auch, Würstelbude von Zawodnik, sondern hat auch reihenweise Frauen auf Gewissen. Oder ist Marianne Woplatek, Gemahlin eins, vielleicht nicht von Dach geflogen?«

Eine Mutter mit Kind betritt die Zoohandlung, denn der grüne Burli ist zu Hause in seinem Küchenkäfig vielleicht doch ein bisserl zu nahe an der Mikrowelle gestanden, ergo von der Stange gefallen, und jetzt muss ein neuer Wellensittich her.

»Lass uns bitte gehen!« Nicht dass sich der Metzger für das lose Mundwerk seiner Danjela genieren würde, gelegentlich aber lässt es sich dann doch unter Ausschluss der Öffentlichkeit noch ein wenig entspannter kommunizieren.

»Da hast' recht mit Marianne, aber so tragisch das war, gesprungen ist sie immer noch selbst!«

Die beiden schlendern nun die Straße entlang.

»Na, woher weißt du, vielleicht hat ein bisserl geschubst. Außerdem erklärst du mir: Was war mit zweite Frau? Und dritte? Und vierte? Hat er jede abgeschossen, wenn auch nix wörtlich!«

Ja, so bitter ist das Leben. Auch die Freuden der Zweitfrau Renate Woplatek-Hödlmüller währten nur für kurze Zeit. Ist eben ein Bumerang, als junge Buhlschaft einem älteren Mann die Gemahlin auszuspannen, den läufigen Hauskater sozusagen von Dosenfutter auf Mäuse umzustellen. Da werden die unterdrückten Jagdinstinkte nur so wachgeküsst. Frischfleisch statt Dauerwurst.

»Vielleicht war ja aktuelle Frau so klug und hat gemeuchelt Ehemann!«

»Das bezeichnest du als klug? Muss ich mich jetzt fürchten?«

»Na, sicher ist klug. Weil junge Frau mit Tattergreis ist ein bisserl wie russische Roulette! Hast du Glück, gibt alte Knacker letzte Schuss ab bei dir, hast du Pech, gibt ab erst bei nächste Braut, und zack, bist du nix mehr Haupterbin, sondern Auslaufmodell!«

»Auslauf, den brauch ich jetzt auch! Ich muss in die Werkstatt!«

»Na, dann holst du vorher Edgar, und gehst du Gassi.«

»Dein Wunsch ist mir Befehl.«

»Und nimmst du mit in Werkstatt, weil ist in Gewölbekeller angenehmer für Hund!«

»Aber natürlich! Leibeigentum ist ja auch schließlich keine Verfügungsbefugnis aus Zeiten des Mittelalters!«

»Nennt man Leibeigentum in diese Fall Erziehungsberichtigung!«

»Wie war ich überhaupt lebensfähig bisher, ohne dich?«

Und so humoristisch diese Frage auch gemeint ist, wenn auf zwei füreinander schlagende Herzen nicht eines Tages ein gemeinsamer Abgang ganz im Romeo-und-Julia'schen Sinne wartet, wird daraus bitterer Ernst.

13

Nur ein paar Stufen abwärts geht es, und mit jeder einzelnen spürt er die Abkühlung, der Metzger, die Reduktion. Die kurze Treppe also der Übertritt in eine andere Klimazone.

Klima durchaus im weiteren Sinn. Hier nämlich ist nicht nur die Temperatur gemäßigter, auch das Temperament, das Tempo. Wenn Willibald Adrian Metzger vor seiner Werkbank steht, sieht er in Augenhöhe aus seinem Gewölbekeller durch die Auslage hinaus vor sich die Füße der vorbeigehenden Passanten. Und selten ist es ein Schlendern, ein Stehenbleiben. Gut, gelegentlich schiebt sich der alte Herr Sallinger aus dem Nebenhaus mit seinem Rollator vorbei und winkt herein, oder ein fremder Vierbeiner wedelt Edgar so lange irgendetwas zu, bis die Langlaufleine ihre fünf Meter erreicht, und dann – zack – ein Ruck, auf Wiedersehen. Ansonsten aber lautet das Motto dalli, dalli. Und je schneller alles an Willibald Adrian Metzger vorüberzieht, desto langsamer bewegt er seinen Körper, sein Werkzeug, seine Möbel. Zeitlupe, wie es mit Blick von außen nach innen scheint. Oder umgekehrt betrachtet doch Schnellvorlauf? Was weiß man schon.

Dumpf dringt der Straßenlärm durch die Scheiben, eine Pendeluhr verrichtet ihren Dauerdienst, ebenso Willibalds und Edgars Atem, dazu die Arbeitsgeräusche, mehr nicht. Nur in äußerst seltenen Fällen gönnt der offiziell konfessionslose Freigeist Metzger einem kleinen, katholisch angehauchten Klassikradiosender die Freiheit, sich zu entfalten – wird ja wohl niemand groß kontrollieren, welcher Religion die Hörerschaft angehört?

Aber was weiß man auch diesbezüglich.

Heute jedoch feiert der Gewölbekeller eine akustische Premiere, denn so schwer es dem Metzger auch fällt, seine Neugierde ist einfach zu groß. Danjelas Standard-Frequenz malträtiert ihm sein Gehör. Und alles dreht sich um ein und dasselbe Thema: Woplatek.

Eine bessere Marketing-Maßnahme, als sich selchen zu lassen, hätte dem Wurstkaiser also gar nicht einfallen können.

Ein Fressen für den Journalismus. Und es ist ein wahrlich fetter Happen. Seine ganze, durchaus anerkennenswerte Lebensgeschichte wird aufgerollt: vom kleinen Mann zum großen Macher, Millionär aus eigener Kraft, alles nur dank seiner Hände fleißiger Arbeit. Neider, folglich mögliche Selchmeister, gibt es somit im Überfluss.

Interviews werden gesendet. Mit Freund und Feind, mit Ex-Frauen und verwunderlicherweise sogar dem aktuellen Neu- und somit Letzterwerb: Ludmilla Woplatek, geborene Kakowa. Herkunft: Russland. Körperkoordinaten nach mehrmaligen operativen Eingriffen: 90-60-90. Haarfarbe: blond. Bildungsstand: ein Proseminar bei Hugh Hefner mindestens. Alter: wie einst auch Marianne und Renate und all die anderen knackige sechsundzwanzig Jahre jung und natürlich: »Gerade so furchtbar traurig!« Tränen, so glänzend wie ein nach Himbeere-Limette duftender Lipgloss. Ein furchtbar trauriges Glückskind also. Eines, das gegenüber der Reporterin nun lautstark protestiert, da sie sich trotz ihres Leides als typisches Klischee hinstellen, als Püppchen behandeln lassen muss, worauf die Reporterin meint: »Aber das ist ja dann so, als würde sich eine herrliche Kakaomasse dazu entschließen, unbedingt in eine Schokohasenform gegossen werden zu wollen, und jeder, der diesen knackigen Hasen sieht, darf dann nicht den Hasen, sondern muss den Nikolo darin erkennen!«, worauf weiters Ludmilla Woplatek ein »Ich liebe Schokolade!« zum Besten gibt, umgehend über ihre Lieblingssorte, die 80%-Bitter-de-Luxe, zu sprechen beginnt, »Das ist die ganz dunkle, fast schwarz!«, und dann bei »schwarz« fließen wieder Tränen: »Ach, Heinzi!«

Im Anschluss Musik, eindringlich der Refrain: »I'm a Barbie Girl, in a Barbie World!« Böse Welt. Er würde es ja nicht zugeben, der Metzger, aber der Unterhaltungswert dieser Frequenz ist gerade gar nicht so schlecht.

Und nun wird es interessant. Denn mit den Worten »Und jetzt Verkehrsfunk!« werden Einblicke in das familiäre und sexuelle Vorleben des Ermordeten angekündigt. Es folgen zwar kurze Staumeldungen, dennoch wird eindeutig spürbar: Ein Scheißkerl gewesen zu sein rächt sich spätestens mit Eintreten des Todes. Schonungslos beginnt der Moderator, das Fortpflanzungsverhalten des Wurstkaisers zu erörtern, und der Metzger spürt eine wohlige Aufregung in sich, ja, Vorfreude. Er hat den kleinen Hansi eben damals ausgesprochen gerngehabt – und wird ihn leider noch ein Weilchen vermissen müssen.

»Heinz Woplatek hinterlässt ein Kind!«, resümiert der Moderator. »Seinen Sohn und somit wohl Haupterben Konrad!«

Mehr nicht.

»Hansi!«, flüstert der Metzger durchaus mit Sorge. »Was ist aus dir geworden!« Da dröhnt es schon wieder aus den Boxen: »Father and Son«, einst Cat Stevens, heute Yusuf Islam, trotzdem immer noch derselbe.

»Bist du auch ein anderer geworden? Oder der, der du wolltest? Schriftsteller vielleicht?«

Bedächtig nimmt der Metzger auf seiner Chaiselongue Platz, starrt auf eine wunderschöne, mit aufwendigem

Lilienbeschlag verzierte gotische Vorstellertruhe aus dem 16. Jahrhundert, Verkaufswert nach der nötigen Instandsetzung sicher neuntausend Euro, ehemaliger Besitzer ein einsam zu Hause verstorbener ehemaliger Auslandskorrespondent.

Und aus dem Radio:

All the times that I've cried
Keeping all the things I knew inside
It's hard
But it's harder to ignore it

»Oder bist du tot?«, flüstert der Metzger.

Denn warum sonst findet der erstgeborene Woplatek hier keinerlei Erwähnung?

Und Traurigkeit macht sich in ihm breit, auch wenn diese Nähe zu Hansi Woplatek schon so lange Zeit zurückliegt. Ja, sogar ein seltsames Gefühl von Verlust, als wäre es ein kleiner Vorbote.

»Tot?«, wiederholt er.

Now there's a way, and I know
That I have to go away
I know I have to go

Und Cat Islam, Yusuf Stevens, wie auch immer, die Textzeilen sind auch heute noch dieselben, verstummt. Dafür erklingt das über der Werkstatttüre hängende Glöckchen, und es wird trotz Windstille durchgebeutelt wie schon lange nicht.

14

So windstill kann es nämlich gar nicht sein. Wenn Irene Moritz die Bildfläche betritt, ist Sturm angesagt. Und dieser Sturm hat noch deutlich an Geschwindigkeit zugelegt, seit der werte Partner Gerhard Kogler von ihr versetzt wurde, zweifach sogar. Zuerst bei einem zweisamen Abendessen, dann in eine andere Polizeidienststelle. Zu lasch, zu wenig Mann, zu wenig dienstbeflissen.

»Wir haben weder ein gemeinsames Wochenende noch ein gemeinsames Hobby!« So sein letztes Aufbegehren. Damit war bei Irene endgültig der Ofen aus, denn wozu, bitte, braucht man als Paar ein gemeinsames Hobby, geschweige denn Wochenende, wenn ja ohnedies ununterbrochen miteinander ermittelt oder nebeneinander im Einsatzfahrzeug durch die Gegend gedüst werden darf. Abgesehen davon kommt ihr beim Begriff »Hobby« weniger der Gedanke an einen maskulinen Gerald als vielmehr an einen pubertätsflaumtragenden, pickelgesichtigen Gerry. Nein danke, wenn schon leibliche Kinder, dann bitte richtig.

Seit einiger Zeit also ist sie wieder allein, lebt ihren Beruf, und das bedeutet für ihr gesamtes Umfeld nichts Gutes, mit weitreichenden Konsequenzen.

Energisch betritt sie, einen dampfenden Pappbecher Kaffee in der Hand, die Werkstatt.

»Ich komme mit zwei Neuigkeiten. Erstens: Das Telefon wurde bereits erfunden!«

Nur ein paar Worte aus ihrem Mund, und Willibald

Adrian Metzger fühlt sich in seine Schulzeit zurückversetzt. Mündliche Prüfung, er an der Tafel, und keinen Schimmer.

»Das ist ja wunderbar, Irene, aber warum rufst du dann nicht an. Ich freu mich ja immer, dich zu sehen, wobei, so wie du ausschaust, gehörst du ins Bett!«

Ein Schmunzeln auf beiden Seiten, und schon kommt Irene zu dem aus ihrer Sicht Wesentlichen, wozu auch ein kurzer Small Talk, wenn beide ja wissen, wie sehr man sich schätzt.

»War nach einer schlaflosen, langen Nacht auch ein intensiver Vormittag! Heinz Woplatek ist tot! Aufgehängt, mit falschem Vollbart, einer dunkelhaarigen Perücke am Schädel, Sonnenbrille auf und Loch im Kopf.«

»Wie Loch im Kopf?«

»Erschossen, Willibald! Darüber haben wir den Medien nicht berichtet. Muss eine Hinrichtung gewesen sein, grausam. Zuerst aufgehängt in der Selchkammer und dann der Schuss, oder zuerst der Schuss, dann aufgehängt. Also, Willibald, dann erzähl mal: Da war gestern der Anschlag auf Zawodnik, wir haben zum Glück zwei Smartphone-Süchtler, die klug genug waren, das Geschehen mitzufilmen. Der Lenker sieht aus wie der gehängte Woplatek in seiner Selchkammer, dunkle lange Locken und Sonnenbrille, der Wagen wurde folglich bereits sichergestellt, geparkt in der Fleischfabrik, die ersten Zeugen sind verhört, und wen seh ich da auf den Kurzvideos: dich, Willibald! Also, warum rufst du nicht an?«

Irene Moritz zückt ihr Handy zwecks Videodemonstration. Der Metzger ist zu sehen, wie er neben der grünen Ape 50 davonläuft, allerdings nicht weit.

»Bodyguard kannst du mit deiner Laufleistung wohl keiner mehr werden! Gut, in diesem Fall hättest du eine wirklich gute Langstreckenzeit hinlegen müssen, denn

Zawodnik ist direkt die knapp fünf Kilometer zur Fleischfabrik rausgefahren, hat sein lächerliches Behinderungsfahrzeug dort abgestellt und ist offenbar in die Fabrik eingestiegen!«

»Das weiß man auch dank Videobeweis?«

»Für diese Dreckschleuder braucht man keine Videobeweise, die registriert jeder, also Zeugen in Hülle und Fülle, und was den Einstieg betrifft, belastet Zawodnik seine Vergangenheit. Wir wissen, er hat vor seiner Pensionierung selbst bei Woplatek gearbeitet, wir wissen, die beiden waren einmal enge Freunde, Zawodnik ist also der Umstand bekannt, dass Woplatek jede Nacht seine Runden durch die Fabrik dreht. Wir wissen, es kam zum Streit, weil Zawodnik genau den Würstelstand übernommen hat, den Woplatek selbst haben wollte und seither versucht, ihn mit allen Mitteln an sich zu reißen.

Womit wir von einem Racheakt auf beiden Seiten ausgehen: Der schwerkranke Woplatek ...!«

»Wieso schwer krank!«, unterbricht der Metzger.

»Lungenkrebs. Hat keiner gewusst. War ihm wohl nicht unbedingt vermarktungswürdig, dieses Thema, verständlicherweise, weil da vergeht dir dann der Gusto auf die Würste. Jedenfalls, so die Theorie, setzt er sich eine Perücke auf, steigt in einen seiner Lieferwagen und beschenkt sich, bevor er diese Erde verlassen muss, selbst noch schnell mit der Zerstörung der Zawodnik'schen Würstelbude. Danach stellt er den Wagen wieder in seinem Fuhrpark ab, worauf ihn das Opfer Erich Zawodnik, der ja hätte umkommen können, in derselben Nacht noch in die ewigen Jagdgründe schickt. Hat Woplatek offenbar in die Selchkammer gehängt und dann in den Kopf geschossen. Unfassbar. Die Mordwaffe suchen wir noch. Also, Willibald, was hast du da neben dem Wagen herjoggend mit Zawodnik geplaudert?«

»Ich wollte ihn abhalten!«

»Das heißt, es war seinerseits bereits eine Tatabsicht zu erkennen?«

»Eindeutig! Er hat sogar angekündigt, die Sache selbst erledigen zu wollen! Ich versteh nur Heinz Woplatek nicht: Nimmt den eigenen Wagen, um einen Anschlag auf Zawodnik zu verüben, und lässt das Fahrzeug dann auf dem Gelände der Fleischfabrik stehen? Wie blöd muss man sein? Das deutet doch auf Rufschädigung hin. Jemand schnappt sich so einen roten Transporter und will es aussehen lassen, als wäre es Woplatek selbst gewesen!«

»Oder wie gscheit muss man sein! Vielleicht wollte Woplatek ja genau das, wollte also, dass es nach Rufschädigung aussieht, und war es doch selbst! Wir haben im Wagen zum Beispiel eine rosa Flasche Glaciem gefunden, so ein völlig überteuertes Nobelmineralwasser, das aus dem aufgetauten Gletschereis der Eiszeit stammen, eines der reinsten Wasser dieser Erde sein soll, und man nur dann vertrottelt genug ist zu kaufen, wenn einem der Glanz des eigenen Reichtums ausreichend das Hirn versengt hat. Und Glaciem-Flaschen stehen bei Woplatek im Haus genug herum. Seine neue Dulcinea Ludmilla säuft das wahrscheinlich literweise!«

»Vielleicht hat ja sie ihn ermordet oder ermorden lassen, zwecks Erbschaft?« Und natürlich ist da auch der Gedanke bei Willibald Adrian Metzger, was passieren würde, wenn ein vom Vater stets gepeinigtes, erniedrigtes Kind, wie Hansi eines ist, eines Tages beschließt, sich zu erheben.

»Wie auch immer, wir schauen uns das ohnedies alles sehr genau an und warten jetzt einmal, bis der verhaftete Zawodnik wieder spricht, denn der schweigt wie ein Grab. Wichtig ist, dass dir nichts passiert ist, Willibald!«

»Und was ist aus diesem touchierten Hofer geworden?«

»Hat überlebt, wenn auch ein bisserl zugerichtet. Allerdings leider immer noch zu wenig ramponiert, um ihn ein wenig demütig werden zu lassen. Du bist ja schon in den Genuss gekommen.«

»Das weißt du also auch schon? Werd ich jetzt satellitenüberwacht?«

»Wenn man so wie Hofer in der Öffentlichkeit steht, sollte man eben doppelt aufpassen, auch auf sein Verhalten! Ich hab kürzlich eine bekannte Nachrichtensprecherin in einer kleinen Damenboutique erlebt, die völlig grundlos eine Kundin dermaßen abfällig angeschnauzt hat, so red ich maximal mit Schwerverbrechern und weiß, keine Sekunde mehr werd ich mir den Trampel im Fernsehen anschauen.«

Irene Moritz hält dem Metzger erneut ihr Smartphone entgegen. Hofer ist zu sehen und zu hören, wie er sich an der Würstelbude mit rohem Ton vordrängt, rüde verhält, seinen Leberkäse einpackt, davongeht, wie er die hübsche Dame an der Bushaltestelle bemerkt, wie er stolpert und schließlich gerammt wird.

»Gebrochen zwar vom Aufprall zwei der vierundzwanzig Hofer-Rippen, vom Zu-Boden-Fallen das Glas seiner Armbanduhr, ein Erbstück väterlicherseits, vom Darüberrollen des Kleinlasters sein Laptop, leider aber nicht sein Stolz! Kollege Krainer ist gerade im Spital, um ihn zu befragen. So ein Widerling!«

»Wer jetzt? Der Krainer oder der Hofer?«

Irene Moritz lacht. »Ja, da hast du recht, das ist sicher lustig, wenn die beiden gegeneinander in den Ring steigen!«

Und *Eye of the Tiger,* Rocky III, erfüllt die Werkstatt. Diesmal nicht aus dem Radio, sondern aus Irenes Tasche. Klingeltöne dienen eben nicht allein zur Bekanntmachung eines Anrufers, sondern auch der Angerufenen.

»Wenn man vom Teufel spricht!«, hebt Irene Moritz nun ab, bedeutet dem Metzger zu schweigen und aktiviert die Lautsprecherfunktion ihres Telefons.

Unangenehm hallt die Stimme Josef Krainers durch den Gewölbekeller, und daran ist wahrlich nicht die Akustik schuld.

»Kollegin Moritz, Sie müsserten dr–«, schneidend sein Ton, »ja, wo sind denn Sie bitte grad? In einem Mausoleum?«

»Fast, Krainer, fast! Also, was gibt's?«

»Sie müsserten dringend ins Spital fahren! Am besten gleich.«

»Muss ich das also? Ist das ein Befehl?«

»Würde ich mir nie anmaßen, Sie sind ja immer noch der Chef! Aber ...«

»Die Chefin, Krainer! Und warum muss ich ins Spital fahren, wenn doch Sie schon dort sind?«

»Weil es sonst den nächsten Mord gibt, und zwar offiziell. Ich hab ja schon viele Kotzbrocken kennengelernt auf dieser Welt, aber Hofer schlägt alles!«

»No, jetzt sind Sie nicht so selbstlos und uneitel, Krainer!«, erwidert Irene Moritz, und der Metzger reißt ob der Unverblümtheit dieser für ihn absolut nachvollziehbaren Aussage die Augen auf. Er mag ihn eben nicht und geht ihm tunlichst aus dem Weg, diesem hierher versetzten Potenzprotz Krainer, der nach dem Tod des Eduard Pospischill die in der Dienststelle entstandene Lücke noch deutlicher spürbar hat werden lassen. Irene Moritz hingegen wählt berufsbedingt die direkte Gerade.

»Was ist los, Krainer, warum plötzlich so mundtot? Haben S' mit Mord Selbstmord gemeint?«

»Ihr Charme verblüfft mich eben immer wieder, Kollegin Moritz!«

»Bitte nicht flirten mit mir auf leeren Magen, Krainer! Also: Was ist jetzt mit dem Miguel Hofer?«

»Ich korrigier Sie ja nur ungern, Frau Kollegin. Aber laut Hofer heißt er nicht Miguel Hofer, sondern Miguel Maria

Hofer! Der besteht auf sein ›Maria‹ wie ein einarmiger Bandit auf den Münzeinwurf. Nur, ich sag Ihnen: Miguel Hofer kann sich weiß Gott was Nettes zwischen Vor- und Nachnamen schieben, es gilt trotzdem: Brautkleid bleibt Brautkleid und Blaukraut bleibt Blaukraut.«

»Um zu zeigen, wie wunderbar Sie diesen Zungenbrecher beherrschen, haben Sie mich jetzt aber nicht angerufen, Krainer, oder?«

»Aus Hofers Doppelzimmer ist jetzt die von ihm, weil zusatzversichert, geforderte Einzelbelegung geworden, dafür liegt ein Herr Horak auf dem Gang. Hofer geht es offenbar gut, denn er ist übelster Laune und hängt am Schlauch, den ich ihm liebend gern von der Ringerlösung an eine Kaliumchlorid-Infusion umstecken würde, aber dann könnte er ja nicht mehr mit Ihnen reden, denn er glaubt, bei dem Anschlag auf den Würstelstand könnte es um ihn gegangen sein. Das glaubt er wahrscheinlich immer. Jedenfalls hatte er einen Krach mit einem ehemaligen Studienkollegen namens Richard Vogel, ein pensionierter Turn- und Deutschlehrer, der ihm zum x-ten Mal dasselbe miese Manuskript zwecks Weitervermittlung andrehen wollte. Weiters ist Vogel, so behauptet Hofer, auch noch ein ehemaliger Bekannter von Woplatek, mit dem er ebenfalls im Clinch lag, und schreibt auch selbst Literaturkritiken für seinen eigenen Blog. Und mehr hat mir Hofer dann nicht mehr erzählt, sondern kategorisch erklärt: ›Ich will jetzt nur noch mit Ihrer Chefin reden!‹ Achtung, ich zitiere: ›Und nicht mit dem billigen Fußvolk!‹«

»Zitieren können Sie auch, Krainer, Applaus. Wobei: Wo er recht hat, hat er natürlich recht, der Hofer. Dann kümmern Sie sich jetzt eben um andere Sonderfälle!«

»Ja, der Metzger zum Beispiel, der gehört auch verhört, darf ich mir den Affen vorknöpfen?«, hallt es durch die Werkstatt, und dem Restaurator kommt ein freundliches

»Ihnen auch noch einen wunderschönen Tag, Herr Krainer!« aus, worauf Irene Moritz das Telefonat beendet – »Bestens, Willibald, das wird jetzt sogar dem Krainer peinlich sein!« – und ihres Weges gehen will.

»Wenn ich richtig aufgepasst habe, war doch da noch etwas, Irene, oder?«

»Wie jetzt?«

»Du hast doch vorhin zwei Neuigkeiten angekündigt. Also. Erstens: Das Telefon wurde schon erfunden. Das weiß ich somit. Und war wäre die zweite?«

Es ist ein seltsam in sich gekehrter Blick, den diese Frage bei der ansonsten so offenherzigen Polizeibeamtin auslöst. Beinah ertappt wirkt sie, als hätte sie sich diese Situation ersparen wollen. Nur, es hilft ja alles nichts, denn wie gesagt: Irene Moritz lebt ihren Beruf, und das bedeutet für ihr gesamtes Umfeld nichts Gutes, insbesondere nun für den Metzger, mit weitreichenden Konsequenzen.

»Ja, du hast recht, Willibald. Da wäre noch etwas: Veränderung!«

»Du wirst befördert, hab ich recht!«

»Das trifft vollkommen zu!«, gibt sie klein bei und schickt fast entschuldigend hinterher: »Ich bin also eine Quotenfrau!«

»Na, sei froh, weil wenn es um Qualifikation ginge, gäbe es wahrscheinlich überall nur dreißig Prozent Männer, und stell dir vor, es gäbe keine gerechte Quote wie 50:50, dann hätten wir Mannsbilder gar keine Chancen mehr!«

Ein leichtes Lächeln legt sich auf ihre Lippen. »Willibald, die Beförderung ist, wie gesagt, eine vollkommene, nicht nur vertikal, auch horizontal!«

Und der Metzger kennt sich aus, spürt den heftigen emotionalen Treffer in die Magengrube, wenn nicht sogar Tiefschlag. Der nächste Mensch, der ihm abhandenkommt, und irgendwie fühlt er sich mit seinen dreiundfünfzig ausgebremst wie ein einsamer Fünfundachtzigjähriger, wenn alles an Freunden und Vertrauten bereits erwartungsvoll die himmlischen Heurigenbankerln vorwärmt.

»Und wie weit wird das sein?«

»Ich wollte immer schon in die Berge, wie du weißt!«

»Wusste ich nicht. Und wer wird hier übernehmen? Bitte sag: Quotenfrau!«

Keine Antwort ist auch eine Antwort, und Willibald Adrian Metzger wagt sich den vor Stolz nur so aus jeder Pore zum Brechmittel werdenden Josef Krainer erst gar nicht vorzustellen.

»Und ab wann?«

»Theoretisch Ende des Monats!«

»Und praktisch?«

»In ein paar Tagen, ich hab noch so viel Urlaub offen.«

»Von wegen also: Das Telefon wurde schon erfunden!«

»Es hätte nichts geändert, Willibald, und bleibt für unsere Freundschaft so oder so beschissen. Ich wollte es dir ja eh ständig sagen, aber …«

»Ist schon recht!«, unterbricht sie der Metzger. »Was nutzt uns schon die Jammerei. Kümmere dich um deine Arbeit!«

»Ja, Miguel Hofer, damit mir hier der Abschied nicht ganz so schwerfällt!«

»Um Gottes willen!«, ringt sich der Metzger humorvoll ab. »Was für ein Verbrechen: nur nicht das ›Maria‹ vergessen! Und jetzt geh schon.«

Doch Irene Moritz geht nicht. Kommt ungelenk ein bisschen näher, streckt ihm die Hand entgegen: »Ich melde mich, sobald ich wieder in der Stadt bin, versprochen!«, erklärt sie mit einer hörbar übertriebenen Standfestigkeit, und der Metzger versteht: Dieser Besuch ist in Wahrheit kein dienstlicher, sondern ein hinterfotzig persönlicher. Ein Abschied, der möglichst kurz und schmerzlos sein soll. Doch schmerzlos, daraus wird nichts.

»Tu das!«, flüstert er sichtlich getroffen.

Dann ergibt sich Seltsames. Eine Umarmung. Wahrscheinlich, weil beide nicht wirklich wissen: wie sonst verhalten? Und oft ist es besser, so etwas einfach bleibenzulassen, denn Umarmungen sagen so vieles. Drückt man eine Marmorsäule, starr und kühl, greift man gar einem sich leicht nach hinten biegenden Stoppschild hinterher, oder schlingt sich etwas Weiches um uns, sanft, lässt uns darin versinken, als wäre man, wie sich zumindest die Fantasie das so gerne vorgaukelt, behaglich auf Wolken gebettet, sprich auf einer nassen, kalten, durch Lichtstreuung sichtbar gewordenen Ansammlung feiner Wassertropfen.

Keine Spur also von Romantik. Die Umarmung der Irene Moritz nämlich fühlt sich für den Metzger so hölzern an, als umschlinge er einen uralten Kirschbaum, da muss man schon ein versierter Kletterer sein, um die hoch hängenden, süßen Früchte ohne Absturz zu erreichen. Sicher, Bäume zu liebkosen kann in dem Bewusstsein, eben einen Baum vor sich zu haben, ein durchaus schöner Moment sein, auch für allerlei herabrieselndes, hungriges Getier, da erwartet man keine Innigkeit, bei Irene Moritz aber überrascht ihn diese seltsame Distanz. Warum so kühl? Was steckt da Verborgenes in ihr?

Schließlich ein Loslösen, ein »Also dann!«, ein Verlassen der Werkstatt, ein kurzer Blick zurück durch die Scheibe, ein letztes Heben der Hand, ein schneller Schritt.

Und auch der Metzger tritt hinaus ins Freie, sieht ihr hinterher, sieht sie plötzlich stehen bleiben, ein wenig durchgebeutelt, ein Taschentuch ziehen, es zur Nase führen, die Augen damit abtupfen, und versteht. Alles.

Einfach nur lächerlich dieser Gedanke eines dem Leben

hinterhergeschickten Fegefeuers, wenn es doch ohnedies die irdische Marter des Abschiednehmens gibt.

Und diesbezüglich sieht die Zukunft des Metzgers ziemlich nach Purgatorium aus.

15

Mutter Gottes

»Maria.

Was für ein Verbrechen. Absolut unverzeihlich.

Ein gravierender Verstoß gegen jeden auch nur halbwegs guten Geschmack.

Manche Namen gehören in gewissen Fällen eben behördlich geschützt. Oder verboten.

Wahrscheinlich wäre es überhaupt das Klügste, dieses ganze Theater mit der Namensgebung komplett zu überdenken, neu zu organisieren.

Eltern haben ihr Kind noch nie gesehen, oder maximal als zerdrückten, ein paar Stunden alten Frischling, wissen also nichts über den neuen Erdenbürger, wissen nicht, wird er ein Vollpfosten oder Hochbegabter, wird er ein Quasimodo oder Supermodel, und müssen auf Lebzeit die Entscheidung treffen, ob Jennifer oder Julia, Justin oder Julius.

Wie soll das gehen?

Und eine falsche Wahl kann die Unbeschwertheit so eines Neugeborenen langfristig auf Anhieb zu Grabe tragen. Eltern, die ihre Kinder Dagobert, Adolf, Chantal taufen, gehört die Fürsorge entzogen. Jemand, der Primus heißt, muss in Anbetracht der hohen Erwartungen mit dem ewigen Schandmal des Versagens zu Rande kommen. Ein Silvester darf entweder als das Symbol ewig leerer Versprechungen herhalten oder als der Inbegriff eines Säufers. Jede Olga muss, bevor es ihr möglich wird, überhaupt eine

individuelle Olga sein zu dürfen, zuallererst den Ruf beseitigen, Auftragskillerin zu sein oder Edelnutte oder Geigenlehrerin.
Das Schicksal navigiert sich an der vorgegebenen Route deines Namens entlang. Manche Idioten nennen diesen Umstand Zufall oder Vorsehung oder Gottes Wille. Schwachsinn natürlich. Des Adolfs, Dagoberts, Chantals verborgener Wille trifft es eher. Denn vielleicht wäre ja ein x-beliebiger Junge beispielsweise ein durchaus kluges Kind geworden, hätte es kein Kevin sein und somit kläglich scheitern müssen. Ja kläglich, denn in all den vielen Jahren seines Daseins ist ihm nicht ein einziger Kevin untergekommen, der kein handfester Trottel gewesen wäre. Was keineswegs bedeutet, dass da unter all den Benedikts nicht auch einige sind, die prächtige Kevins abgegeben hätten.
Warum also soll sich ein Name nicht ändern können?
Töpfe müssen her. Man qualifiziert sich durch seine Lebensführung, Geisteshaltung, Intelligenz, wird dadurch jener Namensgruppe zugeteilt, deren man sich würdig erwiesen hat, und dann geht es zur Ziehung. Und das zum Beispiel alle sieben Jahre. Ein Aufstieg aus dem Idiotentopf wäre also möglich, von Kevin, Pankraz, Wendelin stufenweise hinauf über das traurige Mittelmaß wie Thomas, Eugen, Friedrich zum erträglichen Mittelmaß wie Martin, Günther, Christian bis möglicherweise zu einem alles überragenden Oskar, Lukas, Jonathan.
Und dann natürlich muss es auch Namen geben, die sind heilig, die gibt es nur als Auszeichnung für ein wirklich unbescholtenes, friedliebendes Leben.
Namen wie beispielsweise Maria.
Nie und nimmer dürfte sich folglich so ein Scheißkerl wie sein erstes Opfer zusätzlich ›Maria‹ nennen.
Niemals.
Welche Herabwürdigung aller Marias dieser Erde.

Und auch wenn es heißen mag: ›Maria voll der Gnade‹, daraus wird nichts. Keine Gnade.«

Und so schwer es ihm fällt, das zuzugeben, aber hier bringt ihn dieses jämmerliche Buch jedes Mal zum Schmunzeln.

16

Denkst du bitte an 13 Uhr, holst du Lilli ab und vergisst du nix Fruchtriegel, weil wird Hunger haben!«

So lautet der Abschiedsgruß an diesem Morgen. Und es ist sowohl ein nervöser Abschiedsgruß als auch ein gereizter Morgen.

»Mach ich, Danjela, und du, freu dich dieses schönen Tages!«

»Wäre noch viel schöner, wenn installierst du endlich Ventilator oder Klimaanlage oder buchst du Urlaub an Nordsee? Schwitz ich jede Nacht wie nach Halbmarathon, und hab ich satt ständige Pickerei auf Matratze, wie, wie …«

»Wie eine Briefmarke. Sozusagen ein Liebesbrief!«, versucht es der Metzger mit einem kleinen, charmant gemeinten Witz – und scheitert kläglich.

»Brauchst du mir nix unter Nase reiben, gerade jetzt vor Freibadbesuch, weiß ich selber: Briefmarke ist schlanker!«

Der Mann meint das eine, die Frau versteht etwas völlig anderes, an sich keine Neuigkeit, in diesem Fall aber steckt nicht nur das Fehlen der beiden Simultanübersetzer namens Toleranz und Gelassenheit dahinter, sondern eine große Portion Aufregung.

»Keine Sorge, Danjela, es wird schon gutgehen!«

»Und wenn Uwe ist primitive Neandertaler und liebt ihn Trixi trotzdem, was machen wir dann?«

»Dann nehm ich mir einen Leihwagen und fahr mit ihm eine halbe Runde auf dem Nürburgring!«

»Aber hast du gar nix Führerschein!«

»Eben!«

Kurz kommt Danjela ein Schmunzeln aus.

»Hoff ich, vergeht dir heute nix lachen!«

»Das hoff ich auch. Und jetzt geh schon!«

Ein Kuss, ein »Danjela, hier die Badetasche!«, ein Bemühen, denn auch der Metzger beginnt diesen so aufregenden Tag mit Bluthochdruck. Dann geht sie, fällt die Tür ins Schloss: »Und vergiss du nix um 13 Uhr Lilli!«

»... und den Fruchtriegel. Wie könnte ich!«, denkt er sich nur, der Metzger: Abgesehen davon steht das ja auch alles auf einem Post-it an der Eingangstüre und einem auf dem Badezimmerspiegel und einem auf dem Kühlschrank.

Genauer gesagt steht da: »13 Uhr: Untergang Uwe!«

Und genau das ist der Plan.

Denn diesem Uwe gilt es heute erstmals auf den Zahn zu fühlen. Nichts könnte Danjela größere Angst bereiten, und ja auch dem Metzger.

Ein Zweistufenplan musste also her:

1. Danjela verbringt in aller Offenheit den Vormittag mit Trixi und ihrem Neuen.
2. Der Metzger holt Lilli aus dem Kindergarten ab und bringt sie an den Ort dieses Geschehens.

Und kaum ein absurderer, heiklerer, ganz dem Motto »In aller Offenheit« entsprechender Ort hätte seiner Auffassung nach für ein erstes Zusammentreffen ausgewählt werden können als dieser: »Na, dann gehen wir doch alle gemeinsam ins Freibad, Lilli wird sich riesig freuen!«, gab die nach ihrem Urlaub gewiss braungebrannte Trixi genau jene Zielkoordinaten vor, deren Anpeilung Willibald Adrian Metzger seit zwanzig Jahren tunlichst vermeidet – aus gutem Grund.

Wer wiederholt schon eine Exkursion, die dank einer

höchst üblen Laune der Natur zu einem Erlebnis allergrößter Erniedrigung wurde und heute noch Angstträume bereitet.

Denn:

- Da war die Erstverabredung mit einer gewissen »Ich bin oben im Freibad!«-Pazifistin namens Sabine. Wobei von Verabredung nicht die Rede sein konnte, eher von einem: »Meinetwegen, dann kommst du eben dazu!«
- Da war zwar der Widerwillen des Metzgers, die Angst vor dieser Zurschaustellung, aber doch auch die Sehnsucht nach endlich einer ersten Freundin.
- Da war sein Spießrutenlauf von der Umkleidekabine zu Sabines Handtuch, barfuß, in knapper Badehose, knappem weißem T-Shirt mit schwarzem Peace-Aufdruck, ein Strich aufwärts, zwei schräg abwärts, ein beinah raketenartiges Symbol.
- Da waren seine schlechte Körperhaltung, dieser unsichere, gebückte Gang, dazu der ungewollt herausragende Anblick seines aus dem Leibchen hängenden Bauchfettlappens.
- Da war dann nicht das Handtuch, sondern eine ganze Doppelbett-Tagesdecke, und darauf nicht nur die den Metzger ziemlich ignorierende Sabine, sondern auch noch Clara und Brigitte und Eva und Kurt und Emil, die Mädels alle in wunderbaren Bikinis, wunderbar gebräunt, wunderbar geformt.
- Da war vor allem Sabine kein Strich in der Landschaft, sondern von wohlig geschwungener Natur, genau so, wie es damals schon dem Schönheitsideal des Willibald entsprach, dieser herrlich barocke Überfluss, diese perfekte Mischung aus Weiblichkeit und Selbstbewusstsein.
- Da war des Willibalds gänzlich ungeübter Blick auf derart herrlich präsentierte Beinah-Nacktheit, auf die sich unter

den Oberteilen abzeichnenden Oberweiten, denn es gab ja damals noch kein Internet, nur Pornohefte, und niemals hätte er sich eines zu kaufen gewagt.

- Da war dann des Willibalds Badehose gleich noch ein wenig knapper, der Abdruck darauf beinah wie das Peace-Symbol darüber. Belustigung auf der Gegenseite, endlich also wurde er bemerkt.
- Und schließlich war da die Kehrtwendung Willibalds, das Davongehen, auf der Decke die lachende Sabine, auf dem Kleefeld die summende Biene, der kurze Aufschrei, das vor Schmerz einbeinige Gehopse, das Zu-Boden-Fallen, das Gelächter rundum, der Kommentar: »Jetzt hat er gleich die zweite Schwellung!«, das Eiltempo, die Tränen der Schande, Tageskarte adieu, Sabine adieu, nie mehr Freibad.

Heute Nachmittag aber doch. Unausweichlich.

17

Als Beate Gruber an diesem Morgen von ihrer Nachtschicht in der Wurstfabrik und den ausführlichen Gesprächen mit der so sympathischen Ermittlerin Irene Moritz nach Hause kam, lag ihr geliebter Mann nicht in seinem Bett, sondern in dem durch den Vorhangspalt schimmernden Sonnenlicht auf dem Boden. Auf seiner Brust ein Blatt Papier. In seiner Hand ein Bleistift.

Er musste ihn zu spitzen versucht haben, denn auf seinem Nachthemd tanzten in der leichten Zugluft die unter der Klinge zu Trichtern herausgeschraubten, hölzernen dünnen Bänder mit ihren gewellten, lackierten Spitzen. Sie tanzten wie Ballettröckchen.

Er schien glücklich. Ein sanftes Lächeln hatte sein sonst so fahles Gesicht in Beschlag genommen und gab dieser Blässe eine Farbe, die weder auf einer Skala zu finden noch abzubilden möglich ist.

Auch auf dem Bett Papier.

Zwei lose Blätter, beschrieben mit eckigen Buchstaben, und jeder einzelne ein Dokument des Willens, der Überwindung.

Kein Strich gerade, kein Punkt dort, wo er sein soll, keine Zeile, die nicht eine Welle wäre.

Und doch vermochte es Beate zu entziffern. Zärtlich gab sie ihrem Mann einen Kuss.

»Wolltest du dich allein in den Rollstuhl setzen und bist rausgefallen, oder?«

»Wie sauber es unter dem Bett ist!«

Sein Nicken, sein Schmunzeln ein einziges Leuchten. Das Strahlen eines Schelms.

»Willst du noch liegen bleiben?«

»Gern!«

Sie öffnete den Vorhang, auf dass ihn auf dem Teppich liegend die Sonne gänzlich umarmen konnte.

»Wie an der Riviera«, schloss er genussvoll die Augen.

Beate nahm auf dem Bett Platz, ergriff die Triangel über ihrem Kopf, ließ sich vorsichtig zurücksinken und begann zu lesen.

Das erste Blatt.

Ricarda war das einzige Kind einer Juristin, lebte zuerst mit ihren Eltern, dann nur mit ihrem Vater in einer Villa, wurde selbst Juristin, verklagte erfolgreich ihre Mutter, beerdigte irgendwann ihren Vater, gab das Haus auf, legte sich den Segel- und Flugschein zu, kam dem Himmel näher, sah die Berge von oben und viele Villen von innen, sah das Meer und viele Männer und starb mit dreiundsechzig Jahren auf ihrer Jacht.

Dann das zweite:

Walter war der Sohn einer Bauernfamilie, lebte mit seinen Eltern in einem kleinen Dorf, wurde Landwirt wie sein Vater, fand eine Frau wie seine Mutter, zeugte einen Sohn und zwei Töchter wie seine Eltern, verließ nur einmal das Dorf, um sich einen Anzug schneidern zu lassen, bestellte die Felder, pflegte die Tiere, ließ sich von Wind, Wetter, Krankheit nicht beirren, stand niemals nach 5 Uhr auf, ging niemals nach 22 Uhr zu Bett und wurde mit vierundachtzig Jahren in seinem Anzug beerdigt.

Etwas lauter wurde der Atem zu Beates Linker. Behutsam rollte sie sich zur Seite und blickte abwärts. Seine Augen waren geöffnet, sein Lächeln war immer noch da. Auf ihrer Wange Tränen.

»Du hast kurze Geschichten des langen Lebens geschrieben. Wie schön! Darf ich?«, griff Beate nach dem auf seiner Brust liegendem Blatt und sah sein Zwinkern. Also ja.

Hannelore war das unglückliche Kind einer Arbeiterfamilie, wurde unglückliche Stewardess diverser Kurzstreckenflüge, sah unglücklich die europäische Welt, wurde unglückliche Stewardess diverser Langstreckenflüge, sah eines Tages Yomoto, wurde glücklich, wurde Mutter einer Tochter, wurde Tagesmutter vieler Kinder, wurde Großmutter, wurde zehn Jahre älter als ihr Yomoto und starb mit einundsiebzig Jahren.

»Und du stirbst nicht. Du bist hier. Mein größtes Geschenk! Du wirst noch weitere großartige Geschichten schreiben, hörst du.«

Und nun weinte auch er.

Glück hat viele Gesichter.

18

Erste Liebe

Glück hat viele Gesichter.
Leise ihr Stöhnen.
Nur noch ein paar schwere Atemzüge, dann Befriedigung.
Späte Befriedigung. So soll es sein.
Sie mit ihren eigenen Waffen schlagen, an die Bücherwand ketten, ihr zuerst verdeutlichen, wie schnell die Zeit vergeht, und direkt über ihrem Kopf einen Fischer-Weltalmanach nach dem anderen in Bewegung setzen, schön Ziegel für Ziegel, beginnend mit Band eins, 1960, sechsundfünfzig Mal, zack, zack, zack, die Bildung in den Schädel hämmern.
In weiterer Folge, um ihr auch eine letzte Chance zu geben, über den Sinn des Lebens zu sinnieren, der Reihe nach die vollständige Heidegger-Gesamtausgabe herabdonnern lassen bis zur Besinnungslosigkeit, einhundertzwei Wälzer. Sie danach mit Klebebändern umwickelt wie einen Wurm in die Badewanne legen und sie nicht mit Wasser, sondern mit einem Schwall kleinen gelben Ungeziefers überschütten, bis sie wieder zu Bewusstsein kommt, bis ihr diese wunderbar effizienten literarischen Folterinstrumente alle endgültig stinken, bis sie nicht mehr heraussieht, erdrückt von Emilia Galotti, Wilhelm Tell, Faust, Dantons Tod, König Ottokars Glück – und Ende.
Ja, genau das hätte er damals schon tun sollen. Dann wäre ihm und vor allem dieser Welt eine Menge erspart geblieben. Ihm all diese Demütigungen. Der Welt eine Blechwüste,

bestehend aus Altpapier-Containern, vollgestopft mit hundsmiserabler Literatur.

»Gnade. Bitte!« Langgezogen das »e«, gepresst, kein Wunder. Die gewichtige Reclam-Überfrachtung zeigt Wirkung. Nur noch ihr blutverschmiertes Gesicht blitzt aus dem gelben Vollbad heraus. Sinnlos jedes Geraunz. Erstens wird sie hier, in dieser Festung, keiner hören können, zweitens wird es nicht für Umstimmung sorgen. Also entsprechend nachlegen. Passend zu ihrer Situation ein bisschen Hofmannsthal: der Unbestechliche, der Schwierige, der Turm. Gleich ist es vorbei, wird sie verschwinden, endgültig, Jedermann davon erfahren.
Gibt es ein schöneres Dahinscheiden für Germanisten als dieses? Denn seine Junglehrerin wurde zuerst Volontärin, dann Lektorin, dann Programmleiterin.

Frieda Margot also. So hieß sein Schicksal, und diesbezüglich kann ruhig in der Vergangenheit gesprochen werden, denn so wie es geschrieben steht, liegt sie nun hinter ihm, nicht nur körperlich, sondern gleich auch als Kapitel seines Lebens.
In der Blüte seines Schaffens befand er sich, Bücher sein Ein und Alles, da trat sie in sein Leben und als Junglehrerin an die Tafel. Deutsch, Geschichte.
Eine zarte, kleine Person. Nicht nur einmal, dass sich Frieda Margots Rückseite von ihren eigenen Kollegen nach dem Pausenläuten ein »Was machst du Gfrast da noch am Gang heraußen? Ab mit dir in deine Klasse, pronto!« anhören musste. Und auch der Vorderseite wurde kaum die Großjährig-, geschweige denn Weiblichkeit abgenommen. Kurze Haare, flache Brust, schmale Hüften, kindliche Gesichtszüge. Einer derartigen Kombination ist besonders von Schülerseite die Verhöhnung gewiss. Kaum war in der mit »Lehr-

körper« titulierten Glasvitrine neben dem Konferenzzimmer auch ihr Konterfei zu sehen, wurde mit wasserfestem Folienstift das h des Lehrkörpers in ein zweites e verwandelt. Und Frieda Margot erbat sich in der Direktion, dies auch genauso stehen zu lassen, wohl wissend, selbst der größte Vollpfosten, wie zweifelsohne auch der Direktor einer war, sollte hier in Bälde kapieren, was zu füllen im Leben einzig von Bedeutung wäre, was also an einer Frau tatsächlich scharf zu sein hat. Nicht die weiblichen Rundungen, die prallen Lippen, der einladende Blick, sondern der Verstand. Messerscharf sogar. Analysieren, diskutieren, filetieren. Mit Sarkasmus und punktgenauen Spitzen jede Aufgeblasenheit zerplatzen lassen, auf dass die mickrige, leer gewordene Hülle liegen bleibt vor aller Augen. Zerfetzen wie einen Luftballon, aussaugen wie eine Weißwurst, das war die hohe Kunst der Frieda Margot.

Da verging selbst dem größten Spaßvogel der Spaß, wodurch allein der Vogel übrig blieb. »Ein Gockelhaufen mit Spatzenhirnen«, entkam es ihr nicht nur einmal während des Unterrichtes, und ja, zu diesem Zeitpunkt war es noch Liebe.

Ja, Liebe. Und noch nie zuvor hatte er auf diese Weise empfunden.

Denn etwas bewegte ihn, zog ihn an, beziehungsweise kam aus ihr. Etwas höchst Erotisches. Etwas, das ihn nicht mehr loslassen wollte. Ihre Stimme.

Dieser sanfte, in feinem Sopran ertönende Glockenklang, wie ein Wachrütteln, jeder Widerstand zwecklos. Dazu, als würde ein sanfter Wind wehen, das stets zarte Hauchen. Stimmbänder, die sich nicht ganz schlossen, offen also, wie eine liebkosende Einladung, trotz ihrer verbalen Brutalität. Offen für alles vielleicht? Es war ein Weihnachtsfest, der Festsaal, der Schulchor, die Gedichte, vorgetragen von Schülern, Lehrern, darunter auch er und Frieda, sie las, der ganze Raum ein Wallen, er las, der ganze Raum ergriffen, so zumindest sein Selbstbild. Er sah sich ihr nahe. Und als ihm zu Ohren kam, Frieda werde ebenso in einem kleinen Literatur-Café lesen, eigene Texte sogar – weil sie in Literaturkreisen beheimatet zu sein scheint wie er in seiner Küche, ja, nicht nur eine Sportskanone, auch ein Meister der Kochkunst ist er, der Bohrmaschine, des Klaviers, Gesanges, im Grund gibt es nichts, dessen er sich nicht mächtig sieht, Gott hat ihn eben begnadet –, wollte auch er dort lesen. Natürlich ebenso eigene Texte, ernste, humorige, je nach Wunsch, denn ob Tragödie oder Komödie, er beherrscht alles.

Nur diese Frage hat er ihr gestellt, diese eine simple Frage: »Es stört Sie doch sicher nicht, wenn ich auch?«

Es störte.

Und das traf. Sie kannte ja seine Texte nicht.

Also auf ein Neues. Nicht lockerlassen.

Vergeblich. Frieda Margot wechselte nach kurzer Zeit Richtung Buchbranche, nur, um Jahre später erneut auf ihn zu treffen.

Und nun liegt sie vor ihm. Kalt das Badezimmer, die Wanne. Nein, er wird kein Wort mit ihr sprechen, keines der Verhöhnung, der unnötigen Qualen, wird sie nicht fragen, ob er es gut getroffen hat, ob es sich für sie genauso lustig anfühlt, wie es in diesem elenden Schund geschildert steht. Er wird einfach die Hörfassung weiterlaufen lassen, den Raum verlassen, sich ihr Jammern und Schreien ersparen.

Endlich kann es losgehen. Nur noch ihr Blick ist frei, gebrochen, dazu ein leises Flehen: »Es tut mir so leid. Deine eingereichten Manuskripte, ich, ich, ich hätte dir einen Vertrag anbieten sollen, anstatt … ich …«

Als ob es nur darum ginge! Zeit zu gehen, mit Anstand und Respekt. Den Inhalt eines Benzinkanisters in die Badewanne leeren, ihr mit dem letzten Reclam die Augen schließen, im Guten, im ewigen Gedenken an sein einst loderndes Feuer der Zuneigung, bevor alles in Flammen aufgeht. Turgenjew. Erste Liebe.

19

Da braut sich etwas zusammen.
Der Metzger kann es spüren.

Abmarschbereit stehen die Eltern nicht wie üblich neben den mit Symbolen von Hase bis Gänseblümchen versehenen Garderobenhaken, sondern auf dem Gehsteig, und nicht wie sonst wird entspannt geplaudert. Der Grund dieser unfreiwilligen Zusammenkunft, dieser kommunikativen Zwangsbeglückung ist ein simpler: die Kleinen holen, einladen, abrauschen, wohin auch immer, sich offiziell brüsten mit »Ins Grüne«, »Ins Freibad«, »Ins Museum« und dann inoffiziell ins klimatisierte Einkaufscenter oder gleich zu einem wahren Zenmeister, Wunderguru, sprich dem mindestens 48-Zoll-Ultra-HD-Flachbildfernseher im schattigen Wohnzimmer.

Und etwas im Abseits: der Metzger. Neben ihm Olga Mitrovic, sein und auch des Hofers Reinigungsengel. So wie die kleine Lilli verbringt ebenso ihr noch kleinerer Popow wochentags die Vormittage hier, und ja, Lilli hat sich Popow schon vorreserviert: »Wenn ich einmal groß bin, dann heiß ich vielleicht Mitrovic!«

»Hoffentlich geht die Sache unblutig aus!«, schätzt der Metzger die aktuelle Situation hier als ziemlich heikel ein und weiß, warum er Olga Mitrovic als Gesprächspartnerin jeder anderen Mutter vorzieht.

»Es ist jetzt 13 Uhr 15, verdammt! Eine Viertelstunde, das muss doch wirklich nicht sein!« Astrid Burger ist außer sich. Schuld daran ist Frau Schober, sprich Tante Irmgard. Heute Vormittag nämlich wurde eine Wanderung in den nahe gelegenen Wald unternommen, und offenbar »Hat sich die Schober von jedem Baum persönlich verabschiedet, oder wo bleiben die so lange?« versprüht sie weiter ihr Gift und erntet breite Zustimmung.

Wobei ehrlicherweise gesagt werden muss: Tante Irmgard ist dank Laiengericht immer schuld, wenn irgendetwas nicht stimmt, ob mit Felix oder Max oder Lukas oder den restlichen siebzehn Kindern. Irmgard Schober nämlich ist Kindergartenpädagogin, Tante ohne Verwandtschaftsverhältnis, sprich: die erste didaktische Fremdeinwirkung im Werdegang eines Menschenkindes außerhalb der Familie. Und sie macht ihre Sache hervorragend. Die Äuglein der Kinder trocken, weil kein Heimweh, die Windeln trocken, weil keine Angst. Folglich kein »Mami, ich will zu meiner Mami«-Gebrüll in der Garderobe.

Funktioniert natürlich auch mit Papi. Und Derartiges ist nicht für jeden Elternteil zwingenderweise gut zu verkraften. Man will ja Leid, selbst wenn gar nicht vorhanden, durch Teilen halbieren. Also Gruppentherapie, sich hinter dem Rücken zusammenschließen, irgendwelche Dinge, die von wem auch immer wem auch immer zu Ohren gekommen sind, subsumieren, in Endlostelefonaten Nichtig- zu Bedeutsamkeiten hochschaukeln, bis aus der lieben Tante Irmi schließlich der ersehnte Trampel Frau Schober geworden ist.

Und Willibald Adrian Metzger weiß von all der Verschwörung, denn dermaßen unverfroren wird hier heruntergeputzt, weghören unmöglich.

So auch heute.

Da erreicht die Tante-Irmgard-Selbsthilfegruppe gerade so richtig ihre Betriebstemperatur, kommt die Verdammte endlich um die Ecke und ruft den Eltern entgegen: »Bitte um Verzeihung, aber das war doch ein bisschen weiter als gedacht! Wandertag eben!« Sie lächelt erleichtert: »Die Kinder sind gleich da, mit Tante Veronika, ich bin nur vorgelaufen, um Sie zu informieren, liebe Eltern!«

»Und da können Sie, liebe Frau Schober, nicht hier im Sekretariat anrufen und Bescheid geben!«, brüllt Astrid Burger zurück.

Bitte nicht noch ein Unglück oder Todesfall!, geht es Wilibald Adrian Metzger da in Gedanken an Zawodnik und Woplatek durch den Kopf, und leider, dieser Wunsch wird nicht in Erfüllung gehen:

In den Händen mancher Mütter schaukeln, wie das Fluggerät beim leichtathletischen Hammerwurf, vielsagend die prall gefüllten Handtaschen nervös hin und her, und dem Restaurator wird angst und bange. All das, in Schwung gebracht, kann ohne großen Kraftaufwand einer zarten Person, wie Tante Irmgard zweifelsohne eine ist, problemlos den Schädel spalten. Und dass hier Damen stehen, die in ihren schönsten Träumen den Kiefer besagter Tante Irmgard schon mehrfach zertrümmert sahen, Jochbeinbruch inklusive, bestenfalls Nackenfraktur mit Sekundentod, bezweifelt der Metzger keinen Moment.

»Mein Akku ist leer!«, erklärt Irmgard Schober seelenruhig.

»Und Sie sind der einzige Mensch auf diesem Planeten, der ein Handy besitzt?«, lautet der Konter, und die neben dem Metzger stehende Olga Mitrovic geniert sich sichtlich in Grund und Boden. Da wird einem eben dann oft auf Anhieb der unsympathischste Gschropp, wie zum Beispiel der Burger-Sprössling Eugen zweifelsohne einer ist, zum Liebkind, wenn man erst die Eltern kennt.

»Wie man sieht, ist alles gutgegangen!«, kommt Tante Irmgard näher, erklärt mit einer süßen Freundlichkeit, an der wie in Gummizellen alles abzuprallen imstande ist: »Übrigens wurden mir die Anmeldungen für unseren Zoobesuch nächste Woche leider noch immer nicht vollständig abgegeben. Jetzt wäre, denke ich, eine gute Gelegenheit!« Unüberhörbar der darin versteckte und, wie es den Anschein hat, unberechtigte Vorwurf. Gibt ja auch wirklich keinen Grund, nicht zum wiederholten Mal schön brav und geduldig »Bitte« zu sagen, Erwachsene sind ja schließlich auch nur Kinder, wenn auch deutlich schwerer erziehbare. Betretenes Schweigen also auf der Gegenseite, und Irmgard Schobers Nerven schwächeln, ihr Ton wird schärfer: »Um exakt zu sein, fehlen mir von den zwanzig benötigten Anmeldungen genau fünfzehn! Fünfzehn unterschriebene Zettel samt je fünf Euro Unkostenbeitrag, ergibt fünfundsechzig Euro!«

Dann doch eine Antwort. Astrid Burger erhebt ihre in puncto Lautstärke geübte Stimme: »Wenn Sie wirklich exakt sein wollen, Frau Schober: Fünf mal fünfzehn ergibt laut hiesigem Rechensystem fünfundsiebzig!« Frau Burger ist Grundschullehrerin, muss man wissen. »Und vielleicht bedeutet ja das Nichtabgeben einer Anmeldung, dass man sein Kind ganz einfach nicht anmelden will! Außerdem hab ich kein Bargeld dabei.«

Irmgard Schober blickt konsterniert in die Runde, zu Wort kommt sie aber nicht, denn Astrid Burger legt eifrig nach: »Ganz abgesehen davon, dass ja Kinder unter sechs Jahren im Zoo ohnedies freien Eintritt genießen und die meisten Eltern eine Jahreskarte besitzen. Hat eben nicht jeder ein Einfamilienhaus, und ohne Garten ist der Tiergarten am Wochenende oft die letzte Rettung!«

Nicht unbedingt zur Freude der Tiere, wie der nun ausbrechende Wirbel befürchten lässt. Laut wird es. Hektisch. Verschwitzte Söhne und Töchter schwirren ums Eck, dahinter Tante Veronikas brüchige, laute Stimme: »Langsam!«

Denn vorbei ist es mit Reih und Glied. Wie ein Schwarm gieriger Spatzen befallen die Kleinen ihre fleischgewordenen Picknickdecken, sprich Eltern.

»Mama, für dich!«

»Onkel Willi, schau mal, für dich!«,

Popow und Lilli stürmen freudig auf Olga Mitrovic und den Metzger zu, der übernimmt ein paar Blätter, nicht in Weiß gehalten und mit Buntstift bemalt, wie er sie schon ladenweise sein Eigen nennt und von denen er kein einziges in den Altpapiercontainer übersiedeln lassen möchte, sondern Kastanie und von Miniermotten gezeichnet. Sogleich übergibt er gemäß Danjelas Anweisung (»Fruchtriegel, weil wird Hunger haben!«) den Snack, hofft, schnell das Weite suchen zu können, hofft auf Entschärfung der Situation und hofft vergeblich.

»Wo ist mein Nossi!«, reißt nämlich Burger-Söhnchen Eugen brüllend seiner Mutter die in Alu eingeschweißte Hartwurst aus der Tasche, die Tasche fällt mit halber Drehung und breitet nicht nur ihren Inhalt, sondern auch Astrid Burgers Persönlichkeit auf der Straße aus. Darunter loses Bargeld in Hülle und Fülle. Mütterliches Gebrüll, wie es diesem Erdkreis sonst wahrscheinlich nur innerhalb der eigenen vier Wände anvertraut wird. Und auch die Nerven der Tante Irmgard halten diesem Anblick nicht stand: »Kein Bargeld dabeizuhaben sieht meines Erachtens ein bisschen anders aus! Ich würde also vorschlagen, wir lassen das ganz einfach mit den Ausflügen, die finden ja ohnedies meistens in meiner Freizeit statt!« Noch ein bemüht freundliches Lächeln den Kindern gegenüber: »Habt ein schönes Wochenende, ihr Lieben!« Dann verschwindet Tante Irmgard denkbar rasch im Inneren des Kindergartens.

Und da sind die Tränen.

»Heißt das, wir fahren jetzt doch nicht in den Zoo?«, eröffnet Eugen das Gebrüll.

Nun muss fairnesshalber erwähnt werden: Auch die Sonne Lilli kann sich dermaßen flink in ein gewaltiges Sauwetter verwandeln, da nutzt kein Regenschutz dieser Welt. Ruckzuck sind es also drei Kinder, die hier losheulen. Eugen und Lilli, gefolgt von Popow. So etwas pflanzt sich fort wie ein städtischer Probealarm. Dann drei, dann vier, dann steht auch schon wieder Tante Irmgard vor der Tür, geht wortlos durch die Menge, an den Eltern, den Kindern, den geparkten Autos vorbei, betritt die Straße, nicht, wie sie es den Kleinen stets erklärt, schau links, schau rechts. Und das Gebrüll der Menge wird noch ein Stückchen lauter.

»Passen S' auf, Frau Schober!«, schmettert Olga Mitrovic besorgt, während Astrid Burger anfangs durchaus ein kleiner Hoffnungsschimmer anzusehen ist, denn nur ein Schritt trennt die lebende Tante Irmgard vom Reich der Toten: Mit Sirenen-Geheule schießt ein Fahrzeug der städtischen Feuerwehr denkbar knapp an ihr vorbei – und Astrid Burger erbleicht. Unübersehbar nun die Ursache dieses Lärms. Wie gesagt, es geht zurzeit recht heiß her, da können dann nicht nur zwischenmenschlich gewaltig die Funken fliegen.

»Onkel Willi, schau mal, dort oben am Hügel, der Turm, da brennt was!«

Und tatsächlich: Einer Fackel gleich streckt sich ein Züngeln in die Luft, lässt Rauchschwaden, dunkle Wolken über die Dächer der Stadt ziehen, nur leider ohne Regen.

»Um Gottes willen!«, brüllt Astrid Burger. »Die Schule brennt. Meine Schule, der Turm, meine Bibliothek!« Völlig aufgelöst läuft sie, ihren Eugen an der Hand, davon, und es wird still, friedlich fast. Was die Gegenwart eines einzelnen Menschen bewirken kann, im Guten wie im Schlechten. Und gut, so ein Flammenherd, egal ob Teelichter, Lagerfeuer oder Großbrand, trägt auch das Seine dazu bei, verbindet eben, macht nachdenklich, rührselig, führt schließlich zu spontanen, offenherzigen Gefühlsregungen.

»Nicht schad drum!«

»Zum Glück wird der alte Kasten renoviert und ist grad leer.«

»Insofern ist Niederbrennen natürlich auch ein Zugang zur Instandsetzung!«

»Wird wohl die Hitze gewesen sein. Alles ziemlich trocken zurzeit!«

»Oder ein Lehrer, der sich einen neuen, größeren Arbeitsplatz wünscht!«

»Vielleicht war's ein Ex-Schüler! Ich hab dort oben maturiert, dreimal. Saublöd also, dass das Lehrerzimmer grad nicht besetzt ist!«

Nichts für Kinderohren.

»Komm, Popow, weg hier!«

»Komm, Lilli, das Freibad wartet!«

20

Und du gehst mit mir zur Wasserrutsche, Onkel Willi, versprochen?«

»Schauen wir mal, Lilli!«, steht der Metzger zwecks Ticketerwerbs an der Kasse und blickt verängstigt durch das breite Tor ins Innere des überfüllten Freibades. Eine Pforte, die während der Sommermonate dem gesamten Spektrum menschlicher Empfindungen Einlass bietet. Aufgeregt ist er, als müsste er gleich vor aller Augen das Zehn-Meter-Brett besteigen, rund um ihn eine Wolke aus Testosteron und Östrogenen, dämliches Grinsen inklusive. Gibt ja auch kein größeres Fressen für halbstarke, von Mädchen eskortierte Helden als so einen überfetteten, völlig durchnässt in Hemd und Bundfaltenhose steckenden Herrn.

Und weil der Metzger die Kunst der Zurückhaltung beherrscht, reagiert er auf das leise »Hoffentlich bricht die Rutsche nicht ein!« in seinem Rücken erst gar nicht, sondern sammelt seine Kräfte. Die wird er auch noch brauchen.

Abgesehen davon war der Weg herauf in dieses Hügelbad schon anstrengend genug.

Erstens musste der Metzger, während in weiter Ferne immer noch das Feuer zu sehen war, ständig sprechen, dauerverhört zuerst über: Was ist überhaupt Feuer genau? Wer hat das entdeckt? Warum sagt man, dass Flammen beißen?

Wobei mit dieser Frage schlagartig das Thema gewechselt wurde: »Stell dir vor, Onkel Willi, Hubertus hat mich gebissen und lässt sich gar nicht mehr streicheln!«

»Das wird schon wieder, Lilli! Er fremdelt wahrscheinlich ein wenig!«

Was logisch ist, wenn man einander gar nicht kennt.

»Und ist er mit seinem Käfig eigentlich viel in der Sonne gestanden, Onkel Willi?«

»Warum?«

»Weil er kommt mir so hell vor. Meine Haare werden ja auch blond im Sommer, oder meine bunten T-Shirts, die Mama zu heiß gewaschen hat!«

»Oder vielleicht ist es das Alter. Wir werden eben alle nicht jünger, mein Engel!«

Wie gesagt: Oh Lüge, du gierig lüstern Ding, fortpflanzungswillig, nimmt sich weniger den Zuständigen zur Brust als den Anständigen an die Hand.

Und zweitens musste er sich während all dieser Gespräche bewegen, was nicht nur seine Atemtechnik vor allergrößte Herausforderungen stellte.

Irgendwann nämlich hat Lilli seine Hand ergriffen, diese nicht mehr losgelassen und, so wie stets, damit bei Willibald Adrian Metzger für Rührung gesorgt, zuerst nur im emotionalen Sinn. Ist ja auch ein Symbol größtmöglichen Vertrauens und Angenommenwerdens, wenn sich kleine Finger aus freiem Willen in große legen, sich halten und führen lassen, sagen, du bist da, ich begebe mich in deinen Schutz, in deine Verantwortung. Nur hat halt in diesem Fall dann plötzlich Lilli die Führung übernommen und den Metzger nicht mehr nur emotional, sondern auch körperlich bewegt.

Aus ihrem Gehen wurde ein Ziehen, wie es sonst nur Edgar bei Verdauungsproblemen an den Tag legt, dazu ein Summen, ein »Komm, Onkel Willi, mach dich nicht zu schwer!«. Schließlich ein Hopser-Lauf, und ja, vielleicht war da auch kurz bei Willibald Adrian Metzger dieses dezente Kitzeln in seiner Kehle, dieses verborgene Zucken in seinen Beinen, dieser Hinweis: »Wenn du nicht schon so groß und in deine Starrheit, in deinen eisernen Panzer gepfercht wärst, wie ein Schmetterling, der zur Raupe wird, vielleicht würdest du ja endlich anfangen, mitzuhopsen und mitzusummen!«

Das Übergewicht aber wog schwerer, und vielleicht auch der Gedanke, ein im Wechselschritt springender Erwachsener könnte, wenn er nicht im hautengen Trikot vor leichtathletischen Startblöcken steht, eher den Anschein einer geistigen Funktionsstörung erwecken als den der Lebensfreude. Mehr Gehopse braucht die Welt, das steht jedenfalls fest.

Und mehr Humor, auch ganz im Sinne von Selbstironie – was dem Metzger nun zwar nicht auf Anhieb gelingen wird, aber irgendwann doch.

So also durchschreitet er, nach erfolgreicher Verkleidung zum Badegast, in entspannt weiter Badehose und kessem Polo dieses Freizeitparadies. Vorbei an dem Sprung- und Sportbecken geht es, der Lärm ein schriller, kein Mensch unterhält sich in diesem Bereich im Plauderton, hier wird gebrüllt.

An seiner Hand die hüpfende Lilli, größentechnisch tiefergelegt, alterstechnisch noch mit feineren Sinnen gesegnet, folglich vermag sie auch dieses auf Fußhöhe erklingende »Hallo, Lilli! Hallo, Willi!« zu vernehmen.

»Juhuu!«, ist ihr Erwidern, und hopp, hinein zu Mama Trixi, zu Danjela und Uwe geht es, die da im Wasser hängen wie Thermalbad-Düsenbesucher, jeweils mit ihren Ellbogen auf den Beckenrand gestützt.

Ergo Pfiff Nummer eins des Bademeisters, Randsprünge verboten.

Und weil es so ein hochbeschleunigtes Energiebündel wie Lilli natürlich problemlos mit der Zuglast namens Willibald aufnehmen kann, wird der Pfiff des Bademeisters ein doppelter und der Schmerz des Restaurators ein großer. Unermesslich groß sogar, wenn auch nur im seelischen Sinn.

Denn die Landezone seines Bauchklatschers befindet sich direkt neben Uwe und gleicht einer Ohrfeige. Nicht nur dass ihm sofort unter die Arme gegriffen wird, als würde er auf rauher See dem Ertrinken ins Auge blicken, sind es dann, kaum aufgetaucht, genau die Augen dieses Kerls höchstpersönlich, in denen der Metzger beinahe zu ersaufen droht. Viel zu dunkelbraun, tiefgründig, gutmütig. Das Lächeln dazu so unverschämt liebenswert, warmherzig, dem Metzger gefriert das Blut in den Adern. Noch nie hat er für einen auf Anhieb so sympathischen Menschen wie diesen Modelathleten Uwe Kammerer so viel Widerwillen empfunden. Nach zehn Minuten, ebenso an den Beckenrand gelehnt, den ersten Wortwechseln, anfangs betroffen über den Großbrand der Waldschule, dann unterhaltsam über den Sonnenbrand einiger Badegäste, weiß er in Anbetracht der sprühenden Intelligenz dieses Kerls, der glücklichen Augen Trixis, der traurigen Augen Danjelas, ihres sanften, bestätigenden Nickens: An diesem Uwe passt offenbar einfach alles.

Nach zwei Stunden Aufenthalt in diesem elenden Schwimmbad, getarnt im Schatten einer Kastanie, an der Seite seiner mittlerweile wortkargen Danjela, weiß er noch viel mehr. Zwei Stunden also, in denen Lilli kein einziges Mal bei ihm war, um ihr Rutschen einzufordern, weil es da eben plötzlich jemanden gibt, der alles, was ein Kind sich nur wünschen kann, mit diesem Kind auch anstellt, es zum Lachen bringt, aus dem Wasser in die Luft schupft, auf Schultern trägt, Ball spielen sowieso, die ganze Palette also, Rutschen inklusive. Nicht umsonst ist er neben Uwe Kammerer ins Wasser gefallen. Willibald Adrian Metzger droht der Untergang.

»Hast du Plan?«, meldet sich Danjela nun zu Wort. Mit

traurigen Augen, aber sanftem Lächeln ergreift sie seine Hand: »Was meinst du, vielleicht vergiften?«

»Irgendein herabfallender Müll aus dem Weltraum wäre möglicherweise unverfänglicher!«

»Oder Blitzschlag!«, deutet Danjela auf den nur noch rauchenden, mittlerweile gelöschten Schulbrand.

Und nein, keinen den beiden bringt der eigene Galgenhumor nun tatsächlich zum Lachen.

»Ach, Willibald, haben wir immer noch uns!«

»Ja, das stimmt!«

»Und Edgar!«

»Richtig, Edgar auch!«

»Und heiraten wir ja auch nächstes Jahr, also haben wir uns sogar, bis Tod scheidet!«

»Beruhigend!«, lächelt der Metzger.

Doch wer weiß das alles schon so genau. Die Zukunft ist eben eine gar launische Braut.

»Und freuen wir uns für Trixi und Lilli, haben sich Glück verdient.«

»Glück, genau!«

Trotzdem ist da die Frage, was dieses Glück bedeuten soll. Heißt es, Lilli wird nun von Uwe in den Kindergarten gebracht?

Heißt es, Lilli wird nicht mehr vor der Werkbank stehen, ihr kleines, extra für sie besorgtes Werkzeug in Händen?

Jetzt hab ich nach Hansi Woplatek also noch ein Kind verloren!, geht es dem Metzger ein bisschen wehleidig durch den Kopf – und diesbezüglich sollte er sich ganz gewaltig täuschen.

»Glück ist gute Stichwort!«, sorgt Danjela nun für Ablenkung: »Wie war das mit Leibeigentum?«

Und er kennt seine Danjela, der Metzger: »Dann sprich schon, du Holde, was darf ich bringen?«

»Na, bringst du Glück!«

So also wird der Metzger beauftragt, Süßwaren zu besorgen.

Ziel: der Kiosk im hinteren Teil des Freibades.

Kürzester Weg: über die große Liegewiese.

»Gehst du nix barfuß!«, ruft ihm Danjela noch hinterher, nur leider zu spät.

21

Josef Krainer ist längst kein Freund des Grillens mehr, so intensiv kann der Flieder gar nicht blühen. Wenn es ihm aus des Nachbars Schrebergarten die Röstaromen nur so in die Nase treibt, darunter Erdäpfel-Scheiben getränkt mit knoblauchlastiger Marinade, kann er sich das Faltdach seines Strandkorbes zwecks olfaktorischer Abschirmung gar nicht weit genug über den Kopf ziehen. Und sein Nachbar schmeißt das Grillgut regelmäßig dermaßen strebsam aufs heiße Gitter, da ist Josef Krainer durchaus schon der Gedanke gekommen, dieses Schwein einfach zerstückelt dazuzulegen, Deckel drauf, fertig, das wäre vielleicht ein Duft.

Solche Träumerei wird er von heute an allerdings schön bleiben lassen, denn nicht nur der Gestank ist grauenhaft, auch der Anblick:

»Moritz, das sollten Sie sich noch gönnen, jetzt, wo Sie in Zukunft ohnedies nur mehr irgendwelche Hasenschlächter und Hendlmörder suchen gehen.

-

Ja genau, ich bin oben in der Waldschule.

-

Brand gelöscht, alles unter Kontrolle, das Feuer hat nicht das ganze Gebäude erfasst. Zum Glück – oder leider, das ist Ansichtssache.«

Ein verrufenes Haus. Für die einen ein guter, für die anderen ein schlechter Ruf.

Ein Privatgymnasium mit dazugehöriger Volksschule unter wirklich strenger Führung, denn weil ein Fisch immer beim Kopf zu stinken anfängt, ist die Leitung der Waldschule keine, die sich anbiedert wie Zuckerwatteverkäufer auf Jahrmärkten, nur um die Klassengrößen künstlich hochzuhalten.

Hier heftet man sich eine ziemlich klare Haltung auf die Fahnen, die da lautet: Strenge muss walten, Lehrer darf man nicht zur lachhaften Knetmasse gleichgültiger Schüler oder, noch schlimmer, gleichgültiger und darum überheblicher Erziehungsberechtigter verkommen lassen. Eltern, die rüde einfordern, ihre eigene Interessenlosigkeit und Inkonsequenz möge gefälligst das pädagogische Personal ausbügeln, natürlich ohne dabei den Kindern etwas abverlangen zu dürfen. Kuschelkursschulen und Verweichlichungsanstalten seien bereits zuhauf am Markt, in der Waldschule heiße Fördern ganz offiziell Fordern, wer seine Sprösslinge hier abgäbe, vertraue sie den Anforderungen dieser Anstalt an und bekäme sie als gebildete, aufrechte Bürger zurück.

»Wie in alten Zeiten«, so der Slogan. Offenbar gute alte Zeiten, denn die Anmeldezahlen steigen von Jahr zu Jahr.

Vielleicht auch, weil sich hartnäckig das Gerücht hält, Absolventen dieser Schule wären Teil der Elite dieses Landes. Und allerspätestens hier kommt Josef Krainer ein ums andere Mal gewaltig der Brechreiz, denn nach all seiner jahrelangen Polizeierfahrung weiß er eines mit Sicherheit: Die Verbrecher aus der Oberschicht sind deutlich widerlicher und gefährlicher als irgendwelche Unterweltler, weil Letztere sind zwar großflächig vernetzter, aber weitgehend dümmer. Und geistige Verknappung aufgrund vermeintlicher Überlegenheit ist besonders unberechenbar. Elite bedeutet Auslese, nicht selten auch im durchaus inzestuösen Sinn, denn wenn die Elite die Elite und dann weiter die Elite die Elite auswählt, ist das ein wenig, als würde sich ein

Adelsgeschlecht nur untereinander fortpflanzen, und was dann auf Dauer dabei herauskommt, das weiß man ja. Können also schon gewaltige Idioten darunter sein.

Selbiges gilt auch für einen gar nicht so kleinen Teil der an dieser Schule angestellten Lehrkräfte. Hervorragende Pädagogen und gemeingefährliche Psychopathen geben sich ein Stelldichein, Josef Krainer kann ein Lied davon singen. Hier wurde ihm vor einer halben Ewigkeit der rote Teppich direkt hinein in sein verkorkstes Leben gelegt, und im Grunde hat sich bis zum heutigen Tag an dieser Schule nur wenig geändert ...

»... was an der ewigen Taktiererei, Wahlkampf-Propaganda und Staatsbürger-Verarsche namens Schulreform liegt. Da braucht man sich nicht wundern, wenn so Psychopathen-Anstalten wie dieses Waldgefängnis hoch im Kurs stehen.

-

Na, ist doch wahr, Moritz! Was soll denn auch anderes daraus werden als Reformhäuser, wenn machtbesessene Unwillige und selbstherrliche Blockierer längst überholter, ewig gestriger Partei- und Gewerkschafts-Apparate Häuser reformieren. Da gibt es dann maximal Kräutertonika, um verspannte Rücken einzureiben, Salben für die rissigen Füße, Mundwasser gegen schlechten Atem, Kapseln gegen Haarausfall, um das Mitgenommene, Gebrauchte ein bisserl zu versorgen, zu kaschieren – weil mit Neugestaltung hat das rein gar nix zu tun.

-

Nein, ich will nicht Oppositionspolitiker werden, bin auch nicht aufgeregt. Ist ja aus meiner Sicht ein gutes Feuer hier, bis auf das verkohlte Fleisch natürlich.

-

Genau, der Kadaver war der Brandherd. Da hat sich wer die Mühe gemacht, in der Bibliothek eine Badewanne aufzustellen, eine ganze Sau reingehievt, offenbar mit irgendwelchen Büchern bedeckt und dann Rumpelstilzchen. Feuer eben.

-

Was heißt, ob das Geschlecht ersichtlich ist? Mann oder Frau? Ich hab »Sau« gesagt, Moritz. Ein Schwein, hier hat wer ein Schwein verbrannt. Gut, die Sau ist im Grunde weiblich, aber sie wissen, was ich mein. Sieht schaurig aus.

-

Gefunden? Ja, haben wir etwas: So einen Herrenhut mit breiter Krempe, in der Wiese liegen, und ein Reclambuch. Turgenjew. *Erste Liebe.*

Der Direktor, der sofort gekommen ist, meint, diesen peinlichen Lappen, also den Hut – und jetzt passen Sie auf, Moritz –, hat immer ein Kollege getragen, ein kürzlich pensionierter Deutsch- und Turnlehrer. Und? Klingelt es?

-

Bingo: Richard Vogel, der ja auch verkappter Schriftsteller sein soll und vor dem Hofer sich gefürchtet hat. Hab ich schon überprüft. Ist verschwunden, der Kerl. Also, nachdem er die Leiche nicht sein kann, obwohl er ein Schwein gewesen sein soll, war er vielleicht der Täter.

-

Da haben Sie natürlich recht, er kann trotzdem auch das Opfer sein, und die verkohlte Sau soll uns seinen Tod verdeutlichen. Wobei, meine Lieblingslösung lautet ja folgendermaßen: Dieser Hofer Maria bricht auf eigene Faust aus dem Spital aus und erledigt aus Rache seinen Studienkollegen Richard Vogel.

-

Wie bitte? Der Hofer braucht gar nicht mehr auszubrechen, sondern wurde bereits entlassen? Meine Güte, hab ich ein Glück. Darf ich ihn verhören?

-

Dann eben nicht! Viel Spaß.

22

Beinahe in Distrikte eingeteilt scheint die Platzvergabe des Rasens. Je weiter von den Schwimmbecken entfernt, desto älter wird die Handtuch-, Decken-, Liegenbelegschaft und desto größer die Idylle. Statt auf Frottee gedruckter Disney- und Pixar-Motive dominieren Banken- und Baumarktlogos, statt Milchschnitten und Fruchtsäften gibt es belegte Kornweckerl und Bier, statt Uno und Buntstiften Bauernschnaps und Kreuzworträtsel, statt Tabletts und Smartphones Bücher und Zeitschriften.

Und natürlich wird hier weniger durch Gras und Klee und Gänseblümchen gehopst, werden ergo weniger Insekten zertreten, was der tierischen Sammelleidenschaft zugutekommt, sind ja auch keine Idioten, die Bienen.

So ein Stich soll schließlich gesund sein!, geht es dem Metzger folglich durch den Kopf, wie er nun ungewollt das Leben einer fleißigen Arbeiterin beendet. Einbeinig, mit schmerzverzerrtem Gesicht steht er also in der Wiese, mit Haltungsnoten, da reicht es im Staatsballett maximal zur Bewerbung als Kleiderständer, und nun kommt, was kommen muss.

»Willibald? Bist du das?«

Es gibt Momente, da drängt das Leben nach Wiedergutmachung, schreit nach Aufmerksamkeit.

Ihr Bikini ist zwar ein Bikini geblieben, ihre braune, glatte, einst herrlich geschwungene Haut aber gleicht einer frisch bespannten Trommel, die barocken Bäckchen sind nun scharfe Kanten, die weichen Hände wahrscheinlich

Schraubstöcke, Arme, Beine schlank, Bauch, Brust, Hintern straff, die einstige Schönheit also hat sich zumindest in den Augen des Willibald gewichtstechnisch mindestens halbiert und optisch maximal in Luft aufgelöst.

Er muss während seines ersten kurzen Blickes ziemlich genau hinsehen, der Metzger, um in diesem, sich so bemüht aufreizend in einem Liegestuhl räkelnden Topmodel-Körper die traurigen Reste der einst herrlichen Sabine zu erkennen.

»Wie damals!«, lacht sie. »Soll ich dir den Fuß kühlen, ich hätte eine Mineralwasserflasche da!«

Und sein Impuls ist eindeutig: Einfach weitergehen, sich selbst verleugnen, erklären: »Das muss eine Verwechslung sein!«, war ja nicht unbedingt ein netter Letztkontakt. Also: Sabine adieu.

Nur, wie gesagt, er sieht ziemlich genau hin, der Metzger, und traut seinen Augen nicht.

Niemals wäre er im Vorbeigehen darauf aufmerksam geworden.

Niemals.

Ein Wink des Schicksals also?

Ein Wegweiser?

Ist ja auch eine komplizierte Angelegenheit mit der Wahrnehmung. Da spaziert man zum Beispiel tagein, tagaus an einer großflächigen Fensterscheibe vorbei, sieht die dahinter verborgene, wunderschöne, sanftmütige Bestatterin Ute nicht, bis dann schließlich eines Tages an der Beschaffung eines Eichensarges, sprich an Ute, kein Weg mehr vorbeiführt, und der Tod ein Geburtstag wird.

»Sabine?«, starrt der Metzger also mit herabhängendem Kiefer auf Sabines Oberweite und kann es kaum glauben – was natürlich nur bedingt mit dieser Oberweite zu tun hat. Eine schaurige Aufregung rieselt durch seinen Körper.

»Bist ja ganz der Alte geblieben!«, schmunzelt sie ihm

entgegen, und ja, ihr erwartungsvoller Vice-versa-Fokus auf sein Gemächt entgeht ihm nicht – und wird eine bittere Enttäuschung erleben. Derart auf den optimalen BMI heruntergemagert, kann sie nämlich lange warten, bis sich beim Metzger da etwas regt.

»Du allerdings nicht! Mehr Veränderung ist kaum möglich!«, erklärt er, was Sabine natürlich als Kompliment missversteht, dabei hebt er die Hand und deutet in Richtung ihrer Brüste: »Und, ist es gut?«

»Na und ob, ich hab meine gesamte Garderobe auswechseln müssen!«

Sie blickt auf ihr weißes Oberteil, Weiß also auf Dunkelbraun, mehr lässt sich ja auch kaum zum Zurschaustellen seiner Schätze beitragen, möchte man glauben. »Nur die Körbchengröße ist gleich geblieben.« Dazu ein stolzes Lächeln.

»Das freut mich, aber ich meine das Buch! Ist es gut?«

Wie eine Offenbarung liegt es auf Brusthöhe in Sabines Händen und stellt alles dahinter wahrlich in den Schatten.

Strahlend blitzt es dem Metzger im Sonnenlicht entgegen, wie ein Stoppschild.

Rot das Cover.

Ein einziger Aufschrei, ja ein Aufbegehren.

Ein Cover ohne Bild, nur geprägte, gleichfarbige, sich wiederholende Linien heben sich plastisch ab, vier senkrecht, eine waagrecht, ein Muster, wie es sonst, an Wände gekratzt, in Gefängniszellen, Kinderheimen, Schulen zu finden ist.

Darauf der Titel:

Egons Schatten

Und darüber, sozusagen im Schriftstellerhimmel, der Name des Schöpfers. Ein Name, der dem Restaurator eine wohlige Aufregung verpasst, eine Freude für den Betroffenen selbst.

Er ist also weder tot noch Zuhälter geworden und auch kein Ringer im Fliegengewicht, sondern lebt und hat es geschafft.

Aus dem kleinen Hansi ist der große Hans geschlüpft:

IWAN KETALPOW

»Ja, ist gut, kann ich nur empfehlen!«, gibt Sabine nun ihre Wertung ab, und ein wenig Enttäuschung klingt ob der fehlgeleiteten Aufmerksamkeit schon durch.

»Und worum geht es?«, interessiert sich der Metzger auch weiterhin einzig für das Buch.

»Rache!«, erklärt Sabine kurz, und wechselt durchaus mit Vorwurf in der Stimme das Thema: »Und wie geht es dir, Willibald?«

»Mir?« Ein kurzes Zögern, zu sehr steckt er in seinen Gedanken fest, und zu schwierig auch diese Frage, denn was sagen nach zwanzig Jahren? Geht gut. Geht schlecht. Geht aufwärts, geht abwärts, geht gar nicht. Oder neutral: geht so.

Er überlegt noch, da folgt die Antwort schon auf dem Fuß. »Da bist du ja, Mama, und ich hab dich schon gesucht! Warum stehst du so komisch nur auf einem Bein, wie ein Flamingo?« Dazu ein Rempler in der Hüftregion. Keinen schöneren Überfall aus dem Hinterhalt als diesen hätte sich der Metzger wünschen können, und ja, auch kein schöneres Umfallen. Völlig ohne Scham, ohne Schande setzt es ihn nun vor Sabines gerührten, vielleicht auch eine Spur wehmütigen Blick in die Wiese, während Lilli quietschvergnügt auf seinen Schoß springt.

»Trag mich!«

Und so viele Bienen könnten sich in der Fußsohle des Metzgers jetzt gar nicht verewigt haben, um diesem Wunsch nicht umgehend nachzukommen.

Ein kurzes Heben der Hand, dazu dann doch eine Antwort: »Du siehst, es geht mir prächtig, Sabine. Alles Gute noch!«

Wozu auch Lilli vorstellen, wenn dieses entzückende Mädchen in diesem Augenblick doch so wunderbar seine Tochter sein könnte.

Also hurtig die Kleine in den Himmel stemmen und aufladen, bevor ihr doch noch ein »Onkel Willi!« auskommt. Auf und davon, Hand in Hand, links und rechts sogar, weil Schultersitz.

»Hopp, hopp, Pferdchen, hopp, hopp!«, lautet das Kommando aus luftiger Höhe, und ha, er geht ja doch noch, der Hopserlauf, wenn auch schmerzbedingt mit Tränen in den Augen.

Alles versöhnt sich in einem einzigen Moment.

Herrliches Leben.

Herrlich zwar auch der Blick von hier heroben über die Stadt. Die Aufmerksamkeit des Metzgers ist aber trotzdem eher auf den Boden gerichtet, nicht allein des Klees wegen. Jetzt nämlich sieht er, was ihm ohne Biene und Sabine nie ins Auge gestochen wäre. Und immer größer wird seine Aufregung, seine Freude: zuerst auf einem Klappsessel ein Rentner, später auf einer Decke eine Dame mittleren Alters, zwei sich untereinander fremde Personen, die doch etwas vereint: *Egons Schatten.*

Und die Schatten werden länger.

»Können wir schön langsam hervorkriechen hinter Stamm und Decke ausbreiten links von Baumkrone, weil schaun wir sonst aus wie nach Zeitreise aus Rokoko. Bisserl Farbe schadet nix!«, fordert Danjela, da steht die Sonne bereits auf 17 Uhr und der Metzger in den Startlöchern. Zu groß seine Neugierde.

»Ihr seid mir nicht böse, wenn ich mich verabschiede?«

»Aber Onkel Willi!«, zeigt sich Lilli etwas verwundert. »Wir wollten doch noch rutschen gehen!«

»Jetzt, wo Tante Irmgard ausfällt, machen wir beide das einfach im Zoo, da muss ich mich nicht in der Badehose blamieren!«

Und Lilli jubelt.

Anders Danjela: »Gehst du jetzt wirklich nach Hause? Ist Witz, oder?« Und es heben sich, wie stets, wenn ihr etwas gegen den Strich geht, sie also jemandem etwas krummnimmt, bogenförmig ihre Augenbrauen, sozusagen als optische Unterstreichung dieser zwischenmenschlichen Unebenheiten.

»Nicht nach Hause. Ich muss dringend zur Kubelka!«

»Wie bitte!« So weit oben sind sie jetzt, diese Augenbrauen, die Stirn also in dermaßen tiefe, bedrohliche, ja angriffslustige Falten gelegt, da kann der Metzger durchaus verstehen, warum so mancher Mann seiner Frau und somit sich selbst ein bisserl Botox gönnt: »Du musst zu Kubelka? Mitten im August? Aber weißt du schon: Ist Weihnachten erst in Dezember?«

»Man darf ja durchaus seine Gewohnheiten ändern!«

»Wir gehen in den Zoo!«, tanzt Lilli um das Handtuch und winkt ihm hinterher.

23

Egons Schatten

Jedem seine Gewohnheit.
Der eine geht Abend für Abend um 22 Uhr 15 schlafen und um 6 Uhr die gleiche Runde joggen, der andere holt sich stets dienstags und donnerstags zur selben Uhrzeit beim selben Würstelstand seinen Leberkäse, und ein Dritter besucht regelmäßig sonntags den Zoo.
Gewohnheiten geben Struktur und Halt, und vor allem: Sie machen berechenbar, durchsichtig.
Er hat diesen elenden, eitlen Autor also studiert, und nichts war leichter. Geht ja wie bei so vielem im Leben auch bei Büchern um das Gefallen, schreibt ja nicht nur für sich, so ein Schriftsteller, auch wenn das, je anspruchsvoller, desto lieber, behauptet wird. Was natürlich ein Schmarrn ist, da freut sich nämlich keiner, wenn dann nur, falls überhaupt, eintausend Bücher für rund zwanzig Euro über den Ladentisch wandern, sprich im besten Fall zehn Prozent in die Tasche des Autors, sprich bei einem Buch pro Jahr zweitausend Euro Jahresgehalt.
Und weil das eben mittlerweile gar nicht mehr so schwer ist, seinem Narzissmus zu regelmäßigen Erektionen zu verhelfen, sich bedeutsam zu fühlen, holt sich so mancher das Gefallenfinden-Wollen bis in sein Wohnzimmer, täglich, textet dann nicht mehr nur in seinen Büchern, sondern postet irgendwas und vor allem immer mehr und mehr und mehr, ist ja schön, so ein ständiges Aufmerksamkeit-

Erhaschen, die Anerkennung suchen und die Sucht finden, herrlich. Schreibt über die Wetterlage oder Lage der Nation, veröffentlicht zuerst Fotos von Bahnhöfen oder Tiroler Bergschafen, dann von der Kleinbahn seiner Kinder und dem Schaffell als Bettvorleger, teilt sein Erleben und seine Bilder für den Preis eines Likes und der eigenen Durchgläserung mit einer fremden, unsichtbaren HeikeKatz aus Buxtehude oder einem KekoaMelone aus Honolulu, anstatt, wenn überhaupt, mit den vertrauten, sichtbaren Freunden und Angehörigen. Und welche Psychos da alle versteckt hinter ihrer unsichtbaren Identität einen ausgiebigen Blick auf das öffentlich gewordene Leben werfen, wer weiß das schon.

Er weiß also über diesen Autor Bescheid. Kennt seine Vorlieben. Weiß mittlerweile, wann er schlafen geht und aufsteht, was er isst, weiß, was er so unternimmt, wie und wo er bevorzugt schreibt: im Zoo.

Und genau dieses Kapitel ist kaum zu ertragen. Es trifft ihn ein ums andere Mal wie ein Keulenschlag, breitet seine tiefste Wunde aus, seinen schmerzhaftesten Verlust:

Die Giraffenecke mit Gorilla-Kracherl musste es für seine Kleine sein: Pizzaschnitte mit Cola. Giraffe, weil gelber Käse mit roten Ketchup-Tupfen, Gorilla, weil schwarzbraun.

Und auch sein Elefanten-Teller war nur ein Würstel mit Schwarzbrotscheibe, das Würstel der Rüssel, das Schwarzbrot die Ohren.

Alles wurde verzehrt, in einem kleinen Pavillon neben dem Tigergehege, und doch war der kindliche Hunger kaum zu stillen. Denn auch außerhalb der Gehege wimmelte es nur so von tierischen Sehenswürdigkeiten. Rundum Verkaufsstände, vollgepfercht mit unsagbarem Schund, und natürlich überall Stofftiere. Völlig egal, wie viel Artgenossen da bereits in ihren Kinderzimmerecken verstaubten, der chinesische Tiger aus Plüsch war plötzlich deutlich interessanter als der sibirische aus Fleisch und Blut. Kein Wunder also, wenn Kinder, allesamt mit einer in voller Absicht ausgelösten gehörigen Aufmerksamkeitsdefizit-Hyperaktivitätsstörung, ihre Begleitpersonen durch den Tierpark schleifen.

Wobei, von »hörig« konnte nicht die Rede sein:

»Bitte bleib bei mir und iss deine Pizza, ich kauf dir den Affen beim Rausgehen!« So sein letzter Ruf. Es war ein Freitagnachmittag, Menschenmassen, und wahrscheinlich jedes lebenslänglich inhaftierte Lebewesen zumindest kurzfristig heilfroh, nicht hinauszukönnen.

Weg. Verschwunden. Sein kleines Mädchen verloren.

Panik. Angst. Also hinterher. Nur wohin?

Reihenweise den Menschen Lautäußerung entlockt: »Sind S' wahnsinnig, wollen S' uns niederrennen?«

»Aufpassen, verdammt!«

»Ob wir ein kleines Kind gesehen haben? Eines? Tausend!«

Jedes bereits besuchte Gehege abgelaufen, den ganzen Zoo durchstreift, schließlich seine Tochter ausrufen lassen. Vergeblich. Zu groß sein Fehler, nicht einfach bei dem Imbissstand geblieben zu sein, denn so ein Kind ist ja nicht dumm. Schon gar nicht, wenn ihm durch Vorlesen Bildung zuteilwurde. Bücher über Mädels, die verlorengehen, Buben, die sich verirrt haben, das hilft – offenbar den Kleinen mehr als den Großen.

Bis zur Sperrstunde blieb er ein Suchender.

Dann der Anruf: »Du hast sie verloren und es nicht einmal der Mühe wert gefunden, mich zu informieren? Stell dir vor, sie hat alleine nach Hause gefunden, ist durch die Stadt gelaufen, mit irgendwelchen wildfremden Leuten, die sie zum Glück nicht irgendwohin mitgenommen, sondern genau zu jener Adresse gebracht haben, die ich ihr wieder und wieder

für solche Fälle einbleue. Zu mir. Ihrer Mutter. Und mehr als eine Mutter braucht sie auch nicht mehr!«
Dann kam der Umzug, weit weg von ihm, ließ ihn zurück als Einzelgänger im Gehege seines Lebens.
Und selbst dieser tiefe Schmerz wurde hier missbraucht. Denn ja, wenn er nun weiterliest, findet er sich auch in diesem Kapitel wieder, doppelt sogar, bitter gezeichnet, als Gefangener, sowohl hinter den Gitterstangen eines Käfigs als auch in der Wirrnis seiner vernichtenden Gedanken:

Sogar in eine Jahreskarte hat er investiert, um diesen elenden Autor in dieser krepierenden Fauna nicht aus dem Auge zu verlieren, auf seinem Lieblingsplätzchen: eine Bank im Schatten dichter Föhren, am äußersten Rand des Tierparks, vor einem Einzelgehege. Da bleibt kein Mensch stehen. Tote weiße Mäuse, die mit blutrotem Fell im hellbraunen Sand liegen, sind maximal für den Habichtskauz, der ohnedies keinen Besucher interessiert, weil nachtaktiv, ein feiner Anblick.
Und da hockt er dann, der Autor, und schreibt und glotzt auf den mit Leben ausgestopften, im Grunde längst erledigten Vogel namens Egon, der seine zwanzig Jahre hier auf Erden hinter Eisengittern als Anschauungsobjekt verbringen darf, wie in einer Todeszelle, ohne jemals ein anderes Verbrechen begangen zu haben, als von tierischen Eltern geboren worden zu sein. Hat er also eine Freude dabei, dieser Schriftsteller, tatenlos derart sinnlosem Sadismus beizuwohnen und dabei zuzusehen, wie Leben in eine unausweichliche, endgültige Situation gebracht und einfach sich selbst überlassen wird, auf dass die Zeit eines Tages alle Wunden heile, mit dem Universalschmerzmittel namens Tod.
Wird er ihm also, wenn es so lustig ist, den Gefallen tun, als Zuschauer die Seite zu wechseln, endgültig, wenn auch nicht hier in aller Öffentlichkeit.

Sosehr es ihn auch schmerzt, es macht doch auch Freude. Was für eine Steilvorlage. Genauso wird er es praktizieren. Aber erst am Ende, denn das Beste kommt zum Schluss. Bis dahin wird er diesen elenden Autor hilflos dabei zusehen lassen, wie direkt vor seinen Augen die Reihen immer lichter werden, wird die Schlinge um ihn immer enger ziehen, auf dass sich die Gewissheit bei ihm einstelle: »Ich bin wohl der Letzte«, wird sich zuvor also, so wie es geschrieben steht, des nächsten in diesem Machwerk erwähnten Todeskandidaten annehmen: ein Studienfreund aus alten Zeiten, ein Verräter, und mittlerweile Verleger.

24

Nur zwei Gassen weiter, genau an der Ecke, dort liegt sie, eine der Zweigstellen größten Reichtums. Und sie ist keine Bank, kein Kreditinstitut, kein Juwelier.

Seit Willibalds Kindheit schon behauptet sich dieser kleine Laden und bleibt seinem Gewerbe treu, während gegenüber aus dem Schuster Lamprecht zuerst das Strickfachgeschäft Susi, dann der Bonsai-Händler Obereder und schließlich der Handyladen Ergün wurde. Damals noch befand sich diese etwa fünfzig Quadratmeter umfassende Verkaufsfläche im Besitz des Herrn Alfons Kubelka.

Herr Kubelka selbst bestand, so zumindest die kindliche Wahrnehmung des kleinen Willibald, vorwiegend aus alles einvernehmenden, tiefbraunen Augen. Tief auch auf der Nase saß seine schmale Lesebrille, wie ein Horizont, hinter dem verborgen Herr Kubelka über den Brillenrand hinweg in diese Welt sehen konnte, manchmal auch wie geistesabwesend durch diese Welt hindurch und, viel öfter noch, auf diese Welt hinab.

Mit skeptischer Miene. Hin und wieder auch Mine, denn man wusste nicht: Ex- oder implodiert er jetzt gleich?

Wobei, vielleicht war diese Ernsthaftigkeit ja ein freundlicher Blick, man weiß es nicht, möglicherweise sogar der Entspannungszustand der kubelkaesken Gesichtsmuskeln, durch den sich wie automatisch die üppigen Brauen in Richtung Nasenrücken zogen, die Stirn in unzählige Falten legte und die gesamte Augenpartie schmäler wurde, bedrohlich schmal.

Dazu dieses strenge, hinterfragende Räuspern.

Oder vielleicht war es ja ein wohlwollender Gruß, auch das weiß man nicht, möglicherweise sogar der Ausdruck eines verborgenen, schallenden Lachens des möglicherweise herzerfrischend komischen, positiv denkenden Menschen Herrn Kubelka?

Was Willibald Adrian in seiner Kindheit jedenfalls mit Sicherheit wusste, war: niemals freiwillig oder gar alleine einen Fuß in diesen düsteren, furchteinflößenden, seltsam und dennoch irgendwie herrlich duftenden Raum setzen zu wollen. Wenn überhaupt, dann betrat er sie versteckt hinter dem Rücken seiner Mutter, diese kleine, mit abgeschabten Lettern beschriftete »Buchhandlung Kubelka«.

Mit den Jahren verschwand zuerst seine Mutter, entzog sich ihrer Fassbarkeit in Richtung Unfassbarem, Gott hab sie selig, dann verschwand seine Angst, und die Buchhandlung Kubelka blieb. Wie ein Gefrierschank. Bei Kubelka einzutreten erschien dem Metzger immer, er wäre in eine Zeitmaschine gestiegen, um eine Reise zurück in die Vergangenheit zu unternehmen, sogar den Duft seiner Mutter konnte er riechen, zwischen all den Regalen.

Vor etwa zwei Jahren aber wurde auch dieses Portal geschlossen, der Tod als endgültiger Zusperrdienst, wurde die Auslage rätselhaft mit Schleiern verhangen, wie in Kirchen das Kreuz zur Fastenzeit, wie in Krankenzimmern der linke Nachbar vom rechten, wie kurz vor Heiligabend die Glastür ins Wohnzimmer. Nie und nimmer wäre es dem Metzger in den Sinn gekommen, etwas könnte dahinter im Gange sein.

Ein Irrtum, wie sich herausstellen sollte.

Wenige Wochen später nämlich kannte er des Rätsels Lösung, und dazu hätten die Schleier erst gar nicht gelichtet werden müssen. Denn die Tür stand plötzlich offen, ein ernstes, hinterfragendes Räuspern drang auf die Straße, mit weiblicher Stimme, oder war es ein Gruß, man weiß es nicht, und kurz darauf betrat eine hagere Dame, bestehend nur aus grauen Augen, den Gehsteig.

Tief auf ihrer Nase eine schmale Lesebrille, wie ein Horizont, hinter dem verborgen sich über die randlose Fassung hinweg in diese Welt blicken ließ, skeptisch, oder war es ein herzerfrischendes Lachen, auch das weiß man nicht.

Was der Metzger aber sofort wusste, war: »Sie sind Frau Kubelka! Oder?«

Erstaunen auf der Gegenseite: »Kennen wir uns?«

»Nein, aber ich kannte Ihren Vater! Und Sie treten nun also mit etwas Verzögerung in seine Fußstapfen?«

»Na, hoffentlich auch mit etwas Verlängerung, weil besonders alt ist er ja nicht gerade geworden!«

»Das tut mir leid!«

»Muss es nicht, ich bin überzeugt, er konnte sich grundsätzlich lustigere Dinge vorstellen, als zu leben. Also vielleicht hat er ja jetzt seinen Spaß!«

Dabei blähten sich dezent grunzend die Nasenflügel auf, hob sich die Brille ein wenig in Richtung Stirn, verschwanden ein, zwei, vielleicht auch drei der gefühlt fünfzig Falten in diesem noch so jungen weiblichen Gesicht, und Willibald Adrian Metzger wusste, wie sich Helene Kubelkas Lachen anhört und es vor allem aussieht. Sozusagen von verborgener Schönheit.

Anders ihre kleine Welt namens »Helenes Bücherinsel«.

Und keine offenkundig wunder-, ja liebevollere Buchhandlung hat er bis zum heutigen Tag gesehen. Ein Beweis dafür, was auf Erden, nach dem Zerstören, des Menschen größte Begabung ist: das Errichten. Leider auch bevorzugt in genau dieser Reihenfolge.

Dunkel der gebürstete Parkettboden, vereinzelt anthrazitfarbige Teppiche, Altholz-Wandpaneele, darin eingearbeitet Bücherregale, dazwischen rot-grau karierte Sofasessel, wunderschöne Stehlampen, in einer Ecke ein Kachelofen, daneben Holzscheite, in der Mitte des Raumes alte Esstische, belegt mit stapelweise Büchern, ein altes Wandpiano, darauf frische Blumen, ein Ort also, um zu verweilen.

Und genau das ist ein wenig das Problem der Frau Kubelka. Derart heimelig ist es bei ihr, da kommt so manche Kundschaft und will so schnell auch nicht mehr gehen. Ähnlich fast wie einst zu später Stunde bei Zawodniks Würstelbude, mit dem gravierenden Unterschied: Bei Zawodnik ist niemand herumgestanden, ohne nicht wenigstes ein Bier oder einen Jägermeister zu konsumieren.

Pia Schuster hingegen reicht ihrem kleinen Sebastian täglich außer sonntags in genau so einem rot-grau karierten Sofasessel die Vormittagsbrust, liest sowohl währenddessen als auch während des anschließenden Verdauungsschläfchens in Seelenruhe Donna Leon, ohne je eine Donna Leon gekauft zu haben. Bei Band eins hat sie begonnen, Istzustand aktuell wahrscheinlich Band neun: *Feine Freunde*.

Wirklich fein hingegen der alte Herr Moser, so dachte Helene Kubelka anfangs. Denn hin und wieder erwarb er ein und dasselbe Buch mehrmals, letztens auch mehrmals täglich.

»So oft verschenken Sie den neuen Umberto Eco, Herr Moser, das ist aber nett von Ihnen!«, wollte Frau Kubelka schließlich wissen.

Eine grantige Antwort war die Folge: »Wieso verschenken. Ich will den Eco jetzt zuerst einmal kaufen und selber lesen!« Und Helene Kubelka ahnte, was sich wenig später bestätigen sollte: Eines Abends nämlich wollte Herr Moser auch nach Sperrstunde nicht auf die Straße treten, wusste weder, welchen Weg einschlagen, um nach Hause zu kommen, noch, in welcher Stadt dieses Zuhause überhaupt liegt. Das war dann sein letzter Besuch in Helenes Bücherstube.

Mit einem: Na, Sie waren aber auch schon lang nicht mehr da!, wird nun der Metzger begrüßt, nonverbal. Ja, das geht, wozu Worte wechseln, vor allem, wenn, wie in diesem Fall, zu viel der Worte störend sind, denn es spricht bereits jemand. Zögerlich also wagt er sich in das Innere der Buchhandlung, und sofort umgibt ihn dieser einzigartige Geruch, der wahrscheinlich jeden verborgenen Winkel dieses Planeten dermaßen zur vertrauten Heimat werden lässt, da kann sich die Gesamtheit aller flächendeckend verbreiteten Fast-Food- und Textilwarenketten mitsamt ihren künstlich erzeugten Identifikationsmerkmalen gewaltig brausen gehen. Und so wie ihn dieser Duft an seine Mutter erinnert, ist er wahrscheinlich die Mutter aller Düfte, denn kaum etwas vermag so unbeabsichtigt uniform und genau darum von solch ehrlicher, selbstverständlicher Nähe zu sein wie der Geruch von Büchern.

Heute allerdings liegt hier noch zusätzlich etwas anderes in der Luft, herrscht eine angespannte, konzentrierte, aber zugleich meditative Atmosphäre.

Drei Sesselreihen sind aufgebaut, besetzt mit pro Reihe je einer Dame. Davor, an einem kleinen Caféhaustischchen, ein junger Mann, laut vorlesend, dem Publikum zugewandt, den Blick in ein Buch gerichtet.

Vorsichtig nimmt der Metzger auf einem der hintersten Stühle Platz, verursacht ein Knarren, ein kurzes Umwenden der Damen, ein irritiertes Aufblicken des Vortragenden, dann fährt dieser in flüssig monotonem Ton fort. In sich gekehrt, sowohl die zarte Stimme als auch die Körperhaltung. Beide Ellbogen auf den Schreibtisch gelegt, hält er das auf der Unterkante stehende Buch, als würde er es wie ein Stofftier an sich drücken und damit unter dem Tisch verschwinden wollen.

Eine Autorenlesung also, wie auch einem Plakat zu entnehmen ist, und zugleich ein Debüt für Willibald Adrian

Metzger, dessen letzte ähnliche Erfahrung wohl fünfundvierzig Jahre zurückliegt. Er unter Daunen verkrochen, seine Mutter an der Bettkante sitzend. Und genauso ergeht es ihm auch jetzt, während er den Worten des Dichters lauscht:

Urs Wildbrandt wusste, was nun kommen würde. Brachland. Ausgebreitet über die gesamte Familie. Ungenutzte, fruchtbare Anbaufläche, der nichts weiter entspringen sollte als dorniges Geäst, darüber Dunkelheit. Tagelang.
Denn sein Vater besaß die Gabe, so lange die Seinen mit Schweigen zu strafen, bis sich bei diesen anderen ganz von selbst das Gefühl einstellte, an allem schuld zu sein. Nur was, wenn eines Nachts aus diesem tagelangen ein ewiges Schweigen werden würde? Wenn statt mühsamer Aussöhnung der leichtfüßige Herztod käme, irgendwann zwischen zwei und fünf Uhr morgens? Wenn sich nicht nur vor dieser Nacht das Pochen an des Vaters Tür als sinnlos erwiese, sondern auch danach? Wenn von der väterlichen Verweigerung des Sichaufraffen-Wollens nur noch das Nicht-mehr-Können bliebe? Was bliebe dann den Hinterbliebenen als Erbschaft, außer dem Gefühl der Schuld, der Täterschaft? Was …

25

Das muss ja ein harter Tag gewesen sein, wenn Sie sogar den frenetischen Applaus der dreiköpfigen Zuschauerinnenschar samt Massenansturm zwecks zweier Signaturen und anschließendem Besäufnis mit insgesamt einer halben Flasche herrlichem Rotwein verpassen, Herr Metzger?«

Die Reihen sind leer, zumindest aus Willibalds Perspektive von Sitzpolsterhöhe aus betrachtet.

»Bin ich, ich …?«, müht er sich hoch.

»Eingeschlafen, ganz genau! Wenigstens ohne hörbare Nasenscheidewandverkrümmung! Dafür haben sie den Männerdurchschnitt bei Belletristik-Lesungen gewaltig auf fünfundzwanzig Prozent gehoben und dürfen mir jetzt zur Belohnung helfen.« Frau Kubelka dreht sich um und ruft ihrer Mitarbeiterin zu: »Vielen Dank, Frau Hamböck, Schluss für heute, der Herr hier räumt mit mir die Sesseln weg. Gehen Sie heim zu Ihrem Tobias, und nehmen Sie dem Lauser gern den nächsten Nick mit, vielleicht: *Der kleine Nick und die Mädchen*!«

Dann wendet sie sich wieder dem Metzger zu: »Und für Sie *Der kleine Nick ist wieder da*?«

Und nein, die Wangen des Restaurators sind nun nicht allein dank der rauhen Sitzauflage gerötet.

»Oh, wie peinlich, Frau Kubelka, ich war heut nach zwanzig Jahren zum ersten Mal wieder in einem Freibad und bin wahrscheinlich deshalb so erledigt!«

»Und haben sich offenbar einen Sonnenstich eingefangen, weil was machen Sie hier, Herr Metzger? Wir haben

August, Weihnachten ist im Dezember!« Danjela also lässt grüßen. »Oder brauchen Sie etwas vom Bücherflohmarkt als Deko für die Biedermeierregale in ihrer Werkstatt?« Das typische Kubelka-Grunzen ertönt, sprich ein Lachen, dann wird erheitert fortgesetzt: »Oder erstaunen Sie mich und sind heut ein Metzger, der zum Fischer geht!«

»Wieso Fischer?«, steht der Restaurator etwas auf der Leitung, worauf ihm Helene Kubelka über die Oberkante ihrer Brille hinweg einen Blick zuwirft, als stünde er an der Tafel und wüsste die einfachste Antwort nicht. Provokant fährt sie fort: »Ginge natürlich auch mit Schneider, Schuster, Müller, Maler!«

»Oder Schmied, Schäfer, Bäcker, Glaser?«, erwidert Wilibald Adrian Metzger ein wenig unsicher.

»Auch gut, Herr Metzger, hat aber damit nichts zu tun, sondern damit!«, amüsiert weist Helene Kubelka auf das Lesungsplakat hin: »Sie sind also offensichtlich kein übermüdeter Jonas-Fischer-Fan!«

Und jetzt überreißt er: »Der Autor heißt so! Meine Güte, ist mir das unangenehm. Peinlichkeit die zweite. Um ehrlich zu sein, interessiere ich mich dafür!«

Dabei deutet er auf den deutlich höheren, blutroten Turm, der da direkt neben dem Lesungsplakat und einem kleinen Stapel darunter liegender Fischer-Bücher errichtet wurde.

»Sie meinen den neuen Ketalpow!«, bestätigt Helene Kubelka.

»Genau! Deswegen bin ich hier.«

Und würde nun das Räuspern aus dem Hintergrund auch nur einen Hauch lauter ausfallen, es könnte als bedrohliches Knurren durchgehen. Jonas Fischer, eine Umhängetasche geschultert, hat sich seinem Naturell entsprechend unaufdringlich angepirscht, und den Metzger überkommt die Sehnsucht, in eine der schmalen Fugen des gebürsteten Parkettbodens schlüpfen zu können.

»Danke für die Einladung, Frau Kubelka, ich, der Fischer, muss jetzt leider von ihrer so heimeligen Insel aufbrechen und wieder hinaus aufs offene Meer rudern. Vielleicht finden sich ja ein Schneider und ein Maler, die meinem kleinen Schinakl ein schon von weiter Ferne erkennbares Fischer-Segel verpassen. Abgerechnet wird mit dem Verlag!«, erklärt er sich in zarter, leiser Stimme, bei »abgerechnet« allerdings trifft den Restaurator ein eiskalter Blick.

»Dann danke noch mal für die wunderbare Lesung, Herr Fischer, und nächstes Mal werfen wir alle Netze aus und füllen den Laden, versprochen!«, reicht ihm Helene Kubelka die Hand.

»Oder es kommt kein Fleischer-, sondern Tischlersohn und sorgt für eine wundersame Vermehrung!«, legt Fischer noch nach, und er weiß es selbst, der Metzger, wie recht ihm geschieht. Einschlafen als einer von vier Zuhörern geht ja schon gar nicht, aber dann nicht einmal wissen, wem zu Ehren dieses Nickerchen eingelegt wurde, schlägt jedem Fass den Boden aus.

Und während Kubelka ihren Gastautor zur Tür begleitet, fasst der Metzger all seinen Mut und schickt ein um Vergebung flehendes, respektvolles »Sie müssen mir noch schnell ihr wunderbares Buch signieren, Herr Fischer!« hinterher.

Sinnlos.

»Müssen? Ich muss aber leider schon gehen«, zeigt sich Jonas Fischer unbeeindruckt. »Fragen Sie doch einfach einen meiner bekannteren Handwerkerkollegen: Geiger zum Beispiel oder Bauer, Maurer, Weber!«, und verlässt, zügig gefolgt von auch der letzten Zuhörerin, die Bücherinsel, während Willibald Adrian Metzger an Land bleibt und trotzdem versinkt, im Erdboden eben.

»Na, gratuliere, Herr Metzger, aus diesem Fettnapf lassen sich für eine ganze Kompanie die Schnitzel herausbacken.

Und gerade Ketalpow. Das aktuelle Feindbild vieler Autoren, und vor allem solcher, wie Fischer einer ist!«, schließt Helene Kubelka amüsiert die Tür und deutet auf die davonhuschende Kundin: »Das ist übrigens die Frau Matula, heißt wie ein Privatdetektiv, und wissen Sie, warum sie es so eilig hat?«

»Die Liebe zu Fischer!«

»Ja, maximal zum Verlag. Sie hat so wie immer ein Buch mitgehen lassen, liest es über Nacht, bringt mir spätestens übermorgen zwei Topfengolatschen, plaudert so nett, man könnte kotzen, trinkt einen Gratiskaffee, wartet, bis ich so tu, als würde ich ins Hinterzimmer verschwinden, und legt es mir unauffällig wieder zurück!«

»Meine Güte, Sie haben es auch nicht leicht! Und dann veranstalten Sie auch noch Lesungen für drei Zuhörer. Zahlt sich das überhaupt aus?«

»Um Gottes willen, wenn ich mir diese Frage stelle, darf ich doch nicht Buchhändlerin werden! Um das Buch und die Hand geht es in meinem Beruf, und die Liebe. Ein Buch wandert mit Herz von meiner Hand in die Hand der Leser. Das hat viel mit Vertrauen und Nähe zu tun. Und irgendwie auch mit Geburt. Denn in meiner Branche kann genau so noch etwas wachsen. Erfolgreiche Buchautoren werden selten auf großen Verkaufsflächen zur Welt gebracht, sondern eher in kleinen Buchhandlungen, von Mensch zu Mensch. Und ich sag Ihnen, die Leute haben immer mehr genug davon, im Internet ohne Beratung die Zeit totzuschlagen, suchend herumzuirren. Ich glaube fest an meinen Laden, die Direktheit und die Wichtigkeit. Denn plötzlich werden aus der Summe dieser kleinen Buchhandlungen erstaunliche Verkaufszahlen, und ein Buch beginnt zu leben. Wunderbar ist das, auch Entdeckerin sein zu dürfen.«

Und es rührt ihn, den Metzger, wie er da vor Helene Kubelka steht, das Strahlen ihrer Augen sieht und einmal mehr erkennt: Was ist Reichtum?

»Bei Ihnen ist zu spüren: Sie machen genau das Richtige. Schön ist das. Und dann werden Sie auch noch von Frau Matula beraubt, unglaublich!«

»Na ja, wenn ich verhindern wollen würde, dass etwas gestohlen wird, hätt ich ein Autohaus aufmachen müssen. Oder ein Bestattungsunternehmen!«

»Für Autoren, mit Bücher-Urnen. Also: Wie war das mit Ketalpow als Feindbild?«

Und während der Metzger nun ehrfürchtig vor dem Ketalpow-Stapel steht und erstmals das gewichtige, rote Hardcover in Händen hält, beginnt Helene Kubelka zu erzählen.

»Das ist ganz einfach, Herr Metzger. Ketalpow war bis vor kurzem so gut wie unbekannt. Ein völlig zurückgezogener, verarmter Schriftsteller. Kaum jemand hat sich für seinen Debütroman interessiert: *Die Farbe der Sterne.* Ein, zwei kleine gute Besprechungen, aber was bringt das? Danach kam irgendwann sein zweites Buch *Das Puppenspiel,* auch gut, mit wahrscheinlich höchstens zweitausend verkauften Stück! Da wirst du zwar nicht von den Massen gelesen, aber von den Kritikern, die Qualität schätzen, geliebt!

Dann kam der Genrewechsel in Richtung Mord und Totschlag, ein Rachethriller, und zack, steht er nicht mehr im Regal, sondern liegt gestapelt auf dem Büchertisch in wohl jeder deutschsprachigen Buchhandlung, und vor allem hier in meiner.

Vom gelobten Literaten zum verkauften Thriller-Autor, ein intellektueller Ab-, aber finanzieller Aufstieg! Dafür hassen ihn Autoren wie Fischer, der sich offiziell niemals in die Untiefen der Unterhaltung herablassen würde.«

»Aber Ketalpow den Erfolg dann neidet! Klingt nach Mördergrube, so unter den Autoren!«

»Kommt natürlich auf das Genre an. Und Krimis werden

von den Literaten ein wenig wie intellektueller Parasitenbefall betrachtet. Jedenfalls, ich freu mich für Ketalpow. Der Bursche hat es sich verdient, und gut, dass er endlich aus seinem Loch kriecht. So ein fescher Kerl!«

Da muss der Metzger natürlich gleich das Werk in seiner Hand von hinten studieren, die allerletzte Seite aufschlagen, dort wo der Umschlag in das Innere des Buches schlüpft, seinen Halt sucht und für gewöhnlich biografische Orientierung bietet.

So auch hier: Iwan Ketalpow wird vorgestellt, der als Schriftsteller weder in Russland geboren wurde noch dort lebt, sondern in Willibalds Heimatstadt, dazu noch die Nennung der Vorgängerromane, mehr steht hier nicht. Darüber ein Foto.

»Und mehr weiß man von Ketalpow nicht?«

»Na, bisher wusste man ja nicht einmal, wie er aussieht. Undenkbar, dass er, so wie Fischer, lesen gekommen wäre. Zurückgezogener geht es schon nicht mehr!«

Helene Kubelka deutet auf das Foto.

»Na, sag ich's nicht? Ein fescher Kerl«, deutet Helene Kubelka auf das Schwarz-Weiß-Porträt, »ein bisserl arabisch vielleicht, aber wenn ich mir so anschau, wie sich heutzutage jedes Mannsbild den Bart stehen lässt und die Brust rasiert, dann ist das aktuell ja offenbar das Schönheitsideal schlechthin. Mir gefällt's! Pervers, oder?«

»Was ist daran pervers?«, wundert sich der Metzger.

»Na, unsere Zeit. Ein paar wahnsinnige Bartträger sprengen sich selbst in die Luft, worauf wir vertrottelte Mitteleuropäer natürlich in jedem Moslem auf den ersten Blick sofort den Verbrecher sehen, aber gleichzeitig ist hier der Dreitage- bis Vollbart modern wie nie zuvor! Da soll sich jemand auskennen!«

»Vielleicht ein unbewusster Akt der Solidarität? Das heimliche soziale Gewissen der Gesellschaft?«

»Herr Metzger, ich will Ihnen ja Ihre so arglose Hoffnung nicht ruinieren, aber da glaub ich noch eher, die Herren der Schöpfung verkraften nicht, wie hartnäckig wir Frauen uns langsam aus dem Staub in Richtung Gleichberechtigung erheben, fühlen sich jetzt schon geknebelt und lassen sich als Zeichen ihrer Männlichkeit ein Pelzgoscherl wachsen!«

»Auch nicht schlecht!«, schmunzelt der Metzger, und ja, dieser Ansatz kann in gewisser Weise auf den einst väterlicherseits so unterdrückten Woplatek junior übertragen werden. Iwan Ketalpow, sprich Hansi, ist ein ansehnlicher Bursche, ja, Mann geworden. Der Bart, die dadurch betonten Wangenknochen, die dunklen, vollen Haare, ein klassischer Herrenschnitt, an den Seiten kurz, oben lang, attraktiv nach hinten geworfen, dazu eine dunkle Hornbrille, der klare Blick, nicht so in sich selbst verborgen wie einst als Kind – wobei sich der Metzger ja weniger an ein konkretes Bild als an Wesenszüge, einen Zustand erinnern kann. Und dieses Foto hier zeigt: Hansi Woplatek hat sich erhoben, aufgerichtet, konnte sich seiner Ketten, seiner Herkunft entledigen und tritt nun auf als freier Mensch, endgültig frei sogar, was seinen Vater betrifft, denn der alte Wurstkaiser ist tot.

»Und übermorgen liest er in der Fabrik, traut sich mit seinem Genrewechsel endlich heraus aus dem Loch. Ich hör mir das sicher an!«, erklärt Helene Kubelka, fischt sich von dem Ketalpow-Tisch ein blaues Büchlein, *Die Farben der Sterne*, und drückt es dem Metzger in die Hand. Leicht ist es, dünn, und in seiner Gesamterscheinung als durchaus schön zu bezeichnen. Im Vergleich zum roten Ziegel in Willibalds linker Hand, wird hier optisch sofort klar: Literatur. Und anders als bei *Egons Schatten* fehlt hier das Autorenfoto.

»Das hat der alte Verlag jetzt neu aufgelegt, in der Hoffnung, Blau kann mit der roten Welle ein wenig mitschwimmen!«

»Wenn es nur politisch auch so wäre, da ist es aber leider umgekehrt!«, scherzt der Metzger sehr zum Gegrunze der Helene Kubelka noch, dann dreht er das Buch um und liest mit Erstaunen die abgedruckte Pressestimme.

»Ein fantastisches Debüt, ein großartiger Roman.«
Miguel Maria Hofer

»Na bitte, Hofer höchstpersönlich! Und trotzdem hat sich das Buch nicht verkauft?«

»Hofer war damals noch ohne Fernseh- und Radiosendung, also einer von vielen! Dafür hat er ja jetzt gewaltig zugeschlagen!«

»Wie, zugeschlagen?«

»Sie verwenden Tageszeitungen also maximal als Unterlage für Lackierarbeiten oder?«, kramt Helene Kubelka in einer Lade, und für Willibald Adrian Metzger ändert sich schlagartig die Perspektive.

26

»Und was sollen wir bitte jetzt damit? Den ganzen Schmarrn lesen, oder was?«

Des Krainers Nerven liegen blank.

Der Tisch des Besprechungsraumes ist, bis auf eine Topfengolatsche, flächendeckend mit diversen Zeitungen belegt, und Irene Moritz in allerbester Laune, denn demnächst beginnt ihr Urlaub, und sie hinterlässt Arbeit.

Reichlich Arbeit.

Miguel Maria Hofer fällt als Brandstifter und möglicher Mörder des immer noch abgängigen Richard Vogel aus. Olga Mitrovic, seine schwarzarbeitende Putzfrau, behauptet nämlich, den ganzen Vormittag bei ihm den Boden geschrubbt zu haben, während Hofer brav an seinem Schreibtisch saß.

»Wenigstens dafür könnte man ihn strafen, lässt also bei sich zu Hause schwarz arbeiten, wobei dann natürlich mindestens ein Drittel aller Einwohner dieses Landes in den Knast wandern müsste!«, erklärt Irene Moritz, als wollte sie Krainer Trost spenden.

»Die Dame putzt übrigens hervorragend!«, fügt sie hinzu und blickt kurz auf ihren endlich absolvierten Besuch bei Hofer zurück, dessen Wohnung wahrlich einem Museum glich, so liebevoll bis ins kleinste Detail war hier alles dekoriert. Die Möbel herrlich gepflegte, nach Bienenwachspolitur duftende Anschauungsobjekte, wohl allesamt aus des Metzgers Werkstatt stammend, keine Wand frei, überall zum Bersten volle Bücherregale, und das Erstaunliche daran: Jeder Raum strahlte Heimeligkeit und Wärme aus, den anwesenden Eigentümer Hofer natürlich ausgenommen.

Vorwürfe hat sich Irene Moritz anhören können, wie:

»Da muss also vorher noch schnell eine Schule abbrennen, bevor Sie sich endlich aufraffen, hier aufzukreuzen? Da wundert mich nichts mehr! Ich hab Ihnen doch über Ihren Kollegen ausrichten lassen, dass mir der Vogel …!«

Konter hat sie ihm gegeben, wie:

»Bei allem Respekt, Herr Hofer, aber bei einem Mord an dem Wurstkaiser-Bonzen dieser Stadt, hab ich als Hauptverdächtigen nicht unbedingt einen pensionierten Deutsch- und Turnlehrer, der gern Schriftsteller geworden wäre, ganz oben auf der Liste. Heinz Woplatek hat in seinem unmittelbaren Umfeld so viel scheinheilige Feinde, da kann nur noch der Papst mithalten!«

Weder zu trinken hat sie etwas bekommen noch weiterführende Informationen.

»Dass gerade jetzt die Schule abbrennt, in der Vogel unterrichtet, ist natürlich spannend. Haben Sie eine Idee, wo er sich aufhalten könnte? Wir suchen ihn noch.«

»Das fragen Sie mich?«

»Na ja, die Anzahl der Menschen, die sich freiwillig mit Richard Vogel umgeben wollen, ist stark begrenzt. Keine Freunde, keine Bekannten, keine Angehörigen, die etwas mit ihm zu tun haben wollen! Wie ist das eigentlich bei Ihnen?«

»Wie meinen Sie das?«

Da musste Irene Moritz also deutlicher werden: »Wie mir zu Ohren gekommen ist, rütteln Sie mit Ihren Kritiken ja auch nicht grad sanft am Watschenbaum! Klingt nach mehr Feind als Freund.«

»Was soll der Blödsinn? Sie glauben doch nicht ernsthaft, irgendein Autor wird so dumm sein, mir etwas antun zu wollen, nur weil ich ihn verrissen hab!«

»Mein Glaube hat mich ermittlungstechnisch noch nie

weit gebracht, Herr Hofer, aber vielleicht liegt es schlicht an der Tatsache, dass ich keinen habe: ohne Bekenntnis. Und das Wesen der Dummheit ist es eben, ziemlich unerwartete Dinge zu tun. Also: Fällt Ihnen, nur damit wir in unseren Ermittlungen nichts auslassen, da ein besonderer Liebling der letzten Zeit ein?«

Worauf Irene Moritz mit den Worten: »Viel Spaß, und dann bitte alles wieder zurück an mich!«, genau jener Stapel an Zeitungen vor die Füße geknallt wurde, der nun sehr zur Freude Josef Krainers auch hier, im Besprechungszimmer der Dienststelle, den Tisch in Beschlag nimmt.

Und während sich Irene Moritz und Josef Krainer durch die von Hofer und ebenso von Vogel verfassten Aburteilungen durcharbeiteten und nebenbei des Hofers Radiobeiträge hören, erscheint es plötzlich gar nicht mehr so unwahrscheinlich, jemand könnte diese absolut persönlich gemeinten Zeilen auch tatsächlich genauso persönlich genommen haben.

Blanker Hass. Das ist es, was den Ton angibt. Allergrößte Verachtung.

»Also ganz ehrlich, Moritz: Wenn Autoren als erbärmlich, dumm, als Schande, als Abschaum bezeichnet werden und es gar nicht mehr um Bücher, sondern offenbar um öffentliche Abrechnungen beziehungsweise Hinrichtungen wofür auch immer geht, hört sich der Spaß doch auf. Da fragt man sich, was bitte hat Hofer alles erlebt, um so einen schwerwiegenden psychischen Schaden auszufassen, oder ist das vererbt?«, greift sich Josef Krainer die Topfengolatsche und teilt sie in zwei Hälften: »Auch ein Stück, werte Kollegin?«

»Das ist nett, Krainer, aber das Privileg, immer fetter zu werden, steht hier einzig und allein Ihnen zu. Ich muss ja fit für die Bergwelt bleiben! Und ja, Sie haben ausnahmsweise recht, und das gibt mir jetzt direkt Hoffnung für diese

Dienststelle: Das liest sich alles ziemlich nach Psycho! Viele seiner Kollegen bestätigen auch, dass sich Hofer offenbar jedes Restanstands entledigt hat und die hohe Kunst des schriftlichen Auseinandernehmens, Zerlegens betreibt wie ein Großmeister des MMA. Mixed Material Arts. Vollkontakt also. Karate, Taekwondo, Jiu-Jitsu, Judo, Ringen, Kick-, Thai- oder nur Boxen, völlig egal, Hauptsache, der Gegner geht anständig zu Boden und es bereitet nachhaltig Schädelweh. Nur frag ich mich: Gehört das nicht zum Spiel? Muss es nicht jemanden geben, der diese Rolle übernimmt? Sind nicht sogar die größten Erfolge auch großartig verrissen worden? Oder sind nicht aus großartigen Verrissen schon große Erfolge geworden? Ist doch alles Geschmacksache!«

Josef Krainer vergönnt einem Teil der Golatsche ein kurzes Bad in einer Tasse Kaffee, lässt sie in seinem Mund verschwinden und beweist seine Multitasking-Fähigkeit. Kauen, Reden, Spucken, Schlucken, alles zusammen, gar kein Problem.

»Und jetzt muss umgekehrt ich Ihnen recht geben, Moritz, wer ein Buch veröffentlicht, sollte natürlich wissen, was ihn da erwartet, nämlich: Öffentlichkeit. Steckt ja sogar in der Berufsbezeichnung Autor schon drinnen!«

»Versteh ich nicht!«

»Na, outdoor! Da kann ich mich doch dann nicht beschweren, wenn's mal schüttet wie aus Scheffeln?«, freut sich Josef Krainer über seinen Wortwitz, und beim SCH und Doppel-F klatscht es nur so die Rosine auf des Hofers in einer der Zeitungen abgedruckten Konterfei.

Irene Moritz ist die Kommunikationslust vergangen, und Krainer läuft geistig zur Hochform auf, hoch lebe die Topfengolatsche: »Außerdem ist es ja die Sache des Lesers, der ein Buch als Eigentum erwirbt, ob er dieses Buch dann auf sein Nachtkästchen legt oder, in Einzelteile zerlegt, unter ein Holzbein schiebt, nur weil der Tisch wackelt. Und ganz ehrlich: Es gibt schlechtere Türstopper als miese Bücher!«

»Des Lesers oder der Leserin!«, kann sich Irene Moritz beim Anblick des kauenden Krainers über einen Mangel an Übelkeit nicht beklagen.

»Natürlich!«, schmunzelt Krainer und setzt fort: »Und der eitle Hofer wird ja wohl nicht als einziger Kritiker –«

»– oder einzige Kritikerin …«, wird er unterbrochen.

»– sein Unwesen treiben, nehm ich an!«, darf er den Satz nun beenden.

»Nein, aber er ist der Meinungsmacher schlechthin, lässt keine andere gelten und wird dafür offenbar geschätzt. Erfolgreiche Selbsthuldigung hat eben immer die verlogene Anbetung anderer zur Folge!«

Und Josef Krainer lässt die Chance nicht ungenutzt: »Jetzt sind bitte Sie nicht so selbstlos und uneitel, Frau Kollegin! Muss ja nicht immer verlogen sein, die Anbetung!« Er schenkt sich Kaffee nach, dazu die obligaten fünf Löffel Zucker.

»Ist das der Zuckerschock, Krainer, oder werden S' grad ein bisserl übermütig?« Ja, da ist neben der heftigen Reibung doch hin und wieder eine kleine Prise verbindender Humor zu spüren.

Kurz bleibt es still, nur das Krainer'sche Schmatzen ist zu hören, Irene Moritz bemüht sich, dennoch nachzudenken.

»Miguel Maria Hofer also ist eitel, mehr geht kaum noch, das steht fest. Dennoch muss man sich natürlich, auch wenn das alles nur ein Spiel ist, die Frage stellen: Ist jemand, der glaubt, sein Geschreibsel wäre es wert, veröffentlicht und gelesen zu werden, nicht ebenso eitel? Sollen ja auch nicht gerade die einfachsten Menschen sein, Autoren!«

»Und Autorinnen!«, kann sich der schmatzende Josef Krainer nicht verkneifen, und so leid es Irene Moritz nun tut, ihr kommt ein Lacher aus: »Krainer, verdammt, hören

Sie auf damit. Ich will Sie auf Ihre alten Tage nicht plötzlich doch noch irgendwie sympathisch finden, verstanden! Jetzt essen Sie gefälligst zügig zu Ende, wie ein zivilisierter Mensch, bitte, sonst brauch ich ein Speisackerl, und dann, im Anschluss, führen Sie ohne Widerrede meinen letzten Befehl aus!«

»Der da wäre, werte Frau Kollegin?«

»Na, Sie haben ja eingangs festgestellt, wir müssten im Grunde eine eigene Sondereinheit auf die Liste hier ansetzten, oder?«

»Mir schwant Übles!«

»Wunderbar, Krainer, aktuell bin ich ja noch die Chefin, und das bedeutet: Die Sondereinheit sind also Sie. Fangen S' gleich an mit den drei gröbsten Verrissen: Fischer, Maier, Ketalpow!«

»Wie, anfangen? Die Autoren verhören?«

»Das auch, Krainer, aber vor allem die Autoren lesen!«

»Wie, lesen?«

Und so blass hat sie ihren Kollegen noch nie gesehen.

27

Bist du krank?«

Danjela kann es kaum glauben. Für gewöhnlich nämlich wird die Glühbirne der Messing-Art-déco-Nachtkästchenbeleuchtung auf Willibalds Seite ihrer Bezeichnung Energiesparlampe vollkommen gerecht. Wozu auch Licht, wenn für den Mann im Hause Schlafengehen bedeutet: Decke hoch, Körper rein, gute Nacht.

Heute aber ist alles anders. Heute liegt der Metzger im sanft gedimmten Schein neben seiner Holden und gibt nicht nur gleichmäßig stetig lauter werdende Atem-, sondern auch Blättergeräusche von sich.

»Trau ich meine Augen richtig, oder hast du tatsächlich Buch in Hand?«

»Nicht nur in der Hand, ich hab sogar vor, es demnächst zu lesen!«

»Wieso? Handelt von Holzwurm Egon? Wäre besser, liest du Sachbuch über Kammerjäger, weil wirfst du einmal Blick in Speisekammer auf Haferflocken und auf Nüsse, glaub ich, haben wir Mäuse«, kann sich der Metzger ein durchaus zynisches Gelächter anhören, und es geschieht ihm ja auch recht, denn Lesen ist seine Sache nicht. Gut, ein Nachschlagwerk, ein Sachbuch, eine Biografie oder die Tageszeitung kommen ihm gelegentlich schon zwischen die Finger, nur hat das für den Metzger ja alles mit Lesen nichts zu tun, sondern mit Fortbilden. Leser nämlich pflegen aus ihrer Wirklichkeit durch das Nadelöhr der Fiktion in die Freiheit der eigenen Fantasie zu schlüpfen. Freiheit, die nicht nur geistig alle Tore öffnet, sondern sich räumlich überallhin mitnehmen lässt – im Fall der Danjela Djurkovic sogar in anonymer, ja geheimer Form.

»Genau, es geht um Egon, mehr kann ich noch nicht sagen, und wovon deine Lektüre handelt, seh ich seit neuestem ja leider nicht mehr!«

Eines Tages nämlich lag ein kleiner, grauer, dünner Apparat auf ihrer Bettseite. »Was ist das jetzt für eine geschrumpfte Heizplatte, bitte? Hast du es mit dem Kreuz oder aus Lillis Spielzeugkiste irgendein Playmobil-Pultdach mitgehen lassen?«

»Nennt man E-Reader!«, war die begeisterte Antwort, gefolgt von einer Präsentation: »Schaust du: Brauch ich nur tippen oder wischen statt umblättern, brauch ich nix Leselampe, weil ist Display beleuchtet, und hab ich immer ganze, federleichte Bibliothek dabei, statt einziges schweres Buch!«

»Weil du ja so altersschwach bist! Und wenn du draufsteigst, ist es hin und ohne Strom zum Schmeißen, und wenn so E-Leser in den Fingern ähnlich oft explodieren wie E-Zigaretten zwischen den Lippen, dann leg dich bitte sicherheitshalber in die Badewanne!«

»*Egons Schatten*!«, nimmt ihm Danjela nun ungefragt das Buch aus der Hand: »Interessant! Und deswegen warst du bei Kubelka? Wegen Ketalpow?« Sie blättert die Seiten durch und schlägt die letzte auf: »Fescher Kerl, kenn ich nicht! Aber bin ich nix Maßstab, weil vergess ich Autorenname schon nach erste Seite.«

»Aber ich kenne ihn, persönlich sogar!«, beginnt der Metzger nun seine ausführliche Erklärung über den Fleischerjungen, der so gerne Schriftsteller werden wollte.

»Sagst du also: Ist Ketalpow Sohn von Woplatek, wurde von Hofer verrissen, und dann überfährt Woplatek-Transporter Hofer? Wovon bitte handelt Buch?«

Danjela beginnt laut vorzulesen:

Jetzt

»Es tun.

All die Wünsche langer Nächte, wenn mit geschlossenen Augen, in die Decke vergraben, doch kein Schlaf zu finden ist, stumme Streitgespräche geführt werden mit jenen Menschen, in deren erdrückender Gegenwart ansonsten das so notwendige Aufbäumen ausbleibt, die Gegenwehr, der Widerspruch. Menschen, die anderen alles nehmen und dafür nichts als Unrecht, Leid bringen.

Menschen, die Freundlichkeit empfangen, obwohl ihnen Verachtung zustünde.

Widerliche Menschen, bösartige, feindselige.

Menschen, die es einfach verdienen.

Es tun.

Und keine Ausflüchte suchen.

Nicht wie sonst feig zu Hause aus Stofffetzen für jeden Kandidaten zuerst Puppen basteln und diese dann Schritt für Schritt durchbohren, Messer, Nadeln, Spickeisen. Extremitäten abtrennen, Schnitte zufügen, bis die Wattefüllung herausquillt, und schließlich jede einzelne verbrennen.

Nicht so.«

23 Uhr. Er musste das Buch weglegen, konnte nicht schlafen, wälzte sich von seiner Seite des Bettes auf die andere, die leere, die namenlose, denn da liegt niemand. Niemand mehr, und wer weiß, ob jemals wieder. Und es ist in Ordnung so.

»Na, muss ich auch Buch weglegen, weil könnt ich sonst ebenfalls nix schlafen!«

»Schade, klingt nämlich wunderbar, wenn du mir vorliest. Und eine gute Übung ist es auch!« Denn deutlich reduzierter sind während des Vortrags ihr Akzent und ihre Kunst des grammatischen Improvisierens.

»Versteh ich nicht! Wofür ist gute Übung?«, klopft Danjela mit dem Wälzer dezent auf Willibalds Brust, als säße dort ein lästiges Insekt.

»Also weiter, bitte, erspar ich mir das Lesen!«, bleibt der Metzger ungerührt.

Und Danjela blättert gleich ein paar Seiten vorwärts, liest kurz stellen- und testweise still für sich in das Buch hinein, murmelt: »Na, gratuliere! Ist offenbar harte Tobak!«, während der Metzger erwartungsvoll an die Decke starrt.

»Ha, hörst du zu, ist lustig, weil bist du mit Willibald Adrian ja auch nix unbedingt auf Butterseite gefallen. Geht nämlich um Namensgebung:

»Eltern, die ihre Kinder Dagobert, Adolf, Chantal taufen, gehört die Fürsorge entzogen. Jemand, der Primus heißt, muss in Anbetracht der hohen Erwartungen mit dem ewigen Schandmal des Versagens zu Rande kommen. Ein Silvester darf entweder als das Symbol ewig leerer Versprechungen herhalten oder als der Inbegriff eines Säufers. Jede Olga muss, bevor es ihr möglich wird, überhaupt eine individuelle Olga sein zu dürfen, zuallererst den Ruf beseitigen, Auftragskillerin zu sein, oder Edelnutte, oder Geigenlehrerin.«

Herzhaft Danjelas Lachen: »Ist natürlich große Blödsinn. Kenn ich zum Beispiel keine einzige Olga, die ist Edelnutte oder Geigenlehrerin. Kenn ich nur unsere Putzfrau, Olga Mitrovic!«

»Unsere und des Hofers Putzfrau wohlgemerkt!«, ringt der Metzger bereits mit dem Schlaf, während Danjela immer aufgeweckter wird.

»Na bitte, kommt sogar Hofer vor, hörst du:

»Und dann natürlich muss es auch Namen geben, die sind heilig, die gibt es nur als Auszeichnung für ein wirklich unbescholtenes, friedliebendes Leben.
Namen wie beispielsweise Maria.
Nie und nimmer dürfte sich folglich so ein Scheißkerl wie sein erstes Opfer zusätzlich ›Maria‹ nennen.
Niemals.
Welche Herabwürdigung aller Marias dieser Erde.
Und auch wenn es heißen mag: ›Maria voll der Gnade‹, daraus wird nichts. Keine Gnade.«

»Schon komisch, oder? Willibald?«

Ein Rempler in die Rippen holt des Metzgers Aufmerksamkeit zurück: »Hast du verstanden?«

»Was?«

»Na, dass deine Hansi Woplatek hier schreibt von erste Opfer mit Name Maria, und wird Miguel Maria Hofer beinah von Woplatek-Transporter überfahren, also wenn das nix komisch ist!«

»Da hast du recht!«

Und dann liest er selbst, der Metzger, Seite an Seite mit seiner Danjela, bis spät in die Nacht, genießt zwar die stille Vertrautheit des Nebeneinanderliegens und des Gleichklangs, die Lektüre aber kostet ihn höchste Überwindung.

»Abartig!« und »Grauslich!« und »Ich versteh dieses Genre nicht!«, kommt es ihm immer wieder aus, während er von einer erbarmungslosen Folter mit Fischer und Heidegger liest und Danjela davon erzählt, von einer Hinrichtung mit Reclam, sprich einem Großbrand, von dem drohenden Tod eines Verlegers, einem Zoobesuch und schließlich einem Habichtskauz samt dessen Jagdmethode. Und es berührt ihn, den Metzger, denn immerhin war er es, der da damals neben dem kleinen Fleischerjungen im Zoo sitzend, wieder und wieder davon erzählen musste.

»Und jetzt ist das alles Teil eines Romans, sogar des Titels. *Egons Schatten.* Ich bin hundertprozentig überzeugt, er hat das geschrieben: Hansi.«

»Na, dann würd ich sagen, informierst du am besten gleich morgen Irene Moritz über Pseudonym, weil Überschneidungen mit tatsächliche Taten sind schon bisserl unheimlich!«

»Irene Moritz ist hier bald Geschichte, du meinst also Josef Krainer? Da kann ich es gleich der Landesinnung für Augenoptik und Hörgeräteakustik oder dem Kleintierzuchtverein Oberwaldstätten melden! Das Beste ist, ich besuche morgen den Autor persönlich, hör mir das an und schau, ob er mich wiedererkennt. Lesung in der Fabrik. Kommst du mit?«

»Lesung? Schlaf ich so wie du lieber zu Hause in bequeme Bett als auswärts auf ungemütliche Sessel!«

An Schlaf wird diesmal allerdings nicht zu denken sein.

28

Gleichklang. Routine. Ödnis.

Das war es, was Beate Gruber nicht nur der Blick in ihren Kalender bescherte, egal, wie weit sie auch zurückblätterte, sondern auch auf ihr Leben.

Vielleicht würde sie eines Tages auf dem Bett ihres Mannes wieder einen beschriebenen Zettel finden, eine neue Geschichte.

Ihre Geschichte.

Wie sollte sie aussehen?

Beate war die Tochter eines Fleischverarbeiters, lebte mit ihren Eltern und ihren zwei Geschwistern auf fünfzig Quadratmetern in einem der ärmsten Außenbezirke dieser Stadt, stand am offenen Grab ihrer Mutter, da war sie neun Jahre alt, stand am offenen Grab ihres älteren Bruders, da war sie dreizehn Jahre alt, ertrug den Schmerz und die Tränen ihres Vaters nicht mehr, da war sie sechzehn Jahre alt, wurde selbst Fleischverarbeiterin, zog in eine Garçonnière ihres Dienstgebers, verliebte sich in ihren zukünftigen Mann, rettete sein Leben und begrub das ihre, pflegte ihn und sah zu, wie er wehrlos, bei lebendigem Leib mit offenen Augen dem eigenen Sterben beiwohnen musste, verarmt, ohne Geld für die nötigen Therapien, ohne Chance auf den Funken Hoffnung, blieb selbst ohne Hoffnung, schenkte ihm und sich und dem Leben also keine Kinder, wurde selbst krank und verstarb mit neunundvierzig Jahren kurz nach ihrem Mann und einem Sturz vom Dach an gebrochenem Herzen.

Nein.

Nicht so.

Sie musste ihr Leben mit Aufgaben, mit Höhenpunkten, ja, mit Hoffnung füllen. Weiter und weiter und immer weiter.

Endlich damit beginnen.

Sofort.

Und nun ist er gefüllt, ihr Kalender. Darunter Tage, die sie bis in jede Ecke der Spalte mit ihrem gelben Marker bemalt hat, um sie in ihrer Gesamtheit erstrahlen zu lassen. Wunderbarer Tag. Nicht so wie die anderen.

Denn sosehr sie sich auch abrackert seit ihrem sechzehnten Lebensjahr, es bleibt weder die Zeit noch das Geld, sich auch nur einen Traum zu erfüllen, und sei es der elektrische Rollstuhl für ihren Mann oder ein elektrisches Krankenbett. Freiheit im Kleinen und doch im Großen. Nur eine Fernsteuerung in seiner Hand, und alles wäre anders. Er könnte sich aufrichten, eigenständig, könnte sitzend die Beine anheben, sich eine Kartonplatte auf seine Schenkel legen, etwas notieren, eine Skizze, eine Idee.

Doch vielleicht wird ja eines Tages alles wieder gut.

Denn heute hat er zum ersten Mal eigenständig sein Knie gehoben, nur ein kleines Stück, kaum merklich.

Heute hat er sie mit den Worten begrüßt: »Meld uns in der Tanzschule an!« Und gelacht, nur mit seinen wunderschönen Augen.

Und wenn ihr bitterlich nach Weinen zumute ist: Seine Augen lachen. Und wenn ihr der dunkle Gedanke kommt, ihn, inmitten seines tiefsten Schlafes, behutsam, aus dem Bett zu heben, um gemeinsam, Arm in Arm, aus dem Fenster zu springen, in ein unbeschwertes Jenseits, Romeo und Julia: Seine Augen lachen, schenken ihr Licht, schenken ihr, die sie noch zu allem fähig ist, Mut.

Nichts könnte ihr bedeutsamer sein als sein Leben. Bedeutsamer als ihr eigenes.

Liebe. Das ist es, was auf jenem Zettel stehen soll, der ihr Leben beschreibt. Nur dieses eine Wort.

Liebe.

Das Maß aller Dinge.

Die Uhr zeigt 13 Uhr, und er schläft schon wieder.

Einen Kuss gibt sie ihm auf die Stirn, flüstert: »Ich muss jetzt weg, etwas tun, zuerst für mich, dann für uns!«

»Theater« steht inmitten der ausgemalten Kalenderspalte.

29

Die Sonne

»So, wie er sein Leben begonnen und geführt hat, wird er es beenden. An der Flasche.
Und kaum eine, die er ausgelassen hätte. Weder als Säugling die Fertigmilch- noch als Schüler die Dreh-und-Trink-Flasche, weder geistig minderbemittelte Arbeitskollegen noch hochprozentige Weingeister, weder den Sauerstoff bei Tauchgängen noch die Ringerlösung bei Spitalaufenthalten. Und nun: der Höhepunkt.
Es heißt, der Tod käme als launischer, unberechenbarer Geselle, stünde in der Tür, wenn ihm danach sei, doch es stimmt nicht. Ihn wird der Tod an die Unbeschwertheit seiner Kindheit, an all seine Wünsche, Versprechen erinnern, und ja, vielleicht kann er sogar mit einem Lächeln auf den Lippen aus diesem Leben scheiden, wieder eine Flasche an seiner Seite. Nicht eine seiner teuren Weine oder Whiskeys, sondern eine weitaus wuchtigere. Auch Einweg, Kostenpunkt etwa vierzig Euro: Helium. Ein Edelgas. Es riecht nicht, schmeckt nicht, ist sowohl unsichtbar als auch ungiftig und kann trotzdem wunderbar tödlich sein.
Wie einen Taucher hat er ihn adjustiert, zumindest atemtechnisch. Die Brille, das Mundstück, die Gasflasche, alles schön mit Klebebändern fixiert, auch Arme, Beine, Kopf, Oberkörper, damit ja nichts verrutscht, mit Blick hinunter in den Park. Ihren gemeinsamen Park, ihr Revier, das freie Land ihrer Kindheit.«

Und STOPP. Sich und ihm und dem Hörbuch noch eine kurze Pause gönnen:

»Ist das in Ordnung so? Die Aussicht, die Atmosphäre, auch atemtechnisch. Ich hab mir wirklich redlich Mühe gegeben, das alles so authentisch wie möglich hinzubekommen, hoffentlich schätzt du das ebenso, wie auch ich dieses Buch schätze – also kein bisschen. Zum Kotzen, oder? Und doch so wahrheitsgetreu. Es ist doch unglaublich! Da stehen Dinge in diesem Buch, genauso, wie wir beide es erlebt haben.

Ein Wunder?

Ein Zufall?

Oder steckst du dahinter?

Was schaust du so, so, so … pfuh, wie soll ich deinen Blick nur beschreiben? Verlegen?

Leider nicht, obwohl dir ein bisschen Anstand gut zu Gesicht stünde. Und es wäre eine nette Dopplung: Ein verlegener Verleger! Wenngleich natürlich »verlegen« ein höchst vielschichtiger, im Grunde gegensätzlicher Begriff ist. Es kann sowohl bedeuten »etwas herausgeben« als auch »etwas nicht mehr finden können«. Ein bisschen widersprüchlich, oder?

Aber es kommt noch schlimmer: Es kann sowohl bedeuten »etwas wissentlich umpflanzen, sprich woanders hinsetzen« oder »etwas unwissentlich in eine Situation bringen, die Befangenheit auslöst«. Spannend oder sehr, sehr spannend. Trifft alles auf dich zu:

Du hast mich versetzt und beschämt zugleich. Du hast einerseits unser Versprechen vergessen und rückst trotzdem mit der Wahrheit heraus. Unserer Wahrheit, unserer Vergangenheit, verpackst sie als billigen Schund zwischen zwei Buchdeckeln, und ja, das muss ich zugeben, berührst mich auf eine durchaus sentimentale, nostalgische Art. Vor allem an dieser Stelle hier. Hör zu!«

Liebevoll fast streichelt er ihm über den Kopf und schenkt

per Fernbedienung der Sprecherstimme wieder Gelegenheit, sich zu entfalten:

»Wie in alten Zeiten, wenn der Spielplatz Anlaufstelle für all jene wurde, die irgendetwas verkaufen wollten:
Galt es Lügen an die Menschen zu bringen, kamen Parteigehilfen mit ihren Wahlzuckerln; galt es fett machende Fruchtsäfte, Müsliriegel, Schokoteile zu bewerben, kamen extra schlanke, sportliche vorwiegend Mittzwanziger; bei Sonnen-, Haut-, Feuchtigkeitscremes kamen extra gepflegte vorwiegend Damen; bei Zeitungs-Abos, Umwelt- oder Tierschutzanliegen kam von irgendwelchen ungepflegten Studenten bis extra freundlichen Rentnern alles, aber völlig egal, wer kam und was beworben wurde, es gab meist Luftballons gefüllt mit Helium. Spielplatz eben: Locke die Kinder, dann kommen die Eltern.
Und Helium bedeutete Spaß den ganzen Tag.
Während die anderen Kinder als freiwillige Gratis-Werbeträger selbst noch am Nachhauseweg ihre beschrifteten Ballons festhielten, als könnten sie damit ins Wunder- oder Barbie- oder Disneyland fliegen, sind er und er, die beiden guten Freunde, damit hinter die Büsche verschwunden – um Micky Maus zu begegnen.

Langsam öffnet er das Ventil, lässt es strömen, hört seine immer höher werdende Stimme und muss lachen.«

Und wieder stoppt er, führt, als wäre es eine Anweisung, das Vorgelesene durch, hört das leise Zischen, den lauten Widerspruch, tritt ans Fenster und blickt hinaus …

30

In den Räumlichkeiten der Fabrik ist Zigarettenkonsum untersagt – außer natürlich, man will sich so einen Tschick in die feilgebotene, herrliche Gulaschsuppe einbrocken –, was insofern einen pikanten Umstand darstellt, da hier anno dazumal Zigaretten produziert wurden.

Heute erinnern nur noch die vor der Eingangstüre hängenden Nebelschwaden daran. Sommerlich die Stimmung, beinah adriatische Verhältnisse mit einem Duft nach Peking.

Und der neurotische Nichtraucher Metzger ärgert sich. Über sich selbst und seine Schadenfreude. Eine höchst ungesunde noch dazu. Geschieht ihm ja auch völlig recht, denn groß war anfangs seine Beglückung über das endlich in Gast- und Kaffeehäusern, in Bars und Beiseln amtlich gewordene Rauchverbot, alles Orte, an denen er sich ohnedies kaum aufhält. Nun aber qualmt und stinkt es inmitten seiner täglichen Routine, auf Gehsteigen, in Parks und Innenhöfen, vor jedem öffentlichen Gebäude, sprich an der frischen Luft. Schuss ins Knie, kann man da nur sagen.

So auch hier.

Was dem einen ein Graus, lässt dem anderen nämlich das Wasser im Munde zusammenlaufen.

»Da schreit mein Körper förmlich nach Nikotin!«, schwenkt also auch Helene Kubelka aus, zückt ihr mit »Rauchen vermindert die Fruchtbarkeit!« beschriftetes Päckchen, deutet auf den Spruch, erklärt dazu: »Mit dem Wundermittel hätten wir also gleich ein paar Idioten weniger auf dieser Welt!« und gibt sich selbst Feuer.

»Dann wohl bekomm's!«, nimmt der Restaurator sein Schicksal demütig hin und aus der Hand einer jungen Dame einen mit »Egon fliegt!« beschrifteten roten Luftballon entgegen. Zwei Studentinnen verteilen diese kindliche Glückseligkeit, ziehen einen ganzen Strauß derartiger dank Helium aufgedunsener Gummihüllen hinter sich her. Da muss der Metzger natürlich gleich wehmütig an Hansi, den Zoo, die Eule denken – und wenn sie nicht gestorben ist, dann sitzt sie dort wohl heut noch hinter Gittern. Lilli fällt ihm ein, mit Vorfreude, denn seit damals war er nicht mehr im Tierpark, auch nicht mit der kleinen Madame Matuschek-Pospischill. Ein Umstand, der, wie versprochen, unbedingt geändert werden muss, bevor Uwe auf diese Idee kommt.

»Der Abend scheint ja recht gut besucht zu werden, das freut mich für den Autor!«, fällt ihm auf, denn rege ist der Zustrom des Publikums, sowohl ins Innere des Theaters als auch zu der im Freien neben dem Eingang aufgestellten Gulaschkanone samt Dosenbier-Verkauf. »Und was machen wir dann währenddessen mit dem Ballon?«, fällt ihm ein, und ein paar bedeutsame Antworten fallen ihm zu. Denn obwohl es bis zum offiziellen Start der Lesung noch ein wenig dauert, beginnt dank Helene Kubelka die Vorstellung schon jetzt.

»Dort!«, legt sie los. »Der solariumgebräunte Herr mit dem Sakko, das ist unser Kulturstadtrat-Stellvertreter, Diplomingenieur Sattleder. Einmal hat er mir und meiner Buchhandlung die Ehre erwiesen und an der Kassa süßlich erklärt: ›Schön haben Sie's hier, wirklich, wirklich schön. Wissen S' eh, Frau … Frau?‹, Kubelka, hab ich gesagt. ›Genau, Frau Krubela‹, hat er fortgesetzt, ›also: Wissen S' eh, ich bin der Kulturstadtrat-Stellvertreter Dipl. Ing. Sattleder!‹, und eigentlich wollte er mir damit unter die Nase reiben: ›Also bitte geben S' mir anständig Rabatt!‹ Was für mich als anständigen Menschen natürlich bedeutet: null Prozent Ermäßigung. Wie gesagt, er war nur einmal bei mir. Und weil wir grad von Rabatt reden: Die hübsche Dame, die da so nervös hin und her läuft und ständig auf ihr Handy schaut, das ist die Verlagsvertreterin vom Ketalpow, Gabi Hermann, und die schnürt mir, ähnlich wie mein Gemüsehändler Erdogan, immer so nette Kauf-vier-nimm-fünf-Pakete! Für einen kleinen Fisch wie mich natürlich lieb, für große Fische ein Hohn, da heißt es dann Kauf-vier-nimm-acht, also halber Preis, und meine Güte, für welchen Spottpreis namhafte Internetgroßhändler Bücher einkaufen, will ich gar nicht wissen, von wegen Buchpreisbindung!«

»Weil wir grad von Spott und Hohn und Fisch reden, ich kenn auch wen: Schauen Sie, wer dort kommt!«, deutet der Metzger auf Jonas Fischer und versucht ein wenig in Deckung zu gehen. »Dass der sich grad den Ketalpow anhört? Interessant!«

»Ein Autor, der kein ordentlicher Masochist wäre, ist kein Autor!«, liefert Helene Kubelka eine nüchterne Erklärung, hebt zusammen mit Willibald Adrian Metzger die Hand zum Gruße, und nur sie erhält eine freundliche Erwiderung.

»Schönen guten Abend, Frau Kubelka!«, ruft er herüber, erspart sich jegliches Registrieren des Restaurators und marschiert weiter.

»Nachtragende Sadisten sind Autoren offenbar auch!«, erklärt der Metzger – und wie prächtig es sich mit Fischer quälen lässt, weiß er ja seit der Ketalpow-Lektüre.

»Ha, Sie werden staunen, Frau Kubelka, ich kenn noch wen!«, deutet der Metzger auf einen großen, kahlköpfigen Mann mit breiten Schultern, vollem Haar und vollem Bart, der eine graue Plastikkiste in das Innere der Fabrik trägt: »Das ist Mohamed Fahim. Wenn er nicht auf Lesungen geht, spaziert er nächtens durch die Stadt, prallt mit Passanten zusammen und befördert sie beinah in die Waagrechte!«

Und Helene Kubelka gibt ein herzhaftes Grunzen zum Besten.

»Was, der Pauli Gruber ist konvertiert? So besoffen kann der gar nicht sein. Ein bekennender Freigeist und Atheist ist das, und alles, was der Pauli je transportiert hat, sind Auslieferungskisten. Früher Einwegkisten aus Holz mit endgültiger Auslieferung ohne Retouren, sprich Pauli Gruber war Bestatter. Seit zwei Jahren ist er sozusagen Geburtshelfer und bringt mir Mehrwegkisten aus Plastik vollgestopft mit Büchern. Der arbeitet bei dem flottesten und verlässlichsten Vertrieb dieses Landes. Wer hierzulande bei mir ein nicht vorhandenes Buch bestellt, hat es dank dieses Luxus innerhalb von vierundzwanzig Stunden, das muss man sich einmal vorstellen, dagegen ist der Internetgroßhandel prähistorisch wie ein Meldereiter!«

Willibald Adrian Metzger hat zwar ein schlechtes Namensgedächtnis, aber auf seine Gesichtserkennung ist Verlass: »Dann kennt der Pauli entweder seinen eineiigen Zwillingsbruder noch nicht, oder er ist ein Lügner!«

»Hat es Sie also auch erwischt?«, amüsiert sich Helene Kubelka offenbar prächtig, dämpft ihre Zigarette aus und erklärt: »Der Pauli ist ein waschechter Einheimischer, schaut halt nur ein bisserl arabisch aus, hat sich die Haare wachsen lassen in alle Richtungen und tut Gutes. Aber das soll er Ihnen am besten gleich selbst erklären!«

Im Inneren der Fabrik wurde das einst tabakdurchsetzte Mauerwerk mit rot-goldenen Samttapeten überzogen, ein roter Spannteppich, dazu die hoffentlich generalgereinigten Holzklappstühle des ehemals gegenüberliegenden, mittlerweile zur Volkshochschule umorientierten Pornokinos Melanie. Ein Weiterbildungszentrum also der anderen Art. Anders als dazumal ist heute allerdings jeder Platz des Saals besetzt, offiziell sogar. Und überall: rote Luftballone. Lang genug die Schnüre, um nicht die Sicht zu irritieren. Wie eine flauschige Zwischendecke schweben sie über den Köpfen.

Helene Kubelka hat sich mit Willibald Adrian Metzger direkt in die Reihe hinter Pauli Gruber gesetzt, der, wie sich herausstellt, zwar einer Kollegin die Bücherkisten tragen geholfen hat, allerdings selbst nur Zuschauer ist: »Denn das literarische Gemetzel lass ich mir nicht entgehen! Herrlich.«

»Warum Gemetzel?«, will der Metzger wissen.

»Na, weil der Ketalpow schonungslos in der Literaturszene spielt!«

»Ach, deshalb, ich dachte schon, Sie reden von Romeo und Julia. Wie lebt es sich so mit Ihrer offenbar unbehandelten Schizophrenie, Herr Fahim?«

Pauli Gruber überlegt kurz, dann muss er lachen. »Ja, Mohamed Fahim? Das ist meine Leidenschaft! In eine andere Rolle schlüpfen und den Vorurteilen der Menschen die Spiegelwand vor die Nase halten. Ist lustig!«

»Lustig!«, wiederholt der Metzger nüchtern. »Welche Rolle zeigen Sie mir jetzt? Die Eskimorolle? Zwar gekentert, aber zack, schon wieder an der Oberfläche? Und wer ist Pauli Gruber wirklich?«

Offenbar jemand, der gerade seinen Spaß hat: »Was kann denn ich dafür, wenn grad bei mir ein bisserl die Gene meines Urgroßvaters durchschlagen?«, lächelt er. »Und ich bin stolz drauf, vor allem auf meine Urgroßmutter, eine großartige Frau. Nachdem 1947 die Arabische Liga einen Krieg gegen Israel angezettelt und verloren hatte, haben sich die Streithanseln in puncto moderner Kriegsführung Hilfe von Fachleuten aus dem Ausland kommen lassen. Die alten, verhassten Kolonialmächte, Briten und die Franzosen, waren tabu. Also, wo bedienen? Bei arbeitslosen Nazis und Kriegsverbrechern, die nach dem Zweiten Weltkrieg untergetaucht sind oder von der katholischen Kirche gedeckt wurden.

Einer davon war Herwig Brunner, der erste Mann meiner Urgroßmutter. Also ist er, meine Urgroßmutter im Schlepptau, in den Nahen Osten verschwunden, nur wenige Kilometer von Israel entfernt, also genau jenem Volk, das er für alle Zeiten auslöschen wollte. Meine Urgroßmutter hat sich dort in einen Taxifahrer verliebt, Mohamed Fahim, hat ihren Herwig verlassen, und ist allein wieder nach Europa geflüchtet. Wobei ganz allein war sie nicht, sondern unter ihrem Herzen trug sie meinen Großvater. Schöne Geschichte, oder?« Und auch wenn der Metzger jetzt durchaus gerührt ist, lässt er sich dies nicht ansehen: »Eine schöne Geschichte von einem schönen Gschichteldrucker, wunderbar!«

»Sie gefallen mir!«, ortet der Metzger nun ein Lachen, das ausschließlich Paulis wohlgeformter Mundpartie entspringt, denn die Augen bleiben ernst.

»Aber mir gefallen Sie nicht!«, zischt es von hinten, dazu ein heftiges Stupsen in den Rücken: »Können S' nicht endlich den Schlapfen halten, ist ja kein Kaffeehaus hier!«

Zögerlich dreht sich der Metzger um und sieht in Augen, so bissig, da regt sich durchaus der Verdacht, es könnte dahinter direkt in den Verdauungstrakt gehen:

»Nein! Ich fass es nicht! Ist Ihr Fernseher kaputt?«

»Das müsste ich Sie fragen, Metzger. Spielen S' wieder einmal ein bisschen Sheriff, sprich Topfschlagen!«, prostet ihm Krainer mit einer Dose Bier in der Hand entgegen.

»Na, dann sind wir ja schon zwei, Krainer. Und, was führt Sie her? Das kühle Blonde oder die eiskalte Brünette, Ihre Chefin?«

»Meine Ex-Chefin!«, lacht Josef Krainer. »Die kommandiert bald woanders herum, und …!«

»Und bei uns feiern die Verbrecher den Beginn goldener Zeiten. Ich hab schon gehört davon!«

»Feiern Sie nicht zu früh, Metzger, wir werden schon unseren Spaß haben miteinander!«, zeigt Krainer Humor.

»Ermitteln Sie also in Literaturkreisen? Die von Hofer verrissenen Bücher, hab ich recht?«

»Ganz genau! Und bevor ich den Schas lesen muss, hör ich ihn mir an!«

Und bei »Schas« ist es nun Krainer, der in seinem Umfeld erstmals Beachtung findet. Allerdings nur kurz, denn glücklicherweise gehen endlich die Lichter aus, tritt die zierliche Buchhandelsvertreterin ins Rampenlicht, wodurch sich deren eingangs geortete Nervosität von selbst erklärt.

Deutlich ist Gabi Hermann anzusehen, wie sehr sie im Augenblick lieber in einer kleinen Buchhandlung stünde als auf großer Bühne. Rot wie ein Pfirsich ihr hübsches Gesicht, leise ihre Stimme, zaghaft, ja, teils stammelnd sogar. Alles an ihr eine Entschuldigung, auch die Einstiegsworte, denn, so die Botschaft: Die Lektorin dieses Buches, Mareike Haberzellner, sei erkrankt, und der Verleger, Adalbert Schäfer, sei überraschenderweise verhindert. Nun also müsse, nein, dürfe sie, die Verlagsvertreterin, einspringen. Entsprechend kurz ihre Rede. Inklusive Kulturstadtrat-Stellvertreter Dipl. Ing. Sattleder werden noch schnell ein paar Ehrengäste begrüßt, und alle sitzen sie in der ersten Reihe, was deren Eitelkeit natürlich schmeichelt, viel mehr aber noch das Publikum ehrt, gibt ja auch kaum miesere Plätze, maximal noch hinter Säulen.

»Und jetzt der Star des Abends: Danke, Iwan, für dein mutiges, skandalöses, großartiges Buch!«, räumt Gabi Hermann nun erleichtert ihren Platz – worauf für Willibald Adrian Metzger höchst Erstaunliches folgt.

31

Hansi Woplatek betritt in schwarzem Hemd, schwarzer Hose und wenigstens dunkelroten Sneakern die mit schwarzen Vorhängen verkleidete ziemlich hohe Bühne, und wenn Schwarz als Farbton noch nicht erfunden worden wäre, die Entdeckung bliebe wohl keinem Bestatter, sondern viel eher einem Schriftsteller vorbehalten. Und er betritt sie als Verbildlichung dessen, was in Körpersprache-Vorträgen, in Finde-dich-selbst-Seminaren, in Coaching-Sitzungen wahrscheinlich als So-bitte-nicht gelehrt wird: Wie ein Bogen gekrümmt sein Auftreten, allerdings ohne unter Spannung zu stehen. Der so hübsche Kopf müht sich zwar redlich, mit vorgeschobenem Kinn den beträchtlichen Haltungsschaden wieder auszugleichen, doch vergeblich. Auch wenn Willibald Adrian Metzger zwar nicht viel, aber immerhin mehr noch als den *Schatz im Silbersee* gelesen hat, fällt ihm gleich zweimal Charles Dickens ein. Erstens *Oliver Twist* und der diebische buckelige Kinderfänger Bill Sikes. Zweitens *A Christmas Carol* und der alte Geizkragen Ebenezer Scrooge.

Mit einem ähnlich verstohlenen, ja, direkt gemein wirkenden Habitus schlurft Hansi Woplatek in die Mitte der Bühne, seine rechte Hand in der Hosentasche, in seiner linken das Buch, und steuert seinen Dienstposten an. Ein Tisch mit schwarzem, bis zum Boden reichendem Tischtuch, darauf ein Mikrofon, ein leeres Glas und – eine Flasche. Rosa. Darin also ein frisch aus der Eiszeit stammendes, gestern noch Gletscher, heute schon glasklares Tröpferl. Glaciem,

Nobelmineralwasser, wie es auch den alten Woplatek als Lebenselixier zwar gelabt, aber trotzdem nicht vor der Selchkammer gerettet hat. Dem Veranstalter der Fabrik ist für seine Künstler offenbar nichts zu teuer.

Doch auch noch ohne einen Schluck zu trinken, findet bei Hansi nun eine wundersame Verwandlung statt, in seinem Fall allerdings in Richtung Lebendigkeit. Kaum nimmt er Platz, kommt mit einem Mal sein beinah engelsgleiches, hübsches Gesicht zur Geltung, das da über die Vorderkante des Tisches hinweg auf das Publikum herabsieht, setzt seine Stimme ein, und auf Anhieb ist jeder gefangen, jeder Ratgeber-Tipp ausgehebelt. Willibald Adrian Metzger hängt Hansi Woplatek an den Lippen, nicht daran zu denken, hier auch nur eine Sekunde lang einzuschlafen. Gewinnend sind die einführenden Worte, voll liebevollem Zynismus und großer Sympathie.

»Was, bitte, ist hier los? Ich sehe doppelt so viele Köpfe, wie es die Zahl der Sitzplätze erlaubt? Die Hälfte davon rot? Wer hat diese herrlichen Ballons ausgeteilt? Mir zu Ehren? Wie lieb. Oder, meine Güte, ich selbstsüchtiger Mensch, vielleicht geht es gar nicht um mich? Vielleicht ist das ja eine Wahlveranstaltung und ich bin falsch? Oder, meine Güte, noch schlimmer, rot, ich bekomm einen Schweißausbruch? Ist heut vielleicht Valentinstag?«

Gelächter.

»Und was machen Sie jetzt damit, die ganze Lesung? Nicht dass Sie mir alle davonflattern, oder nur die Egons, weil ja ›Egon flieg‹ auf den Ballons steht, wie ich sehe. Heißt hier überhaupt jemand Egon? Nein? Oder traut sich keiner aufzeigen? Logisch, Egon ist in meinem Buch ja auch ein Mörder!«

Wieder Gelächter. Hansi Woplatek erobert die Herzen im Sturm, und Willibald Adrian Metzger freut sich. Das Leben kann sich eben auch als Wiedergutmacher von seiner besten Seite zeigen – glaubt er zumindest. Und weiter geht es:

»Wie auch immer: Ich bin wirklich beschämt, Sie alle hier zu sehen, und, und, und …« Kurz mimt Hansi eine peinliche Nachdenkpause, dann setzt er fort: »Lassen Sie mich ehrlich sein: Ich habe Angst. Große Angst. Angst vor Ihnen. Ja, Sie haben richtig gehört. Denn der Grund Ihres Hierseins ist nun nach zwei literarischen Büchern mein drittes Werk, und es ist kein nettes. Ein Rachebuch. Im Grunde ist es hundsgemein. Reihenweise werden Menschen getötet!« Er legt eine kurze Pause ein und blickt zuerst ernst ins Publikum, dann ein verschmitztes Lächeln: »Und das Auffällige daran ist: Erst jetzt interessieren Sie sich für mich, werte Leserschaft. Das stimmt mich zutiefst nachdenklich! Was soll ich davon halten?«

Gelächter.

»Für mich ist das ja alles neu, der ganze Trubel, die Interviews. Ein Journalist hat mich gefragt, ob ich jetzt Angst vor mir selber habe, wegen all der grausamen Morde und vor allem der Nestbeschmutzung. Das Buch spielt ja in der Literaturbranche? Hab ich gesagt: Nein, weil ich schreib das ja alles wenigstens auf, therapiere mich also vor aller Augen sozusagen selbst. Angst hab ich vor jenen Leuten, die das alles nicht aufschreiben, sondern im Hintergrund die Fäden ziehen, oder noch schlimmer: die all das freiwillig lesen wollen. Was soll ich davon halten?«

Wieder Gelächter.

»Lachen Sie ruhig. Ich geb ja zu, wer Krimis schreibt, muss schon einen gewaltigen Dachschaden sein Eigen nennen. Aber ich sag Ihnen: Krimis zu lesen, ist auch nicht ohne. Immerhin sind das ja alles gut recherchierte Anleitungen zum Morden, auf dass sich die Psychopathen dieser Welt nur noch zu bedienen brauchen. Wenn also die Göttergattin von gehobener Belletristik auf Krimi umsteigt, sollte man als Mann schleunigst auf Dosenfutter wechseln oder nachsehen, ob die Schrauben noch alle fest sitzen am Motorrad!«

Und wieder Gelächter.

»Wissen Sie, früher haben mich Journalisten nie gefragt – gut sie haben mich sowieso nie etwas gefragt, denn wer war ich schon? –, jedenfalls hätten sie mich nie gefragt: ›Warum schreiben Sie Romane?‹ Aber heute fragt mich jeder: ›Warum schreiben Sie Krimis?‹ Was soll das für eine komische Frage sein, bitte? Ein Buch ist ein Buch ist ein Buch ist ein Buch. Ich geb natürlich immer großspurig die Antwort, es läge in der menschlichen Natur, Dingen auf den Grund zu gehen, und Krimis brächten so wunderbar etwas zu Ende. Am Anfang das Rätsel, schließlich die Lösung, was natürlich befriedigt, wenn wir doch am Ende dieses Lebens im Grunde gar nichts wissen, der Tod ein großer Unbekannter. Klingt gut, oder? Ist aber natürlich das reinste Blabla.

Ich denke, jeder, der halbwegs rechnen kann, kapiert, warum jetzt Krimis: Weil mir verdammt noch mal mein Nasenrammel nicht mehr schmeckt und der Fensterkitt oder bestenfalls das Dosengulasch. Meine literarischen Romane wurden nicht von Lesern, sondern jenen Regalen verschlungen, die sie im Buchhandel beherbergen. Ich will also endlich Geld verdienen, hören Sie, Geld. Also wehe, Sie kaufen heute keine Bücher!«

Und die Zuhörer haben ihren Spaß.

»Wie gesagt, ein Rachebuch. Darum lassen Sie mich zu Beginn die erste Seite lesen, und dann verrate ich all jenen, die bei einem Buch immer zuerst die letzte Seite lesen, auch gleich die Auflösung!«

Ein Raunen geht durch die Reihen.

»Sie brauchen gar nicht jammern, Sie sind ja schließlich freiwillig hier!«

Und nun liest er die erste Seite:

Die Handlung und alle handelnden Personen in diesem Roman sind frei erfunden, jegliche Ähnlichkeit mit lebenden oder realen Personen ist rein zufällig.

»Das war's! Sie können ruhig klatschen.«

Applaus.

»Ein Absatz, der in vielen Büchern steht, aber natürlich ein Schwachsinn ist. Selbstverständlich orientiert sich ein Autor in seinen Geschichten an realen Personen. Ich gebe also zu: Im Grunde schreibe ich aus der Realität ab! Die Wirklichkeit diktiert mir meine Bücher. So abartig könnt ich ja auch gar nicht denken, als dass das, was mein krankes Hirn sich ausmalt, nicht schon längst in der Wirklichkeit zu finden wäre. Nichts ist so abartig wie die Wirklichkeit. Oder glauben Sie, die größten Arschlöcher trifft man in seinem Leben, um nicht von ihnen zu lernen und aus ihnen Kapital, in meinem Fall sogar Kapitel, zu schlagen? Also: Sollte sich der eine oder andere hier wiedererkennen, ich bedanke mich hiermit aufs herzlichste!«

Applaus, Gelächter.

Und nun nimmt Hansi Woplatek sein Buch in die Hand, hebt es hoch, hält es den Zuschauern entgegen.

»Und genau darum geht es in *Egons Schatten.* Um die Wirklichkeit und diesen Anfangssatz:

Die Handlung und alle handelnden Personen in diesem Roman sind frei erfunden, jegliche Ähnlichkeit mit lebenden oder realen Personen ist rein zufällig.

Denn mein neuer Roman ist ein Buch im Buch. Wer jetzt schon aussteigt, wem es zu kompliziert wird, der kann gern die Lesung verlassen, aber Sie sollten wissen: Ich sehe, wenn Sie gehen, merk mir jedes Gesicht! Und es gibt natürlich kein Geld zurück!«

Gelächter.

»Nun denn, dann lassen Sie uns starten: Ich werde Ihnen an diesem Abend nicht meinen Ermittler, sondern meinen Täter vorstellen. Warum? Weil ich ihn so gern hab, so mitfühle. Also: Mein Mörder ist ein Deutsch- und Turnlehrer namens Egon Rainer, kurz vor der Pensionierung, so einer, der sich in seiner Schule als ewig junger Dauerheld gegeben hat. Kennen Sie vielleicht, solche Typen, Cowboystiefel, Lederarmband, Herren- statt Ehering, Hemd weit aufgeknöpft, dichtes Brust- und lichtes, nach vorn frisiertes, gefärbtes Haupthaar. Und Egon Rainer kann alles: Monologe zitieren im Kopfstand, Witze erzählen im Dauermodus, grandios kicken, Ski fahren, kochen. Gitarre, Klavier spielen natürlich auch, ein Genie. So überzeugt davon ist er, der Beste zu sein, Motivationsseminare sollte er geben. Und wenn er mit seinen Schülern Theaterstücke einstudiert, übernimmt er natürlich höchstpersönlich die Hauptrolle. Dass Egon Rainer überzeugt davon ist, herausragend gut schreiben zu können, versteht sich von selbst – und dann passiert der Horror. Denn gerade der größte Deutsch-Pfosten, den er je in einer seiner Klassen sitzen hatte, ein Bursche namens Dominic Lamer, wird Schriftsteller, Bestsellerautor. Und er, der gute Egon Rainer, muss zuschauen und kann jetzt leider nicht wie sonst selbst der Titelheld sein in diesem Stück. Und er schreibt natürlich Briefe an die Medien, um sein Erzürnen zum Ausdruck zu bringen, über dieses grottenschlechte Lamer-Buch, und er schreibt auf jeder erdenklichen Internet-Plattform unter falschen Namen vernichtende Internetkritiken, schreibt wilde Leserbriefe, E-Mails, und er schickt natürlich in einem Aufbäumen seine schon mehrmals abgelehnten Manuskripte wieder los an dieselben Adressaten, also an seine Bekannten.

Da wäre sein Freund aus Kindertagen, Michael Maria Hildebrandt, der nicht Lehrer, sondern Literaturkritiker geworden ist und der für die Romanversuche des armen Egon weder seine Beziehungen hat spielen lassen noch ein gutes Wort verlieren wollte.

Da wäre weiters sein Studienkollege Walter Hübelmeier, der ein hoch angesehener Verleger geworden ist und der jeden seiner Romanversuche abgelehnt hat.

Und da wäre schließlich die gute Freundin Frieda Margot, die einst seine Unterrichtspraktikantin war, und sich leider von ihm, dem damals schon verheirateten Egon, als er noch ansehnlich und appetitlich war, in einer langen Skikursnacht flachlegen hat lassen. Nur leider ist Frieda Margot nach einem Jahr an der Schule ins Verlagswesen gewechselt und ist mittlerweile angesehene Programmchefin bei Walter Hübelmeier und formt nun justament Dominic Lamer zum Erfolgsautor.

Sie sehen: Eine Tragödie, denn unser Lehrer Egon Rainer sah sich selbst immer als großen Stern am Belletristik-Himmel.

Und nun, liebes Publikum, passieren zwei Dinge: Der arme Egon Rainer wird pensioniert, verliert alles, sein ganzes Leben, sein Dasein als selbstdefinierter Mittelpunkt, und hat danach keine Kollegen mehr, keine Freunde, Frau auch nicht mehr, Kind weg, also nichts. Und zack, kommt ein neues Buch von Dominic Lamer, wieder ein Krimi, auf den Markt.

Ein Buch, das ihn durch Mark und Bein erschüttert, denn dieses handelt also von einem pensionierten Deutschlehrer, der stets abgelehnter Autor bleibt, der zusehen muss, wie einer seiner schlechtesten Schüler zum Superstar der Literaturszene hochgejubelt wird, und der nun Rache übt, in der mittlerweile von ihm verachteten Literaturbranche aufräumt, reihenweise Leute ermordet. Verstehen Sie die Tragödie! Und Egon Rainer erkennt sich in diesem Buch selbst, als wäre es seine eigene Biografie. Erkennt, wie er hier zur

Witzfigur, zum Mörder degradiert wird, sieht vereinsamt, wie er da in seinem Nichts sitzt, sein ganzes Lebenswerk entweiht. Eine zutiefst tragische Figur also. Und jetzt legt sich wie bei dem fiktionalen Deutschlehrer auch bei ihm ein Schalter um.

Egon Rainer also setzt eins zu eins in die Tat um, was ihm in diesem Roman fiktional in die Schuhe geschoben wird. Wie gesagt, ein Buch im Buch. Aug um Aug.

Ich würde sagen, wir sind nun bei genau jenem Moment gelandet, an dem ich vorzulesen beginnen sollte, was meinen Sie?«

Applaus.

»Nun denn, Sie wollen es nicht anders: Wir steigen also in den Roman ein. Ein Krimi, in dem immer klar ist, wer der Mörder ist und was er so treibt. Vielleicht lernen Sie meinen Egon Rainer ja noch lieben, aus Mitleid. Auch eine Art Liebe!«

Hansi Woplatek schlägt das Buch auf, räuspert sich.

»Weil Sie alle hier so wundersamerweise diese roten Ballons in Händen halten, keine Ahnung, wer die ausgeteilt hat, aber danke dafür, lese ich gleich folgenden Abschnitt vor: Egon Rainer hat sich seinen Freund aus Kindertagen, den Verleger Walter Hübelmeier vorgeknöpft, spielt ihm das Hörbuch vor, dabei geht es entsprechend zur Sache! Die Kapitel haben übrigens keine Nummern, sondern Überschriften. Und diese Kapitel heißt: *Die Sonne.*«

Und nun beginnt Hansi Woplatek zu lesen, über den wie ein Taucher mit einer Heliumflasche gewaltsam verbundenen Verleger, der sich, mit Blick auf den Park seiner Kindheit, Geschichten aus der Vergangenheit anhören muss, während das Gas in seinen Körper strömt …

32

Die Sonne

… vor ihm, durch die Fensterscheibe sichtbar, laufen Kinder den Weg aus Rindenmulch entlang, in ihren Händen rote Ballons. Wahlkampf. Und auch hinter ihm ein Kampf, nur ohne Wahl. Walter Hübelmeier keucht, und es ist ein abartig hohes Keuchen, eines, das früher, hinter den Büschen versteckt, für Lachen gesorgt hätte.

»Jetzt komm schon, zier dich nicht so, sag etwas, bitte, sei kein Spielverderber. Es war doch so lustig damals, oder? Den ganzen Tag haben wir uns, wie zwei Kastraten, die schönsten Geschichten erzählt, und du hast immer zu mir gesagt: ›Wenn wir einmal groß sind, werden wir gemeinsam aus unseren Geschichten Bücher machen!‹ Kannst du dich erinnern?

Und Wahnsinn, es ist dir gelungen, wenn auch mit einem klitzekleinen Fehler. Du hast den Plural übersehen. Nichts von ›wenn wir einmal groß sind‹ und ›gemeinsam‹. Aus ›unseren Geschichten Bücher machen‹ aber hast du prächtig umgesetzt. Glaubst du, ich lese das nicht?

Hast du nicht nur zuerst meine Unterrichtspraktikantin als Lektorin eingestellt, dann den Vertrag mit diesem Sonderschüler und Idiotenautor Dominic ermöglicht, sondern ihm auch noch von uns erzählt? Ihn bei einem guten, teuren Mittagessen ein bisschen eingelullt mit einem echten Wiener Schnitzel, Kalb natürlich, das machen Verleger doch so? Hast du diesem Krimi-Vollpfosten das Gefühl gegeben, er

wäre wichtig für den Verlag – damit er schön tut, was du willst und dieser Schund so wunderbar authentisch wird?
Ja, Schund.
Rund zwanzig Euro kostet der Dreck. Und findest du, ist dieses Buch das schäbige Ostblock-Papier wert, auf dem es zu günstigen Konditionen gedruckt wurde? Ist doch so, oder? Sag nicht, die Herstellung wäre eine einheimische! Ich weiß es, kann es ja riechen. Jeder kann es riechen. Chemie!«
So ruhig war er bis jetzt geblieben, nun aber entgleitet er sich selbst, hebt die Stimme, als stünde er auf der im Turnsaal errichteten Bühne, den Blick auf seine Schüler, seine Kollegen gerichtet, er die Hauptrolle in dem selbst geschriebenen Stück:
»Der so heilige Duft ist mittlerweile von einem schalen Beigeschmack durchzogen. Die Nase in ein Buch zu stecken, kann Allergien auslösen, in vielerlei Hinsicht, nicht nur bei freiwilligen Analphabeten und Leseverweigerern.
Alles ausgelagert in Billiglohnländer, dorthin, wo der Dreck auf der Straße liegt, ob Discounter- oder Designer-Unterhose, völlig egal, selbe Adresse. Passt ja auch. Ein Arsch bleibt ein Arsch und wird nicht schöner, je teurer man ihn auch verhüllt.
Als würde ein Kleinkind Verstecken spielen, so verhält sich der Wohlstand. Auf offener Wiese Augen zu und glauben, unentdeckt zu bleiben, glauben, eine Welt ließe trotz endlicher Ressourcen die unendliche Gier nach Anhäufung zu. Wie vertrottelt. Die Menschheit wird an ihrer eigenen Verblödung zugrunde gehen.
Womit wir auch schon bei dem Schund hier wären. Wie kann dieser Dreck nur in diversen Bestsellerlisten landen? Das ist mir unbegreiflich. Das versteh ich ja bis heute nicht, wie diese Listen überhaupt zustande kommen. Hat da jede Zeitung ihre eigene? Müssen jene Buchhandlungen, die mit-

stimmen dürfen und namentlich erwähnt werden, Schutzgeld zahlen, um nicht ausgetauscht zu werden? Oder zahlen die Verlage für die Erwähnung ihrer Titel?
Egal, ist ja im Grunde ohnedies jede Liste dieselbe Bankrotterklärung. Krimis, Thriller bis zum Erbrechen. Das literarische Fast Food der Gegenwart. Trockenfutter, intellektuell leicht verdauliche Kost, Hirnschonung.
Ob im Fernsehen, ob am Buchmarkt. Am Anfang das Rätsel, am Ende die Lösung, und dazwischen lässt sich der Leser freiwillig an der Nase herumführen? Da braucht man nicht extra erst ein Buch zu lesen, da reicht ein Trauschein, im Grunde schon der Taufschein. Und blutrünstig, brutal muss es sein, oft kombiniert mit einer verwahrlosten Humorigkeit. Tödlicher Inhalt als buntes Zuckerl verpackt. Lachen können angesichts der schlimmsten Grauslichkeiten, das ist Programm.
Ist das lustig, ja?
Jetzt stell dir vor, es kommt ein Verrückter und setzt das alles eins zu eins in die Wirklichkeit um. Wobei, ich muss jetzt ein bisserl lachen, weil du brauchst dir das ja gerade gar nicht vorzustellen! Warum, Walter, erniedrigst du mich so, hast meine Manuskripte nicht wollen, aber lässt dieses Buch zu, trittst mich mit Füßen, machst mich zur Witzfigur, stellst mich als Psychopathen hin?
Das trifft mich alles, Walter, wir waren doch Freunde.
Und jetzt?«
Langsam beruhigt er sich wieder, atmet tief durch, während Walter Hübelmeier um Sauerstoff ringt.
»Jetzt nehme ich dich ernst, mein Freund. Jetzt führe ich es zu Ende, so, wie es hier geschrieben steht. Wie bitte, ich kann dich nicht verstehen? Du hast Fragen? Das spielt keine Rolle, du weißt ja, was kommt! Also, lass uns zuhören.«

»Sie haben es geliebt, haufenweise Ballons eingesammelt, die gefüllten Gummihüllen immer kleiner und kleiner werden, das Gas in sich hineinströmen lassen, um dieses Wunder auszukosten. Es war das Licht ihres trüben Alltags, die Sonne, Helios eben, leichter als Luft, in dem der Schall sich schneller ausbreitet. Und höhere Geschwindigkeit bedeutet höhere Frequenz bedeutet höherer Ton.
Ahnungslos waren sie. Egal, wenn irgendwann der Schwindel kam, egal die Übelkeit, der Kopfschmerz. Denn so herrlich dieser Spaß auch ist, wie so oft gilt auch hier: Allzu viel ist ungesund. Helium zu inhalieren hält nicht nur die Mitmenschen, sondern auch die eigenen Lungen zum Narren. Atmen zwar ja, Sauerstoffzufuhr aber nein. Und langfristig ohne Sauerstoff ist ein recht kurzfristiges Vergnügen.
»Na, mein Freund, jetzt hör ich ja schön langsam doch etwas von dir! Das haben wir früher nie probiert, oder, Helium direkt aus der Gasflasche? Wie du siehst, kann man da wunderbar hochtönig um Hilfe schreien, allerdings nicht lange! Leb wohl.«
Krachend fällt die Tür ins Schloss.
Draußen im Park: Tränen. Ein Kind hat seinen Ballon verloren.
Wie eine Nachricht steigt er zum Himmel empor.
Eine Nachricht ins Irgendwo.

33

Es war der bedrückendste Moment der Lesung, als eine vor Pauli Gruber sitzende Frau mit Verklingen der Worte:

Tränen. Ein Kind hat seinen Ballon verloren.
Wie eine Nachricht steigt er zum Himmel empor.
Eine Nachricht ins Irgendwo.

ihren Ballon aus der Hand gleiten und lautlos zur Decke hat schweben lassen. Der Mensch nämlich verhält sich, kaum tritt er als Masse auf, wie Flüssigkeit in einem Glas. Nur ein Impuls, und alles reagiert, schlägt Wellen, zieht Kreise.

Zwei, zehn, fünfzehn, fünfzig, alle. Lautlos hoben sich zuerst die roten Ballonköpfe gen Himmel, dann die ersten Hände, die zweiten, dritten und schließlich Applaus, bis das Emporsteigen zum Stillstand kam, die Decke, wie von Blasen übersät. In den Augen der einen ein Blumenmeer, in den Augen des Metzgers ein wucherndes Geschwür, in der Empfindung der einen ein romantischer Moment, in der Empfindung des Metzgers ein schauriger. Der Autor selbst blieb seltsam ungerührt.

Am Ende der gesamten Lesung dann frenetischer Beifall.

Willibald Adrian Metzger war, anders als dem Großteil des Publikums, durchgehend nicht zum Lachen zumute. Mit diesem pechschwarzen Humor weiß er nur wenig anzufangen. Ebenso wie mit dem Genre.

Krimi, überall Mord und Totschlag. Im Buchhandel, im Fernsehen, auf der Straße. Hier muss er dem verunglimpften, fiktionalen Ex-Lehrer schon recht geben, freut sich aber natürlich trotzdem für Hansi Woplatek, über dessen Entwicklung und den großen Erfolg.

Eine Beglückung, der auch Ausdruck verliehen werden muss. Persönlich. Dem zum Mann und Erfolgsautor gewordenen, einst kindlichen Freund gratulieren, beglückwünschen, kurz Hände schütteln ist also keine Frage des Anstands, sondern der aufrechten Bewunderung.

Da sind die Menschen schon großteils aus dem Saal geströmt, will er Hansi Woplatek ganz kurz nur durch diese eine Türe direkt neben der Bühne in die Künstlergarderobe folgen, will sie öffnen, sieht zuerst auf hässliche, dunkelgrüne Cowboyboots, auf eine dunkelbraune Lederhose, auf einen Oberkörper so breit wie der Türrahmen und schließlich in die zornigen Augen eines großgewachsenen, breiten, kahlköpfigen Mannes, offenbar ein ausnahmsweise hinter der Tür stehender Türsteher.

»Privat!«, brummt dieser, während der Metzger durch dessen luftiges, aus wuchtigem Bizeps, Unterarm und Brustmuskel gebildetes Dreieck blickt, Hansi sieht, der mit ernster Miene in einem Sessel sitzt, vor ihm seine Verlagsvertreterin Gabi Hermann. Tröstend ihre Stimme: »Es hat sicher nichts zu bedeuten, dass weder die Lektorin noch der Verleger hier sind, da darfst du nicht daraus schließen, du wärst dem Verlag egal!«

»Die Luftballone hat offenbar ja auch nicht der Verlag organisiert? Wer spendiert so etwas?« ist seine Antwort, während er zur Tür blickt und befiehlt: »Tür zu, ich komm gleich!«, was sofort in die Tat umgesetzt wird.

Keine Sonderbehandlung für den Restaurator, also auf, erneut zu den Massen.

Warten.

Und Geduld ist gefragt.

Gut, hin und wieder, wenn einer der eingereihten Menschen in eine Tasche oder ein Plastiksackerl greift, um statt nur eines gleich einen ganzen Stapel Bücher unterschreiben zu lassen, wird die Schlange spürbar ein bisschen giftiger, aber ansonsten ist das Anstellen ein höchst gesittetes.

Und Willibald Adrian Metzger, der hier in allen Belangen zu den Neulingen zählt, noch nie zuvor Teil einer derartigen Reihe war, wird umso nervöser, je näher er seinem Ziel kommt. Doch, wie gesagt, das dauert. Hansi Woplatek nämlich prüft die Besonnenheit der Eiligen, nimmt sich für jede Leserin und jeden Leser Zeit, dankbar, weiß also, dass es einem Schriftsteller zwar erlaubt ist, ein Buch auszutragen, monatelang, mit allen Höhen und Tiefen einer Schwangerschaft, Übel-, Launenhaftigkeit, Kreuzschmerzen, Termindruck, sicher auch Freude, es schließlich unter starken Wehen auf die Welt zu bringen, aber erst die Leserschaft auf Dauer den Autor als solchen gebiert. Und er beantwortet Fragen, drückt Hände, lässt sich fotografieren, schreibt schön brav in Bücher, auch die ihm diktierten Zeilen.

Und da sind Worte dabei, der Metzger wüsste auf Anhieb nicht, wie sie buchstabieren.

Und da sind Namen dabei, die sogar den Dichter vor schwierige Aufgaben stellen: »Für Phillip also? Phillip mit ph, oder zwei l, oder zwei p?«

Und da sind Inhalte dabei – der Metzger amüsiert sich zeitweise prächtig –, private Botschaften an irgendwen, die dann vom Autor verfasst wohl noch bedeutsamer klingen mögen:

»Hör endlich mit dem Rauchen auf, Alexander!«, oder:

»Happy Birthday, sechzig ist das neue vierzig, willkommen zur Halbzeit!« – wobei einhundertzwanzig erwartbare Lebensjahre dem Metzger jetzt nicht minder beunruhigend erscheinen wie der Tod an sich, oder:

»Statt einer Strapse für die Babse ein Iwan für den Diwan!«

Und Iwan alias Hansi bleibt gleichmütig, schreibt und schreibt.

Bald stehen nur noch fünf Damen vor dem Metzger.

Dann vier. Immer aufgeregter wird er, denn: Was sagen? Wie wird Hansi reagieren?

Drei.

»Bitte schreiben S' rein: Für Irmgard, weil du bist, wie du bist, alles Liebe!«, fordert die zweite.

Und Hansi schreibt. Brav.

Bei der letzten zeigt er sich selbst aktiv: »Darf ich das Buch für wen Bestimmten signieren?«

»Ja, für mich!«

»Soll ich das auch so schreiben?«, schmunzelt er.

»Gern.«

Und Hansi schreibt, mit links: »Für mich.«

Dann endlich tritt der Metzger vor den Autor, viele Erinnerungen werden präsent, Gefühle, Wahrnehmungen. Offenbar einseitige, denn da scheint noch kein Erkennen: »Und, darf ich das Buch für wen Bestimmten signieren?«, freundlich der Ton.

»Ja, dürfen Sie!« Es ist zuerst ein erwartungsvoller, eindringlicher Blick, den der Metzger seinem Gegenüber zuwirft.

»Und für wen, mein Herr?«, nimmt Hansi Woplatek das Buch nun entgegen, und der Metzger traut seinen Augen nicht, starrt ungläubig auf diesen plötzlich äußerst befremdlichen Anblick. »Für Sie vielleicht?«

»Willibald Adrian Metzger mein Name, ich freu mich so für dich, Hansi!«, stammelt er, streckt seine Hand zum Gruße, erntet dabei Zurückhaltung, leichte Verstörung, sieht, wie dann doch zögerlich der rechte Arm in Bewegung gesetzt wird, sich eine schmale Hand in die seine legt.

Und da reißt es ihn jetzt gewaltig, den Metzger. Denn es sollte sich doch anfühlen wie beim Fischhändler Vesely, wenn ihm die resche Frau Elfi mit ihren dermaßen nach unten hängenden Mundwinkeln, als hätte sie sich zumindest optisch mit der vor ihr so verdrossen im Eis liegenden Ware solidarisiert, entgegenzischt: »Jetzt nehmen S' den Saibling endlich und spüren, wie frisch er ist. Gestern erst gefangen. Also! Wie viel darf ich Ihnen einpacken?« Und zack landet ungefragt ein schlappes, feuchtes Exemplar zwischen seinen Fingern.

Wie gesagt: Genauso sollte es sich jetzt anfühlen.

Nur leider.

Tapfer hält er zwar die Stellung, der Metzger, zuckt nicht zurück, seinem Gesicht aber dürfte die Überraschung deutlich anzusehen sein. Im Gegensatz zu ihm und Frau Elfi ziehen sich die Mundwinkel des jungen Mannes allerdings nun bemüht nach oben: »Grüß Gott. Also, wenn ich Sie richtig verstanden habe, darf ich hineinschreiben: Ich freu mich so für dich, Hansi.«

»Das wäre nett!«, erwidert der Metzger mittlerweile blass und spürt, wie sich der Händedruck löst. Ein an sich unmöglicher Druck, denn jener Hansi Woplatek, der da Willibald Adrians Herz und Hirn bewohnt, hat vieles, nur im Gegensatz zu diesem fremden Iwan garantiert keinen rechten Daumen.

34

Der Metzger kann es kaum fassen, steht an die rote Wandtapete gelehnt im Foyer, das rote Buch in Händen, und starrt ungläubig auf die Signatur:

Ich freu mich so für dich, Hansi.
Viel Lebens- und Lesefreude
Iwan Ketalpow

Genug für heute.

Unmöglich, das alles einzuordnen.

So viele Fragen plötzlich.

Wer ist dieser falsche Autor?

Was ist los mit Hansi Woplatek?

Sind all die Überschneidungen dieses Buches mit der Wirklichkeit Zufall? Was ist Wahrheit, was ist Fiktion?

Nichts passt mehr zusammen, und genau das ist so beunruhigend. Denn selbst das Unpassendste gehört irgendwo anders dazu, fügt sich dort wie selbstverständlich ein.

Nur wo?

Und all das setzt ihm zu, regt ihn auf, lässt ihn wie so oft in letzter Zeit kurzatmig, auf eine seltsame Art aufgeregt werden.

Nur noch heim, dieses absurde Schauspiel hier verlassen.

Sich durch die Menge schieben, Helene Kubelka hat er längst aus den Augen verloren, sie kennt hier einfach zu viele Menschen, plaudert hier, plaudert dort, und beides, sowohl die Menschen als auch das Plaudern, braucht der Metzger jetzt wirklich nicht mehr.

Josef Krainer drängt sich durch die Masse, ein Bier in der einen, ein Gulasch in der anderen Hand, und Willibald Adrian Metzger ändert kurzerhand die Richtung.

Warum nicht die Karten auf den Tisch legen, gibt ja auch wirklich keinen Grund mehr, mit seinem Wissen hinter dem Berg zu halten, soll sich die Polizei um die Wahrheit kümmern.

Also hinterher.

Mit vollen Händen und ausgefeilter Ellbogentechnik öffnet Josef Krainer die Türe der Herrentoilette, tritt ein, gefolgt von Willibald Adrian Metzger.

Das Pissoir scheint ansonsten leer zu sein. Nur ein roter Luftballon hängt an der Decke, schwankt wie ein einsamer Tänzer auf weißem Parkett dezent im Luftzug hin und her. Und Josef Krainer darunter tut es ihm in etwa gleich. Auch wenn es weltweit wie ein Kracherl feilgeboten und aus der Dose getrunken werden kann, ist Bier eben doch nicht nur ein Elektrolytgetränk.

»Na, wollen S' mich stalken!«, drückt Krainer dem Restaurator den Gerstensaft an die Brust: »Halten S' mir das kurz, damit ich mein Gulasch löffeln kann!«

»Löffeln! Hier?«

»Soll ich's gabeln?«, mustert er den Restaurator skeptisch, kichert und erklärt: »Na, Sie haben auch schon einmal bessere Tage erlebt, oder, Metzger? Lust auf einen Hürdenlauf?«

»Und Sie gilt es offensichtlich zu überwinden, Krainer.«

»Überwindung spielt schon eine Rolle, das stimmt, ich könnte nämlich über meinen gewaltigen Schatten springen und Sie ausnahmsweise heimführen, so schlecht wie Sie ausschauen!«

Mit der verborgenen Güte des Josef Krainer hat er jetzt natürlich nicht gerechnet, der Metzger. Was so ein kleines Schwipserl an Wunder also alles bewirken kann, nur wehe, es kommen noch ein paar Promille dazu.

Folglich zieht der Metzger trotz aller Freundlichkeit den angebotenen Pferdestärken sicherheitshalber seine eigene vor: »Ich geb zu, Krainer, das ist jetzt überraschend fürsorglich von Ihnen, vielen Dank, aber ich verlasse mich auf meine Beine! Sollten Sie vielleicht auch!«

»Das ist jetzt natürlich auch überraschend fürsorglich von Ihnen, Metzger, aber mein Bier!«, schmunzelt Krainer, worauf der Metzger zur Decke zeigt und erklärt: »Und der rote Ballon hier ist womöglich auch Ihr Bier! Es stört Sie ja sicher nicht, oder?«, öffnet der Restaurator nun die noch jungfräuliche Dose und gönnt sich einen kräftigen Schluck.

Jetzt soll ja, wie weiblicherseits so gerne behauptet wird, die männliche Mehrfunktionsfähigkeit eine eher degenerierte sein, was natürlich insofern nicht der Tatsache entspricht, da ja der Damenwelt der Zutritt in die Räumlichkeiten eines Pissoirs verwehrt ist, außer natürlich es handelt sich um Reinigungspersonal. Insofern also, Manege frei:

»Ja, Metzger, bravo, hier und Bier, das reimt sich! Damit können Sie sich schon bei einer Faschingsgilde bewerben«, erklärt Krainer, schiebt sich einen prächtigen durchzogenen Brocken Rindfleisch in seinen Kauapparat, tritt nun vor das mittlere der drei vorhandenen Pissoire, direkt vor seinen Augen eines der Lesungsplakate, steckt den Löffel in das Gulasch, holt mit der frei gewordenen Hand Anderwärtiges heraus und zeigt sich dienstlich: »Und ich staune ebenso. Gar nicht so schlecht aufgepasst: Das Helium, der Kritiker mit Zweitnamen Maria, der Psycho-, Deutsch- und Turnlehrer, der selbst Schriftsteller werden wollte und Rache übt, das Feuer, die Reclamhefte und die Badewanne, all das gibt es sowohl in Wirklichkeit als auch in diesem Ketalpow-Schinken! Spannende Angelegenheit, oder?«

Und der Metzger traut seinen Augen nicht, denn Krainer dreht sich kurz um, ergreift sich mit den Worten »Bevor Sie mir's aussaufen!« wieder sein Dosenbier, und dann plätschert die Glückseligkeit einerseits sozusagen frei aus der Hüfte geschossen direkt in den Keramikbehälter, andererseits aus der Flasche direkt in die Polizistenkehle. Grauslicher als der Mensch kann eben kein Getier sein auf Erden, sogar der Blobfisch und Koboldhai sind da Ausgeburten reinster Schönheit.

»Mahlzeit, Krainer, wenn S' jetzt auch noch gleichzeitig Ihr Gulasch essen, können S' im Zirkus auftreten!« Natürlich verweigert der Metzger angewidert, sich auch nur irgendeines der beiden Dinge aushändigen zu lassen, und wendet sich der Solo-Zelle zu, denn direkt neben Krainer, das wäre dann doch zu viel der Intimität.

»No, Metzger, sind S' prüde, oder warum weichen S' auf das Scheißhaus aus? Hat es mit der Größe zu tun!«, hallt ein gehässiges Lachen durch den Feuchtraum.

»Ganz genau, Krainer, ich will Sie ja schließlich nicht frustrieren!«

»Und da rennt er, der Schmäh. Lassen Sie ihn nur laufen, Metzger, mach ich jetzt auch!« Josef Krainer trinkt, während es immer noch plätschert, und Willibald Adrian Metzger steht tatenlos in der Zelle, denn alles, was er muss, ist seine Botschaft anbringen.

»Wie gesagt: Es gibt noch eine Steigerung!«

»Soll ich telefonieren auch noch!?«, amüsiert sich Krainer prächtig. »Wie wäre es übrigens, Metzger, wenn Sie einmal kurz den Ablass bemühen, allerdings nicht, um ihre gewiss reichlich vorhandenen Sünden fortzuwaschen, sondern die üble Duftquelle. Das sind doch Sie, der hier so stinkt, oder?

Also, Metzger, welche Steigerung, ich bin ganz Ohr! Nase wohl eher nicht!«

Es hängt in der Tat ein übler Geruch in der Luft.

»Ganz Aug wäre besser, Krainer. Beherrschen Sie Spiegelschrift?«

»Ob ich alkoholisiert ein Brieferl schreiben kann, wollen S' wissen, Metzger? Und jetzt spülen Sie endlich runter, verdammt.«

»Ich will Sie nicht überfordern: Ein Lesetest reicht mir völlig! Vor Ihnen, das Lesungsplakat zum Beispiel!«

»Kirbaf red ni Gnusel. Zufrieden?«

»Nicht ganz, Krainer. Aber Sie sind ja ein kluger Kopf und werden schon draufkommen!«, betätigt der Metzger pro forma die Spülung. Es reicht für heute, ab nach Hause.

Ein bisserl wird er sich aber noch gedulden müssen.

»Nettahcs snoge woplatek nawi!«, stammelt Josef Krainer, dann Erleuchtung: »Woplatek! Ja schau dich einer an, wenn das kein Zufall ist!«

»Zufall eher nicht.«

»Wird wahrscheinlich der Sohn sein!«

»Sie meinen wohl eher, einer der beiden Söhne!«

»Na, hoffentlich nicht, da hätten wir es dann im wahrsten Sinn des Wortes mit einem Ghostwriter zu tun!«, sorgt Krainer für Erleuchtung: »Wir ermitteln seit dem Mord an Heinz Woplatek natürlich auch in seinem Familienkreis, und da gibt es, wie wir wissen, nur mehr den Zweitgeborenen Konrad Hödlmüller, der kaum Kontakt zu seinem Vater hatte und seit der Scheidung seiner Mutter, da war er noch ein Kind, eben auch wieder heißt wie seine Mutter Renate Hödlmüller, die vor fünf Jahren verstorben ist, tragische Geschichte, Leukämie. Irene Moritz war bei ihm zu Besuch, sonst hätte ich ihn ja selber erkannt. Und wie gesagt, Sohn Nummer eins, Hans Woplatek, hatte zu seinem Vater auch keinen Kontakt mehr, außer vielleicht übers Tischerlrücken oder jetzt irgendwo im Fleischhauerhimmel, denn der ist ebenso bereits tot seit zwei Jahren. 31. Oktober, Halloween, hab ich mir gemerkt. Ein Selbstmordversuch, der dritte und erste erfolgreiche! Hat er also offenbar dazugelernt!«

Als läge Blei auf seinen Schultern, lässt sich Willibald Adrian Metzger nun auf die Klobrille sinken.

»Gestorben?«, wiederholt er, tief getroffen.

Also doch. Und so bitter diese Nachricht ist, einerseits überrascht sie ihn nicht. Für Hansi Woplatek war der Tod stets eine durchaus hoffnungsvolle Alternative zu seinem tristen Leben.

Andererseits aber werden dadurch die Fragen in dieser Geschichte nicht weniger. Ganz im Gegenteil.

Und *Der Kommissar* lässt die Mauern erbeben. Markant, laut, eindringlich, inklusive Vibration. Falco also als Klingelton. Mangelndes Selbstbewusstsein ist eben des Krainers Eigenschaft nicht.

»Ja, Moritz, das ist natürlich beachtlich: Sie werden uns ab morgen verlassen und haben trotzdem noch meine Nummer eingespeichert. Ich fühle mich geschmeichelt.«

Und nein, der Metzger will gar nicht wissen, wie es Krainer jetzt auch noch zustande bringt, ein Telefonat zu führen.

»Nein, mich hat keine Wespe in die Zunge gestochen! Ich bin ja auch nicht wirklich dienstlich unterwegs, sondern, Sie werden staunen, in der Fabrik bei einem Dichtervortrag. Um so etwas Trockenes zu verkraften, darf man also unter keinen Umständen trocken sein.«

Josef Krainer wechselt zum Waschbecken, stellt offenbar seine Verpflegung ab und reinigt sich die Hände. Wenigstens das. Telefoniert wird trotzdem.

»Genau, ich befinde mich in einem Feuchtraum, da haben Sie gut aufgepasst. Ich übrigens auch, Moritz, Sie werden staunen: Lesen Sie Ketalpow mal von hinten.

–

Spannend, oder? Konrad Hödlmüller ist also Autor geworden, und hat uns nichts davon erzählt. Wobei, mit so einem Vater in Verbindung gebracht zu werden, ist für einen anspruchsvollen Schriftsteller nicht unbedingt verkaufsfördernd.«

Und meine Güte, soll sich eben ein blindes Huhn, wie Josef Krainer eines ist, auch ein wenig freuen dürfen, registriert der Metzger dessen Eigenlob. Ihn beschäftigt, wie offenbar auch Irene Moritz, ohnedies anderes.

»Wieso er dann grad Woplatek umdreht? Sie stellen Fragen! Wie hätte er sich denn sonst nennen sollen? Jetzt drehen Sie mal Hödlmüller um.«

Ein wenig wird nun offenbar nachgedacht und dabei zwecks Händetrocknens eines dieser neuartigen Hochdruckgebläse in Betrieb gesetzt, deren Garantieleistung darin besteht, auf alle Fälle jeden auch nur erdenklichen, auf den Fingern zwischengelagerten Krankheitserreger bis ins hinterste Winkerl dieses Etablissements zu katapultieren, auf dass eben nicht nur all jenen, die, wie eben auch Krainer, ihre Pfoten in diese stets feuchte Gerätschaft eintunken, diverse ansteckende Genüsse zuteil werden. Schließlich bricht Josef Krainer in Gelächter aus.

»Rellümldöh. Herrlich. Darnok Rellümldöh. Das klingt wie so ein nordischer Autor, und davon haben wir, das bekomm sogar ich als Literaturvollpfosten mit, hier eh schon genug!

Ketalpow ist also eine kluge Wahl. Glaubt jeder, er ist ein Russe und schreibt automatisch hochwertigeres Schriftgut.

–

Die Medien werden sich freuen.«

Josef Krainer öffnet die Tür, verlässt die Toilette.

»Rellümldöh. Reh-Lümmel. Ich hau mich ab.«

Die Tür fällt zu. Und still wird es.

»Konrad Hödlmüller soll Iwan Ketalpow sein?«, flüstert der Metzger. »So ein Schwachsinn!«

Nachdenklich nimmt er sein signiertes Buch zur Hand, blickt auf die von Konrad hinterlassene Signatur, die geschwungenen Buchstaben, die als Kreise gemalten i-Punkte: »Ich freu mich so für dich, Hansi!«, erinnert sich an das eher wissend als unwissend leichte Zögern des Autors.

»Hansi!«, flüstert er betroffen, »erzähl mir von dir! Hast du es also endlich ins Jenseits geschafft? Bist du überhaupt jemals Autor geworden?«

Und wenn ja, sind die beiden, vor seinem Tod erschienenen Romane, *Die Farbe der Sterne* und *Das Puppenspiel*, von ihm? Bücher ohne Autorenfoto und ohne jemals in Erscheinung getretenen Autor, was zu dem so scheuen, wortkargen Hansi passen würde. Warum ist bei *Egons Schatten* alles anders?

Dreckig geht es ihm, dem Metzger.

Seine Ohren sind verschlagen, schwindlig ist ihm, übel, die Luft hier herinnen ist ja auch wahrlich nicht die beste. Offenbar wurde in einer der Nachbarzellen tatsächlich vergessen hinunterzuspülen, so zumindest seine Vermutung.

Nur weil eine Herrentoilette beim Betreten leer scheint,

ist deren Unbemanntheit ja schließlich noch lange nicht bewiesen. Da sollte man also sicherheitshalber schon einen kurzen Kontrollblick unter die Türen der Einzelkabinen riskieren.

Wobei, hinhören kann auch schon reichen.

Aus einem der Nachbarhäusl kommt es, und dem Metzger schießt samt seinem Schrecken wieder Leben ein. Da hat ein Herr offenbar eine recht lange und vor allem leise Sitzung hinter sich gebracht und kann nun seine nervösen, unappetitlichen Reflexe nicht mehr zügeln. Und nein, keine ausgestoßene Luft ist es, die den Metzger da aus seinen Gedanken reißt, sondern zwischen den Zahnspalten eingesaugte, wahrscheinlich zwecks Speiserestbeförderung in Richtung Rachenraum, doppelt sogar, wie ein Morsezeichen, »kurz, kurz«, ein dem Metzger wohlbekanntes i also, für Igitt, Kümmelteile oder Rindfleischfasern vielleicht, Gulasch eben auch hier.

Dann wird es wieder beängstigend still.

Irgendwie läge dem Metzger jetzt ein Gruß auf den Lippen, denn, so seine Befürchtung, möglicherweise kennt er diesen an sich nicht so zurückhaltenden Herrn. »Das ist ja erstaunlich: Sind Sie also schon wieder aus dem Spital entlassen, und nun besuchen Sie justament die Lesung des von Ihnen so verrissenen Ketalpow!« Doch er lässt es bleiben, tritt angespannt aus der Kabine, Händewaschen, Trocknen, dann ein Verlassen der Toilette, und endlich geht im Hintergrund die Spülung. Kurz taucht er noch in der Menge unter, der Metzger, beobachtet die entsprechende Tür, und tatsächlich, Miguel Maria Hofer tritt ins Freie, sieht sich um, zückt sein Handy, und natürlich, es kann Zufall sein, muss aber nicht, denn unweit des Metzgers erklingt Musik, ein unvergessliches Gitarrenriff, *Lonely Town, Lonely Street.*

You can live your life in a crowded city.
You can walk along a crowded street.
But the city really ain't no bigger
Than the friendly people,
friendly people that you meet …

Und Pauli Gruber geht ans Telefon.

35

Ein Anruf. Beate Gruber geht ans Telefon.
Aufgeregt die Stimme.

Etwas Unerwartetes ist geschehen.

Im Grund keine Neuigkeit.

Denn das Schaubild des Unvorhersehbaren schlechthin ist das Leben an sich. Sie erfährt es jeden Tag, und vor allem nachts. Wird es ihr überhaupt gelingen, ein Auge zuzumachen?

Was wird sie träumen?

Wird sie wieder erwachen?

Wird er erwachen?

Ihr ganzes Dasein ist von Überraschungen gezeichnet. Wer als Kleinkind, Vater in der Arbeit, Bruder in der Schule, miterlebt, wie sich zu Hause die Mutter, »Ich bin so unglaublich müde, mein Engel!«, ausnahmsweise für eine Nachmittagsrast hinlegen muss, dann für Stunden die Schlafzimmertür geschlossen bleibt, schließlich, nach einem unsicheren Klopfen, dann Pochen, keine Antwort vernimmt, eintritt, die geliebte Mama findet, friedlich, still, sich zu ihr setzt, dort bleibt, bis der Vater mit dem Bruder nach Hause kommt, wer dann mit ansehen muss, wie schwer der Vater damit zu kämpfen hat, trotz seiner tiefen Trauer funktionieren und alles sein zu wollen, wer am eigenen Leib den niemals vergehenden Schmerz spürt, Tag für Tag, will selbst keine Kinder in diese Welt setzen, ihnen dieses Leben nicht zumuten.

Alles, was sie zulassen kann, ja, will, völlig wehrlos, ist ihre Liebe zu ihm. Hier gibt es kein Entkommen, so groß auch ihre Angst vor Verlust ist. Sein und ihr Leben sind eins. Ihn zu verlieren würde für sie bedeuten, Abschied zu nehmen aus diesem grausamen Spiel ihres Daseins. Ihn glücklich zu sehen, mit Würde lebendig, so lautet ihre Mission.

Und diese nahm sie, etwa zwei Jahre ist es nun her, eines Morgens in Angriff, worauf auch warten. Der Morgen war ihre Zeit, die Nacht seine. Da brach der Tag bereits an, ging er erst schlafen, man gab sich einen Kuss, und jeder ging seines Weges.

»Liebe heißt nicht, den Partner Hand in Hand wie ein Kleinkind durchs Leben und über Ziellinien zu schleifen, als wäre es ein Wettlauf, Liebe heißt, sich wohl gedeihen zu lassen, zu erkennen: Wie ist der andere, was braucht er und was bin ich bereit zu geben. Und nie musste er ihr dies erst vor Augen führen, denn sie wusste es bereits.«

… hatte er einmal so wundervoll geschrieben, und all dies voll Dankbarkeit ihr gewidmet, ein ganzes Buch, und dem allen einen Namen gegeben: *Die Farbe der Sterne.*

Ruhe geben war also an diesem Morgen angesagt, denn er lag wie stets um diese Uhrzeit noch in seinem Bett. Extra einen Urlaubstag hatte sie sich genommen, nur aus einem Grund: seine versperrte Schreibtischlade öffnen, um das zu entnehmen, woran sie ihn zwischendurch immer wieder arbeiten gesehen hatte.

»Woran schreibst du, an deinem neuen Roman?«, wollte sie wissen.

»Ja!«

»Aber das hier, was ist das? Geschrieben auf deiner alten Schreibmaschine, muss ja wichtig sein.«

»Unwichtiger geht es nicht. Das ist nichts!«

»Nichts! Dafür schaut es aber nach ganz schön viel aus!«

»Es ist trotzdem nichts, daran schreib ich zwischendurch, nur um den Kopf freizubekommen, wie ein Tischler, der hin und wieder unter der Werkbank die Späne zusammenkehrt. Mist also.«

»Darf ich ihn trotzdem lesen?«

»Wenn dir so langweilig ist, bitte!«

Und sie konnte nicht mehr aufhören.

Welch fantastische Originale, eine groteske Bestandsaufnahme, anders im Ton, direkt, nicht so verkopft, schwarzhumorig, unverblümt, bitterböse, nie hatte er etwas Leichteres, Launigeres geschrieben, nie zuvor war sie während des Lesens seiner Zeilen derart amüsiert und aufgeregt zugleich, wusste, damit würde sich für ihn, für sie beide alles ändern können.

»Du musst es wegschicken, unbedingt!«

»Und mich einreihen in den Nonsens der Gegenwart? Diesen elenden Schwachsinn, der auf Nachtkästchen landet, obwohl er ins Feuer gehört!«

In seinen Augen also nur ein unbedeutender Spaß, ein Krimi, unwürdig, von wem auch immer gelesen zu werden, eine Art humoristische Aufarbeitung seines Lebens, nicht immer wahrheitsgetreu, überspitzt, absurd. Alleinunterhaltung eben.

An diesem Morgen aber stellte sie erstmals ihren Willen gegen den seinen, öffnete unbemerkt seine absperrbare Schreibtischlade, lieh sich die vertrauten Unterlagen, verließ die Wohnung, ging damit eine Straße weiter in den Eckladen, sprich zu ihrem ehemaligen Schuhmacher, später kurz Hundesalon, jetzt Copyshop, ließ den Papierstapel durchlaufen, steckte die Abzüge gemeinsam mit einem von ihr gefälschten Begleitschreiben in ein Kuvert, trug es zur Post und legte die Originale an ihren Platz zurück.

Denn:

Hoffnung heißt nicht, sich genau wie jemand zu verhalten, der auch die Liebe missversteht. Nicht also darauf zu warten, es möge jemand pochend an der Türe stehen, um den Partner abzuholen und ihn endlich Hand in Hand wie ein Kleinkind durchs Leben und über Ziellinien zu schleifen, als wäre es ein Wettlauf.
Hoffnung heißt, vor die Türe zu treten und selbst die Dinge in die Hand zu nehmen.

Wieder seine Worte.

Und jetzt waren es seine Angelegenheiten, die sie an diesem Morgen in die Hand genommen hatte, das war ihr bewusst. Ebenso die Tatsache, es könnte ihr von ihm eines Tages der Vorwurf gemacht werden, doch die Liebe misszuverstehen, ihn gegen seinen Willen über eine Ziellinie schleifen zu wollen.

Nur war es eben schon lange nicht mehr sein Leben allein, und noch länger dabei zusehen, wie er zu leiden hatte, wie er seit Jahren vor dieser Ziellinie stand, sie überschreiten will und keine Chance bekommt, keine Kraft und keinen Mut mehr findet, konnte sie nicht mehr. Ja, er stand am Ende, innerlich, damals, erneut gefährdet, freiwillig aus dem Leben treten zu wollen.

Das Raumgeben der Liebe darf nicht zur Verantwortungslosigkeit werden.

Das Manuskript war also auf seine gewohnte Reise gegangen, von nun an hieß es warten, hieß es Tag für Tag voll Hoffnung zum Postkasten laufen, nachsehen.

Doch es kam nichts.

Nicht nach Tagen.

Nicht nach Wochen.

Nichts.

Nur der Tod. Er in der Badewanne, abermals mit durchschnittenen Pulsadern. Ein Selbstmord?

Und ihre Zweifel.

Ihr Versuch, alles zu unternehmen, ihm das Leben zu retten.

Dann trat Schritt für Schritt das Unerwartete ein; als hätte sie eine Lawine ins Rollen gebracht, wurde alles nur noch schlimmer.

Mit so viel Hoffnung hatte man ihn damals in ein künstliches Koma versetzt. Denn da kam zusätzlich zu allen Problemen plötzlich die Lungenembolie, und es blieb nur noch als Heilungschance die Möglichkeit des Tiefschlafes. Dem Körper alle Ruhe schenken, die er benötigt, um sich gut zu erholen, wieder Kräfte sammeln zu können, so lautete der Plan.

Tage vergingen, Wochen, die ständige Anpassung der Medikation, die Antibiotika-Gaben zeigten Wirkung.

Sie saß an seinem Bett, las Bücher, wann immer es ihr möglich war, ob Tag, ob Nacht, wie eine Hüterin, so wie damals schon.

Dann war der Moment gekommen.

Ihn zurückkommen zu lassen, so das Vorhaben.

Und er kam. Begann selbständig den Atem zu führen, begann die Augen zu öffnen, irgendwann zaghaft den Mund, erste Worte, undeutlich, sanft: »Beate!«

Klar also sein Geist.

Und sie hielt seine Hand, glückerfüllt, küsste sie, streichelte sie, drückte sie.

Doch da kam kein Gegendruck.

»Wasser!«

Und sie reichte ihm den Schnabelbecher, führte ihn an den Mund, hob seinen Kopf an. Doch da war kein Mitbewegen.

Nichts.

Nirgendwo. Nicht die Finger, die Zehen, Beine, Arme. Starrheit.

Panik in seinen Augen, Tränen.

Dann die Diagnose: CIP.

Critical-Illness-Polyneuropathie. Eine Erkrankung des peripheren Nervensystems. Lähmungserscheinungen.

Zwar keine Seltenheit nach schweren, intensivmedizinischen Erkrankungen und Langzeitbeatmung, in dieser Wucht allerdings außergewöhnlich. Der gesamte Körper schlaff, schwer, sämtliche Extremitäten betroffen. Kein einziger Muskeleigenreflex, Schmerzreize nur in seinem Gesicht erkennbar, auch sein seelisches Leiden.

Alles, was man tun könne, wäre unterstützen, warten, hoffen.

Er war zurück in seinem Leben und doch ein Toter.

Lag im Bett, regungslos, unter seinem Kinn ein roter großer Knopf, den er mit Öffnen des Mundes betätigen konnte, falls er Hilfe bräuchte. Hilfe für alles. Und schob sich der Knopf seitlich an seinem Hals vorbei, kein Läuten mehr, kein Beistand.

Gefangen im Leben.

Und es kam noch schlimmer.

Schlecht ist nun die Telefonverbindung.

Und doch ist sie deutlich zu hören, die Panik in der Stimme ihres Bruders: »Wir haben jemanden, der uns gefährlich werden könnte, so kurz vor dem Ziel!«

»Denk nach: nur gefährlich oder nützlich auch?«

»Möglich wäre es.«

»Dann sollten wir uns einzig um den Nutzen kümmern!«

36

Das letzte Mal, als Willibald Adrian Metzger verdroschen wurde, war in seiner Schulzeit, dafür aber richtig und regelmäßig. Ja, verdroschen. Von Schlägerei nämlich konnte keine Rede sein. Braucht ja immer mindestens zwei, um sich zu prügeln. Und weil der Metzger damals weniger aus intellektuellen denn aus körperlichen Gründen mit dem Faustkampf ein ähnlich vertrautes Nahverhältnis pflegte wie der Eisbär und der Pinguin, zählte die aktive Gegenwehr nicht zu seinem abrufbaren Handlungsrepertoire.

Inwieweit ihn hier die Jahre haben reifen lassen, sollte sich nun zeigen, an einem Tag, der ein paar Hiebe bereithält.

Obwohl der Morgen ja noch gut begonnen hatte.

Ein nettes gemeinsames Frühstück, ein ausführliches Schildern der Ereignisse des Vortages, dazu Danjelas Schlussfolgerung: »Musst du etwas unternehmen! Weil ist schon komische Klogeschichte mit Pauli Gruber und Miguel Maria Hofer. Außerdem frag ich mich, warum geht Hofer auf Lesung von verrissene Schriftsteller? Und frag ich mich genauso, warum gehen Lektorin Mareike Haberzellner und Verleger Adalbert Schäfer nicht auf Lesung. Ist doch Frage von Anstand, dabei sein bei wichtige Buchpräsentation in Heimatstadt von Autor? Warum sind verhindert? Echte Termine? Termine nur wegen Vorwand, weil Desinteresse? Oder gibt Grund zur Sorge, weil geht Geschichte in *Egons Schatten* nix unbedingt gut aus für Lektorin und Verleger?«

»Ich überleg mir etwas!«

Mit einem von ihm nicht sonderlich ernst genommenen »Helf ich dir!« und einem Kuss wurde der Metzger in den Tag entlassen.

Auch der Weg in die Werkstatt kam ihm, bei dieser Affenhitze schon in aller Früh, nicht wirklich anstrengender vor als schon die Tage zuvor. Einen schnellen Schritt oder ein leichtes Joggen hätte er zwar nicht auf den Asphalt legen können, aber wozu hetzen, wenn es ja auch gemütlich geht, der Gewölbekeller läuft ihm schon nicht weg. Dachte er zumindest.

Denn kaum spaziert er nun durch den Park auf seine Werkstatt zu, scheint es ihm, ein mit jedem Schritt gespannter werdendes Gummiseil zöge an seinem Rücken, dazu ein plötzlich in seinen Schläfen pochender, marternder Kopfschmerz und schließlich Übelkeit. Immer schwerer sein Körper, seine Schritte, sein Atem, immer weiter weg die Werkstatt, scheinbar eine kleine Ewigkeit.

Gerade noch gelingt es, die Straße zu überqueren, seine Toilette zu erreichen, dann bricht es aus ihm heraus wie ein Schwall.

Gut, viel an Schlaf war diese Nacht nicht zu denken, zu intensiv seine Erinnerung an den verstorbenen Hansi, zu aufgewühlt sein Hirn. Ob es daran liegt?

Denn weder gegessen hatte er gestern Abend noch viel getrunken, nur das kurze Genippe an des Krainers Bierdose fällt ihm ein, kurz denkt er an den leider völlig geistesabwesend auch von ihm benutzten Händetrockner, aber sonst?

Das Gefühl, die Luft wäre in puncto Sauerstoff eine ziemlich knausrigere Geliebte, gehört ja ohnedies zu seinem Istzustand, dazu das Herzklopfen, die Unruhe, die Schwitzerei, alles völlig normal.

Trotzdem, ein bisschen beunruhigend ist es jetzt natürlich schon, wie er sich nun völlig ermattet unweit der Werkbank auf seine Chaiselongue niederlässt, die Ellbogen auf die Knie stützt, eine dumpfe Wärme in seiner Nase spürt und ihn dann plötzlich sieht, vor sich auf dem Holzboden: den ersten roten Fleck, dann den zweiten, dritten, immer schneller, bis es nur so rinnt, wie aus dem Nichts.

Nasenbluten.

Er erinnert sich an seine Schulzeit und eine ähnliche Erfahrung nach unfreiwilligem Faust-Kontakt. Völlig ohne Fremdeinwirkung aber ist dies nun eine Premiere. Eine besorgniserregende, die ihn das Waschbecken ansteuern und ein Weilchen dort stehen lässt, unsicher, ob er nicht nur bluten, sondern auch gleich wieder kotzen soll.

Schließlich wird der Blutfluss geringer, lässt die Übelkeit nach, und übrig bleiben der bohrende Kopfschmerz und diese unendliche Müdigkeit. Vielleicht also Migräne? Oder eine kleine Magenverstimmung? Was soll es auch sonst schon sein?

Und natürlich ist ein derartiger Umgang mit Warnhinweisen kein kluger Ansatz, ähnlich Parteien, die ohnedies schon seit Jahren massiv an Zustimmung verlieren und sich dann großartig mit einem Minus von eh nur vier Prozent brüsten. Als Maßstab zur Beurteilung einer unerfreulichen Gegenwart eine unerfreuliche Vergangenheit herziehen zu wollen, so etwas kann gewaltig ins Auge gehen.

»Ist einzige Gaunerei!«, flucht Danjela Djurkovic leise vor sich hin, und ein wenig muss er jetzt um sein Leben fürchten, der Computer.

Kaum war der Metzger nämlich außer Haus, wurde die Fleißarbeit begonnen. Ihrem Willibald etwas abnehmen, so die Absicht. Liebe eben. Gut, etwas Neugierde und willkommene Ablenkung auch, denn für eine Schulwartin, die so wie Danjela kein Menschenfeind ist, kann ein Sommer ohne Schülerinnen, Schüler, Lehrerinnen und Lehrer schon eine ziemlich zähe Angelegenheit werden. Ebenso nun ihr Vorhaben. Wider Erwarten.

»Kann ja nicht sein große Kunststück!« So nämlich der Irrtum, beruhend auf ihren Erinnerungen an jene Zeit, in der sie den kargen Lebensunterhalt noch durch diverse Einsätze als Reinigungskraft aufbessern musste. Geputzt wurde mit der damals noch blutjungen Olga Mitrovic in einem innerstädtischen Literaturverlag.

Der Verlagsleiter ein wahrer Gentleman. Pfeife, gekämmter Schnurrbart, Sakkoträger, beharrlich mit Schottenmuster, ruhiger Gang, gewählter Ton, äußerst gepflegte Erscheinung, nur gelegentlich Schuppen auf der Schulter und stets ansprechbar, sogar mittels Telefonanrufen. Die hohen Altbauräume allesamt bis zum Plafond vollgepfercht mit Büchern, die Schreibtische überladen mit Manuskripten, Aschenbechern, Kaffeetassen. Und in den Zimmern, außer den wohlgepflegten Topfpflanzen, auch noch:

Eine Lektorin.

Ein Lektor.

Eine Dame für Rechte und Lizenzen.

Eine Dame für die Presse.

Und schließlich ein Herr für Veranstaltungen.

Und allesamt ausnehmend liebenswerte Menschen.

Danjela putzte gerne dort, fühlte sich nicht nur wahrgenommen: »Lust auf eine Kaffeepause, Frau Djurkovic?«, und geschätzt: »Darf ich Ihnen eine Neuerscheinung mitgeben?«, sondern auch gut bezahlt: »Ist ja die Basis, auf der wir ein ums andere Mal unser Chaos errichten können, Ihre Arbeit!«

Mit dieser Haltung also wollte sie sich nun dem Vorhaben widmen, ihrem Willibald einen Termin mit Programmchefin Mareike Haberzellner zu vereinbaren.

Und während der Metzger in seiner Werkstatt nun das unbegrenzte Land der Träume durchstreift, steckt Madame

Djurkovic frustriert im begrenzten Raum des World Wide Web. »Ist Internet große Trickbetrüger und Hypnotiseur!«, dröhnt es durch die Wohnung.

Normalerweise sind ihre Surfausflüge ja durchaus erfolgreich. Da sucht sie zum Beispiel Information über das Wetter, und zack, drei Tage später liefert ihr die Post neue Stiefel. Zu groß, zu unbequem oder mit leicht anderer Farbe als abgebildet, völlig egal, der Metzger trägt es ja dann wieder zur entsprechenden Paketannahmestelle.

Heute aber liefert ihr ein ergebnislos verstrichener Vormittag einzig den Beweis, wie klein die Welt des World Wide Web tatsächlich ist, eben nur ein winziger Ausschnitt der Wirklichkeit. Unmöglich nämlich, auch nur irgendwie an die Lektorin oder den Verleger heranzukommen. Von Mareike Haberzellner findet sie überhaupt nur ein einziges, wie Mareike Haberzellner zu wünschen ist, hoffentlich uraltes Foto. Denn darauf eine äußerst blasse, todernste Frau, mit glattem, langem, streng heruntergekämmtem, brünettem Haar, einer eckigen Brille, schwarz die Fassung, dick die Gläser, da wäre der erste Gedanke: Erzieherin in einem Vollzeitinternat, Chemie- oder Religionslehrerin, Zeugin Jehovas oder Serienkillerin. Der Verleger hingegen ist oft abgebildet, wirkt wie ein leicht gealterter Dressman, stilvoll elegant und trotzdem irgendwie verwegen. Und bei beiden keine Direkt-Durchwahl, keine Direkt-Adresse zwecks elektronischer Post, wobei E-Mails zu schreiben in puncto Reaktion ohnedies in etwa so wirksam sein kann, als würde man den Hintern eines Elefanten mit Sandkörnern bewerfen. Ist dem Dickhäuter eher wurscht.

Und wirklich alle angegebenen Telefonnummern, die Danjela auf der Kontaktseite der Verlags-Homepage finden kann, werden angewählt: Leitung Vertrieb, Leitung Logistik und Auslieferungskoordination, Vertriebs- und Kundenservice, sogar Key Account, eine Bezeichnung, die sie trotz magerer Englischkenntnisse zwar wunderbar ins Deutsche übersetzen kann, Schlüssel-Konto, deren Sinn sich ihr aber nicht wirklich erschließen will. Muss jedenfalls irgendetwas Wichtiges sein, denn es gibt sogar die Assistenz Key Account, vielleicht handelt es ich ja um eine Sparkassa oder ein Kreditinstitut, so etwas hat heutzutage ja sowieso schon vom innerstädtischen Nobelsupermarkt bis zum größten Autokonzern jeder, warum also kein Verlag.

Doch egal, wo und wie sie es probiert, mit welcher dummen Ausrede auch immer: »Bin ich neue Autorin, hab ich verlegt Durchwahl!« oder »Bin ich Nichte von Astrid Lindgren, hab ich gefunden unveröffentlichte Manuskript in alte Kiste!« oder auch »Bin ich Swetlana Alexijewitsch, ruf ich an wegen Verlagswechsel!« – keine Chance. Weder ein Durchkommen zu Mareike Haberzellner noch zu Adalbert Schäfer. Ein ums andere Mal landet sie zuerst bei der Vermittlung: »Hier Yvonne Landshut, Supiro-Verlag, was kann ich für Sie tun?«, einer höchst eloquenten Gummiwand, und im Anschluss nicht einmal in einer Endlosschleife. Einfach aufgelegt.

»Heißt Landshut nix nur wie Atomkraftwerk, ist genauso hinterfotzig und gefährlich!«, beschließt Danjela schließlich, der Dame die nächsten Tage mit Gelegenheitsanrufen ein wenig vice versa auf die Nerven zu gehen, und ändert ihre Strategie.

Und das erfolgreich. Nur fünfzehn Minuten braucht es, dann ist alles fertig.

Bis in den Nachmittag schläft er, der Metzger, das Erwachen dann, obwohl der Schmerz verschwunden, die Kräfte wieder da sind, gleicht einer Verhöhnung, denn wie ein Grablicht strahlte es ihm nun durch sein Panoramafenster herein.

Der Metzger weiß schon, diese neuartigen Busstationen, wie ihm direkt eine vor den Laden gestellt wurde, mit ihren neonschimmernden Plakatwänden, sollen nächtens Sicherheit ausstrahlen. Strahlen im wahrsten Sinn des Wortes. Gegen himmelblaue Körperpflege- oder wiesengrüne Biogemüse-Bedarfslenkungen hätte er ja auch gar nichts einzuwenden. Dieses derartig penetrante Rot allerdings, als hätte ein paar Ecken weiter das Laufhaus Erika kurz und dezent zwecks Durchlüftens die Tür geöffnet, zeigt Wirkung, reizt die Sinne, leider weniger die der Liebenden als die der strammen Hengste und wilden Stiere, da kann von Sicherheit und Beruhigung wohl keine Rede sein. Schon gar nicht bei Wilibald Adrian Metzger. Denn schonungslos flimmert ihm das Ketalpow-Cover auf die Werkbank herein. Schlägt der Verlag also die Werbetrommel, jetzt, wo es garantiert auch die Medien schon wissen. Woplatek ist Ketalpow.

Und bevor ihm in Anbetracht der Leuchtreklame gleich wieder schlecht wird, gönnt sich der Metzger prophylaktisch ein Glaserl Universalmedizin, sprich Rotwein, räumt aufgekratzt, wie er nun wieder ist, ein wenig seine Werkstatt auf, und will nur noch nach Hause, früher als sonst. Ausspannen.

Doch daraus wird nichts, denn wie gesagt: Da wäre noch die Frage, wie sehr die Lebensjahre sein abrufbares Handlungsrepertoire in Sachen Faustkampf haben reifen lassen.

Und wenn er sich nicht täuscht, ist es eine weiße Vespa, die da nun um die Ecke biegt, an ihm vorbeifährt, stehen bleibt und umkehrt. Dann passiert höchst Seltsames.

Denn so behäbig und müde, kurzatmig und kraftlos, nachdenklich und traurig er nun auch den Heimweg entlangschleicht, das weiße Zweirad bleibt ihm auf den Fersen. Gut, da hätte auch ein Dreiradler jetzt verfolgungstechnisch kein Problem, und ja, ein wenig muss der Metzger beim Anblick des Motorrollers an einen Dreiradler denken.

Sicher, zur Sommerzeit ist so eine weiße Vespa an sich nichts Ungewöhnliches, derartige Vehikel parken überall, schlängeln sich bis zur Weißglut der Autofahrer durch jeden Stau, ja, und gelegentlich werden ihnen die zwei Räder zu wenig, und sie kippen einfach um. Auffällig bei diesem Exemplar eines Rollerfahrers allerdings ist die Adjustierung, sprich: kein Jethelm, kein Leinenhemd oder T-Shirt, keine Bermudas, keine Mokassins. Niemand also, der sich freiwillig und topgestylt zum Krüppel fährt, weil Vollvisier und adäquate Schutzkleidung auf weißer Vespa einfach ähnlich beschissen aussehen, wie sich in Motocross-Komplett-Panier eben auf einen Dreiradler zu hocken.

Tief getönt ist das Sichtfenster des Vollvisiers, herrlich dunkelrot die Lederjacke, dann aber schlägt auch hier die Eitelkeit ein wenig zu und präsentiert sich in Form einer vernachlässigbar gepolsterten, schwarzen Jeans, und statt Stiefel dieselben dunkelroten Sneaker, wie sie Iwan Ketalpow auf der Bühne trug.

Und der Metzger hebt nun, in einer schmalen, dunklen, menschenleeren Gasse, sicherheitshalber die Hand zum Gruße, vielleicht handelt es sich bei dem so sicherheitsbewussten Lenker ja tatsächlich um den Hödlmüller Konrad, die Größe passt, das eher hagere Erscheinungsbild, vielleicht sucht er ja nach dieser gestrigen, seltsamen Signierstunde das Gespräch. Ein paar Fragen würden dem Restaurator jetzt ganz spontan schon einfallen.

Und tatsächlich, der Bewunkene bleibt nicht nur stehen, sondern hievt seinen Roller auf den Mittelständer und kommt näher. Nur den Helm lässt er auf, als hätte er zu viel Asterix gelesen, kann einem ja schließlich immer auf den Kopf fallen, der Himmel. Und weil so ein Steinschlag oder Hagelschauer im städtischen Umfeld bei sternenklarer Nacht dem Metzger jetzt eher ausgeschlossen scheint, ist ihm dieser Auftritt natürlich nicht unbedingt geheuer. Ganz abgesehen von seiner erneut einsetzenden körperlichen Unpässlichkeit.

Heftig pocht es in seinem Schädel, der Schweiß rinnt in Strömen, an einem Mistkübel muss er sich festhalten, hechelnd. Unfreundliche Umstände.

Auch sein Gegenüber erweckt nun ganz und gar nicht den Eindruck, in einer wohlwollenden Angelegenheit vorstellig werden zu wollen. Die Finger sind zu Fäusten geballt, der Körper aufrecht, die ganze Haltung deutet darauf hin, beide Hände auch zum Einsatz zu bringen.

Ein »Konrad, bist das du?« ringt sich der Metzger ab.

Doch weder eine Antwort noch eine lasche Körperhaltung sind da zu erkennen, sondern pure Aggression.

»Man sollte immer gut auf seine Gesundheit achten!«, schallt es dem Metzger nun bedrohlich entgegen. Gegen ein erholsames Niederlegen hätte er aktuell ja gar nichts einzuwenden, gewaltsam in die Waagrechte muss er jetzt aber auch nicht unbedingt befördert werden. Nur ein »Hu!« von sich geben, und der Gegner liefe weg mit vollen Hosen, Frieden also durch Wehrlosigkeit herbeiführen zu können, das wäre ihm jetzt seine liebste Kunst.

Und dann passiert es.

Plötzlich ist er da, dieser Eisengeschmack, erfüllt seine Mundhöhle und muss ihm wohl auf seine Lippen geronnen sein, wie schon vormittags, abermals ohne Fremdeinwirkung.

Alles, was er also seinem Angreifer entgegenzuhalten hat, ist sein erneut spontan ausgebrochenes Nasenbluten, sprich ein nicht gerade gastfreundlich gefärbter Unterkiefer. Und besser könnte das Timing nicht sein.

Wer da auch immer unter dem verdunkelten Vollvisierhelm steckt, bremst sich kurz vor Kontaktaufnahme ein, bleibt stehen, denkt nach. So eine Faust in ein bereits blutverschmiertes Gesicht einzutunken, ist eben deutlich weniger einladend, als diese in eine noch jungfräuliche Visage zu versenken.

Hat er sein Handlungsrepertoire bei Schlägereien also doch im Laufe der Jahre sinnvoll erweitern können, der Metzger. Mitleid und etwas Ekel erregen als Gegenwehr führen sichtlich zum Erfolg.

Teilerfolg, um ehrlich zu sein.

Denn sein bestimmt nicht neuer Freund wählt mit dem Wort: »Aufpassen!« als alternativen Zielbereich den Mistkübel, drischt dagegen, kein harter Schlag, und trotzdem wirkungsvoll genug, um den Metzger, als hätte er einen Blitzkurs im Lamentieren bei Cristiano Ronaldo, Zlatan Ibrahimovic oder Arturo Vidal absolviert, mit wunderbarem Ausblick auf die dunkelroten Sneakers zu Boden sinken zu lassen.

Ihm geht es einfach dreckig. Sein Körper schreit nach einer Pause.

»Was soll das, ich hab Sie ja gar nicht erwischt!«, scheint nun auch sein Angreifer vom Fußballfieber ergriffen, denn ein Spuckgeräusch ist zu hören, was sich bei geschlossenem Vollvisier natürlich nicht unbedingt zielführend auswirkt und möglicherweise auch gar nicht als Geste der Erniedrigung gedacht ist, denn im Weggehen flattern in Richtung des kraftlos auf dem Gehsteig hockenden Restaurators jetzt ein paar Papiertaschentücher zu Boden.

Das war's dann, und noch nie zuvor hat den Metzger das Knattern eines Elektrostarters mit so viel Dankbarkeit erfüllt.

Wie er allerdings allein nach Hause kommen soll, so völlig ohne Antrieb, weiß er jetzt nicht, denn Geschwindigkeitsrekorde wird er, wenn es um die Vorwärtsbewegung geht, nun keine mehr aufstellen.

37

Unfassbare 205.

So lautet die Erstmessung.

Danjela konnte nicht widerstehen. Manchmal muss eben einfach der inneren Stimme gefolgt werden, und gut, zusätzlich auch der wohltuenden, hypnotischen eines braungebrannten Lackaffen.

Mit dem Taxi, hochrotem Schädel und völlig außer Atem war ihr Willibald nach Hause gekommen, hat sich zuerst ins Badezimmer begeben, dort sein Gesicht gereinigt, weil »Nasenbluten gehabt!«, wie er erklärte, dann mit den Worten, es ginge ihm nicht gut, das Schlafzimmer betreten und jeden Zuspruch, jede Hilfe abgelehnt.

»Ist alles in Ordnung? Brütest du aus Virus?«

»Ich bin nur erschöpft, Danjela!«

»Na, dann guckst du, vielleicht hilft dir das: So schaut aus Mareike Haberzellner!«, wurde ihm ein ausgedrucktes Foto entgegengehalten.

»Hat Ähnlichkeit mit russische Nuklearbiologin, und sag ich dir, Vorsitzender von KGB ist leichter erreichbar! Geht nix über moderne Kommunikation.«

»Und was soll mir das dann helfen?«

»Na, machst du wie in alte Zeiten!«

»Heißt jetzt was konkret: Brieftaube, Flaschenpost, Meldereiter?«

»Besuchst du einfach persönlich.«

»Aber …«

»Nix aber, sondern Abrakadabra!«

Worauf der nächste Ausdruck folgt: »Hier ist Ticket für Bahnfahrt, hab ich dir sogar gebucht Erste Klasse! Schreibst du mir Ansichtskarte, auch wenn ist nur Tagesausflug! Weiß ich, geht gemütlich zu in Verlag, sind freundliche Leute, findest du sicher Gehör.«

»Verlorenes Geld. Aber schön, dass du mich gefragt hast!« Nur bedingte Freude also.

»Gern geschehen, und nimmst du Aspirin.«

»Ich hab mich in der Werkstatt übergeben, also Aspirin eher nicht!«

Und jetzt war sie da, die Sorge: »Warum, bitte, rufst du nix an. Willst du Kamillentee?«

»Ich will mich nicht gleich wieder übergeben. Ruhe reicht mir!«

»Vielleicht Fiebermesser! Willst du vielleicht ...«

»Nur meine Ruhe, bitte, einfach schlafen!«

»Soll ich Arzt rufen?«

»Rufen und Ruhe spießt sich!«, war die für seine Verhältnisse ungewohnt ruppige Antwort, dann zog er zuerst die Vorhänge, dann die Tür zu und das Schweigen jedem weiteren Gespräch vor.

Ihm musste es also wirklich dreckig gehen, so Danjelas höchst besorgte Einsicht.

Also zog auch sie sich zurück, dummerweise wieder in die Untiefen des WWW, diesmal zwecks allgemeinmedizinischer Sprechstunde, was ähnlich ermutigend ist, als würde man sich zusätzlich zum Backhendlsalat eine Doku über Massentierhaltung einverleiben. Da war sie, bereits hilflos verloren in einem dieser Gesundheitsforen, die entweder Sadisten oder Ärzte und Apotheker betreuen, auf die Querverbindung Nasenbluten – Gehirntumor gestoßen, dann kam es schließlich zur Erlösung: Die Werbeeinblendung eines Tele-Shopping-Kanals mit Link auf die Webseite samt entsprechendem Video.

»Haben Sie Schwindel und Ohrensausen, Druck- und Engegefühl in der Herzgegend, erhöhten, pochenden Puls, Schweißausbrüche, Nasenbluten, Sehstörungen, Kopfschmerzen, Nervosität, Gereiztheit, Konzentrationsstörungen, Erbrechen? Wenn ja, dann ist es höchste Zeit, bevor es zu spät wird. Und haben Sie diese Symptome nicht, dann sollten Sie es sich und Ihren Lieben trotzdem wert sein!«, so die Predigt des braungebrannten Verkäufers mit seinen strahlend weißen Zähnen, dem weißen Kittel und der goldenen Einblendung: Kardiologe Dr. Dr. Friedrich Engel. Ein Doppel-Doktor mit sowohl Friede als auch Engel in seinem Namen, also wenn das nicht vielversprechend ist! Ebenso wie die beschriebenen, auf Willibald zutreffenden Symptome und der im Hintergrund rasant gegen null laufende Countdown: »Nur noch 165 Stück auf Lager, 133, 98, Wahnsinn. Kaufen Sie! Jetzt!«

Also hat Danjela zugeschlagen, sie wollte das Gerät ja schließlich sofort in Händen halten, und sich umgehend nur ein paar Ecken weiter zum ehemaligen Blumenhändler Grabner, später Pizzawirt Alessandro, heute Elektrohändler Baumgartner begeben – und der Vinzenz Baumgartner ist ein Segen für dieses Viertel, kann sich ja schließlich nicht jeder nur wegen eines Verteilersteckers, Toasters oder Föns einen ganzen Tag frei nehmen, um den nötigen Ausflug in diverse Großmärkte, sprich an den Stadtrand zu unternehmen.

Und jetzt liegt es nach Erstverwendung hier, wie eine Kristallkugel, aus deren Innerem bedrohlich eine düstere Zukunft herausblickt. Völlig überraschenderweise nämlich hat ihr Willibald gegen etwa 21 Uhr offenbar ausgeschlafen und teilgenesen wieder die Bildfläche betreten, mit einem ahnungsvollen »Aha!« auf diese neue Errungenschaft gedeutet, sich neben Danjela vor dem laufenden Fernseher in das Chesterfield-Sofa sinken lassen, worauf sich ihr Finger auf eines der bedenklich zu kleinen Ellipsen gespreizten Knopflöcher seines Hemdes legte: »Ach, meine Willibald, liebe ich zwar jeden Kilo von dir, aber ist Bauchspeck auf Dauer wahrscheinlich nur bei Bretteljause erfreuliche Belag!«

Dann wurde ihm die Manschette um den Oberarm geschnallt und die Starttaste gedrückt.

»Meine Güte, das bläst sich ja auf wie ein Lawinenrucksack!«

»Sprichst du nix und bleibst du ruhig sitzen!«, lautete gemäß Packungsbeilage Danjelas Anweisung.

Und ja, einer Lawine kam dann auch das Ergebnis der Erstmessung gleich, denn wie gesagt: »Na, bumm, steht da 205! Obwohl hast du nicht einmal Führerschein oder Rennfahrer-Blut!«

»Sehr lustig!«, wehrt sich der Restaurator mit Hochdruck. »205 zu 120, das kann nur ein Fehler sein!«

»Na, misst du einfach noch einmal!«

Also warten, ein paar Minuten.

Dann erneut.

»200 zu 112, wo ist das Ding bitte her! Der Dreck funktioniert nicht!«, so die Stimme der Selbstverleugnung. Also wieder und wieder und wieder.

Und er wird dabei zwar immer ruhiger, der Metzger, trotz laufendem Fernsehprogramm, trotz seiner Schilderung des so seltsamen Vorfalls mit dem Vespafahrer. Sein erreichter Tiefstwert nach einer Stunde Sitzen pendelt sich dennoch bei schwer hypertonischen 185 zu 110 ein.

»Gehst du morgen zu Internist oder, noch besser, heute noch in Notfall-Ambulanz!«

»Ein Notfall schaut anders aus!«

»Na, kannst du auch warten, dann ist gleich Todesfall!«

Ein Weilchen wird ferngesehen, dann deutet Danjela auf den Bildschirm: »Na, gratuliere, so wie es aussieht, wird Blutdruck gleich wieder hinaufschnalzen.«

38

Gewisser Neuigkeiten erbarmt sich also offenbar auch das Vorzeigekulturprogramm des staatlichen Fernsehens, obwohl es sich dabei um Unterhaltungsliteratur dreht. Denn Iwan Ketalpow, sprich der zum Schriftsteller gewordene Sohn des frisch ermordeten Wurstkaisers, wird von Moderator Emmerich Klausen als Gast angekündigt. Und Konrad Hödlmüller betritt das Studio, nimmt gegenüber zwecks Zweiergespräches in einem Sofasessel Platz und zeigt sich in ähnlich redegewandter Verfassung wie während seiner Lesung.

»Dagegen wirkt geschniegelte, in Leinenanzug gepferchte Moderator hölzern wie Marterpfahl und redet wie Gesprächsteilnehmer bei Bischofssynode!«, erklärt Danjela. »Versteh ich nix, warum ist Kulturfernsehen manchmal so steif wie Schlagstock!«

Von steif kann bei Konrad keine Rede sein, auch im körperlichen Sinn, denn da ist eben wieder diese Gebücktheit, diese schlaksige Art, im Sessel zu lümmeln, als würden ihm die Gliedmaßen wie eigenständige Ringelwürmer oder Schuppenkriechtiere an seinem Rumpf hängen. Und Willibald Adrian Metzger begutachtet ihn intensiv. Hat es den Wurstkaiser-Thronfolger also direkt mit der Vespa ins Studio verschlagen, denn ja, da sind die roten Schuhe, die schwarze Jeans? Andererseits stimmt diese spannungslose Körperhaltung einfach nicht.

Spannend hingegen nun das Interview.

»Ihr Buch ist wirklich unglaublich fesselnd, die Figur dieses selbstsüchtigen Lehrers, der Schule immer nur als seine eigene Bühne benutzt hat und dessen Leben nach seiner Pensionierung nun in Trümmern liegt, weil ihm keiner mehr Applaus spendet, geht einem, obwohl er sich so grausam verhält, unfassbar nahe. Gibt es für ihn, der sich ja selbst in einem Roman erkennt, ein Vorbild? Könnte sich also jemand auch in Wirklichkeit in ihrem Buch wiederfinden?«

»Also mir persönlich ist hier niemand bekannt, Herr Klausen. Viel eher scheint mir: Er ist beliebig auswechselbar. Irgendwann hören für jeden von uns der Applaus und die Anerkennung auf, werden wir plötzlich gelobt, nicht, weil wir gute Arbeit leisten oder so grandios auf welcher Bühne auch immer stehen, sondern weil wir den Schnabelbecher unfallfrei zum Mund führen können. Darum denk ich, kann man mit dem Lehrer so mitfühlen, ist er trotzdem bemitleidenswert!«

Und kein bisschen geht der Moderator Emmerich Klausen auf diese Antwort ein.

»Es gibt also kein reales Vorbild?«

»Nicht in meinem Leben, zum Glück.«

»Aber dass Ihr Buch gerade für eher außergewöhnlichen Gesprächsstoff sorgt, das wissen Sie schon?«

Da ist ein leichtes Zucken in Konrads Gesicht, ändert sich plötzlich die Sitzhaltung weg von der Defensive ein wenig ins Aufrechtere.

»Weil mein Vater Heinz Woplatek war und ermordet wurde, meinen Sie das? Ja, das weiß ich.«

»Mein aufrichtiges Beileid an dieser Stelle!«

Kurz wird Heinz Woplatek eingeblendet, danach eine Nahaufnahme des auf dem Tisch liegenden roten Buchcovers.

»Gesprächsstoff, weil aktuell auch in Wirklichkeit grausame Dinge geschehen. Ein wenig scheint es, als hätte sich jemand, so wie auch der fiktionale pensionierte Lehrer in Ihrem Buch, die Schilderungen zum Vorbild genommen. Was sagen Sie dazu, Herr Hödlmüller?«, will Emmerich Klausen wissen.

»Dass man, sollte dem wirklich so sein, diesen Irren möglichst rasch finden möge.«

»Dann lassen Sie mich doch gleich die nächste interessante Frage stellen: Warum überhaupt ein Pseudonym? Und warum dann genau die Umdrehung des Namens Ihres Vaters?«

»Warum nicht?«, zeigt sich Konrad Hödlmüller etwas irritiert.

»Na ja, weil Sie mir doch gerade vor der Sendung erzählt haben, was für ein schlechter Vater er war, ewig kein Kontakt, den Sie ja selbst auch nicht wollten, dann haben Sie erfahren von seiner schweren Krankheit, Lungenkrebs, haben den Kontakt gesucht, weil Sie ja auch Ihre Mutter an Leukämie verlieren mussten, mein Beileid an dieser Stelle, alles sehr schrecklich, ja und selbst da war Heinz Woplatek nicht unbedingt von Wiedersehensfreude dem verlorenen Sohn gegenüber erfüllt!«

Konrad Hödlmüller scheint kurz völlig vor den Kopf gestoßen, denkt nach, dann aber nimmt das Gespräch Fahrt auf.

»Das ist ja fein, wenn Sie zu Dingen, die ich Ihnen vor der Sendung vertraulich erzähle, dann in der Sendung Fragen stellen!«

»Na bitte, wird doch noch lustige Abend!«, freut sich Danjela sichtlich über die aufkommende, digital ausgestrahlte, schlechte Stimmung.

»Ich wusste nicht, dass das vertraulich war!«

»Kein Problem, lieber Emmerich, Sie haben mir ja auch vorhin am Pissoir erzählt, so Schulter an Schulter, Ihre neue Freundin sei erst sechzehn. Oder war es ein Freund?«, kontert Konrad Hödlmüller, und selbst die automatische Farbkorrektur des Fernsehers bringt die Röte des Moderators nicht weg.

»War ein Schmäh!«, lächelt der Autor in die Kamera, Danjela klatscht vor Vergnügen, und weiter geht der Spaß. Konrad Hödlmüller übernimmt nun das Steuer: »Jetzt ernsthaft: Sie wollen also wissen, warum der Name Woplatek herhalten musste? Ganz einfach: Weil mir irgendetwas Erfundenes zu unpersönlich, bezuglos gewesen wäre und mein Vater immer noch mein lebender Vater war. Und ja, meine verstorbene Mutter, ich habe sie geliebt, das hätte schon eine schöne Wertschätzung meinerseits zum Ausdruck gebracht, aber drehen Sie Hödlmüller einmal um! Probieren Sie ruhig!«

Und natürlich wird darauf nicht eingegangen. Ist ja auch keine leichte Übung.

»Darnok Rellümldöh!«, brüllt Danjela in das kurze Schweigen.

»Ist schwer, nicht wahr?«, setzt Konrad fort. »So schwer wir Ihr Name: Hciremme Nesualk! Darum also Ketalpow.«

»Und warum überhaupt ein Pseudonym!«, wiederholt Emmerich Klausen hartnäckig seine Frage.

»Sie lassen nicht locker, oder? Wenn Sie Ihre Anstellung verlieren, bei der Polizei ist sicher Bedarf«, lächelt Konrad Hödlmüller. »Erklärt sich in meinem Fall ein Pseudonym nicht von selbst? Da geht es um die Freiheit des Kulturschaffenden und um die Freiheit der Möglichkeiten. Oder glauben Sie ernsthaft, irgendjemand hätte mich in Anbetracht der Würste oder Eskapaden meines Vaters als Schriftsteller ernst genommen. Das zeigt ja auch unser Gespräch sehr deutlich. Denn wie ich feststellen darf, interessiert Sie, obwohl ich in einer Kultur- und keiner Society-Sendung zu Gast bin, mein Name deutlich mehr als mein Buch!«

Und trotz seiner Auflehnung punktet Konrad Hödlmüller gegen den Moderator mit Offen- und Natürlichkeit, was in diesem Fall keine Kunst ist. Ein Moderator, der noch nicht klein beizugeben bereit ist. »Dann noch eine letzte Frage dazu: Warum wurde das Geheimnis gerade jetzt gelüftet?«

»Das müssen Sie denjenigen fragen, der es publik gemacht hat, und der bin nicht ich!«, entgegnet Konrad Woplatek in scharfem Ton.

»Ist das nicht unheimlich, Herr Woplatek? Oder anders gefragt: Ist die Gefahr, sich mit so einem Buch wie dem Ihren Feinde zu machen, nicht groß?«

»Was um Gottes willen wollen Sie jetzt bitte damit sagen, Herr Klausen? Soll das eine Rechtfertigung des Wahnsinns sein?«

Und jetzt drängen die eindeutigen Anfangssignale der Antipathie zwischen dem Studiogast und dem Hausherrn danach, sich zu entladen.

»Natürlich nicht. Was ich damit sagen will, ist: Es gehört viel Mut dazu, sich mit der eigenen Branche und vor allem der Kritikerzunft anzulegen!«

»Mut! Und warum, bitte? Sie tun ja fast so, als hätte ich ein Sachbuch über einen totalitären Staat geschrieben oder einen Insiderbericht über die sizilianische Cosa Nostra und müsste mir jetzt ein paar Leibwächter zulegen. Das ist ein fiktionaler Roman, mehr nicht! Nur ein Buch. Eines, das in ein paar Wochen schon wieder unbedeutend ist, eines, für das ich ja auch gewaltig verrissen werde, und das ist absolut in Ordnung so. Wer als Autor nicht einstecken kann, sollte umgehend seinen Beruf wechseln. Und Selbiges gilt natürlich für Kritiker. Das gehört zum Geschäft!«

»Apropos Geschäft: Sie werden ja zum Beispiel von Miguel Maria Hofer genau dafür verurteilt. Er wirft Ihnen vor, Ihr Buch wäre konstruiert und Sie hätten während des

Schreibens bewusst den Fokus darauf gelegt, Erfolg zu haben. Sind Literaten beziehungsweise Schriftsteller wie Sie also Geschäftsleute?«

Und jetzt steigt Konrad Hödlmüller die Röte ins Gesicht.

»Mir und jeder Zuseherin oder jedem Zuseher ist schon klar, dass Sie, Herr Klausen, zwischen Literatur und dem traurigen Rest unterscheiden, das müssen Sie hier nicht extra betonen. Nur frage ich Sie: Ist nicht jeder Roman konstruiert? Oder öffnet man als Autor das Fenster, und dann flattern die beschriebenen Seiten nur so von selbst herein? Was ist das also für ein lächerliches, abgehobenes und vor allem verlogenes Argument? Und jetzt frage ich Sie weiter: Ist diese so vergeistigte Branche nicht ein ebenso knallhartes Geschäft wie jedes andere auch, im besten Falle sogar ein Massengeschäft, weniger eines nach dem Motto Angebot und Nachfrage, sondern Nachfrage und Angebot. Ein Wettkampf, oder noch besser: ein Spiel. Anders könnte man ja auch gar nicht nachvollziehen, welches Tamtam mit mancher Neuerscheinung veranstaltet wird, auch in Ihrer Sendung, als wäre dieses oder jenes Buch das dritte Testament. Das kann ja wohl nicht alles ernst gemeint sein? Oder doch? Und wenn doch, warum darf man dann keinen unterhaltsamen Krimi darüber schreiben, ist doch ein wunderbar ergiebiges Thema, auch der Neid.

Meine Güte, der Neid. So wie die Musikbranche den Schlager missachtet, belächeln die sogenannten Literaten die Unterhaltung, egal ob Frauenroman, Krimi, Thriller, was weiß ich alles. Ist das nicht schon wieder verlogen? Denn in Wahrheit sichern genau diese Unterhaltung und deren Verkaufszahlen der gesamten Branche das Überleben. Was glauben Sie, wie viele Verlage ohne diese Einkünfte zusperren könnten? Um also Ihre Frage zu beantworten: Ja, Literatur ist ein knallhartes Geschäft, und Sie und Herr Hofer kritisieren mich als Autor ernsthaft dafür, mich als

Teil dieses Geschäftes zu verstehen, anstatt mir zu gratulieren, wie sehr es mir gelungen ist, ein erfolgreiches Produkt zu entwerfen und es, wie ich seit heute weiß, sogar ins Ausland zu verkaufen? Wenn ich jetzt nach jahrelanger Planungsarbeit ein erfolgreiches Start-up erfunden hätte, keine Ahnung, den brüllenden Begrenzungsstreifen zum Beispiel, der laut »Au!« schreit, wenn ihn ein Autoreifen überfährt, und als Millionär hier vor ihnen säße, würden Sie mir gratulieren und in den Arsch kriechen, oder? Und mit einem simplen Thriller darf ich nicht erfolgreich sein? Bin ich Ihnen als Autor also erst dann sympathisch und verdiene Ihr Ansehen, wenn Sie mich nachher auf ein Würstel einladen können, weil ich es mir selber nicht leisten kann?«

Der Moderator ist sichtlich überfordert, legt eine zu lange Pause ein, die Konrad Hödlmüller schamlos zu eigenen Gunsten nutzt, erklärt: »Wissen Sie, Herr Klausen, ich habe mich immer, ohne Unterstützung meines Vaters, als einfacher Kellner über Wasser gehalten, mir mein Leben selbst finanziert, und ja, ich freu mich einfach über diesen Erfolg. In diesem Sinne danke für das Gespräch!« Erhebt sich und verlässt das Fernsehstudio.

»Na sag ich dir, ist Sohn noch größere Medienprofi wie Vater, weil wenn schießen ab morgen Verkaufszahlen nix in schwindelige Höhen, fress ich Besen!«, weissagt Danjela, und der Metzger hat genug: »Bitte schalt aus, ich mag den Kerl einfach nicht!«

»Wen, Autor oder Moderator?«

»Beide. Das wirkt alles so dermaßen aufgesetzt, so unecht, dagegen ist der Eiffelturm-Klon in Tianducheng ein wahres Original!«

Und genau das ist die Frage: Von wem ist das Original? Abgesehen davon weiß der Metzger natürlich: Bei dem einzigen Woplatek-Nachkommen Konrad Hödlmüller kann in Zukunft von finanziellen Nöten wohl keine Rede mehr sein, auch ohne Schriftstellerkarriere, denn sein Vater hinterlässt ein Vermögen.

»Schaust du so nervös, Willibald! Machst du vielleicht noch einmal Kontrolle!«

Und da pumpt und piept es wieder.

195 zu 118.

»Sag ich noch einmal: Gehst du morgen schleunigst zu Internist, weil bin ich zu jung für zweites Mal Witwe, außerdem kommt vorher gefälligst Hochzeit!«

39

Apfeltyp.
So lautet die Diagnose.

Und es passt perfekt, wo er doch Äpfel immer schon nicht leiden konnte. Was zu viel ist, ist eben zu viel. Wer seine ganze Kindergarten- und Schulzeit hindurch von einer kleinen Plastikbox, gefüllt mit vor sich hinbräunenden, meist mehligen Spalten, begleitet wurde, dem sei so ein kleines Widerstreben auch vergönnt. »Die bringen mich maximal um!«, hat er einmal seiner Mutter auf deren Dauerargument: »An apple a day keeps the doctor away!«, entgegengeschmettert – und nun sollte es sich beinah bewahrheiten.

Das Gesundheitsrisiko beim Apfeltyp wäre eben höher als bei Birnen, wurde dem Metzger erklärt. Eine Birne speichere ihr Fruchtfleisch im Hüftbereich, während sich so ein Apferl schön in der Bauchgegend polstere, und genau diese Lagerungsmethode, in diesem Fall natürlich Fett, beschenke den Träger zeitiger mit einem Hauptmietvertrag in Richtung Eichentruhe.

Die Erklärung für seinen Bluthochdruck war dann nach gründlichem Herzultraschall und einem von ärztlicher Seite mit »Da strampelt ja meine Oma länger, und die ist 78!« kommentierten Belastungs-EKG allerdings eine beruhigende: »Krankheit finde ich keine, dauerhafte Stressbelastung kann es bei Ihnen nicht sein, Rauchen auch nicht, zu hoher Salzkonsum schon eher, zu hoher Alkoholkonsum garantiert, das Übergewicht und der Bewegungsmangel hundertprozentig. Rund zwei Drittel aller Schlaganfälle und Herzinfarkte sind auf Bluthochdruck zurückzuführen. Wenn Sie also nicht frühzeitig sterben wollen, Herr Metzger, sollten Sie langfristig damit beginnen, dem Tod ein wenig davonzulaufen! In Ihrem Fall reicht natürlich Spazierengehen, Wandern, Gemüse und Obst. Äpfel zum Beispiel!«

Seltsamerweise fühlt sich Willibald Adrian Metzger nach diesem Befund wie neu geboren. Gut, ein wenig zeigt auch das beim Arzt als Sofortmaßnahme verabreichte Medikament inklusive der mitgegebenen Probepackung Tabletten seine Zauberkräfte: »Das reicht für ein paar Tage, achten Sie auf die Nebenwirkungen, und jetzt raus mit Ihnen ins Leben, Sie sind nicht krank!«

Energie pur.

Auch gegenüber seiner Danjela: »Danke, oh du meine Krankenschwester, weil ein bisserl hast du mir mit deinem Messgerät jetzt schon das Leben gerettet!«

»Erstens: Lebensretter war zuerst Dr. Dr. Friedrich Engel, dann Elektrohändler Baumgartner. Zweitens: Bist du Gott sei Dank nix krank und ich nix Schwester, weil ist Bruderliebe nur etwas für Kloster. Und drittens: Machst du schleunigst Bewegung.«

Das Wissen, im Grunde gesund zu sein, verleiht eben Flügel beziehungsweise wie in diesem Fall Ledersitze:

»Also dann, liebe Danjela, wenn deine Erfahrung sagt, es geht in einem Verlag gemütlich zu und ich finde Gehör, lass mich doch gerne wissen, wie lang denn dein Erste-Klasse-Ticket Gültigkeit hat.«

Und all diese Erfahrungen kann er sich zwei Tage später nach fast fünfstündiger Zugfahrt in die Haare schmieren, der Metzger, mit Danjelas Erinnerung an ihre wunderbare Zeit als literarische Reinigungskraft hat der bevorstehende Besuch nämlich ziemlich wenig gemeinsam.

Ein Taxi bringt ihn vom Bahnhof vor die Haustür, direkt in ein nobles, an die Innenstadt grenzendes Villenviertel. Ein Prachtbau.

Ehrfurcht. Das ist es, was Willibald Adrian Metzger beim Durchschreiten des kleinen gepflegten Vorgartens und schließlich beim Betreten dieses Hauses erfüllt. Ehrfurcht und die leichte, wohlbekannte Atemnot.

Wahrscheinlich bin ich einfach viel zu fett!, grübelt er.

Er wird eben alt, der Restaurator, der Begriff Defizit betrifft nicht mehr allein den Staatshaushalt, denn mit seinen fünfzig plus fällt jedes Minus deutlicher ins Gewicht, außer natürlich das Gewicht an sich, das kommt vor lauter Plus mit dem Addieren gar nicht hinterher.

Massiv auch der Altbau, wunderschön renoviert. Nach händischem Öffnen einer stattlichen Eichenholztüre und automatischem Öffnen einer dahinterliegenden Glastür sieht sich das demütige Auge einem eleganten Empfangsbereich gegenüber, ein weißer, edler Aufnahmeschalter, wie er auch in Hotels, Kosmetikstudios, Anwaltskanzleien zu finden ist, zudem ein graues Ledersofa, daneben eine silberne, geschwungene Stehleuchte und ein gleichfarbig grauer Lampenschirm, dahinter ein endlos langer Gang, der ins Innere dieses Gebäudes führt wie ein roter Teppich.

Nur ohne Rot. Stattdessen sandfarbener Natursteinboden. Dazu die Wände weiß gestrichen in einer Perfektion, als würde man einem noch jungfräulichen Farbeimer den Deckel abnehmen und dessen Reinheit sehen, ja, inhalieren. All das Künstliche so einer Wandfarbe wird durch diesen sauberen Eindruck unsichtbar, doch so appetitlich sie auch duftet, trinken wäre nicht zu empfehlen.

Der einzige Schmuck dieser Vollkommenheit, oder vielleicht auch der Makel, da ist sich der Metzger nicht so sicher, sind Bilder. Porträts. Schwarz-weiß. Eine kleine Auswahl wahrscheinlich namhafter Autorinnen und Autoren, und für diese Namhaften beim Eintreten ein gewiss herrliches Gefühl, natürlich vorausgesetzt, sie leben noch. Für alle anderen wohl entweder ein Grund zum Ansporn oder zu Eifersucht und Schmerz.

Eine Bildergalerie ist eben viel mehr noch als das Dokument der Zusammengehörig- und Vollständigkeit eine Offenbarung der Lücke, denn irgendwer fehlt immer, der Metzger kann ein Lied davon singen. Eines Tages zum Beispiel war bei ihm zu Hause sowohl im Alltag als auch im Vorraum auf all den Familienfotos der Vater weg, obwohl der Vater ja immer noch sowohl am Leben als auch sein Vater war. Oder während seiner Schulzeit, als das Gruppenfoto mit Reißnägeln an die Pinnwand seiner Klasse montiert wurde, waren plötzlich seine ansonsten speckigen, stets roten Wangen, in die zu kneifen seine Kameraden ebenso herrlich bei Laune hielt wie den Metzger zu verdreschen, keine roten Wangen mehr, sondern sein gesamter Kopf ein einziger roter Reißnagel. Und egal, in welcher Klasse er wo auch immer auf diesen Fotos plaziert war, sein Antlitz blieb ein roter Reißnagel. Mitlaufender Witz eben.

»Was kann ich für Sie tun?«, wird der Restaurator, während er noch kritisch die schwarz-weißen Bilder beäugt, von einer eleganten Dame in perfekt sitzendem Kostüm begrüßt. Aufrecht verharrt sie hinter einem weißen Stehtisch, Rock, Bluse, Jackett in symbiotischem Einklang mit dem darunter gewiss wunderbar gewachsenen Körper, der Pagenschnitt sitzt maßgeschneidert, das Lächeln auch, die Augen ein azurblaues Meer, nichts wäre schöner, als darin zu versinken. Im Grunde läge dem Metzger ein »Und wie viele Menschen kommen hierher, nur um Sie anzusehen, schöne Frau!« auf den Lippen, stattdessen bleibt ihm der Mund ein wenig offen. Eben alles hier löst Staunen aus.

»Unsere Hausautoren!«, deutet die Dame stolz auf die Bilder.

»Wie, Haus? Haus wie Hauskatze oder Hausgans oder Hausschwein? Also Haustier. Das heißt, die wohnen alle hier und bekommen etwas in den Napf?« Dem Metzger kommt, seine eigene Bemerkung betreffend, sogar ein kurzes Lachen aus, denn Viehzüchter ist so ein Verlag natürlich keiner. »Und wo sind die Bücher ausgestellt?«

»Wir verlegen keine Bücher, sondern Autoren!«, wird durchaus charmant entgegnet.

»Na, hoffentlich lässt sich dann so ein verlegter Autor auch jederzeit wiederfinden!«, kann sich der Metzger ganz in Gedanken an Hansi Woplatek nun nicht verkneifen. Kurze Verwunderung im Gesicht der Schönen, was der Schönheit natürlich keinen Abbruch tut, dann ein sich gegenseitiges Beschmunzeln und Läuten des Telefons:

»Hier Yvonne Landshut, Supiro-Verlag, was kann ich für Sie tun?« Kurz hört sie zu, erklärt freundlich: »Ich kann mir kaum vorstellen, dass Cornelia Funke so schlecht Deutsch spricht wie Sie und zu unserem Verlag wechseln will!« Und legt auf.

»Verrückte gibt es, das will man nicht glauben!«, schenkt sie ihre Aufmerksamkeit nun wieder dem Metzger. »Also, was kann ich für Sie tun?«, fragt sie und erhält aus der Ferne durch Zuruf einen Auftrag.

»Yvonne, bitte, wenn sich der Herr Baar durchstellen lassen will, weil ihm an seinem Cover schon wieder etwas nicht passt, wir sind nicht im Haus!« Im Hintergrund wechseln zwei Männer von einem Zimmer in ein anderes, jeder in perfektem Anzug, nie und nimmer Stangenware. Da muss sich ein Hausautor offenbar erst maßgeschneidert einkleiden lassen, um nicht mit dem Hausmeister oder Haustechniker verwechselt zu werden.

»Das hier ist also wirklich ein Verlag und kein Börsenmakler- oder Immobilienbüro oder gar ein Edeljuwelier?«, will der Metzger wissen. Er war zwar noch nie in solch heiligen Hallen zu Besuch, hat es sich dann aber doch weniger klinisch, sondern eine Spur bibliophiler, erdiger, vergeistigter vorgestellt.

»Ja, Sie sind hier richtig!«

Mit Hilfe des purpurrot lackierten Nagels ihres Zeigefingers wird erfolglos eine Liste kontrolliert: »Für diese Uhrzeit ist leider kein Besucher angemeldet, wollen Sie zu jemand Bestimmtem?«

»Zu Mareike Haberzellner!«, riskiert der Metzger die Offensive, worauf ihn die Dame aufmerksam mustert, wie er da offenbar so bedauernswert gekleidet in seiner Bundfaltenhose, seinem zerknitterten Hemd und seinem geschulterten Sakko, eine Aktentasche in der Hand, beinah als Gegenargument zu all dieser herausgeputzten Herrlichkeit gleich einem Fremdkörper vor dem Empfangspult steht.

»Tut mir leid, wenn ich nicht alle Autoren kenne, aber unsere Programmchefin Belletristik ist leider nicht im Haus!«

»Nicht im Haus!«, zaudert der Metzger nicht lange. »Ich bin aber nicht der Herr Baar, Sie müssen Mareike Haberzellner also nicht verleugnen!«

Und wieder ein Schmunzeln hinter dem Empfangsschalter: »Geht es um ein Manuskript?«

»Das kann man wohl sagen!«, glaubt sich der Metzger schon siegessicher und klopft auf seine Aktentasche.

Und jetzt ändert sich plötzlich der Ton, zwar immer noch freundlich, aber mit Nachdruck. »Vielleicht so unter uns im Vertrauen: Sollte es um das Thema Verlegt-werden-Wollen gehen, möchte ich Sie jetzt nur ungern in Verlegenheit bringen. Drum lassen Sie mich zur Sicherheit nur schnell deponieren: Unangekündigte Besuche mir unbekannter Autoren, die persönlich ein Manuskript vorbeibringen wollen, sind hier natürlich schon einmal vorgekommen. Das heißt: Hätten Sie einen Termin im Haus, vor allem bei Frau Haberzellner, ich wüsste davon. Hundertprozentig. Keine ist akribischer.«

Das sitzt. Kein Weiterkommen also.

Jetzt muss er natürlich schlucken, der Metzger, wie er da vor dem weißen Empfangstisch steht, und sicher, er ist ja heilfroh über seinen spürbar besseren, medikamentös eingestellten Zustand, aber so ein kleines Nasenbluten, um das Fräulein Landshut zwecks Erster Hilfe eine Taschentuch-Spenderbox oder Küchenrolle holen zu lassen, wäre jetzt schon recht hilfreich. Andererseits!, geht es ihm nun durch den Kopf, dazu ein leichtes Wanken, ein durchaus gekonntes Weichwerden der Knie, ein Nach-vorn-Lehnen, Aufstützen …

»Alles in Ordnung mit Ihnen?«

»Diese Affenhitze! Mein Kreislauf, ich glaub, ich muss mich schnell hinsetzen!«

… und ein Gerade-noch-Erreichen des grauen Ledersofas, ein Zücken eines Taschentuches, ein Abtupfen der Schulter, ein Schließen der Augen.

»Um Gottes willen, was, was …? Soll ich die Rettung rufen?«

»Wenn ich mir einen anderen Ratschlag erlauben darf: Ein Glas Wasser wäre vielleicht gut, Frau Landshut!«, erlaubt sich der Metzger.

Etwas panisch blickt sie sich um, reagiert zuerst nicht, vielleicht hat sie ja auch Radschlag verstanden und denkt an ihre bewegte Sportgymnastik-Zeit, dann aber kommt die Botschaft an und Yvonne Landshut hinter dem Tischchen hervor, offenbart eine unverschämt kurze Rocklänge, wunderschöne Beine, schwarze Strümpfe, zieht den Rock ein wenig in Richtung Knie: »Warten Sie bitte hier.«

Energisch schicken gegen den Natursteinboden getretene hochhackige Schuhe ihre Schallwellen durch den Gang, und rein ist die Luft.

40

Beate Gruber war bei ihm, Tag für Tag.

Wie dumpfe Schritte in weiter Ferne, die nicht näher kamen, auf der Stelle traten, so schob sich der Sekundenzeiger in seinem Krankenzimmer voran, und er konnte nur zusehen, konnte nur warten, bis beim sechzigsten Schritt die Minute weitersprang, alles von vorne begann, und dann wieder, und wieder, und immer weiter. Nur wohin?

Regungslos lag er in seinem Krankenbett, blickte auf die Wanduhr gegenüber, ihr Ticken sein Feind.

Sie konnte es an seinen Augen ablesen, seinem starren, fast hypnotischen Blick, als würde er der Zeit Stillstand aufzwingen wollen, endgültig. Nicht mehr länger ein Gefangener sein, das Leben entschwinden sehen müssen, Bruchteil für Bruchteil, sondern es selbst verlassen.

»Ich geb die Uhr einfach weg!«, so ihr Vorschlag.

Es kam ungewohnt schnell aus seinem Mund, dieses: »Nein!« Und sie verstand, konnte die stets geschlossenen Fenster sehen, davor die regungslos, wie der Umhang eines steinernen Reiters, von der Decke hängenden, schweren Vorhänge. Nichts sonst an wahrnehmbarer Bewegung in diesem klimatisierten Zimmer.

Doch irgendwann wurde sein auf die Uhr geworfener Blick ein liebender, wurde der Zeiger sein Freund, seine Sichtweise eine andere: das Leben gefangen nehmen, festhalten dürfen, Sekunde für Sekunde. Es nicht loslassen.

Tick, tack, ich bin noch hier.

So lautet bald auch seine Begrüßung, wenn sie zu ihm kam, ihn bewegte, seine Arme, Beine, mit seinen Fingern spielte, ihn fütterte, die Zähne putzte, die Windel wechselte, ihn wusch und eincremte, ihm aus Büchern vorlas.

»Tick, tack, ich bin noch hier!« Dazu ein leichtes Schmunzeln, beständig, als würde er die Kraft seiner wieder reger werdenden Gesichtsmuskulatur hauptsächlich zu einem Zwecke nutzen wollen.

Erbarmungslos dem eigenen Leid entgegen – und es fortlächeln.

»Ich sterbe nicht verbittert, niemals!«, so sein Credo.

»Niemals!«, flüsterte sie ihm zu und war voll Hoffnung.

Der Briefkasten als Rettungsanker, wie in ihrer Kindheit. Sie war ein kleines Mädchen, Sommerferien, die Motorengeräusche des sich nähernden Postboten wie das weihnachtliche Glöckchengeläut, würde er Ansichtskarten bringen, von Mitschülern, Bekannten, Verwandten, würde jemand an sie denken, sie grüßen? So erging es ihr auch jetzt.

Wann würde dieses eine Schreiben endlich kommen, würde es eine Absage sein? Undenkbar. Eine Zusage?

Es vergingen die Wochen. Es kam ihre Unsicherheit. Nur einen einzigen Anruf wollte sie wagen, nachfragen, wurde seltsam abgespeist: »Ich verstehe nicht, wie ist Ihr Name: Beate Gruber? Sind Sie eine Journalistin? Sie werden schon früh genug davon erfahren!«

Also nicht. Eine Absage. Verbittert war sie, doch sein Wille gab ihr Mut. Sich nicht beugen lassen, weiterleben, komme, was wolle.

Es zog das Frühjahr ins Land und er wieder nach Hause. Die Arme, Hände waren ihm vertrauter geworden, zumindest Gabel und Löffel konnte er zu seinem Mund, den Bleistift Richtung Papier führen.

Ja, und dann kam dieser herrlich warme Tag Ende April, da betrat sie ihre Stammbuchhandlung, ihre zweite Heimat.

Helene Kubelka kümmerte sich gerade um Kundschaft.

Ein kleiner Junge, etwa elf, hatte es etwas zu gut gemeint mit der Liebe.

»Aber du kannst nicht einfach diesen Schutzengel-Anhänger in die Hosentasche stecken, mein Kind!«

»Aber … aber meine Mama hat Geburtstag, und ich hab diesen Monat kein Taschengeld bekommen, weil, weil … und ich … ich wollte, ich …!«

»Wie ist denn dein Name?«

»Tobias Hamböck!«

»Und warum bekommst du kein Taschengeld?«

Tränen. Ehrliche Tränen. Bitterliche. Dann ehrliche Worte: Mutter gekündigt, arbeitslos, geht jetzt putzen, kaum genug zu essen, kaum Hoffnung.

»Und wie alt wird deine Mutter?«

»Fünfunddreißig.«

»Und dein Vater!«

»Im Himmel!«

»Alles klar, Tobias. Du wolltest mich also fragen, wenn ich mich richtig erinnere, ob ich dir den Schutzengel schenke, weil du mir jetzt gleich so lieb hilfst, ein paar Kisten mit Kinderbüchern auszuräumen, hab ich recht? Aber das bleibt unser Geheimnis, versprochen!«

Verwirrung im Gesicht des Kleinen.

»Und wenn du das gemacht hast, schickst du mir deine Mama und sagst ihr, dass ich jeden Tag allein hier im Geschäft stehe und generell ein bisschen Hilfe gebrauchen könnte. Machst du das für mich?«

Beate Gruber stand im Abseits neben einem Büchertisch und wusste einmal mehr, wie sehr der Umgang mit Recht und Gerechtigkeit auch in der Hand des Einzelnen liegt.

Und während sich Tobias den Bücherkisten widmete und diese als wahre Schatztruhe erkannte, kam Helene Kubelka auf sie zu: »Frau Gruber, schön Sie zu sehen. Ich hab etwas für Sie und vielleicht auch Ihren Mann! Die neuen Herbstvorschauen. Für Sie die Bücher, für Ihren Mann die Hörbücher. Sagen Sie mir einfach, was Sie gerne hätten, ich gebe Ihnen dann ein Leseexemplar. Und für Ihren Mann hier etwas besonders Feines. Er sitzt doch jetzt schon öfter im Rollstuhl, oder? Richten Sie ihm aus, er soll die CDs von nun an in die Stereoanlage einlegen, da muss er sich bewegen, und besser für die Ohren als seine Kopfhörer ist es auch.«

»Danke von Herzen. Sie sind ein guter Mensch, Frau Kubelka«, wusste sich Beate Gruber keine zutreffendere Antwort.

Und nein, es gibt keine Zufälle, da ist sie sich sicher.

Denn als sie zu Hause die Vorschauen durchblätterte, durchschnitt sie plötzlich ein scharfer Schmerz, zog eine eiserne Trennlinie zwischen allem, was war, und allem, was kommen sollte, stellte sich ihr Leben auf null, um von nun an eine neue Zeitrechnung zu schreiben. Vor ihr zwei Doppelseiten und die Klarheit: Es wird kein Brief mehr in ihrem Briefkasten zu finden sein.

Ein rotes Buch wurde beworben. Das Cover ohne Bild, nur geprägte, gleichfarbige, sich wiederholende Linien, plastisch abgehoben, vier senkrecht, eine waagrecht, ein Muster, wie es sonst in Gefängniszellen an Wände gekratzt zu finden ist. Ein Gefängnis wie jenes Leben, das sie und ihr Mann zu führen hatten. Schuldlos.

Wie sehr doch der Umgang mit Recht und Gerechtigkeit in der Hand des Einzelnen liegt.

Unerwartetes geschieht.

Nur, warum es hinnehmen, und nicht mit Unerwartetem beantworten.

Und es waren seine Zeilen, in denen sie Trost fand.
Zeilen dieses roten Buches:

Frieden ist kein Ausdruck lahmenden Tatendrangs.
Für Frieden muss gesorgt werden. Nicht in Gedanken, nicht mit Gebeten, nicht in deinem Bett, mit geschlossenen Augen und vergraben unter der Decke.
Sondern vor deiner Türe.
Es tun.
Jetzt.

41

Ein wenig knirschen seine Gummisohlen, ansonsten aber ist es ein ruhiges Vorankommen in einer fast gespenstisch ruhigen Umgebung.

An einer Vielzahl offener Türen geht es vorbei. In jedem der Räume an den Wänden weiße, gefüllte Bücherregale, ein Schreibtisch mit Drehsessel, ein Computer, ein Aktenschrank mit alphabetisch beschrifteten Laden, Büros eben, und nur wenige sind besetzt. Von Frauen. Ausnahmslos. Junge, durchwegs höchst ansehnliche Frauen, die versunken sind in ihre Arbeit, den vorbeihuschenden Metzger nicht registrieren. Volontärinnen vielleicht. Nur, wie gesagt, die meisten Büros sind leer. So sieht also der Hochbetrieb eines Großverlages aus, wundert sich der Metzger und wird eines Besseren belehrt.

Denn wie auf Kommando öffnet sich nun eine Tür, und der dahinter offenbar große Raum entleert sich, nicht nur mit schlechter Luft, sondern einer Unmenge wohl gekleideter Menschen, wieder hauptsächlich Frauen. Dicht gedrängt plötzlich der Gang, Willibald Adrian Metzger mitten darunter. Keiner, der ihn registriert, zu vertieft alle in die Gespräche, zu hektisch das Voranschreiten, hoch das Tempo der Vorübergehenden, Kaffeeküchen füllen sich, die Büros, und der Laie Metzger erkennt: Seine Vorstellung einer vergeistigten Verlagswelt hat mit der Realität dieser energiegeladenen Geschäftswelt nichts zu tun. Froh ist er, sich endlich in einer Toilette verschanzen zu können.

Und durch die dünnen Wände dringt von nebenan das Gespräch zweier Frauen:

»Diese ständigen Dauersitzungen, was soll das bringen, ich hock mir den ganzen Tag den Arsch wund, kann mir diese Sinnlos-Quatscherei anhören, alles wird kleingeredet, und die wirkliche große Arbeit bleibt liegen, weil wer soll das erledigen außer uns!«

»Arbeit, die immer mehr wird: Früher hab ich acht Bücher betreut pro Programm, heut sind es zwanzig, und Gott weiß, was ich noch alles tun darf, idiotische Texte schreiben für Internetplattformen, Vorschautexte, von denen ich um neun Uhr in der Früh erfahre, sie müssen um dreizehn Uhr fertig sein, als hätte ich sonst nichts zu tun und gäbe es den Autor dazwischen nicht. Das reinste Chaos, wir überholen uns ständig selbst, da wird man zum Blindgänger, zum Strippenzieher, zum Antreiber, zum Diplomaten!«

»Frauen eben, Multitasking!«

»Mutti-Talking wär mir lieber!«

Kurz wird gelacht.

»Wie geht's der Kleinen?«

»Wen meinst du, meine Tochter oder meine Chefin, die Haberzellner?«

Und wieder ein Lachen.

»Stimmt, die Stimmung war schon mal besser!«

»Der neue Vertriebschef will ja auch, dass wir ordentlich streiten, ist ja jetzt egal, wo man hinsieht, die kommende Unternehmenskultur: Reibung. Soll die Konkurrenz und somit den Einsatz fördern. Schwachsinn!«

»Reibung? Also nicht mehr Liebe machen, sondern Watsche geben!«

Und ein wenig länger dauert es jetzt, das Gekicher.

»Das nennt man prozessorientierten Austausch.«

»Oder Sadismus!«

Unverkennbar zieht es den Duft einer Zigarette durch die Ritzen bis zu Willibald Adrian Metzger herüber.

»Das nennt man schlicht Überforderung. Und nur darum gibt es untereinander so viel Reibereien. Und nur darum kämpft das Lektorat gegen die Marketingabteilung, die Marketingabteilung gegen die Vertriebsabteilung, und, und, und – und wir als Lektoren, die als Einzige direkt mit den Autoren verbunden sind, dürfen dann schauen, wie wir es hinbekommen, trotz alldem gute Bücher auf den Markt zu bringen, während uns zum Lektorieren keine Zeit mehr bleibt. Bücher, die natürlich nicht schlechter und fehlerhafter werden dürfen.«

»Ich spür, wie mir langsam die Liebe zu meiner Arbeit abhandenkommt, das ist schrecklich, und es geht vielen auch in anderen Abteilungen so. Also mir wird bald der Preis zu hoch für diesen Job.«

»Ja, alles wird ständig teurer, vom Wurstsemmerl bis zum Nagellack, vom Papier bis zur Arbeitszeit, aber seit Jahrzehnten traut sich niemand, den Buchpreis zu heben, da brauch ich nicht einmal die Grundrechnungsarten zu beherrschen, um zu kapieren: Das kann sich nicht ausgehen! Und wo wird gespart: bei uns im Haus, bei den Autoren, bei der Qualität der Texte, bei der Herstellung, weil alles nur noch schnellschnell und billigbillig gehen muss, bis wir die Talfahrt nicht mehr bremsen können! Weniger wäre einfach mehr. Überall.«

»Und dann drückt dir der Verleger noch schnell irgendeinen Schmarrn aufs Auge, den einer seiner Freunde geschrieben hat und den eh keiner lesen will, oder ein Literaturagent, der nur Agent geworden ist, weil ihn kein Verlag dieser Welt mehr einstellen würde, behandelt dich wie einen Dienstboten, weil er glaubt, er weiß es besser!«

»Verdammt, gib mir auch eine Zigarette!«

»Ich dachte, du hast aufgehört?«

»Na, dann fang ich eben wieder an.«

»Nichts da. Mitrauchen muss reichen, atme tief ein.«

»Ob das reicht? Mir hat das Marketing grad wieder so ein beschissenes Cover vor den Latz geknallt, das von einer professionell überteuerten Grafik-Agentur gestaltet wurde und trotzdem aussieht, als hätte sich ein zugekiffter Student von einer Plattform irgendwelche Bilder herunterkopiert, mit einer Bildbearbeitungs-App auf seinem Smartphone ein halbes Stündchen bearbeitet, dann ein paar Wochen liegen lassen, damit es auch wirklich nach Hirnschmalz aussieht, und als großen Wurf verkauft. Und jeder weiß, dass es Mist ist, jeder, aber sagen kann man nichts, weil Entwürfe kosten ja Geld. Und wer hat die Arschkarte: ich. Denn ich kann den Dreck dann dem Autor zeigen und mir das berechtigte Geraunze anhören!«

»Wobei es eh wurscht ist, weil sogar beim besten Cover dieser Welt werden irgendwelche Autoren-Diven noch herummeckern.«

»Da hast du recht, manche meckern ja sowieso immer!«

»Wenn wir jetzt noch anfangen, über Autoren herzuziehen, dann können wir hier am Klo gleich übernachten! Das dauert.«

»Na, dann gehen wir, in zwei Stunden ist die nächste Konferenz.«

»Du meinst Dauersitzung, als hätten wir Verstopfung!«

»Umgekehrt!«, kichert die andere: »Von den Dauersitzungen bekommen wir arbeitstechnisch ja erst die Verstopfung, den Stau!«

»Und die eigene Pannenhilfe dürfen wir dann auch noch sein!«

Kurz wird die Spülung betätigt.

»Wenn mich nur einmal einer ordentlich abschleppen würde, bei meinem ersten Verlag war der Verleger da nicht so verlegen wie unserer!«

»Dazu kann ich nur sagen: Deutlich mehr Verlegerinnen braucht das Land!«

»Stimmt absolut. Wobei, unser Schäfer ist schon in Ordnung.«

»Wir sind ja auch eine brave Herde!« Ein Blöken geht durch die Toilette, dazu läuft der Wasserhahn.

»Wo ist der eigentlich? Übersee, hab ich gehört. Auf Entschlackungs-Kur!«, endet die Beichtstunde mit einem Lacher.

»Ganz genau: Bekommen wir also wieder irgendwelche amerikanischen Autoren, die als sinnloses Statussymbol schwer überteuert eingekauft werden, weil wir hier ja eh jede Woche im Lotto gewinnen und kaum einheimische haben.«

»Du alte Querulantin!«

»Well, well!«, kurz verhallt ein Glucksen, dann wird es leise.

Ein wenig bleibt auch der Metzger noch sitzen, durchaus betroffen. Erschütternd das Gespräch der beiden Frauen. Die Wirtschaft und somit die Menschheit richtet sich gegen ihren Instinkt, gegen ihre Bedürfnisse, selbst zugrunde, weil sie, anstatt auf das Bevölkerungswachstum mit kluger Umverteilung und Mäßigung zu reagieren, nur noch wie unter Drogen stehend auf eigene Kosten immer mehr und somit auch immer mehr Mist produziert. So besorgniserregend es auch ist, der Begriff Wegwerfgesellschaft klingt für den Metzger durchaus nach Selbsterkenntnis.

Ein wenig wartet er noch, bis die Luft rein ist und es auf den Gängen wieder ruhiger wird. Dann geht es weiter. Die Büros sind voller geworden, der Frauenanteil aber ist gleich geblieben, annähernd hundert Prozent, auch hier also drehen sich auf den Chefsesseln Männer, und auf den unteren Ebenen dreht das weibliche Geschlecht ob der Knochenarbeit durch. Folglich muss er aufpassen, der Metzger, denn so allein den Gang entlangmarschieren ist in diesem Fall durchaus auffällig. Er sollte sein Ziel also möglichst schleunigst finden.

»Da können die Zweifler kontern, was immer sie wollen, wenn der richtige Weg eingeschlagen und auf die innere Stimme gehört wird, dann fügen sich die Dinge!«, bekam er zumindest von seiner Mutter gelehrt, und hin und wieder ist ihm dieser Glaubenssatz richtig sympathisch, so wie jetzt. Denn da lacht ihm plötzlich eine geschlossene Türe entgegen, darauf das Schild: Mareike Haberzellner.

Ein dezentes Klopfen lässt auf Abwesenheit schließen.

Das Pochen in seiner Halsschlagader allerdings ist da weitaus weniger zurückhaltend, denn drängend ist die Frage: Soll ich, soll ich nicht? Ihr einfach eine schriftliche Nachricht auf den Schreibtisch legen. Dazu die Visitenkarte.

Dann versagt sein Gewissen kümmerlich, übertönt die Neugierde alles. Und gut, wenn er schon so weit gefahren ist!

Also kurz umsehen, vorsichtig die Klinke betätigen, das Zimmer ist unverschlossen, schnell hinein in sein Unglück, den Blick nach vorne gerichtet und dabei leise hinter sich die Tür schließen.

Wie in den übrigen Büroräumen sind auch hier derselbe Schreibtisch, derselbe Rollsessel, dieselben weißen Regale, derselbe Aktenschrank mit alphabetisch beschrifteten Laden zu finden, und doch zeigt der Raum auf Anhieb deutlich mehr Persönlichkeit und einen auffälligen Wesenszug Mareike Haberzellners: ihre Sorgfalt und Sammelleidenschaft. Das glaubt er also gerne, der Metzger, wie gründlich diese Dame bei Yvonne Landshut wohl ihre Besucher meldet.

Unmengen Einzelblätter schmücken die freien Wände, Signaturen, aus Büchern herausgetrennt und eingerahmt, überall hängen sie, hinter dem Schreibtisch, rund um das Fenster, bis zur Decke.

Auf dem Schreibtisch in einer Kleingruppe zusammengeschoben drei Wassergläser, gefüllt mit den verschiedensten, wohl Hotels entnommenen, fein säuberlich gespitzten Bleistiftmodellen.

Schließlich ziert noch ein Kakteenhain das Fensterbrett. Winzige Töpfe mit seltsamen Gewächsen, deren dekorative Schönheit dem Metzger bis dato noch eine verborgene ist und wohl auch bleiben wird. Aber gut, manche Menschen stellen sich grässlich rotwangige, vollbärtige Plastik-Gartenzwerge zwischen die herrlichen Rosen oder hängen sich verkehrt herum das Gerippe vertrockneter Tannenbäume an die Decke, jedem so, wie er es braucht. Und auch hier steht die Welt nun kopf.

»Ist mir gar nicht aufgefallen, dass ich ›herein‹ gesagt habe!«

Noch so ein Schrecken, und der Metzger könnte sich vermutlich zuckend in Richtung Himmelspforte bewegen. So aber dreht er sich mit hochrotem Schädel um und hört ein:

»Na, da bin ich ja jetzt mal gespannt auf Ihre Erklärung!« Sanft zwar die Worte und doch äußerst bestimmend, wunderbar dazu geeignet, um in vielerlei Hinsicht Telefonseelsorge zu betreiben. Und ja, läge er nun in der Waagerechten, der Metzger, befände sich diese Stimme wohl genau in Ohrenhöhe.

Das ist eben der Nachteil von nach innen aufgehenden Türen, sie dienen herrlich als Paravent, das Dahinter also bleibt bei Betreten eines Raumes ungesehen – zumindest so lange, bis die Türe wieder geschlossen wird.

»Verzeihung, ich wusste nicht …!«

»… dass man es grundsätzlich unterlässt, einfach ungebeten in fremde Zimmer einzutreten?«

Da braucht der Metzger eine kurze Nachdenkpause, denn was sagen? Auch der Anblick ist ein höchst ungewöhnlicher.

»Also, was stören Sie mich? Das ist heute meine erste Pause an einem wirklich heftigen Tag!«, macht es ihm Mareike Haberzellner nun nicht leichter. Jetzt ist der Metzger ja keineswegs frei von Menschenkenntnis, ortet folglich, trotz der körperlichen Zartheit und sanften Stimme seines Gegenübers, eine dermaßen souveräne Dominanz, da weiß er auf Anhieb: Mit Unterwürfigkeit wird er nicht weit kommen. Also ist Augenhöhe angesagt, in diesem Fall keine leichte Übung.

»Ich wollte Sie erlösen!«, versucht er es charmant, deutet dabei, ebenfalls in Augenhöhe, auf die wunderbar grün lackierten Zehennägel der hochgestreckten, wohlgeformten weiblichen Füße und erklärt: »Weil von meiner körperlichen Warte aus betrachtet, schaut diese Turnübung nicht unbedingt gesund aus!«

Wie gesagt: Die Welt der Mareike Haberzellner steht kopf. Ihre Unterarme und ihr Schädeldach liegen auf einem gefalteten Handtuch, ihre Hände sind hinter ihrem Hinterhaupt wie zu einer Schale verschränkt, und der Rest des Körpers streckt sich kerzengerade Richtung Decke empor. Sein ehemaliger Schinder und Turnlehrer Professor Schranner fällt ihm ein: »Na, Metzger, mit deiner Wampen müsste dir ja der Kopfstand leichter fallen als der aufrechte Gang, da ist das Gwicht näher beim Boden. Also, was hängst du da herum wie ein U-Hakerl, rauf mit deine Plattfüß'!«

Und Mareike Haberzellners Mundwinkeln wandern leicht gen Erdboden, was in ihrem Fall ein Lächeln bedeutet.

»Willkommen auf dem Planeten Erde: Das nennt man Yoga!«

Und auch der Metzger muss schmunzeln. Auf den Namen kommt es also an. Früher hieß es Haltungsturnen, und kaum ein gesunder Mensch hat dort freiwillig seine Masse hinbewegt, heute heißt es Yoga und ist eine Massenbewegung. Wie aus dem Lehrbuch beginnt Mareike Haberzellner zu erklären: »Wir haben gerade, wie wahrscheinlich jeder Verlag zwischen Kiribati und São Tomé, ein Yoga-Buch herausgebracht, und darin steht unter anderem: Der Kopfstand bewirkt Gutes für die Durchblutung des Gehirns, vertreibt die Ängste, stärkt den Gleichmut, bringt die geistige Klarheit in Hochform und verbessert das Erinnerungsvermögen – in meinem Fall gerade leider vergeblich, denn ich kenne Sie nicht!«

Das beruht, so nimmt der Metzger zumindest von dieser Perspektive aus betrachtet an, möglicherweise nicht auf Gegenseitigkeit.

»Also: Wer sind Sie und worum geht es?«, verharrt Mareike Haberzellner in ihrer so gesunden Position.

»Wenn ich Ihren Rat befolge und mich in den Kopfstand schwinge, bin ich wahrscheinlich tot. Wenn Sie allerdings meinen Rat befolgen, kann das möglicherweise Leben retten! Metzger, mein Name! Und es geht um Konrad Hödlmüller.«

»Sind Sie von der Polizei?«, will Mareike Haberzellner nun wissen.

Und da spitzt er jetzt natürlich die Ohren, der Metzger.

»Das ist eine interessante, durchaus vielsagende Erstassoziation. Liegt das an meiner Erscheinung oder an Ihrem Autor?«

Tiefe Atemzüge sind zu hören, so, als wollte sich Mareike Haberzellner noch ein paar Ängste weg- und Gleichmut herbeiatmen, dann senken sich ihre Füße langsam zu Boden, richtet sie sich auf, bringt die Welt wieder ins rechte Lot, auch für den Metzger.

»Das glaub ich jetzt nicht!«, kommt es ihm nun fassungslos über die Lippen, lässt ihn in seine Aktentasche greifen und seinem Körper einen Schluck Wasser zuführen. War seine Vermutung also richtig.

Was eine Typveränderung so mit sich bringt. Denn nein, diese wunderbar reife Dame Mitte vierzig mit kessem Kurzhaarschnitt, freiem, grazilem Nacken, aufrechter Haltung, zehn Jahre Ballettschule mindestens, frechem, knalligem Lippenstift und offenbar Kontaktlinsen hat kaum noch Ähnlichkeit mit dem Internetausdruck, der ihm von Danjela zwecks optischer Orientierung in die Hand gedrückt wurde. Keine Spur von russischer Nuklearbiologin, eher französischer Filmstar.

»Klein ist die Welt!«, erklärt der Metzger nachdenklich. »So weit sind Sie gefahren, nur für eine Zawodnik-Käsekrainer?«

»Ich versteh Sie nicht.«

»Sie waren doch dabei, als Miguel Maria Hofer beinah von einem Woplatek-Transporter überfahren und der Würstelstand in seine Einzelteile zerlegt wurde, kennen Hofer ja offenbar persönlich.«

»Ob Sie von der Polizei sind, war meine Frage.«

»Keine Sorge, bitte, denn die Sorgen hab ohnedies schon ich«, legt der Metzger nun seine Visitenkarte auf den Tisch. »Ich bin nur ein Bekannter des Autors und, wie gesagt, etwas in Unruhe!«

»Von Iwan Ketalpow, sprich Konrad Hödlmüller?«

»Wie gesagt: Ich bin ein Bekannter des Autors. Und nicht unbedingt von Konrad Hödlmüller!«

»Was soll das heißen, bitte?«

»Wie ich sehe, kennen Sie Ihre Autoren doch recht gut, oder?«, betrachtet der Metzger die an den Wänden hängenden Signaturen.

Und nun starrt Mareike Haberzellner den Metzger an, als würde sie ihn röntgen wollen, trinkt einen Schluck, setzt sich auf ihren Rollsessel und nimmt die Visitenkarte zur Hand:

»Abgesehen davon, dass eigentlich ich Ihnen gerade eine Frage gestellt habe, Herr Metzger, die übrigens gar nicht lautete: ›Wie sind Sie ohne Termin hier in diesen Bunker hereingekommen, weil bei unserem mobilen Atomkraftwerk Landshut da draußen scheint mir ja eine Kernschmelze unmöglich?‹, würde ich also sagen, wir sind offen zueinander! Also: Was wollen Sie von mir?«

Doch der Metzger ist wie gefesselt von dieser umfassenden Sammlung, schreitet die Wände mit all den eingerahmten Signaturen ab, meint erstaunt: »Unglaublich, diese Bilder! Wirklich!« Und auch wenn es so aussieht, als käme er aus dem Staunen gar nicht mehr heraus, weiß er natürlich haargenau, wonach er tatsächlich sucht.

»Von so unschätzbarem Wert, einfach fantastisch. Sind das alles Ihre Autoren?«, setzt er fort und trifft damit natürlich völlig mutwillig ins Schwarze, denn an diesen Bildern hängt Mareike Haberzellner, unübersehbar. Strahlend nun ihre Augen.

»Ja, alles meine Autoren!«

»Sie meinen, die wichtigen.«

»Nein, ich meine natürlich alle. Steckt ja bei jedem enorm viel Herzblut, Schweiß und Tränen in den Zeilen, und wer bin ich, um den Grad meiner Achtung von den Verkaufszahlen bestimmen zu lassen. Ich hab in den sogenannten Top Ten schon den größten Scheiß meines Lebens gelesen, und ich sag Ihnen: Es war ein Autor mit zweitausend verkauften Stück, leider wurde sein Vertrag nicht verlängert, der das wunderbarste Buch geschrieben hat, das ich jemals in den Fingern halten durfte!«

Mareike Haberzellner deutet auf eines der Bilder, und Willibald Adrian Metzger liest:

»Liebe Mareike,
viel mehr als meines ist dieses Buch auch Dein Werk. Danke für alles,
Dein Michael«

»Da klingt viel Ergebenheit durch!«, erklärt er. »So wie auch hier:

»Und wieder sind wir zusammen ein Buch älter geworden.
Auf viele gemeinsame Jahre noch,
danke, liebe Mareike, Du bist die Beste,
Deine Dona«

»Gratuliere, die Leon?«, schmunzelt er.

»Nicht einmal dann, wenn ich das zweite fehlende n hineinlektoriere. Donatella heißt die Dame und schreibt das, was gern so abfällig als Frauenliteratur bezeichnet wird. Eine Frechheit, denn der Begriff Frauenliteratur muss als Pseudonym für Anspruchslosig- und Oberflächlichkeit herhalten. Und ich sag Ihnen, ich habe mindestens genauso viel Achtung vor Literatur, der es gelingt, Frauen und Mütter, die vom Tag erledigt, stehend, schon um 21 Uhr der ersten REM-Phase nahe sind, noch eine halbe Stunde blendend zu unterhalten und vor allem wach zu halten, wie vor jedem Werk, das irgendeine Jury für welche Long- oder Shortlist welchen Buchpreises dieses Planeten auch immer als würdig erachtet!«, schmunzelt Mareike Haberzellner, und dieses Lachen wird ihr nun vergehen, denn der Metzger hat endlich gefunden, wonach er voller Hoffnung auf der Suche war.

42

Und auch Danjela ist auf der Suche. Offenbar zu langsam.

»Verdammt, beeil dich, wenn uns wer erwischt, dann war's das!«

Das ist eben so eine Sache mit den Schuldscheinen, da weiß man nie: Wann und wie wird der Gläubiger auf Einlösung pochen? In diesem Fall sogar ein unfreiwilliger Kreditgeber.

Nie wieder wird Olga Mitrovic also außer »Danke!« noch ein »Das vergess ich dir nie und bin dir jetzt ganz klar etwas schuldig!« hinzufügen. Nie wieder. Denn heute Morgen wurde ihr bewiesen, wie sehr so eine völlig vertrottelte, sich selbstlos aufgehalste Hypothek gewaltig nach hinten losgehen kann.

»Brauch ich dringend deine Hilfe wegen Putzen!« So Danjelas hektische Fernsprechautomatenstimme.

»Kein Problem!«, kam es von Olga Mitrovic retour. »Ich bring Popow schnell in den Kindergarten und komm dann zu dir!«

Und sie hätte es bleiben lassen sollen, denn Putzen heißt in diesem Fall nicht: »Ich nehm dich zu jemandem mit, bei dem ich sauber mache!«, sondern: »Ich komm zu jemandem mit, bei dem du sauber machst!«

Miguel Maria Hofer also.

Und nein, Olga Mitrovic hatte gar nicht vor, an diesem Morgen die um diese Zeit leere Kritiker-Wohnung zu reinigen. »Aber spielt keine Rolle, weil hast du sicher Schlüssel, und …«, dann der Paukenschlag, »… brauchst du in Zukunft nix mehr unberechtigte Gefühl haben, mir irgendwas schuldig zu sein!«

Wie soll man da reagieren? Nein sagen? Immerhin hatte Danjela damals mit großer Hilfsbereitschaft nichts unversucht lassen, Olga bei diesem Verlag als zweite Reinigungskraft unterzubringen, wodurch sich Unmengen neue Kontakte ergaben.

»Aber das ist Einbruch!«

»Wieso, nehmen wir ja nix weg!«, dachte Danjela anfangs zumindest.

Und jetzt steht sie vor diesem herrlichen Gründerzeit-Schreibtisch – Eiche, etwa 1880, weiß sie, denn der Metzger hat Hofer dieses Prachtstück kürzlich verkauft – und kann es nicht fassen.

In einem der Seitenfächer ein ganzer Stapel von Hofer selbst verfasster Manuskripte, und allesamt gespickt mit Dutzenden Ablehnungsschreiben namhafter bis unbekannter Verlage: »Na, jetzt wundert mich nix mehr, warum schreibt so bösartige Kritiken!«

»Danjela, ich bitte dich! Wir haben Schnell-überall-Umsehen und nicht Lang-überall-Reinschauen ausgemacht.«

»Aber wo ist Problem, hat Hofer gerade Radiosendung, kommt sicher nix vor Nachmittag, und jetzt ist zehn!«

»Sicher ist nur: Wir sind hier beide illegal, ich als Putzfrau beschäftigt, du als Besuch!«

»Na, ist jedenfalls Fegefeuer, hier alles abstauben!«, deutet Danjela auf die an den Wänden hängenden Bilder, Fotos, die Hofer in Aktion oder mit diversen namhaften Persönlichkeiten zeigen, Plakate von Theater- und Konzertbesuchen, Urkunden, Auszeichnungen, Medaillen. Eine Leistungsschau.

»Hab ich noch nie gesehen Wohnung mit so viel Selbstbeweihräucherung! Fehlt nur noch Frühschwimmer-Plakette!« Sie nimmt kurz einen hässlichen Plastikpokal, beschriftet mit »Pfadfinder-Tennisturnier, dritter Platz!«, zur Hand, pustet, meint amüsiert: »Seh ich also, wischst du nix alles ab!«, fährt wie ein Unteroffizier bei der Stubenvisite mit ihrem Zeigefinger über Regaloberkanten. Sie schmunzelt: »Und wieder Dreck!«, und weiter geht die Reise über diverse Bilderrahmen. »Empfehle ich Staubwedel aus Straußenfeder!« Dann bleibt sie plötzlich stehen, völlig überrascht, kein erstauntes »Ah!« oder »Pfu!« oder »Ha!« kommt dabei über ihre Lippen, sondern passenderweise ein »U!«.

Vor ihr ein ziemlich aktuelles Foto. Zwei kostümierte, auf einer Bühne stehende, in die Kamera lächelnde Männer. Links Miguel Maria Hofer, in der Kleidung eines Edelmannes, rechts von ihm ein älterer Herr mit brauner Kutte, ein Mann des Glaubens also.

»Romeo und Julia!«, erklärt Olga. »Ein Laientheater, nennt sich Gruppe 5. Hofer spielt den Capulet. Und je näher die Premiere, desto unerträglicher wird er!«

»Und verwirklicht sich Hofer dort nicht allein«, deutet Danjela auf den Pater. Klar zu erkennen die U-förmige Narbe auf seiner Stirn. »Kenn ich Schauspielkollege sonst zwar auch mit Umhang, aber ist nix Kutte, sondern Schürze, und steht nicht auf Bühne, sondern in Würstelbude!« Ohne das geringste Zögern nimmt Danjela das Bild zur Hand, löst die Kartonrückwand des Rahmens und lässt das Foto mit Miguel Maria Hofer und Erich Zawodnik in ihrer Tasche verschwinden.

»Das kannst du nicht machen, häng es sofort zurück, ich bitte dich, Danjela!«

»Sind wir in Wohnung von Blumenkönig. Ist Hofer doch gewaltige Narzisst, bin ich also sicher, gibt hier noch kistenweise Hofer-Fotos. Nimmst du einfach passende Ersatz. Und bist du sowieso Allerbeste!«, hinterlässt Danjela links rechts je einen innigen Kuss auf den beiden nun eingefallenen Mitrovic-Wangen und erklärt: »Würd ich sagen, sind wir fertig!«

»Na bitte, ein waschechter Ketalpow!« Nun nimmt auch der Metzger einen Bilderrahmen von der Wand und deutet auf die darin zur Schau gestellte Signatur: »Wie man sieht, stammt die Seite aus seinem ersten Roman *Die Farbe der Sterne*!«

»Ein wunderbares Buch aus seiner Backlist!« Mareike Haberzellner greift in ein Regal. »War ein Ladenhüter, haben wir aber jetzt mit dem Erfolg des aktuellen Krimis als Taschenbuch neu aufgelegt, sollten Sie lesen.«

»Verzeihen Sie meine Dummheit, aber was genau ist jetzt eine Backlist?«

»Das hat zwar mit Dummheit wenig zu tun, weist Sie aber jetzt nicht gerade als literaturaffinen Menschen aus«, schmunzelt Mareike Haberzellner. »Die Backlist sind all die jemals erschienenen und noch lieferbaren Bücher, sie ist das Rückgrat eines Autors, sein Hintergrund, so wie die Backstory einer Geschichte, daran baut sich alles auf. Und das hier ist einer der berührendsten Liebesromane, die ich je lesen durfte: die Geschichte einer Fleischverarbeiterin und eines vereinsamten, nennen wir ihn mal Geisteskranken, was auch immer das bedeutet, denn Geisteskranke ohne Diagnose gibt es ja mehr als genug. Er, der nur herumirrt in seiner Traumwelt. Sie, die für ihn zum Heimathafen wird. Er, der sie irgendwann mitnimmt auf dieser endlosen Reise durch seine Fantasie. Sie, die ihn immer wieder nach Hause holt in den sicheren Hafen. Er wie all die vielen verschiedenen Sterne. Sie wie dieses Glitzern, das von zu Hause aus bei jedem Stern gleich aussieht und dem Himmel erst seine Orientierung gibt.«

Willibald Adrian Metzger widmet sich wieder der eingerahmten Signatur und entziffert die alles andere als leserliche, eckige Schrift

»Danke für das Vertrauen,
Iwan«.

Eine seltsame Aufgeregtheit spürt er in sich, die ihn auf der Schreibtischkante Platz nehmen, das von Konrad Hödlmüller für ihn signierte Buch aus seiner Tasche nehmen, aufschlagen und neben den Bilderrahmen halten lässt.

»Ich freu mich so für dich, Hansi!«, liest er Mareike Haberzellner nun vor, deutet auf diese so gleichmäßig geschwungenen Buchstaben, auf die als fette Tupfen gemalten i-Punkte, zeigt im Anschluss auf den Bilderrahmen und erklärt: »Da muss man jetzt nicht extra Graphologie studieren, um zu erkennen: Diese beiden unterschiedlichen Bücher haben wohl auch ziemlich unterschiedliche Iwans signiert! Womit sich natürlich die folgenden Fragen stellen, Frau Haberzellner: Wie gut kennen Sie Ihre Autoren wirklich? Und warum waren Sie nicht bei der Autorenlesung, aber Tage zuvor bei diesem Würstelstand? Um dort möglicherweise Miguel Maria Hofer zu treffen?«

Mareike Haberzellner starrt betroffen aus dem Fenster, scheint nachzudenken, und der Metzger fährt fort:

»Sie wollen nicht reden, weil ich Ihnen noch eine Antwort schuldig bin, hab ich recht? Sie wollten Ehrlichkeit von mir. Dann bitte schön.« Und jetzt erzählt er, von Hansi und Habichtskauz Egon, von dem kleinen Buben, der in der Fleischerei dem rohen Vater erklärt, sich eines Tages Iwan nennen und Schriftsteller werden zu wollen, vom fehlenden Daumen und Konrads zehn Fingern, er erzählt einfach alles, auf dass die weite Reise sich auszahle.

Mareike Haberzellner hat derweil keinen der eingehenden Anrufe entgegengenommen, nur auf ihre Kakteen gestarrt, trockene Teile abgezupft, sie liebevoll gegossen, und kaum ist der Metzger mit seinen Schilderungen fertig, nimmt sie einen Kaktus zur Hand und erklärt: »Ich mag sie einfach, diese kleinen Gewächse, weil sie alle so verschieden, sensibel und doch so ausdauernd sind, wie Autoren! Manche sind auffällig, drängen sich in den Vordergrund, und manche wollen sich nichts als verstecken, so wie Iwan Ketalpow. Weiter muss man natürlich auch zugeben: Es gibt für das Haus extrem wichtige Autoren, die auf Händen getragen werden, manche davon leben so zurückgezogen, da traut man sich nicht einmal anzurufen, und es gibt natürlich leider auch dermaßen unwichtige Autoren, die könnten wochenlang vor dem Verlag kampieren und es würde trotzdem keinen kümmern – das wird aber natürlich nie jemand zugeben!«

»Und ob wer wichtig ist, entscheidet was?«

»Na, was glauben Sie? Ob er so wie ich einen Kopfstand machen kann wohl eher nicht! Und Iwan Ketalpow hat leider gar nicht gut verkauft, der war also nur mein persönlicher Liebling. Trotzdem bin ich ihm bis zur Vertragsunterzeichnung seines dritten Buches nie begegnet!«

»Wann war das?«

»Vorletztes Jahr.«

»Wann genau?«

Mareike Haberzellner denkt nach: »Die Zusage haben wir ihm Ende Oktober geschickt, das weiß ich noch genau, denn gleich nach Halloween hat er sich gemeldet, uns ein nettes Paket geschickt mit einem Kürbis voll Süßigkeiten. Mitte November war er dann hier, Vertrag unterzeichnet!«

Und in ihren Augen ist ein Glänzen, mit plötzlich roten Wangen, da will der Metzger jetzt gar nicht viel mehr wissen.

Mareike Haberzellner erzählt ohnedies von alleine weiter: »Interessant war allerdings: Ein paar Tage nach seinem

Besuch hier im Büro und seiner Unterschrift zu *Egons Schatten* hat eine wildfremde Frau angerufen und gefragt, ob wir das neue Manuskript von Ketalpow *Egons Schatten* schon prüfen konnten.«

»Und wie ist er dann überhaupt Ihr Autor geworden, wenn Sie ihn vorher nie gesehen haben?«

Und plötzlich sind beinah alle Namen dieses seltsamen Theaters vereint.

»Er wurde mir von Miguel Maria Hofer empfohlen! Ein Bekannter hatte ihm damals etwas zu lesen gegeben, und er hat es gleich an mich weitergeleitet.«

»Hofer! Nicht wirklich. Und gerade er verreißt das neue Buch jetzt so bitterböse? Da soll sich jetzt einmal jemand auskennen!«

»Da haben Sie recht!«

Es ist ein langer Blick, der da zwischen dem Metzger und Mareike Haberzellner ausgetauscht wird, einer, der sich von der eingangs zu spürenden Fremde in eine seltsame Vertrautheit gewandelt hat, als säße man in einem Boot.

Schließlich öffnet sie mit den Worten: »Ich muss Ihnen etwas zeigen!«, die mit J/K/L beschriftete Lade des Aktenschrankes, legt einen großen Umschlag auf den Schreibtisch, Ketalpow, macht ihn auf, schiebt die darin archivierten Unterlagen auseinander.

Unter anderem ein Briefkuvert A5, ein in Klarsichthülle steckendes Dokument, offenbar der aktuelle Verlagsvertrag, deutlich zu lesen die Anschrift Iwan Ketalpow, irgendwo in der Innenstadt, und drei mit roten Gummibändern umfasste Stapel A4-Blätter, beschriftet mit den jeweiligen Titeln: *Die Farbe der Sterne*, *Puppenspiel*, und ganz oben *Egons Schatten.*

Mareike Haberzellner nimmt das A5-Kuvert zur Hand und zieht eine jener signierten Buchseiten heraus, wie sie auch die Wände zieren.

Willibald Adrian Metzger aber hängt mit seiner Aufmerksamkeit noch gänzlich an dem Manuskriptstapel. Ein gefalteter Beibrief fällt ihm auf. Rechts darauf das etwa zwei Jahre zurückliegende Datum. Ein 29. September. Und da staunt er jetzt, der Metzger, kann es kaum glauben, denn deutlich lesbar steht sie im Absender dieses Beibriefes, unter Iwan Ketalpow, die Kaiserstraße 17/25.

Hansi Woplatek ist aus dem Fleischereigebäude also nie weggezogen, hat offenbar wie ein Unsichtbarer gelebt und sich dort das Leben genommen. Einem so nahe ansässigen Menschen in all den Jahren nie begegnet zu sein scheint dem Metzger kaum möglich, andererseits fällt ihm jetzt sofort der alte Herr Langthaler ein, der im Haus direkt gegenüber in einer ebenerdigen Wohnung lebt und von dem er die letzten zehn Jahre maximal das blaue Flimmern hinter den Fenstern sieht. Was heißt das also schon, Nähe?

Trotzdem ergeben sich, wie er da den Schreibtisch betrachtet und auch auf den beiden älteren Manuskripten die Absender Kaiserstraße 17/25 entdeckt, doch recht seltsame Erkenntnisse.

Iwan Ketalpow schickt seine Bücher möglicherweise als Hansi Woplatek aus der Kaiserstraße 17/25 weg, das letzte, *Egons Schatten,* an einem 29. September vor zwei Jahren, erhält dann Ende Oktober die Zusage, schickt Mareike einen Kürbis voll Süßigkeiten, bringt sich dann, laut Krainer, an einem 31. Oktober, zu Halloween, um, Süßes und Saures also, und fährt schließlich Mitte November als sein Bruder Konrad Hödlmüller zur Vertragsunterzeichnung! Also wenn der Hansi dem Konrad da nicht vor lauter Bruderliebe seine Schriftsteller-Identität vererbt hat, geht sich eindeutig irgendetwas nicht aus.

»Sind Sie noch bei mir, Herr Metzger?«, unterbricht ihn Mareike Haberzellner, legt die signierte Seite auf den Tisch, gönnt sich einen Schluck Wasser und schließlich Befreiung, denn da lastet offenbar etwas auf ihren Schultern. »Zu Ihrer Frage, Herr Metzger, warum Hofer das Buch verrissen hat: Das weiß ich nicht. Ich weiß nur zwei Dinge. Erstens: Diese Signatur hier wurde mir von Konrad auf dem Postweg zugestellt, darum war ich beim Würstelstand. Zweitens: Ich hätte damit längst schon zur Polizei gehen sollen.«

Für Konrad Hödlmüller wird es somit in nächster Zeit höchst ungemütlich.

Und nicht nur für ihn.

43

Das ist oft nicht so leicht mit der Herleitung.

Ob einen Warmwasseranschluss auf dem Gipfel des Mount Everest, ob die Riemannsche Hypothese, die ganze Urgeschichts-Theorie oder den vollständigen Stammbaum päpstlicher Sprösslinge.

Das Unerklärliche will eben gelegentlich allein um seiner selbst willen unerklärt bleiben. Und gut ist das, zumindest in den Augen des Josef Krainer. Er muss ja auch wirklich nicht alles verstehen. Ihm reicht es völlig, wenn ihm so ein Glücksfall wie heute passiert.

Es hat ja ohnedies alles so eine seltsame Eigendynamik entwickelt. Weder musste er nach der Lesung die Medien über die Aufdeckung des Pseudonyms Iwan Ketalpow informieren, da war offenbar ein anonymer Anrufer schneller. Des Weiteren konnte er sich den Verlagsbesuch samt Auslandsreise ersparen, was ja in puncto Ermittlungsarbeit nie ein Spaß ist, denn Mareike Haberzellner hat sich ganz von alleine gerührt, mit schlechtem Gewissen, hat ihm eine Widmung zukommen lassen, von Konrad Hödlmüller, sprich, eine aus einem Buch herausgelöste, beschmierte Seite. Und Josef Krainer würde sich niemals wieder ein Buch derart entwerten lassen wie schon einmal in seinem Leben. Sicher dreißig Jahre ist es her. Denn da war diese Frau, Sibille, und sein Versuch, ihr zwecks waagerechter Eroberung zu imponieren; da war der ihrerseits vorgeschlagene gemeinsame Besuch einer Dichterlesung, folglich kam ihm kein »Ich würd dir die Gutenachtgeschichte in deinem sicher geheizten Schlafzimmer aber gern selbst mindestens zu Gehör bringen!« aus, sondern er kam mit. Da war ihre Bitte: »Stellst du dich für eine Signatur an?« Da war die ewige Warterei, dann endlich er an der Reihe. Da war die Frage des Autors: »Was darf ich schreiben?« Darauf seine Antwort: »Na, schreiben Sie einfach irgendwas!« Und das war es dann mit seinen waagerechten Träumen. Enttäuschung pur nämlich auf Seiten der Frau. »Und das soll romantisch sein? Mehr ist dir nicht eingefallen? Hättest ihm ja wenigstens ein ›Für Sibille‹ diktieren können«, so ihr Vorwurf.

»Einfach irgendwas!«, hat er reingeschrieben, dieser Schriftsteller-Trottel. Und ja, als Trottel kann auch Konrad Hödlmüller bezeichnet werden. Besonders intelligent ist es nämlich nicht, seiner Lektorin die Widmung zu hinterlassen:

Für Mareike,
eine große Überraschung, die dir Freude
bereiten wird. Manchmal muss man die Dinge eben selbst
in die Hand nehmen. Freu dich auf den Abend.
Wir sehen uns auf ein Würstel.

Viel Lebens- und Lesefreude
Iwan Ketalpow

Dazu ein Bahnticket Erster Klasse, die Reservierung eines Hotelzimmers und ein Computerausdruck. Darauf ein Stadtplan mit Zawodniks Würstelbude, Adresse und Zeitangaben. Und alles stimmt mit dem Anschlag auf den Würstelstand und vor allem Miguel Maria Hofer derart wunderbar überein, da bräuchte Konrad Hödlmüller jetzt mehr Fantasie, als er sie von Berufs wegen eigentlich haben sollte. Nur leider, dem ansonsten so wortgewaltigen Kerl hat es bis auf einen Satz komplett die Sprache verschlagen.

»Ich weiß, es gibt bestimmt Verhörzimmer mit bequemeren Sesseln, aber normalerweise gewöhnt sich nach einiger Zeit selbst der verwöhnteste Verbrecher-Arsch an unsere Modelle. Aber Sie, Herr Hödlmüller, rutschen da immer noch nervös herum, wie ein sicher nicht gedopter Tour-de-France-Sieger bei seiner Pressekonferenz. Haben S' Hämorriden? Oder ein schlechtes Gewissen?«

Und dieser eine Satz lautet: »Ich sage nichts ohne meinen Anwalt!« Was Josef Krainer natürlich in keinster Weise davon abhält, selbst weiter das Wort zu erheben.

»Also, Herr Konrad Hödlmüller? Es stört Sie doch nicht, wenn ich Sie ab jetzt nur noch Darnok nenne, Verbrecher-Künstlername sozusagen, Konrad von hinten rum. Da können Sie sich dann auch gleich wunderbar auf Ihre zukünftigen Aussichten einstellen, weil mit gemischtgeschlechtlichen Zuchtanstalten schaut es eher schlecht aus. Wie kommen Sie eigentlich auf Iwan?«

»Ich sage nichts ohne meinen Anwalt!«

»Na, das glaub ich! Dann also gleich noch einmal zu meiner wichtigsten Frage: Sie haben Mareike Haberzellner eingeladen, um der Hinrichtung ihres Kritikers Hofer beizuwohnen, seh ich das recht? Ihre Handschrift ist auf dem Zettel zu finden, ihre Fingerabdrücke auch.«

»Ich sage nichts ohne …«

»Ist natürlich ziemlich bescheuert, so ein Brieferl zu schicken. Andererseits, wenn die gute Mareike so etwas sammelt, ist es ja auch wieder nett. Und, wie wir mittlerweile

von Ihrer hübschen Lektorin wissen, haben Sie womöglich gedacht: ›Jetzt hab ich so schön die Mareike gedeckt, na, da wird sie mich umgekehrt auch schön decken!‹ Aber leider, leider, Darnok. Wenn jeder, der ein bisserl heimlich herumpimpert, ungestraft morden dürfte, dann wäre die Erde ein Paradies und längst menschenleer.
Leer ist übrigens auch ein verdammt gutes Stichwort, weil im Zuge dieser spaßigen Hofer-Aktion haben Sie sich gedacht: Na, leg ich auch gleich meinen miesen Vater um und werd ich Erbe, weil, wenn ich meine leeren Hosentaschen so anschau, als kellnernder Autor, pfuh, wird der finanzielle Aufstieg noch ein bissi dauern vom Dacia Sandero zur Skoda-Fabia-Sonderedition.
Also, was tun? Sich zuerst lautlos einen Elektro-Transporter aus dem Fuhrpark des Vaters organisieren.
Was schauen Sie so ungläubig? Wir haben erstens ein paar Leute, die Sie gesehen haben mit Ihren roten Schuhen und der Perücke, abgesehen davon sollten Sie das nächste Mal Ihr peinliches rosa Flascherl Nobelmineralwasser nicht im Becherhalter stecken lassen mit Ihren Fingerabdrücken drauf, nicht so klug! Dass Sie sich das überhaupt leisten können. Gut, Sie wollten den Geschmack des Reichtums testen. Versteh ich. Kommt ja schließlich vor dem Fall, der Hochmut.«

»Ich sauf dieses Zeug nicht, aber egal. Jedenfalls sage ich nichts ohne meinen Anwalt!«

»Ja, und mit dem Laster sind Sie dann nach Hofer in einem Aufwaschen gleich direkt in die Zawodnik-Würstelbude hinein, damit es so aussieht, als hätte es Ihr Vater getan, und dann, zack, gleich Ihren Vater erledigen, damit es so aussieht, als hätte es Zawodnik getan.
Und jetzt, bravo, haben Sie es sogar statt zum Skoda

Fabia zum Citroën C-Zero geschafft, Elektro wie der Papa. Nicht schlecht!
Was sagen Sie dazu?«

»Was glauben Sie? Nichts ohne meinen Anwalt!«

»Aber wenn Sie sagen, dass Sie nichts ohne Ihren Anwalt sagen, dann sagen Sie doch bereits schon was!«

»Na, dann sag ich eben doch etwas. Zum Beispiel, dass ich Sie, wenn ich Verleger wäre, umgehend als reinkarnierte Neuauflage der Gebrüder Grimm herausbringen und vermarkten würde!«

»Da, lieber Darnok, müssen S' ein bisserl warten, denn mir fehlt noch das Ende meiner Geschichte. Ihr Verleger Adalbert Schäfer ist zwar nicht, wie wir dachten, entführt oder tot, sondern trägt finanziell zum Tod seines Verlages bei, hofiert in Übersee irgendwelche Agenten, nur um sein Geld für amerikanische Autoren rauszuschmeißen. Das wissen wir also schon.
Warum Sie jetzt die Schule abgefackelt und den Lehrer Richard Vogel verschwinden haben lassen, wissen wir allerdings noch nicht. Aber keine Sorgen, das werd ich mir auch noch irgendwie zusammenreimen, außer natürlich Sie wollen es eines Tages beichten. Hier mein Visitenkarterl, für alle Fälle.
Eines ist Ihnen jedenfalls gelungen: Mehr Aufmerksamkeit für Ihre Bücher hätte der beste Medienprofi nicht zusammengebracht. Das muss Ihre Eitelkeit doch befriedigen.«

»Zu der ich ohne meinen Anwalt nichts sage!«

»Darnok ist übrigens ein super Name für den Häfn, da glaubt jeder, Sie sind ein Zauberer oder ein Auftragskiller oder der kleine Bruder, dem der große Bruder Conan immer die Proteinriegel weggefuttert hat. Sie Armer, das geht mir jetzt direkt nahe.«

44

Danjela Djurkovic muss keinen Besen fressen, denn wie von ihr vorausgesagt, entwickelte sich *Egons Schatten* rasant zu einem Sensations-Bestseller, obwohl, wie die Zeitungen berichten, der Autor in Untersuchungshaft sitzt.

Und auch Willibald Adrian Metzger hat nicht vor, in seiner Werkstatt zum Ladenhüter zu werden, denn da gilt es von der durchaus hilfreich kriminellen Ader seiner Danjela zu profitieren und zwei Dingen auf den Grund zu gehen.

Hansi Woplatek hat, im Gegensatz zu seinem Manuskript, den Heimathafen also nie wirklich verlassen und dort sein Ende gefunden?

Und was, um Gottes willen, spielt Hofer mit Zawodnik da für ein Theater?

Zwei Wege also, die sich als einer herausstellen.

»Wolltest du nicht rechtzeitig Rezept einlösen, bevor bist du wieder mindestens auf 180 und kommt Herzkasperl? Also, wann geht los mit Bewegung, weil ist Probepackung leer!«, wird dem Metzger von seiner Danjela zwecks Ermittlung die klare Anweisung erteilt – gewissermaßen.

»Na, dann geh ich.«

»Und gehst du gleich mit Hund!«

»Na, dann geh ich jetzt gleich mit dem Hund!«

»Jetzt! Ist ja sicher gut Bewegung, aber ist 12 Uhr, zu früh für Gassi gehen!«

»Na, dann geh ich eben ohne Hund.«

»Aber war Edgar letzte Tage nix wirklich länger draußen!«

»Na, dann geh ich eben mit Hund.«

»Aber ist Affenhitze!«

»Na, dann geh ich eben ohne Hund.«

»Aber wird Edgar sicher traurig sein.«

»Na, dann geh ich eben mit Hund.«

»Aber …«

Man schmaust gemeinsam in der Werkstatt den von Danjela mitgebrachten griechischen Salat, weil gesünder, ohne Weißbrot, Danjela legt im Anschluss auf der Chaiselongue eine Mittagsrast ein, neben ihr Edgar, und nichts könnte diesen Gewölbekeller für den Metzger mehr zur Heimat werden lassen als der darin gleichmäßig und keineswegs lautlos strömende, vom Lärmen der Arbeitsgeräusche völlig unbeeinflusste Atem seiner geliebten Danjela.

Sie wacht erst auf, da setzt sich der Metzger gerade zum ersten Mal hin.

»Ist schon 14 Uhr, Willibald! Genug gerastet, gehst du endlich mit Hund!«

»Aber ist es nicht zu heiß?«

»Gehst du!«

»Aber …«

»Nix aber, sondern Abrakadabra!«

»Die Zauberformel heißt: zuerst Koffein!«

»Aber frei!«

Es folgt ein gemeinsamer Kaffee, weil gesünder, ohne Koffein und Kuchen, dazu die Liebe des Nebeneinanderschweigen-und-genießen-Könnens, dann aber geht es endlich los: Rezept einlösen, und vor allem, eines finden.

Und der Metzger weiß natürlich, wohin: Nicht wie sonst in solchen Fällen zur heiligen Maria, sondern zurück zum

Ursprung, also heiliger Lukas, dorthin, wo diese Geschichte einst begann und nun auch ein Neuanfang auf ihn warten soll, nicht nur laut der ungewohnten Liste in seiner Hand. Unübersehbar darauf das Signal: Willibald, du bist in deinem letzten Lebensdrittel angekommen und holst dir nicht wie einst als Kind mit deinem Ersparten unregelmäßig ein paar Zuckerl und Stollwerck für zwischendurch, sondern von nun an regelmäßig ein paar Pillen und Kautabletten für hintenraus, nicht im Sinne einer zu beseitigenden Verstopfung, sondern eines möglichst großzügigen, irdischen Endspurts.

Kaum biegt er in die betreffende Straße ein, fällt ihm ein: Man hat bei Kaffee ohne Kuchen und vor allem im Vorzimmer zu viel geschwiegen und hernach zwar nicht den Abschiedskuss, aber den in seinem Korb schlafenden Edgar vergessen. Denn wäre er nun mit, würde der Metzger genau an dieser Stelle nicht mehr so gemütlich dahinschlendern, sondern der gespannten Leine hinterherhetzen.

So ein Fleisch-, Selch-, Blutgeruch bleibt eben offenbar hartnäckig in den Grundmauern oder dem Rinnsal hängen, da nutzen auch die Duftstoffe der seit zwei Jahren hier beheimateten Lukas-Apotheke nichts.

Nur noch ein altes, schmiedeeisernes, über dem Gehsteig baumelndes Zunftzeichen erinnert an die einstige Metzgerei Woplatek, darauf ein weißes Schaf mit weißer Flagge, das Agnus Dei, das heilige Gotteslamm mit Kreuzfahne. Und auch wenn ihm in Kindestagen der alte Woplatek auf die Frage »Warum ein Lamm?« erklärt hat: »Gut, es wär auch ein Stirnschädel mit zwei Hackbeilen möglich gewesen, aber das Schaf hat meinem Vater besser gefallen, als Ausdruck der Achtung vor dem Leben. Außerdem ist es mit den Viechern ja wie mit dem Jesus. Der ist auch gestorben für die anderen!«

Jetzt jedenfalls wird hier Leben gerettet.

Und Willibald Adrian Metzger ist nur äußerst selten zugegen, auf seiner Kundenkarte steht die wunderbar kleine Marien-Apotheke, nicht weil ihm diese an sich so köstlich duftende, einladend steril und vielversprechend heilbringend wirkende Lokalität hier missfällt, sondern weil sie auch so vielen andren gefällt. Bei Lukas nämlich herrscht, so wie in vielen der Lokale dieser belebten Straße, zum Beispiel der penetrant wohlduftenden Trattoria direkt gegenüber, stets reges Treiben, folglich ist die Gefahr denkbar groß, sich in diesen Räumlichkeiten ordentlich etwas aufzureißen, und nein, das betrifft leider nicht die allesamt herrlich anzusehenden, hilfsbereiten Pharmazeutinnen. Vielleicht ist die Zahl der gerade brav und geduldig in Reih und Glied stehenden Männer also deshalb so hoch. Wie auch immer. Wer hier krank hereinkommt, wird möglicherweise wieder irgendwann gesund, wer aber gesund hereinkommt, wird mit Sicherheit demnächst krank, und sei es nur eine kleine Rhinitis oder Diarrhö, da ist der Metzger vollkommen überzeugt – und ja, diesbezüglich ist er durchaus neurotisch –, und nein, er empfindet asiatische Touristen, die sich mit Mundschutz, wie Chirurgen durch Gedärme, durch die Stadt arbeiten, nicht als Beitrag zur mitteleuropäischen Belustigung.

Entsprechend groß die Ungeduld des Metzgers, die sich dank einer besonders beratungsfreudigen, gewiss schon fünfzigjährigen, gemäß Namensschild: Caroline Bernhard, noch steigert. Mit einer dermaßen kräftigen Stimme, als hielte sie ihren Vortrag gleich für das gesamte anwesende Publikum, beglückt sie den Metzger, wahrscheinlich aus reinster Gewohnheit. Ist ja nicht selten eher schwerhörig, ihre Klientel.

»Soll ich Ihnen die Einnahme-Informationen außen auf die Packungen schreiben?«

»Muss nicht sein, danke!«

»›Metzger‹, les ich grad auf Ihrem Rezept! Sind Sie der Restaurator ein paar Ecken weiter, mein Mann hat bei Ihnen schon eingekauft!«

»Ja, bin ich. Und was?«

»Einen Sekretär – besser als eine Sekretärin!«, lacht sie und wiederholt, als hätte sie es nie zuvor gesagt: »Soll ich Ihnen die Einnahme-Informationen außen auf die Packungen schreiben?«

»Nicht nötig, vielen Dank!«

»Aber das erleichtert!«

»Ich hab ja die Packungsbeilage!«

»Lesen Sie die bitte wirklich gründlich durch, auch das Kleingedruckte!«

»Mach ich. Was macht es?«

»Und achten Sie anfangs gut auf die Nebenwirkungen. Wenn immer wieder Schwindel auftritt …«

»Nebenwirkung beim Lesen! Gut, auf den Packungsbeilagen ist das alles dermaßen klein gedruckt, da kann einem natürlich beim Lesen schon schwindlig werden!«, schmunzelt der Metzger mit vorgestreckter Hand Caroline Bernhard entgegen.

»… oder wenn Müdigkeit, Kopfschmerzen oder Verstopfung auftreten, muss man das Präparat wechseln!«

»Wenn Sie so freundlich wären, mir die Packungen zu geben und die Rechnung fertig zu machen. Und ich müsste …«

»Und achten Sie bitte auf Alkoholkonsum. Ich weiß nicht, ob Sie gern Lakritze naschen, aber unbedingt meiden, das enthält Glycyrrhizin, wodurch eine erhöhte Produktion von Cortisol in der Nebenniere bewirkt wird. Und Cortisol wiederum lässt den Blutdruck steigen. Und …«

»… ich müsste bitte dringend den Herrn Lukas sprechen! Ist er hier?«, macht sich der Metzger nun durch Heben der Stimme bemerkbar, wodurch die übrigen Anwesenden leiser werden und Frau Bernhard noch lauter wird.

»Und Vorsicht mit potenzsteigernden Mitteln! Diese wirken zusätzlich zu Ihren Medikamenten stark blutdrucksenkend und können ebenfalls gefährlichen Schwindel verursachen!«

Und still ist es in der Apotheke.

Da spitzen die anwesenden Herren natürlich alle ihre Ohren. Bei Caroline Bernhard hingegen sickert durch diese eingetretene Ruhe endlich die gestellte Frage in Richtung Gehirnzellen. Erstaunen in ihrem Gesicht: »Und diese Probepackung Lindenblütentee hier geht aufs Haus, der hilft auch!«, streckt sie dem Metzger die Medikamente entgegen.

»Sie wollen also meinen Mann, den Herrn Lukas, sprechen? Der ist leider krank.« Und auf »meinen Mann« liegt eine beachtliche Betonung. »Passt etwas nicht?«

»Ein Kleinigkeit!«

»Eine Kleinigkeit! Haben Sie eine Beschwerde?«, wiederholt sie besorgt. »Vielleicht kann auch ich Ihnen weiterhelfen!«

Und jetzt haften alle Augen an dem Restaurator, auch die der übrigen Pharmazeutinnen.

»Zusätzlich noch eine Beschwerde?«, hebt der Metzger verzweifelt seine Augenbrauen. »Bluthochdruck, das reicht mir an Beschwerden einstweilen«, entspannt er die Situation, spürt bei Frau Bernhard den Brocken der Erleichterung und kommt mit maximal vorgetäuschter Unwissenheit zur Sache: »Es geht um eine persönliche Angelegenheit. Ich habe einen alten Freund aus den Augen verloren und will ihn wiedersehen! Er hat hier gelebt, noch lange bevor das Haus dann leer stand und schließlich von Ihnen übernommen wurde. Vielleicht wissen Sie ja etwas. Es geht um Hansi Woplatek.«

Desinteresse im Geschäftslokal, die Stimmen heben sich wieder, zuerst Erleichterung bei Caroline Bernhard, dann etwas Mitleid.

»Auch wenn es von außen so ausgesehen hat, aber als wir das Haus erworben haben, stand es nicht leer. Und der Hansi, das tut mir leid, Ihnen mitteilen zu müssen, ist seit zwei Jahren tot!«

»Tot?« Und jetzt heißt es, Erschütterung vortäuschen, wenn Zawodnik ein Laienschauspieler sein soll, dann schafft er das auch, der Metzger. Da zögert Caroline Bernhard nicht lange, kommt hinter dem Verkaufspult vor, drückt ihm einen Sessel unter den Hintern und einen Plastikbecher Wasser in die Hand: »Na, auf diese Art beruhigen wollte ich Ihren Kreislauf jetzt nicht! Haben Sie heute schon ausreichend Flüssigkeit zu sich genommen?«, erkundigt sich Caroline Bernhard beflissen, nimmt einen Kugelschreiber zur Hand und beschriftet die Packungen jetzt doch. »Sie müssen wirklich viel trinken, Herr Metzger, keinen Alkohol natürlich!«

»Tot? Davon wusste ich nichts!«

»Das ist kein Wunder!«, beginnt Caroline Bernhard, ruft ihren Kolleginnen entgegen: »Ich bin gleich wieder da!«, deutet zu einer Seitentüre, und für Willibald Adrian Metzger wird dieser so simple Weg zurück zu den Anfängen dieser Geschichte tatsächlich ein Neubeginn. Oft reicht es eben, zwecks Perspektivenwechsels, einfach nur die naheliegende Tür vergangener Zeiten zu öffnen. Natürlich vorausgesetzt, das Glück der Redseligkeit eines Menschen ist ein holdes.

Hinaus geht es auf einen Gang, der zugleich das Stiegenhaus dieses Gebäudes ist.

»Da durfte nichts nach außen dringen, denn Hansi war ja ein Woplatek-Sohn, und Heinz Woplatek in diesem Fall ausnahmsweise erpicht auf seine Privatsphäre!«

Der Blick aus dem Fenster zeigt in einen herrlichen Innenhof. Aus der einstigen Todeszone ist ein wunderbar blühender, kleiner Garten geworden.

»Unglaublich, ist das groß!«, staunt er, der Metzger, denn viel weiter als bis in die Frischwurstvitrine war bei Heinz Woplatek auch nie zu sehen.

»Und das gehört alles Ihnen?«

»Haben mein Mann und ich mit viel Liebe renoviert!«

»Apotheker müsste man werden!«

»Ja, genau, wurde uns ja auch alles geschenkt, das Studium, die Ausbildung, und stinkreich sind wir sowieso, und alle Politiker sind korrupt, und alle Lehrer faul, und alle Frauen schlechte Autofahrer, und die Erde ist eine Scheibe!«

»Ich hab Sie verstanden, Frau Bernhard, bin selbständig und weiß, wie schwer das alles ist!«, versucht der Metzger einzulenken, erntet ein Lächeln und fährt fort: »Es war auch mehr ein Ausruf der Bewunderung als des Neides, einfach herrlich!«

»Ja, derartige Innenhöfe sind die geheimen Schätze dieser Stadt! Wenn ich das heute so sehe, denk ich oft an den Hansi, er hätte eine Freude daran gehabt. Im Grunde war er ein unsichtbarer, grauer, ich glaube auch schwerkranker Mensch. Immer müde, immer verschwiegen, immer so leblos. Ist, wenn überhaupt, dann nur nachts rausgekommen, kaum auf die Straße getreten und im damals noch grauen Innenhof im Kreis herumspaziert wie ein Strafgefangener seiner eigenen Gedanken.«

»Was war er von Beruf?«

»Keine Ahnung, Programmierer wahrscheinlich, oder jemand, der mit Computerspielen Geld verdient.«

»Schriftsteller vielleicht?«

»Sie meinen so wie sein kleiner Bruder Konrad? Wäre natürlich möglich.«

»Wie war eigentlich das Verhältnis zwischen den beiden?«

»Meine Güte, Herr Metzger, da überfragen Sie mich, wir sind ja im Grunde ganz neu in der Gegend. Ich weiß nur, dass Konrad während der letzten Zeit vor seinem Tod öfter bei ihm war, ihm etwas eingekauft, zu essen besorgt oder gleich die Post raufgebracht hat!«

»Post raufgebracht?«, wird der Metzger hellhörig. »Hatte er einen Schlüssel?«

»Nein, aber Einschreiben oder Pakete zum Beispiel haben wir unten in der Apotheke für ihn entgegengenommen, das war mit Hans so vereinbart, damit er nicht aufs Postamt laufen muss, und Konrad war gelegentlich so freundlich, das gleich mitzunehmen und ihm auszuhändigen!«

Oder eben nicht!, geht es dem Metzger durch den Kopf. Denn was, wenn eine Verlagszusage niemals in die Hände des Adressaten fällt, was, wenn dem falschen Empfänger das betreffende Manuskript zugänglich wird?

»Und dort oben«, deutet Caroline nun auf einen mit Tomatenpflanzen überwucherten Balkon, »hat er gewohnt.«

»Sie meinen die Paradeiser-Plantage?«

»Ganz genau, dort wurde er gefunden, von seiner Nachbarin. Ein Selbstmord. Schlaftabletten. Schrecklich!«

Ein Anruf unterbricht den Redefluss: »Nein, ich bin nicht mehr unten. Ich komm ja schon.« Dann wird aufgelegt. »Mein Mann ist im Grunde nie krank, aber wenn, dann so richtig – in diesem Fall ein Sonnenstich, war auf dem Segelboot ohne Hut, was soll ich sagen – ich muss rauf!«, lächelt sie, und deutet den Gang entlang: »Darf ich Sie hinten rausbegleiten, auf die andere Straße, das ist kürzer für mich.«

Und gut ist das, im Grunde ein Glücksfall, denn das weiß er ja ohnedies von seiner Arbeit, der Metzger, sich die Rückseiten eines Werkstückes anzusehen, gibt erst so richtig Aufschluss über dessen Beschaffenheit.

45

Kaum nämlich verlässt er das Haus auf der Hinterseite, betritt er eine der netten, kleinen Einkaufsstraße völlig entgegengesetzte Welt. Hier geht es nicht ums Dekorieren und Flanieren, hier stehen keine Bäume, dafür Mülltonnen, Papier-, Glas-, Metallcontainer, hier sind keine Restaurants, Bars, Geschäftslokale zu finden, sondern deren Dreck und natürlich reihenweise Autos. Irgendwo muss ja, ebenso wie auch die Taubenplage, die Kfz-Überflutung der Stadt Unterschlupf finden, und selbst wenn es bedeutet, zusammengepfercht genau dort zu parken, wo sich die schönste Einfarbigkeit der Lackierung zuerst mit scharfen, weißen Patzen und dann weggeputzt mit fleckiger Mattheit schmückt. Edgar würde, wäre er hier, einen Sturmlauf hinlegen, um einigen der auf dem Boden herumpickenden, grauen Vögel den Garaus zu machen. Kurz kommt dem Metzger dabei der Gedanke an Hubertus den Zweiten, vielleicht ist er ja doch dem Jagdtrieb zum Opfer gefallen, dann aber wird seine Aufmerksamkeit anderwärtig in Beschlag genommen.

Wie gesagt, der Taubenkot und sein Schatten. Und es sind grüne, leicht ausgebleichte Tupfen, die dem Metzger da ins Auge stechen. Eine Biene eben, dreibeinig, querparkend zwischen den Vierfachbereiften: die alte Ape 50 von Erich Zawodnik.

Also zurück auf die Einkaufsstraße, vergeblich jede Sprechanlage durchsuchen, dabei vorbei an einem Gemüsehändler, an den prächtigen, in Kisten ausgestellten Tomaten, sich schlagartig einbremsen, an Erich Zawodniks Würstelbude denken, und seine feilgebotenen Nachtschattengewächse.

Da macht dann auch plötzlich die im Innenhof den Balkon überwuchernde Paradeiser-Plantage Sinn.

Also zurück zur Kaiserstraße 17. Wohnt jetzt Erich Zawodnik in Hansi Woplateks Wohnung, Türnummer 25, und züchtet hier sein Gemüse?

Und dann findet er etwas gänzlich anderes, der Metzger, und kennt sich gar nicht mehr aus.

Er muss hier ja auch nicht hausen, der liebe Erich, kann ja einfach nur das Auto geparkt haben und sich seine Paradeiser holen. Und natürlich gibt es die Namen Huber, Pichler, Wagner, Müller, Steiner, Berger, Gruber hierzulande so oft wie den Feldhasen oder die Saatkrähe. Dennoch ist dieses »P. Gruber« jetzt schon ziemlich irritierend.

Sicher, es könnte Phillip, Pepi oder Pankraz heißen, könnte aber natürlich durchaus auch für Paul stehen, wodurch die ganze verzwickte Geschichte gleich noch eine Spur diffiziler, unlogischer wäre, als sie sich ohnedies schon darstellt. Und wirklich koscher ist ihm dieser seltsame Kerl, der offenbar so gern seinen Urli-Opa Mohamed Fahim mimt und Leute zwangspädagogisiert, ja nicht. Jetzt nennt der Metzger natürlich ausreichend Klugheit sein Eigen, um nicht einfach anzuläuten oder erneut in der Apotheke nachzufragen, also wählt er eine simple, für seine Verhältnisse äußerst ungewöhnliche, ja, gesellschaftsfähige Methode. Hunger hat er nach seinem griechischen Salat ohne Weißbrot und seinem Kaffee ohne Koffein und Kuchen ja auch genug, wenngleich es natürlich Lustigeres gibt, als sich alleine an einen gedeckten Tisch zu setzen.

Und da hockt er jetzt ein Weilchen, der Metzger, nur leider: Paul Gruber taucht keiner auf.

Genauso betreibt er es auch tags darauf, da sieht er, dank

der vielen anwesenden Abendgäste wunderbar getarnt, gemächlich Erich Zawodnik mit einer jungen Frau die Straße entlangspazieren, sich zwei Pizzen bestellen und mit seinem Karton in der einen und einem Schlüssel in der anderen Hand die Haustür der Kaiserstraße 17 öffnen. Am liebsten würde er aufstehen, der Metzger, auf die junge, großgewachsene, stämmige Dame zulaufen und sie begrüßen: »Sie sind doch das Heast Madel vom alten Woplatek, sein ehemaliges Lehrmädchen, oder?« Wohnt sie also auch noch hier.

Begrüßt wird er dann zu Hause: »Machst du Knoblauchdiät, oder warum kommst du so spät aus Werkstatt, isst du nix mehr meine gesunde Küche, aber riechst du wie Vampirjäger!«

Also tags darauf rechtzeitig einen Tisch reservieren, zu Danjelas völliger Überraschung erklären: »Zieh dich an, wir gehen abendessen!«

»Abendessen? Aber hab ich Heiratsantrag schon bekommen!«, und sich erneut in den Schanigarten der kleinen Trattoria setzen, gegenüber der Apotheke.

Und ja, mittlerweile gefällt es ihm hier. Rot-weiß karierte Tischdecken, darauf rote Kerzen, über die Terrasse gespannte bunte Lichterkette mit dazwischen hängenden, kleinen italienischen Fahnen. *Una Festa Sui Prati,* schmettert es aus den Boxen, eine Partie auf der Wiese also, was Danjela erfreut kommentiert mit: »Ist mir Adriano Celentano lieber als Eros Ramazzotti, weil denk ich bei Rama an Brotaufstrich und bei Zotti an Schokolade, aber hör nie Eros in Stimme, sondern schmerzhafte Wanderhode!«

Herrlich duftet es im Inneren des Lokals nach Holzofen, Pizza und Knoblauch, und herrlich duftet es im Schanigarten nach Holzofen, Pizza und Knoblauch, und völlig egal, ob da Spaghetti vongole, Saltimbocca, Vitello tonnato oder was auch immer serviert werden, es: »Duftet so herrlich nach Holzofen, Pizza und Knoblauch, nehm also ich Holzofenpizza Quattro formaggi mit Knoblauch, und nimmst du Holzofenpizza mit Parmaschinken und Knoblauch, und machen wir halbe-halbe, brauch ich nix kosten!«

»Von wegen also, wer die Wahl hat, hat die Qual! Wer die Wahl hat, hat kein Frauenzimmer an seiner Seite!«, schmunzelt der Metzger und ist glücklich. Gemeinsam stinkt und lebt es sich ja auch deutlich schöner.

»Auf dein Blutdruckmessgerät!«, hebt der Metzger sein Mineralwasser, worauf Danjela mit Chianti in der Hand erwidert: »Und jetzt erklärst du mir wahre Grund für unerwartete Romantikoffensive!« Viel muss er da nicht erklären, der Metzger. Nach nur wenigen Worten weiß Danjela: »Benutzt du mich also für verdeckte Ermittlung! Na, passt Beschattung wenigstens zu Hochsommer!«

Da liegen die in Alufolie verpackten Kreissektoren bereits auf dem Tischtuch, die sündhaft guten Profiteroles im Magen, die Espresso-Grappa-Aromen auf Danjelas Gaumen, tut sich wieder etwas bei Hausnummer 17, und es ändert sich alles.

Seelenruhig kommt Paul Gruber die Straße entlangspaziert, allerdings nicht allein.

»Das darf doch nicht wahr sein!«, bräuchte auch der Metzger jetzt ein Schnapserl, Kreislauf hin oder her.

46

Denn an der Seite des prächtig anzusehenden, arabisch anmutenden Mannsbildes mit seinem wallenden Haar, gepflegten Bart, athletischen Körperbau marschiert, offenbar in ein vergnügliches Gespräch vertieft, eine zwar ebenso großgewachsene, ansonsten aber völlig gegensätzliche Person. Hager die Gestalt, das Auftreten eines Großinquisitors, dünn die langen Beine, in der linken Hand eine Zigarette.

»Miguel Maria Hofer!«, kann es der Metzger nicht glauben. »Ja, sag, kennen die sich alle persönlich, oder was ist da los?«

Direkt vor der entsprechenden Haustür verabschieden sich die beiden Herren, Hofer geht davon, Gruber blickt ihm hinterher. »Alles klar!«, weiß Danjela sofort. »Heißt: Zahl ich jetzt Rechnung, machst du flotte Abendspaziergang, und suchst du zufällige Begegnung mit Hofer!«

»Wenn ich nicht schon um deine Hand angehalten hätte!«, reißt es den Metzger hektisch hoch, denn Hofer ist schnell unterwegs. »Angehalten ist zwar schön, nur frag ich mich, wann nimmst du endlich Hand, weil gibt schönere Titel als ewige Verlobte!«

Und schon huscht er aus dem Schanigarten, der Metzger, heftet sich in des Hofers Windschatten, leider nicht unbemerkt, denn so ein hektischer Aufbruch, so ein eilig schneller Schritt hat trotz der reichlich anwesenden Menschen mit verdeckter Ermittlung natürlich wenig zu tun. Paul Gruber also wird sich, wie er da, ein Handy an sein Ohr gepresst, in der Türe steht und dem Metzger hinterherblickt, noch ein wenig Gedanken machen.

Selbiges gilt auch für den ebenso telefonierenden Miguel Maria Hofer.

Ein Schritt mit seinen elend langen Beinen nämlich bedeutet drei für den Restaurator. Das kann sich folglich nicht ausgehen. Theoretisch also eins zu null für den nikotinabhängigen Alkoholiker gegen den adipösen Hypertoniker.

Da gibt er die Hoffnung schon auf, der Metzger, wendet sich Hofer allerdings einer gläsernen Schiebetür zu und verschwindet im Paradies der Entschlossenen und Hades der Unentschiedenen. Ein Labyrinth der Vielfalt, ein Museum des Überflusses, bei dessen Betreten den Metzger wie automatisiert eine seltsame depressive Stimmung überkommt, so ausgeglichen kann er gar nicht sein.

Eines steht für ihn fest: Jeder, der sich auf sein Wunschzetterl den Beruf eines Spitzenmanagers oder Ministers geschrieben hat, sollte sich zwecks Eignungsüberprüfung eine Einkaufsliste in die Hand drücken lassen und zur Stoßzeit mit Zeit- und Geldlimit einen ihm wildfremden, genauso überdimensionierten Supermarkt besuchen, in dem nun auch Miguel Maria Hofer verschwunden ist. Keinen besseren Ort gibt es, um

A: einen Stresstest zu absolvieren und

B: etwaige Verfolger abzuhängen.

Behäbig schieben sich die Wagerl durch die Gänge. Wer um diese Uhrzeit noch einkaufen geht, ist entweder alleinstehend, berufstätig oder verzweifelt, sprich, ein meistens herumirrender Mann mit Zettel in der Hand, der, weil Gäste kommen und irgendetwas fehlt, noch auf Jagd geschickt wurde, und sei es nur wegen einer sinnlosen Balsamicocreme zur Tellerrand-Deko oder ein paar schwarzer Sesamkörner.

Und Hofer ist verschwunden, spurlos, weil, wie der

Metzger nun herausfinden darf, ortskundig. Plötzlich nämlich taucht, am Ende eines Ganges, eine kleine, gläserne Schiebetür auf, die klugerweise die gesamte Kühlabteilung von der restlichen Verkaufsfläche trennt. Ein Umstand, der in mehrfacher Hinsicht Energie spart, denn auch das Abschreiten dieser für gewöhnlich schnurgeraden Regalreihen, endlos wie die Bosheit der Neidigen und Nachtragenden, wird da obsolet.

Mit Betreten dieses Nebenraumes ändert sich nicht nur die Klimazone, auch das Tempo der Kunden. Deutlich ruhiger geht es zu, als überwiege die Freude, hier zu sein.

Willibald Adrian Metzger hat das Objekt seiner Begierde Hofer bereits mit Eintreten gesichtet, was offenbar auch umgekehrt gilt, denn Hofer wendet sich ruckartig dem Butterregal zu und zückt, als wäre es die Tarnkappe des Königs Alberich, sein Smartphone, um so, ganz ähnlich Kindern, die sich die Handflächen vor ihre Äuglein pressen und auf offener Wiese Verstecken spielen, das eigene Verschwundensein zu demonstrieren.

Der Metzger stellt sich schräg hinter ihn, schweigt ein Weilchen, spürt die Kaltfront, nicht nur die der Regale, fasst all seinen Mut zusammen und erklärt, in Anlehnung an die Letztbegegnung mit Hofer vor Zawodniks Würstelbude: »Sind S' kurzsichtig oder wollen S' die Buttersorten auswendig lernen?«

Ein Blick, der mit dem Kühlfach in enger Verwandtschaft steht, trifft den Restaurator, gefolgt von einer relativ schlecht gespielten Geste des überraschenden Erkennens:

»Ach, Sie schon wieder, Herr Metzger. Immer für einen Schrecken gut! Ja, da haben Sie recht, heut bin ich ein bisserl der Unschlüssige, vielleicht können S' mir ja helfen, ich bin gestresst.«

»Sie und Stress? Wie passt das zusammen?«, zeigt auch der Metzger Zynismus.

»Na ja«, deutet Hofer nun auf die Unmengen in Folie oder Plastik verpackter Fettwürfel, »kommt einem ja so vor, als würden sich ein paar miese Autoren als Werbetexter was dazuverdienen wollen: Omas streichweiche Handbutter, Mamas Streichbutter, Tante Trixis Landbutter, Gittis Cremebutter, Peters Bauernbutter, Schorschis Almbutter, Sennereibutter, Sommerbutter, Fassbutter, Olivenölbutter, Rapsbutter, Salzbutter, Teebutter, Halbbutter, Biobutter, Ende nie. Stress also in Reinkultur. Was soll ich nehmen?«

»Sommerbutter passt grad. Aber da haben Sie natürlich recht, Herr Hofer! Aus hundert verschiedenen Buttersorten eine auswählen dürfen, heißt ja in Wahrheit, sich gegen neunundneunzig andere entscheiden müssen! Und wenn das kein Stress ist, weiß ich nicht! Aber ist das nicht ihr täglich Brot? Wie machen Sie das eigentlich?«

Und nun wirkt Hofer ehrlich überrascht.

»Wie meinen Sie das?«

»Bei mir zum Beispiel wächst sie täglich, die Sehnsucht nach dem kleinen Greißlerladen ums Eck, mit seinen maximal drei Joghurt Natur zur Auswahl und der hatscherten Frau Trude, die mir sagt: ›Nehmen S' doch das mit der echten Natur drin. Das ist die Packung ohne Blumenwiesen-Bemalung und ohne Biobio-Etikett, weil die kommt direkt vom Gruber-Bauern, und den Gruber-Bauern kenn ich, da hat er noch bei mir als einziger Bub keine Stollwerck geklaut, sondern gekauft. Auf den ist Verlass!‹«

»Gruber-Bauer!«, wiederholt Hofer und betrachtet den Metzger skeptisch, während dieser fortfährt: »Nur weit und breit keine hatscherte Frau Trude. Nicht einmal eine flinke Frau Marianne. Oder haben Sie in großen Supermärkten, außer in der Frischfleisch- und Backwarenabteilung, schon einmal Verkäufer gesehen?«

»Da muss ich Ihnen recht geben, Herr Metzger, auf die Tarnung kommt es an, und besagte Damen- und Herrschaften verstecken sich dermaßen erstklassig, ich vermute, es handelt sich dabei um einen Wer-taucht-besser-unter-Wettkampf gegen die Verkaufsriege von Obi, Hornbach, Bauhaus, Media Markt, Saturn. Und Sie verstecken sich gerade auch irgendwie, oder?«

Kurz gibt er eines seiner nervösen Sauggeräusche von sich, Kürbiskernsplitter, Speckwürferl, Tomatenkerne vielleicht, dann setzt er fort: »Ich versteh nämlich noch immer nicht, was das alles mit mir zu tun hat und was Sie mir eigentlich sagen wollen!«

Schärfer wird der Ton, und nein, so wie beim Würstelstand wird das hier sicher nicht laufen, einfach so klein beigeben, sich einschüchtern lassen hat der Metzger jetzt nicht vor: »Na, bei all der Vielzahl an Neuerscheinungen, … wie viele sind es eigentlich?«, unterbricht sich der Metzger selbst.

»Beinah hunderttausend pro Jahr!«

»Na bitte! Wie also entscheiden Sie sich für genau diejenigen, denen die Ehre zuteil wird, von Ihnen besprochen zu werden, Herr Hofer? Wie treffen Sie die Auswahl, oder gibt es jemanden, der da nach gewissen Kriterien vorfiltert?«

»Ob es wen gibt, der für den Kritiker nach Kriterien vorfiltert!«, beschenkt Miguel Maria Hofer diese Welt mit einem vielsagend boshaften Lachen. »Was glauben Sie, wer oder was das sein könnte? Mein Konto vielleicht? Wer am meisten zahlt, den bespreche ich dann? Oder wie hätten Sie es denn gern?«

Hochrot sein Kopf, etwas regt ihn auf, noch mehr als sonst, lässt den Choleriker durchkommen. Und Hofer verzichtet sowohl auf den Erwerb einer Butter als auch auf eine Antwort, verlässt zuerst die Kühlabteilung, dann das Geschäftslokal. Selbiges gilt für den Metzger.

Und die zwei Herren registrieren natürlich, wie sie da nun nebeneinander das Trottoir entlangspazieren, die jeweilige Warenlosigkeit des anderen, ohne sie zum Thema zu machen. Wozu auch. War ja auch ganz offensichtlich keiner der beiden zwecks Einkaufs in diesem Supermarkt.

Immer schneller wird die Gangart des Miguel Maria Hofer, doch der Metzger lässt nicht locker. Irgendetwas stimmt da nicht. Ein Weilchen wird geschwiegen, nur marschiert.

Schließlich meldet sich der Kritiker zu Wort: »Begleiten Sie mich jetzt nach Hause oder haben wir denselben Weg?«

»Denselben Weg!«, antwortet der Metzger schon leicht außer Atem und weiß nicht, wie richtig er damit liegt: »Was mich schon noch interessieren würde, Herr Hofer: Warum, wenn Sie es sich ja aussuchen können, schreiben Sie dann eine dermaßen vernichtende, persönlich untergriffige Kritik über das neue Woplatek-Buch und lassen es nicht einfach bleiben? Das schürt doch das Feuer, erzeugt böses Blut, wie Sie selbst erleben mussten!«

»Sind Sie jetzt mein Medienberater oder wollen mir meinen Job erklären?«, hält Hofer sein hohes Tempo und Willibald Adrian Metzger bekommt allmählich ein ernsthaftes konditionelles Problem.

»Nein, aber wahrscheinlich jeder, der ihre Kritik liest, fragt sich, was Ihnen der Woplatek junior getan hat. Sie haben doch seine Romane, als er noch ein unsichtbarer Autor war, in den Himmel gelobt, sogar Ihre Stimme für ein Buchcover hergegeben. Und jetzt diese so untergriffige …!«

»Sie haben sich ja offenbar erstmals mit Literatur beschäftigt, Herr Metzger. Mein Rat an Sie ist: Sie sollten sich und mich am besten gar nix fragen«, brüllt Hofer nun, »und sich einfach nur die Bestsellerlisten anschauen! Dieser *Egon*-Schwachsinn steht aktuell überall auf Platz eins! So viel zum Schaden meiner Kritik. Auf Wiedersehen.«

Und es geht also doch noch schneller, elend lang die Schritte, da könnte der Literaturkritiker spielend einen Jogger abhängen. Den Metzger sowieso.

»Wie geht es Ihnen eigentlich nach dem Unfall? Sie wirken ja, als wäre Ihnen gar nichts passiert. Ein Stuntman sozusagen!«

Es ist ein höchst irritierter Blick, den Hofer nun in Richtung Metzger zurückwirft, bevor er die Straßenseite wechselt und in einem mit Gerüst verkleideten Wohnhaus verschwindet. Seinem Wohnhaus. Der Metzger kennt es nur allzu gut, hat hier schon oft genug vor des Hofers Augen Möbelstücke rauf- und runtergeschleppt, ohne dass sein Zuschauer außer seinem Mundwerk auch nur eine Hand gerührt hätte, und sei es für eine Lade oder einen Hocker: »Schlagen S' mir ja keine Ecken ab oder fügen dem Stück auch nur irgendeinen Schaden zu, Metzger! Das ist sonst wertlos.«

Bestsellerliste Platz eins also.

Curry und Pfefferoni fallen dem Metzger ein, die Bemerkung Zawodniks kurz vor dem Anschlag auf seine Würstelbude: »Welch Ritterschlag, mit meiner Speisekarte nun den Reihen der von Ihnen besprochenen Texte anzugehören!« Dazu des Hofers noch ein Stück über sich selbst hinauswachsender Stolz: »Da haben Sie recht, Zawodnik! Und sei es der schlimmste Verriss!«

Und plötzlich ist er da, dieser seltsame Gedanke: Warum nicht umgekehrt? Warum nicht einem Buch sozusagen die Ecken abschlagen, Schaden zufügen, sprich genau deshalb ordentlich verreißen, um es erfolgreich, wertvoll werden zu lassen?

47

Nahe geht es ihr, ein ums andere Mal. Beate Gruber kommt sogar vor, es wird umso intensiver, je öfter sie es spielen darf. Mit jedem Tod, den sie hier Probe für Probe stirbt wird sie lebendiger, wird etwas in ihr wach, spürt sie ihren Willen, die Kraft und vor allem die Gemeinschaft.

Auch heute wieder. Auf dem Boden lag sie, spürte Romeo noch neben sich, wusste, gleich wieder die Augen öffnen zu dürfen, um einmal mehr das endgültige Ende zu finden. Die Bühnenbretter, ein Knarren, Lorenzos Annäherung, und bald ihr Einsatz.

LORENZO
Romeo?
O wehe, weh mir! Was für Blut befleckt
Die Steine hier an dieses Grabmals Schwelle?
Was wollen diese herrenlosen Schwerter,
Dass sie verfärbt hier liegen an der Stätte
Des Friedens?

Romeo? – Ach, bleich! – Wer sonst?
Wie? Paris auch? Und in sein Blut getaucht?
O welche unmitleidge Stund ist schuld
An dieser kläglichen Begebenheit? –
Das Fräulein regt sich.

Zeit zu erwachen, dabei an ihren geliebten Mann denken, wie er zu Hause liegt und wieder Kraft findet. Kraft, die er brauchen kann, wenn ihm alles wieder in seine Hände zurückgelegt wird, sein Leben, sein Schaffen.

Kurz zu hören die Anweisung des Regisseurs: »Warte noch mit dem Text, Beate, sieh dich um, nimm dir mehr Zeit! Ganz genau so, wunderbar. Und jetzt los!«

JULIA
O Trostesbringer! Wo ist mein Gemahl?
Ich weiß recht gut noch, wo ich sollte sein;
Da bin ich auch. Wo ist mein Romeo?

Und sie konnte es spüren, wie gut es ihr heute von der Hand ging, wie intensiv, wie stark der Schmerz – Romeo tot? –, wie echt die Tränen waren, wie sie Lorenzos Worte hörte, als würde er nicht mit Julia, sondern mit ihr, Beate, sprechen, vergebliche Worte, wie sie schließlich Romeos Dolch ergriff.

O willkommner Dolch!

An ihr Herz setzte

Dies werde deine Scheide.

Und sich erstach:

Roste da
Und lass mich sterben!

Sie würde sterben auch für ihren Mann.
Jederzeit.

Und jetzt: Wieder ein Anruf.

»Der Metzger wird lästig!«

Sie muss lachen, welch herrliches Zitat für einen Kritiker.

Zeit, alles zu Ende zu bringen, die Chance zu nützen.

»Gut, meine Lieben, dann würd ich sagen, fangen wir an. Finale, es hilft ja nichts. Wir haben den Metzger als Statisten dazubekommen, das darf man nicht ungenutzt lassen! Probieren wir es einfach. Außerdem wurde Konrad aus der Untersuchungshaft entlassen.«

48

Das ist für Danjela Djurkovic nichts Neues: Mit ihrem Willibald in fernmündlichen Dialog treten wollen, und dann doch nur Selbstgespräche führen müssen. Dreimal in diesem Fall:

»Und, hast du Hofer erwischt? Gibst du mir Bescheid?«
»Sag, verdrückst du noch irgendwo Bratwurst, bevor kommst du nach Hause? Mach ich mir Sorgen! Rufst du an!«
»Liegt Handy in Werkstatt, hab ich recht?«

Hat sie.

Der Metzger behandelt seinen uralten Nokia-Ziegel eben wie einige ausgewählte Bewohner seiner Gewürzlade: Kurkuma zum Beispiel. Erstens benötigt er derartige Exotik nur äußerst selten, und zweitens befindet sich bei einem Gedanken wie »Kurkuma hätte ich verwenden können!« das fertig zubereitete Gericht meist schon inmitten des Verdauungstraktes. Was natürlich schade ist. Gerade im Fall des doch recht rotweinaffinen Hypotonikers Metzger wäre diese Zutat zumindest einen Versuch wert, denn, so die Leistungsbeschreibung: Kurkuma schützt das Gehirn vor Schäden durch Alkohol und heilt die Leber. Hinzu kommt die Hilfe gegen Krebs, Herpes, Diabetes, Reizdarm-Syndrom, Nasennebenhöhlenentzündung, für Zahngesundheit, zur Ausleitung von Quecksilber und Vorbeugung gegen Gallensteine, vieles mehr, und natürlich, ganz wichtig, gegen Bluthochdruck, allerdings nur bei Patienten mit schubförmiger und refraktärer Lupusnephritis. Wenn man's weiß!

Ein Smartphone-Gewürz also, kann so viel, sogar Selbstfindung, man telefoniert trotzdem hauptsächlich damit.

Und genau das würde dem Metzger im Augenblick schon reichen, einfach nur seiner Danjela mitteilen können: »Es wird vielleicht ein bisschen später heute!« Denn beinah wäre es wieder passiert. Diesmal allerdings kam ihm keine blutende Nase zu Hilfe.

Aus einer schmalen Gasse ist er gerade herausmarschiert, da hat er ihn stehen sehen, auf der gegenüberliegenden Straßenseite neben einem Taxistand, diesen Vespafahrer in seinen roten Schuhen. Den Vollvisierhelm auf, war er gerade im Begriff, einen Pizzakarton mit einer Decke zu umwickeln, auf den Gepäckträger zu schnallen, sein Gefährt zu besteigen und das Weite zu suchen. Wobei Weite, wie sich herausstellen sollte, in diesem Fall nichts mit Flucht zu tun hat.

Sie ist ja doch gelegentlich von Nutzen, so eine Dreißigerzone, vor allem wenn sich dann ausnahmsweise ein motorisierter Verkehrsteilnehmer an diese Beschränkung hält – glücklicherweise nicht der Taxifahrer, dem Willibald Adrian Metzger die Ehre erwiesen hat.

»Wo darf es hingehen?«

»Einfach der Vespa hinterher!«

»Einfach? Und was mach ich im Stau, wenn sich der Roller bis zur Ampel vorwurschtelt? Da wird es dann gewaltig eng für meine E-Klasse!«

Doch keine Spur von Spurwechsel, eng wird es einzig für den Metzger, und zwar ausschließlich finanziell, denn nicht nur dass es laut Taxifahrer »... wahrscheinlich keinen größeren Hosenscheißer gibt in der ganzen Stadt, weil so gesittet wie der fährt, ist ja so ein Motorroller völlig sinnlos!«, geht die Reise auch weit über die Stadtgrenze hinaus. Immer nervöser ist er geworden, der Metzger.

»Ja, wo will der denn hin?«

»Finnland zum Beispiel wäre fein, das würd sich für mich dann auszahlen!«

»Apropos zahlen: Wenn mein Bargeld nicht reicht?«

»Zahlen Sie mit Smartphone, Kredit- oder Bankomatkarte.«

»Und wenn ich weder Telefon noch Karte dabei hab?«

»Zahlen Sie drauf, weil dann lass ich Sie aussteigen!«

Und hier steht er jetzt, der Metzger, sich selbst überlassen, an einer unbefahrenen Straße, umgeben von dichtem Wald, rechts von ihm ein Schotterweg, bräuchte dringend ein Handy und einen Plan, denn der Vespafahrer ist verschwunden, abgezweigt, einen an sich versperrten Schotterweg hinein.

»Das war's dann, mein Herr!«, gab sich der selbständige Fahrer freundlicherweise zwar mit der Visitenkarte des Restaurators und dessen Versprechen, alsbald großzügige Schuldbegleichung zu betreiben, zufrieden, bat aber um Verständnis, »Wenn ich da jetzt nicht abbiege und mit meiner E-Klasse dieses gusseiserne Tor durchbreche«.

Rostig ist es, alt, mit einer Kette verschlossen, der Schotterweg dahinter führt in den Wald. Also, was tun?

Wenn schon nicht durch-, dann wenigstens einbrechen. Die Dunkelheit der Nacht trifft sich gut, ebenso die Schlamperei des Vespafahrers, denn wie der Metzger nun feststellen darf, wurde die Kette nach dem Öffnen nicht wieder doppelt um das Gestänge gewickelt, sondern nur einfach.

Da lässt sich das Tor sogar für die Üppigkeit des Restaurators weit genug aufspreizen. Und schon ist er durchgeschlüpft, läuft, so gut es geht, auf leisen Sohlen den Schotterweg entlang, nicht weit, bis es licht wird. Sowohl der Wald als auch, zu seinem großen Schrecken, ein einzelner Scheinwerfer.

Vor ihm, auf einer weiten Wiese, ein zwar wunderschön angelegtes, aber deutlich weniger bewohnbares als renovierungsbedürftiges altes Herrschaftshaus. Und davor abgestellt die weiße Vespa. Offenbar auf Kurzbesuch, denn der Motor läuft und der Fahrer noch einmal kurz zum Haus zurück. Im Licht des Scheinwerfers legt er den Schlüssel unter einen Blumenstock, besteigt wieder sein Gefährt und zieht von dannen. Vorbei an dem im Wald versteckten, fest, als wolle er mit dem Wurzelwerk eins werden, auf den Boden gepressten Restaurator.

Und Willibald Adrian Metzger wartet, bis die Motorengeräusche vollständig verklungen sind, bis er alleine ist.

Wobei alleine wahrscheinlich nicht stimmt, so seine Vermutung, denn er hat etwas hier gelassen, der Vespafahrer: den Pizzakarton.

Stockdunkel ist das Haus, kein Licht hinter den Fenstern. Zwei Runden dreht er um das Gebäude, der Metzger, versucht, durch die Scheiben ins Innere zu blicken, sieht nichts, außer Verfallenheit, Unbewohnbarkeit, greift schließlich unter den Blumenstock, steckt den Schlüssel ins Schloss, öffnet vorsichtig, sieht sich um, sieht den Dreck, die Spinnweben, die kaputten, teils auf dem Dielenboden liegenden Möbel, und spitzt die Ohren. Leise, aber doch ist eine Stimme zu hören. Dumpf. Abgelegen. Und je tiefer er in dieses Haus vordringt, je näher er dieser Stimme kommt, desto deutlicher wird sie, tragend im Ton, wohlklingender, und desto klarer wird ihm: Es muss sich wohl um die Privatlesung eines wahrlich formvollendeten Sprechers handeln. Offenbar eine Kellerlesung, denn da führen steinerne Treppen abwärts, hinein in eine Finsternis, da kann sich die Dunkelheit der Nacht noch ein Beispiel nehmen.

Sein Herz pocht ihm in den Schläfen, dem Metzger, und diesmal weiß er: Schuld daran ist garantiert nicht der zu hohe Blutdruck.

Ein Weilchen hört er zu, höchst angespannt, konzentriert, atemlos beinah, erkennt bald, woraus hier rezitiert wird, hört mittendrin ein Hüsteln, der Vortragende freut sich also über anwesendes Publikum, hört plötzlich genau denselben Text erneut von vorne beginnen, der Vortragende ist also entweder unkonzentriert oder ein Hörbuch und kann sich gegen den Gedanken nicht wehren: Möglicherweise hockt das Publikum dort unten nicht freiwillig.

Was tun?

Davonlaufen und die Polizei verständigen? Und es wäre ein weites Stück.

Oder, so gut es geht, einen Blick in diesen dunklen Keller werfen?

Also beginnt er den Abstieg, lässt den Lichtschalter unberührt, zwar unwissend, wer, was ihn dort unten erwarten wird, und doch mit einer schauerlichen Vorahnung, denn er hat ihn ja bereits gelesen, der Metzger, den aktuellen Ketalpow, kennt also dieses düstere Kapitel:

Nacht

Kein Licht. Keine Fenster. Keine Türen.

Nur Dunkelheit. Und Angst …

Uwe hat Zwetschgen gebracht, hat offenbar von Trixi die Adresse bekommen und, ohne sich telefonisch anzukündigen, die Sprechanlage bedient, was ja absolut keine Art ist, außer der Postler stellt ein Paket zu oder der Lieferservice knusprige Ente. Und selbstverständlich hat Uwe diese prall gefüllte Holzkiste hinaufgetragen, zu Danjela in den letzten

Stock, hat sie in die Küche gestellt, sich umgesehen, gemeint: »Sehr schön ist es hier!«, und erklärt: »Die Zwetschgen hat Lilli extra für euch geerntet und mir aufgetragen, sie sofort vorbeizubringen!«

»Lilli! Geerntet? Wo?«

»In meinem Garten!«

Und einen Garten hat er auch noch, zum Kotzen das alles. Dieser so unsympathische, weil eben einfach so von Haus aus sympathische Kerl, kann sich seine Zwetschgen auf den Hut oder sonst wohin stecken.

»Danke für Bringen! Willst du Kaffee?«

»Danke, das ist lieb, aber ich hab noch zu tun!«

Das hat Danjela auch. Ist ja auch kein Spaß, auf ihren Willibald zu warten, ohne zu wissen, wo er überhaupt steckt. Also ist Lesen angesagt. Und ja, auch dieses Buch ist einfach nur zum Kotzen, als hätte es Uwe geschrieben. Folglich widmet sich Danjela mit viel Überwindung und hin und wieder einer leider für Uwe viel zu herrlichen Zwetschge im Mund, weggeschmissen gehören sie, diesem gar nicht ihrem Geschmack entsprechenden und trotzdem auf ihren E-Reader geladenen Ketalpow-Schund. Was bleibt ihr auch anderes übrig, sie will ja schließlich mitreden können. Also wird gelesen, bis in die Nacht hinein, durchaus mit Sorge, denn wenn es wirklich einen Zusammenhang gibt zwischen diesem Roman, dem Anschlag auf Hofer, dem Brand in der Waldschule und dem verschwundenen Deutschlehrer, stellt sich insbesondere bei diesem Kapitel nun die Frage: Wen erwischt es als Nächsten?

49

Nacht

Kein Licht. Keine Fenster, keine Türen.

Nur Dunkelheit. Und Angst.

»Na, was sagst du? War nicht einfach, so etwas zu finden, bis mir klargeworden ist: Du selbst hast dir doch als zukünftige Sommerresidenz einen alten, renovierungsbedürftigen Bauernhof gekauft, da wird es doch wohl eine Jauchegrube geben. Und Bingo. Ich denke also, das mit der Finsternis und Abgeschiedenheit wird der Beschreibung in deinem Buch ziemlich nahekommen. Ich weiß schon: In deinem Roman bist natürlich du der Sieger, stößt mich in einer finalen Aktionsszene, die braucht ja offenbar jeder Krimi, in einen Schacht, und dort finde ich dann das bittere Ende. Insofern bitte ich dich, in diesem Fall ein Einsehen mit mir zu haben, wenn ich mich jetzt nicht ganz an die Vorlage halte!«

Dominic Lamer schweigt, gezwungenermaßen, blickt, so gut es ihm die um seinen Körper gewickelten Klebebänder ermöglichen, zu einer kleinen Schachtöffnung empor, und hat sich aufgegeben.

»Und bist du sonst zufrieden: Meinen Studienkollegen, Michael Maria Hildebrandt, Literaturkritiker, der bevorzugt Autoren niederwalzt mit seiner Wortgewalt, ich habe ihn überfahren, so wie du es in deinem Buch beschrieben hast. Meine ehemalige Unterrichtspraktikantin Frieda Margot, deine Programmchefin und Lektorin, deren Bücher als Heizstoff gerade gut genug sind, ich habe sie verbrannt, ebenfalls wieder genau so, wie du es in deinem Buch beschrieben hast. Und meinem Freund aus Kindertagen, Walter Hübelmeier, verlogener Verleger, ich habe ihm den Atem geraubt, wieder so, wie du es in deinem Buch beschrieben hast. Du siehst also: Dein Buch ist kein gutes Buch, im doppelten Sinn. Nicht nur, dass es als schlecht bezeichnet werden muss, es ist zudem böse. Hab ich recht, oder hab ich recht? Jetzt wirst du mir wahrscheinlich vorwerfen wollen, dass ich es bin, der dieses Böse erst in Taten umgesetzt und wahr hat werden lassen. Aber ich sage dir, Dominic, als dein ehemaliger Lehrer: Jeder, der deine Zeilen liest, wird mit dieser Boshaftigkeit infiltriert. Und was derart blutrünstige, sadistische Zeilen bei Menschen anrichten, in ihnen auslösen können, wer weiß das schon? Du verkaufst ja am Ende dieses Buches den Rachemord als humorigen Akt der Gerechtigkeit. Weißt du, was du damit anrichtest? Wenn es mir durch meine Taten also gelungen ist, in Zukunft die Flut der den Buchmarkt überschwemmenden, elenden Krimis zu verringern, dann war dein schlechtes Buch in gewisser Weise sogar ein gutes Buch, ja dann, lieber Dominic, sind wir beide sozusagen ein Dreamteam!«

Mit geradem Rücken, gebeugten Knien und einem zischenden Ausatmen, hebt er, ganz wie es seiner sportpädagogischen Profession entspricht, den Schachtdeckel empor:

»Allerdings, wie du ja weißt: Alles Schöne hat ein Ende. Insofern trennen sich nun unsere Wege! Ich habe mir gedacht, es wäre vielleicht fein, dir die paar Zeilen deines Buches, in denen du mich sozusagen erledigst, einzuspielen, damit es für dich halbwegs authentisch wird. Und ich muss zugeben, du hast das ja recht unterhaltsam geschrieben. Gratuliere.

Also dann lass mich mit einem Satz Abschied nehmen, den wahrscheinlich irgendein Protagonist in jedem dieser Krimis irgendwann einmal von sich gibt: ›Wir sehen uns in der Hölle!‹

Und jetzt viel Spaß beim Zuhören!«

Das hat er ja nie verstanden, warum so ein Schachtdeckel dermaßen schwer sein muss, da freut sich maximal der Chirurg auf die Leistenbruch-OP.

Gut, vielleicht wäre es klug gewesen, so wie es ihm von seinem Turnlehrer stets gelehrt wurde, etwas für den Rücken und die Muskeln und gegen den Schwimmreifen zu unternehmen, weil eben in einem gesunden Körper auch ein gesunder Geist wohnen soll. Wobei natürlich weder ein gesunder Körper noch ein gesunder Geist von Nutzen ist, wenn man vor lauter Zorn die geöffnete Jauchegrube hinter sich vergisst.

Jetzt weiß er natürlich nicht, was er ihm wünschen soll.

Egon Rainer brüllt vor Schmerz. Und so von oben betrachtet wird das wohl ein langes Brüllen werden, denn vielleicht ist es ja beim Hufeisenwerfen erfreulich, mit dem herabfallenden Teil direkt auf einen Nagel zu treffen. Was soll man auch mit einer alten, leeren Jauchegrube schon groß anderes anstellen, als darin ein paar alte Elektrogeräte und Eisenteile zu versenken, immer noch besser als in das nächstbeste stehende oder fließende Gewässer. So also findet ein spießiges Leben sein aufgespießtes Ende.

Deckel zu.

50

Auch wenn es sich hier um keine Jauchegrube handelt, trotzdem wird mit jeder Stufe dieser gemauerten Wendeltreppe, die Willibald Adrian Metzger immer weiter in die Tiefe schraubt, der Gestank, die Finsternis und seine Sorge immer größer.

Setzt hier tatsächlich jemand, so wie in *Egons Schatten* beschrieben, auch in Wirklichkeit diese grausamen Taten um, nimmt gewissermaßen Anleihe?

Irgendwann erreicht er das Ende der Stiege, sieht nichts als Schwärze, sieht nicht, wohin es geht, nicht, wohin er tritt, tastet sich vorsichtig in kleinen Schritten die feuchte Wand entlang, riecht den Moder, den Duft von Urin, Exkrementen, Oregano, Pizzakäse. Kleine Räume müssen es sein, denn trotz der erheblichen Lautstärke der Zuspielung ist kaum ein Hall wahrzunehmen. Dann ein Anstoßen. Mit seinen Füßen gegen einen harten Gegenstand. Dazu ein Klirren, Glas an Glas, vielleicht eine Kiste Bier.

»Hallo? Wer ist da? Bist du wieder zurück? Konrad?«, mischt sich nun aus der Finsternis heraus ein angsterfülltes Rufen zur Sprecherstimme des laufenden Hörbuches. »Ich bitte dich, Konrad, hab ein Einsehen, lass mich am Leben. Ich verrate dich nicht!«

Und jetzt läuft er, der Metzger, die Stiege hinauf, bedient den Lichtschalter, hört Schreie aus dem Keller: »Wer sind Sie? Kommen Sie zurück, holen Sie mich hier raus!«

Für Josef Krainer ist das an sich ja nichts Neues und im Grunde immer dasselbe Spiel: zuerst Verbrecher trotz Mangels an Beweisen einfangen, sich ihre Unschuldsmienen und Ausreden zu Gemüte führen, sie trotzdem ein bisserl schrecken, garstig sein, sie dann laufen lassen und nur mehr auf den ersten Fehler warten. Und dieser Fehler kommt, garantiert. Ob früher oder später, ist allerdings eine Frage der Eitelkeit und Intelligenz. Überführungstechnisch harte Nüsse sind da zum Beispiel die zurückhaltenden Gelehrten, ein Kinderspiel hingegen die aufgeblasenen Idioten.

Dass der selbstverliebte Vollpfosten Konrad Hödlmüller allerdings die Geschichte mit dem Überführen gleich so dermaßen wörtlich nimmt, überrascht jetzt sogar Josef Krainer.

Da war er selbst gerade unterwegs, kam über den Polizeifunk eine Meldung herein. Ein Vermisster sei gefunden worden, im Keller einer alten Villa. Wie ein Tier sei er gehalten worden, tagelang, im eigenen Urin, Kot, Schweiß und was eben sonst noch so aus Körpern herauskäme, Tränen gewiss auch. Der pensionierte Deutsch-Turn-Lehrer der Waldschule Richard Vogel.

Eine Villa, die im Besitz des Heinz Woplatek stand und nun von Konrad Hödlmüller als Folterkammer missbraucht wurde. Folter, die darin bestand, Richard Vogel in völliger Dunkelheit tagelang dasselbe Kapitel eines Hörbuches vorzuspielen, vielleicht in der Hoffnung, Vogel könnte sich, des Wahnsinns geworden, selbst zerfleischen – was natürlich nicht ganz nach Wunsch verläuft, wenn das Opfer ausreichend gefüttert und getränkt wird, zwar nicht mit echten Nobelmineralien, aber doch mit einem Hauch von Reichtum, irgendeine Rest-Eiszeitschmelze wird sich in den mit Leitungswasser gefüllten Leergutflaschen ja schon befunden haben.

Und auch wenn er im Lichtkegel der Taschenlampe nur die untere Hälfte seines Peinigers sehen konnte, den schlurfenden Gang, die schwarze Jeans, die roten Schuhe, dazu die Stimme, Richard Vogel ist sich absolut sicher, es war Konrad Hödlmüller.

Dazu die in der Villa gefundene Tatwaffe, mit der Heinz Woplatek erschossen wurde. Der Besitz einer weißen Vespa mit identischem Kennzeichen konnte Konrad ebenso nachgewiesen werden. Alles passt zusammen. Auch das Motiv, denn so der pensionierte Pädagoge Richard Vogel:

»Ich kann Ihnen sagen, warum mich Konrad umbringen wollte: Weil ich ihn überführen kann. Weil ich der Klassenvorstand von seinem Bruder Hansi war, und Hansi mich damals nicht mochte, obwohl ich ihn sehr geschätzt habe. Vieles, was da in diesem Buch über den Lehrer Egon Rainer steht, ist, was mich betrifft, beinah biografisch. Wenn dieses Buch also ein Woplatek geschrieben hat, dann heißt der Hansi! Und Hans heißt auf Russisch bekanntlich Iwan. Ich sag nur Hans Rolf Rippert, ein deutscher Schlagersänger, lebt nicht mehr, hat als Ivan Rebroff Hits wie *Kalinka, Katjuscha,* herausgebracht, kennen Sie sicher!« Und beinah hätte Vogel zu singen begonnen, so erleichtert war er über seine Rettung.

»Außerdem hab ich noch ein schriftliches Beweisstück!«

Und dann zückte er eine ähnliche Einladung, wie auch Mareike Haberzellner sie bekommen hat.

Eine signierte Buchseite:

Für Richard,
Lesen kann die Welt verändern,
was gibt es Schöneres als eine Begegnung.
Viel Lebens- und Lesefreude
Iwan Ketalpow

Beigelegt wieder ein Ausdruck, darauf Treffpunkt und Uhrzeit.

Dazu die ausführlichen Schilderungen des Metzgers, Hansi Woplatek betreffend, der ja schon als kleiner Junge so gern ein Iwan Ketalpow hätte sein wollen, bedeuten summa summarum für Konrad Hödlmüller den ermittlungstechnischen Sargnagel.

Somit war für Josef Krainer der Fall klar: Konrad brachte aller Voraussicht nach seinen Bruder Hansi um, um Alleinerbe zu werden, raubte ihm, wissend um dessen Zurückgezogenheit, auch noch seine literarische Existenz, tötete dann mit Erscheinen des neuen Romans den Vater und veranstaltete ein möglichst großes Theater, um sich selbst in den Autorenhimmel zu katapultieren.

Der Metzger hingegen meldet Zweifel an: »Aber das war alles so plump, so einfach, Krainer, als wäre ich hierhergelockt worden, um Richard Vogel zu finden! Und dann liegt die Tatwaffe in einer Lade herum und das Handy von Richard Vogel, brav abgeschaltet, damit die Batterie auch voll genug ist, um es wieder schön einschalten und die Polizei anrufen zu können?«

»Haben Sie schon einmal einen eitlen Idioten gesehen, der sich nicht wie ein eitler Idiot verhalten hätte, Metzger? Und warum, bitte, soll denn der Sohn intelligenter als der Vater sein? Das liegt ja bei den Woplateks quasi in den Genen. Und? Darf ich jetzt über meinen Schatten springen, Metzger, und ausnahmsweise als Belohnung nett sein zu Ihnen, oder wollen Sie wieder zu Fuß gehen, wie nach der Lesung? Ist nur ein bisserl weiter.«

»Na, dann bitte, Krainer, führen Sie mich heim!«

Doch daraus wird nichts.

Nur kurz war die Schelte, aber nötig. Diesmal kapiert sogar ihr Willibald, warum beim Kreieren des zusammengesetzten Hauptwortes Mobil-Telefon statt »Mobil« nicht »Hand« oder »Schnurlos« verwendet wurde.

Einziger Vorteil dieser seiner Hirnlosigkeit ist natürlich ein Wissensvorsprung der anderen Art: Er kann jederzeit problemlos von jedem Fernsprechapparat dieser Welt bei ihr oder wem seiner Vertrauten auch immer anrufen, denn er kennt ja jede Telefonnummer auswendig.

Alles gut, so also das Fazit seines kleinen Abenteuers, mit einer außergewöhnlichen, am Ende des Gesprächs verkündeten Schlussfolgerung.

»Ich liebe dich«, so seine Worte.

Nicht wie sonst: »Und du weißt schon«, oder: »Na dann, mein Herzblatt!«, oder maximal: »Hab dich lieb!«, sondern tatsächlich: »Ich liebe dich.«

Mehr hat sie an diesem Abend also nicht gebraucht, um vor lauter Rührung das Thema Schlaf fürs Erste einmal abzuhaken. Nur, was tun? Fernsehen ist zu gefährlich, da lauern bei zu großer innerer Glückselig- und Offenherzigkeit schonungslos diverse Teleshoppingkanäle, um sich in wohliger Vorfreude irgendeine Wende-Doppelbettwäsche im Schmetterlingsdesign Wärmestufe 1 kommen zu lassen. Das nächtens durchaus schaurige E-Reader-Leuchten reicht ihr für heute auch, *Egons Schatten* hat sie ausgelesen, weiß um das tragische Ende des Egon Rainer, also nimmt sie, weil es grad auf der Bettseite ihres Willibald herumliegt, ein echtes Buch zur Hand. Passenderweise eine Liebesgeschichte: *Die Farbe der Sterne*, und kippt hinein, beginnend mit der ersten Seite:

»Von oben beginnend abwärts, so hat sie es gelernt. So verläuft das Leben, so endet es.

Das Tier betäuben, kopfüber auf eine Rohrbahn ziehen und

im Bereich des Brusteingangs die großen Blutgefäße in Herznähe öffnen. Blut, das mit hohem Druck und dickem Strahl dem Rhythmus des Herzschlages gehorchend sofort der Stichwunde entweicht. Blutentzug, der die Sauerstoffversorgung des Gehirns unterbindet und den schnellen Tod schenkt.

Am Beginn ihrer Lehrzeit stand sie eines Tages mit ihrem Meister einer betäubten Sau gegenüber, er ein Schlachtmesser in der Hand: »Wer Lehrer werden will, sollte in seiner Ausbildung möglichst schnell vor einer Klasse stehen, um zu sehen, ob er es kann, es ertragen kann, dem Wesen seines Berufes überhaupt gewachsen ist, mit Liebe und Respekt. Ähnliches gilt für Fleischer!«

Dann wurde ihr das Messer in die Hand gedrückt mit der Aufforderung zu töten.

Lieben heißt, Dinge zu tun, die getan werden müssen, ohne Wenn und Aber. Und den Tod schenken, das will niemand, obwohl er unser Leben erhält.

Nur die Liebe.

Und genau diese Liebe, in Form eines lebendigen Menschen, fehlte ihrem Leben. Bis sie ihn sah.

»Was soll das, Krainer, Sie hätten mich doch wie versprochen noch vorher zu Hause absetzen können!«

»Wenn wir jetzt in einer Pilatus PC-6 säßen und Sie ein Fallschirmspringer wären, dann könnte sich der Umweg ausgehen, aber leider!«, klopft Krainer auf sein Armaturenbrett: »Nur ein Golf!«

Ein Golf Rabbit BlueMotion, um genau zu sein, was natürlich unglaublich sauber klingt, in Wahrheit aber höchstwahrscheinlich, wie Schmiergeld, nur reingewaschen wurde und somit der letzte VW des Josef Krainer auf Lebzeit sein wird. Abgesehen davon, für Verfolgungsjagden gibt es dankbarere Untersätze.

»Ist das eine Automatik?«, fällt auch dem Metzger die recht gutmütige Beschleunigungsleistung auf.

»Meinen Sie jetzt meine Pistole oder den Wagen?«, grinst Krainer und versucht, dem Hasen unter sich Beine zu machen, denn der Funkspruch war klar: Konrad befindet sich auf der Flucht, ist quasi wie Krainer in BlueMotion geraten, hat also das Blaulicht kommen gesehen und mit seinem Wagen das Weite gesucht. Wobei, so weit wie gewünscht ist es nicht geworden und wird es auch nicht mehr werden, denn wie Krainer nun auf der Autobahn feststellen darf: Er hat ihn bereits in Sichtweite, den Citroën C-Zero des Konrad Hödlmüller.

»Alles Gauner!«, flucht Krainer, während er auf der linken Spur vom Augenaufschlag der Hintermänner geblendet wird und sich in die Mitte zurückziehen muss.

»Wer?«

»Na, wahrscheinlich eh alle, von A bis Z, vom Astra-Opel bis zum Z3-BMW, und meine Güte, die ganzen Franzosen, Japaner …«

Und nur *Der Kommissar* kann diesen drohenden Redeschwall unterbrechen. Laut meldet sich via Klingelton zuerst ein ziemlich gelassener Falco und schließlich via Fernsprecheinrichtung ein höchst aufgeregter Konrad zu Wort: »Verdammt, Krainer, Sie müssen mir helfen!«

»Ich!«, lacht Josef Krainer laut auf, und reißt sich wieder die Überholspur unter den Nagel. »Sie wissen aber schon, dass ich es bin, der Sie gerade verfolgt, und das schwör ich Ihnen, Darnok: Mein Wagen ist vollgetankt, und selbst wenn die Verbrauchswerte gelogen sind, Ihr Elektrovehikel wird trotzdem als Erstes stehen bleiben. Net so gescheit, sich als Fluchtfahrzeug in eine Kiste mit Reichweite hundertfünfzig Kilometer zu setzen!«

»Ich war es nicht, Krainer!«

»Was für eine unfassbar originelle Aussage eines Verbrechers, hör ich heut zum ersten Mal! Und, was wollen Sie denn alles nicht gewesen sein?«

»Alles. Ich hab weder meinen Vater umgebracht noch diesen Turm und somit die Schule abgefackelt noch Vogel entführt. Ich hab verdammt noch mal mit der Schule nichts zu tun, wusste ja nicht einmal, dass Hansi diesen Kerl als Lehrer hatte, ich ...«

»Sie sind aber grad selbst der Vogel, oder warum flattern Sie davon wie der Habichtskauz in Ihrem Schinken! Ist das überhaupt Ihr Schinken? Hat den vielleicht Ihr Bruder geschrieben?«

Und jetzt wird es still am anderen Ende der Leitung, während ein Hubschrauber die Überholspur überholt und rechts an Krainers Wagen ein weiteres, deutlich tüchtigeres Einsatzfahrzeug vorbeischießt.

»Was ist, Darnok, hat es Ihnen die Sprache verschlagen? Sehen Sie übrigens, wie sich hinter und über Ihnen gerade der Escort-Service erweitert, und damit mein ich keinen Gratisreifenwechsel in einer Ford-Werkstätte, sondern Rundumbetreuung. Also, was ist mit Ihrem Bruder?«

Und jetzt erfüllt ein aus der Freisprechanlage dröhnendes Heulen, Brüllen den Fahrzeuginnenraum, da ist dem Metzger der Gedanke an einen Gehörsturz kein fremder mehr.

Sturz scheint auch für Konrad das Stichwort, denn wie gesagt, er nimmt das Überführen nun ziemlich wörtlich.

Auf eine hohe Autobahnbrücke geht es gerade zu, da erleichtert er sein Gewissen: »Er wollte ja ohnedies immer schon sterben, hat sich mindestens einmal zuvor die Pulsadern aufgeschnitten, ein andermal Schlaftabletten genommen, und was weiß ich noch alles versucht. Ich hab ihm also nur einen Gefallen getan, hören Sie. Einen Gefallen. Zuerst Schlaftabletten, und wie er betäubt genug war, dann Pulsadern, so geht das. Er hat nichts bemerkt. Das war ein guter Tod. Und ja!«, wird das Geschrei immer lauter, »ich hab ihm die Post raufbringen wollen, darunter die Verlagszusage für sein neues Buch, hab sie ihm nicht ausgehändigt, nach seinem Tod alle Manuskript-Originale an mich genommen, bin damit zum Verlag gefahren, als Iwan. Und das weiß ich jetzt auch, dass ich dieses beschissene Buch nicht an mich nehmen hätte sollen, dann wäre alles gut, dass ich zu vertrottelt war, dieses elende Woplatek in dem Ketalpow zu entdecken, da hätt ich doch den Namen nicht verwendet, hätte mich Meier oder Huber genannt. Abgesehen davon wäre kein Mensch auf das Woplatek draufgekommen, wenn es nicht wer auch immer den Medien geflüstert hätte. Den sollten Sie suchen. Hören Sie. Genau den!«

Und noch lauter wird sein Gebrüll, unruhiger seine Fahrweise.

»So eine verdammte Scheiße mit diesem elenden Buch. Will sich der Dreckskerl aus dem Jenseits rächen oder was! Glauben Sie, mein Leben war viel leichter als seines. Aber ich hab mir nach dem Tod meiner Mutter wenigstens den Arsch aufgerissen, ständig, hätte dann er erben sollen? Er, der nichts zustande gebracht hat, sich nur verkriecht vor lauter Selbstmitleid und Weltschmerz!«

Und Konrad Hödlmüller beginnt zu weinen, herzzerreißend fast, dazu das Geheul der sich nähernden Einsatzfahrzeuge, die Brückenmitte ist erreicht, ruhiger wird er, stockend sein Ton.

»Es tut mir leid!«

Und wieder.

»Es tut mir so leid!«

Ein Schluchzen.

»Wenigstens ist es eine Wiedergutmachung, wenn jetzt seine Bücher so erfolgreich sind! Eine Wiedergutmachung …«

Dann wird es still, bricht er ab, nur noch sein schwerer Atem ist zu hören.

Und während Josef Krainer erwidert: »Das Leben haben Sie ihm genommen und dann auch noch sein Werk. Nichts davon können Sie wiedergutmachen. Nichts!« Konrad Hödlmüller schert plötzlich aus, rast vor den Augen des Metzgers in vollem Tempo auf die Leitplanken zu, verreißt kurz davor den Wagen, überschlägt sich.

Und dann purzelt er, der Citroën C-Zero, wie ein Würfel über die Leitplanken, als wären es aufgespannte Gummibänder.

Still ist es in den Lautsprechern.

Willibald Adrian Metzger hat es die Sprache verschlagen, und auch Josef Krainer zeigt sich fassungslos: »Zero kann man da nur sagen!«

Kurz darauf erfüllt ein Krachen, ein Blitzen die Nacht, und der Metzger wird sie, wie er dann vom Pannenstreifen aus in den Abgrund blickt, so schnell nicht vergessen, die alles andere als appetitlichen Worte des Josef Krainer: »Na bitte, und sein eigenes Krematorium hat er auch gleich dabei!«

51

Danjela Djurkovic hat es getan.

Mit eigener Hand. Ein Umstand, der nicht hoch genug zu bewerten ist, denn ihr Motto in solchen Fällen lautet: »Brauch ich wirklich nix selber machen, wenn gibt zu kaufen fix und fertig!« Besser wäre es natürlich gewesen, diesem Motto treu zu bleiben. Die Küche gleicht einem Schlachtfeld. Mit tiefroten Flecken übersät ist Danjelas weiße Schürze, rein optisch also ein prächtiges Feindbild radikaler Vegetarier. Nur sind auch hier der vorschnell gebildete und ungebildete Hass identisch, denn auf dem Speiseplan steht keine Blutwurst, sondern die farbentechnische Sauerei namens Zwetschgenröster. So blau kann die Schale, und grün das Fruchtfleisch, nämlich gar nicht sein, als dass dann aufgekocht nicht ein dermaßen kräftiges, überzeugendes Rot herauskäme, da gingen den Restmitgliedern sozialistischer Funktionäre vor Sehnsuchtstränen ruckzuck die Taschentücher aus.

Entsprechend lässt sich auch Danjela nicht lumpen, flucht durch die Gegend, verbal, neonverbal, je nach Notwendigkeit, einige Zwetschgen wurden bereits auf ihre Flugtauglichkeit überprüft, was an sich keine Ungewöhnlichkeit darstellt. Wenn Madame Djurkovic ihre Kochkunst ausübt, geht es eben grundsätzlich gewaltig ans Eingemachte, kommt weder das Kochen noch die Kunst zu kurz, da kämpft die Küche im Grunde ums Überleben.

In diesem Fall aber ist es auch für Danjela ein Kampf, denn der Plan lautet: Buchteln mit Zwetschgenröster und

Vanillesoße, auf dass nicht nur des Metzgers Herz höherschlage. Denn auch wenn die Medien seit Tagen voll sind mit den Großereignissen rund um Konrads Ableben und Richard Vogels Auftauchen, ihrem Willibald ist die Glückseligkeit nicht wirklich anzusehen. Und sie kann das aufgrund der ominösen Verstrickungen rund um Hofer, Zawodnik und Gruber ja nachvollziehen. Extra die Homepage dieser Laientheatergruppe hat sie ihm herausgesucht: »Na, gehst du zu Premiere von *Romeo und Julia* nächste Woche, auch wenn ist Stück und Thema so originell wie Schokoladetorte auf Kindergeburtstag, und dann schaust du weiter!«

Wobei, schauen wird er auch heute schon, denn wie gesagt, da stehen in der Speisekammer Uwes elende Zwetschgen herum, die dermaßen herrlich schmecken, um sie aus Trotz eben nicht zu essen und folglich so lange reifen zu lassen, bis sie schlecht genug sind, um ruhigen Gewissens weggeschmissen werden zu dürfen. Der Mensch ist eben ein Mysterium.

Und an sich wäre dieses Vorhaben ja gelungen, hätte da nicht Trixi angerufen. »Jetzt sag schon, Danjela: Wie haben sie euch geschmeckt? Was hast du damit gemacht? Dörrobst? Powidl? Oder hast du sie eingekocht?«

»Eingekocht! Zwetschgenröster, herrlich!«, so die umgehend eiskalt bestrafte Lüge. »Wirklich, Lilli und Uwe lieben Zwetschgenröster, wann können wir kommen? Ist es euch übermorgen recht? Wir müssen ja sowieso mal mit euch reden.«

Unmöglich, Nein zu sagen.

»Wunderbar, braucht Willibald eh gute Laune!«

»Aber sag ihm nichts, damit es auch eine Überraschung wird!«

Und weil Danjela viel zu spät mit allem begonnen hat, kann von guter Laune natürlich keine Rede sein.

Diesbezüglich geht es dem Metzger jetzt nicht anders. Er mag sich einfach nicht, fühlt sich im Grunde elend, irgendwie mehr für Konrads Tod als für die Rettung des Richard Vogel verantwortlich, ganz zu schweigen von dem schaurigen Gedanken, man könnte ihn benutzt haben. Denn rückblickend betrachtet ist das doch alles sehr seltsam. Kurz nachdem er einen Zusammenhang zwischen Hofer, Zawodnik und Gruber entdeckt, läuft ihm quasi dieser Vespafahrer vor die Linse, der vielleicht Konrad sein wollte, aber, was die Körperhaltung betrifft, niemals war, und führt ihn für ein Zweirad höchst gemächlich zum Versteck des Richard Vogel, um ihm dann auch noch mit dem Scheinwerfer schön unübersehbar das Versteck des Hausschlüssels auszuleuchten.

Auch lassen ihm die Einladungsschreiben keine Ruhe. Aus *Egons Schatten* herausgelöste, signierte Buchseiten.

Die Einladung an Richard Vogel:

Für Richard,
Lesen kann die Welt verändern,
was gibt es Schöneres als eine Begegnung.
Viel Lebens- und Lesefreude
Iwan Ketalpow

Vor allem die Einladung an Mareike Haberzellner:

Für Mareike,
eine große Überraschung, die dir Freude bereiten wird.
Manchmal muss man die Dinge eben selbst in die Hand nehmen. Freu dich auf den Abend.
Wir sehen uns auf ein Würstel.

Viel Lebens- und Lesefreude
Iwan Ketalpow

Und auch im Exemplar des Metzgers steht dieser Satz:

Viel Lebens- und Lesefreude
Iwan Ketalpow

Nett, aber so allgemeingültig. Schreibt man Derartiges an das Ende einer persönlichen Widmung? Wohl eher nicht?

Und hat der Metzger nicht selbst erlebt, wie sich Konrad Hödlmüller während seiner Signierstunde geduldig und gedankenlos weiß der Teufel was alles hat diktieren lassen. Was, wenn ihm diese Zeilen nach einer Lesung, deren es ja schon einige vor dem Auftritt in der Fabrik gab, ebenso angesagt wurden, so nach dem Motto: »Herr Ketalpow, könnten Sie bitte schreiben: ›*Für Mareike, eine große Überraschung, die dir Freude bereiten wird …*‹«

Der Autor also als sein eigener Dokumentenfälscher?

Zufälle über Zufälle. Und an so viele Zufälle glaubt nicht einmal der allergrößte Religionsverweigerer. Vorhersehung einer Sekte trifft es wohl eher, und genau diese Sekte macht dem Metzger zu schaffen. Noch eine Woche warten bis zur *Romeo und Julia*-Premiere, das dauert ihm zu lange.

Also wird er wohl auf gut Glück einen Probenbesuch riskieren.

Folglich beendet er seine Arbeit früher als sonst, um sich zu Hause frisch zu machen.

»Kommst du heim pünktlich um 17 Uhr. Versprichst du! Gibt Abendessen«, hat ihn Danjela heute Morgen zum Abschied wissen lassen.

»Versprochen!«, seine Antwort.

Und jetzt kommt er sogar früher. Danjela wird sich freuen.

»Was! Bist du schon da?«, lautet nach Öffnen der Eingangstür die durchaus panische, alles andere als beglückte Begrüßung, und ja, zartbesaitet, wie der Metzger selbst gerade ist, trifft es ihn.

Ein wenig fehlen ihm sogar die Worte, wobei, viel sagen muss er ohnedies nicht, sein Blick in die Küche reicht völlig, um Danjelas Aufregung zu verstärken.

»Schaust du nix wie Feldwebel bei Stubenkontrolle. Hilfst du lieber, suchst du erstens Mäuse, weil haben wir hundertprozentig Nagetier in Wohnung, ist Zuckerpackung angeknabbert und Müslischachtel und Semmelbrösel, Katastrophe, und deckst du zweitens Esstisch. Nimmst du schöne Geschirr!«

»Haben wir etwas zu feiern?«

»Haben wir Gäste. Wäre gewesen Überraschung!«

»Darum pünktlich um 17 Uhr. Ich verstehe. Und wen? Ist Petar Wollnar aus Polen zurück oder Halbschwester Sophie mit Toni aus der Schweiz?«, spürt er einen Hauch von Freude durchschimmern, doch der hält nicht lange.

»Lilli, Trixi, Uwe.«

»Uwe!«, ändert der Metzger nun hörbar die Tonart. »Na, die Überraschung ist dir jetzt gelungen! Warum, bitte, besprichst du so etwas Wichtiges nicht mit mir?«

»Ist nix unbedingt Wesen von Überraschung, vorher groß besprechen!«

»Aber vielleicht ist es das Wesen einer Überraschung, sich vorher mit etwas Menschenkenntnis und Feingefühl zu überlegen, ob der Überraschte überhaupt auf diese Weise überrascht werden will oder ob es für den Überraschten eine gute oder böse Überraschung sein könnte!«, presst sich für seine Verhältnisse ungewohnt starker Unmut an die Oberfläche. Nicht gut in Anbetracht der mit ihren Zwetschgen schwer überforderten Danjela. Gar nicht gut.

»Hast du eh genommen Blutdrucktablette oder nur Rotwein in Werkstatt?«, fährt sie ihn an. »Und hast du vielleicht umgekehrt mich angerufen, weil kommst du früher nach Hause?«

»Das ist nicht unbedingt dasselbe!«

»Na, unbedingt ist dasselbe!«

Und allerspätestens hier wäre ansonsten der Punkt, an dem Willibald Adrian Metzger die Bremse zöge, in dem Wissen, mit seiner mathematischen, männlichen Logik unmöglich der kreativen, weiblichen gegenhalten zu können. Entschärfung, so lautet für gewöhnlich seine Strategie, ein Witz, ein Themenwechsel, ein Nachgeben.

Wie gesagt: für gewöhnlich.

Heute allerdings fehlt ihm dazu einfach die innere Ruhe, er ist eben auch nur ein Mensch. Also ist Aufregung angesagt, nicht stürmisch natürlich, das widerspräche seinem Naturell, sondern still, wird es folglich unterlassen, nach weiteren Worten zu suchen, die Kränkung in den Vordergrund geschoben, die Gedankenspirale abwärts gedreht, sich in dem Gefühl gesuhlt, übergangen worden, folglich unbedeutend, im Grunde hier nur der Wurschtel zu sein. Die Schlafzimmertür wird geschlossen, das Bett als Zuflucht aufgesucht, während in Küche und Wohnzimmer der Hades brodelt, Danjela fluchend versucht, wie ja ursprünglich geplant, alleine zurechtzukommen. Und weil man es bilateral verpasst, rechtzeitig den Schritt aufeinander zuzugehen, stehen die beiden nun im Vorzimmer und begrüßen mit einer dermaßen provokant gegeneinander gerichteten Freundlichkeit ihre Gäste, als verspräche eine große Koalition Besserung.

Und natürlich verläuft dann das Abendessen zumindest für den Besuch halbwegs erträglich, denn der Metzger bemüht sich redlich, mit seinem darstellerischen Unvermögen nicht gänzlich dem grandiosen Schauspieltalent seiner Danjela zu unterliegen. Er spielt mit Lilli zuerst Memory, dann Ponyreiten, dreht seine Runde, die juchzende Kleine auf dem Rücken, hört ihr begeistertes: »Und stell dir vor, Onkel Willi, die Mama und der Papa von Uwe wohnen auf einem Bauernhof, und da gibt es sogar ein echtes Pferd und Kühe, Schweine, Hühner, einen Hund und Katzen! Und der Garten von Uwe liegt direkt daneben.«

Und er spielt den liebenswürdigen Gastgeber, den Butler und Charmeur, er spielt sogar den Interessierten und Trixi Verständnis vor: »Das sind natürlich nachvollziehbare Neuigkeiten. Wenn Uwe ein Haus mit Garten in der Nähe des Bauernhofes seiner Eltern hat, muss man das klarerweise ausnutzen und hinziehen!«

Und er mimt den freundlichen Abschied, begleitet die drei zum Wagen, kann sich von Trixi ein »Hoffentlich redet ihr zwei bald wieder miteinander, denn unterhalten und beschäftigt habt ihr euch ja auffälligerweise nur mit uns!« anhören, winkt den Davonfahrenden hinterher, sieht dann einen schwarzen Leichenwagen anhalten und schließlich zwei Männer einen Blechsarg in das Haus gegenüber tragen. Ein ebenerdig dunkles Haus, genau dort, wo durch das stets geschlossene Fenster sonst nur dieses blaue Flimmern zu sehen war.

»Wer ist gestorben?«, will er wissen.

»Der alte Langthaler!«, meldet sich eine Stimme aus dem Inneren des Hauses. »Aber den hat man vorher ja auch schon nie auf der Straße gesehen!«

Und er schleppt sich den Gehsteig entlang, der Metzger, anstatt hinauf zu seiner Danjela in die Wohnung zu gehen, wie ein gebrochener Mann. Seinen Blick starr auf den Asphalt gerichtet, voll Schmerz. Nicht des Langthalers wegen.

»Lilli!«, flüstert er.

Dann sind sie da, die stummen Tränen.

»Meine Lilli!«

Alles auf Abschied. Alles geht.

So auch Willibald Adrian Metzger, als könnte er nicht anders.

Und der Weg führt ihn vorbei an der Kaiserstraße 17, hinein in die Stadt, nicht ziellos, lässt ihn Fußgängerzonen durchschreiten, Parks durchqueren, bis er es endlich sieht, am Ende einer Sackgasse. Und es flackert dort beinah in haargenau derselben Neonschrift wie die erloschenen Leuchtbuchstaben »Zawodniks Heiße«.

52

Die Glastür ist offen.
Die Garderobe leer.

Nur von der Straßenlaterne beleuchtet, das vollständig mit Zeitungspapier tapezierte Foyer. Aus Tagesmeldungen, aus der Schnelllebigkeit ist, wie es mit einer Spraydose quer über eine der Wände geschrieben steht:

Ein Hauch von Ewigkeit

geworden – und es gefällt ihm, dem Metzger. Sparsamer und doch nicht billig lässt sich ein Raum kaum verschönern.

Und nicht nur einer.

Alles, das gesamte kleine Theater, bleibt, wie sich nach lautlosem, stückweisem Öffnen der glücklicherweise wunderbar geschmierten Schwingtür zeigt, der Gestaltungslinie des Eingangsbereiches treu. Durch den kleinstmöglichen Spalt hat er sich geschoben, vorsichtig und rücksichtsvoll, um keinesfalls zu stören oder gar Aufsehen zu erregen.

Dunkel ist der Zuschauerraum, die Bühne beleuchtet, belebt. Es wird geprobt, in Kostümen. Und er schleicht gebückt in die hinterste Reihe, beugt langsam seine Knie, weit, hofft, es möge von seinen Gelenken nicht wie gelegentlich ein Knacken kommen, als wäre ein Colt gespannt worden, und nimmt auf einem Sofa Platz. Lautlos. Polstermöbel, ausgemustert wohl, aber gut erhalten, dienen den Zuschauern als Sitzgelegenheit, dazwischen Teppiche, Couchtische, darauf in bunten Gläsern liegende flache Kerzen.

In der vordersten Reihe zwei Personen. Eine der beiden sitzt, mit Kapuzenjacke, offenbar in einem eigenen Regiesessel, wie, zumindest von hinten betrachtet, die ein Stück über die Polstermöbel ragende Lehne vermuten lässt.

Still ist es im Saal, nur auf der Bühne wird gesprochen, werden diese so wunderbar poetischen, melodischen Worte wie Musik zum Erklingen gebracht, Worte für die Ewigkeit.

Romeo und Julia.

Es wird gespielt, gekämpft, gefochten mit allergrößtem Einsatz, auch körperlich, da braucht es keinen Stuntman, da kann sich der Metzger plötzlich lebhaft vorstellen, wie auch aus Würstelbuden hechtgerollt oder auf Asphalt gestürzt wird. Und irgendwann hört er nicht mehr zu, sieht nur, denkt nur, geleitet von jenem Buch, das ihn die letzten Tage gepackt und in seinen Klauen hatte wie ein Raubvogel, emporgehoben, Schwebezustand, alles sehen aus Vogelperspektive, und ihn nun fallen, seine Gedanken fliegen lässt.

Die Farbe der Sterne.

Die Geschichte zweier Liebender.

Mareike Haberzellner fällt ihm ein, ihre Worte, als sie dieses Buch in Händen hielt: »Ein wunderbares Buch aus seiner Backlist!« Ein längst erschienenes Buch vergangener Zeiten, das Rückgrat eines Autors, sein Hintergrund, so wie die Backstory einer Geschichte, daran baut sich alles auf. »Und das hier ist einer der berührendsten Liebesromane, die ich je lesen durfte: Die Geschichte einer Fleischverarbeiterin und eines vereinsamten, nennen wir ihn mal Geisteskranken, was auch immer das bedeutet, denn Geisteskranke ohne Diagnose gibt es ja mehr als genug.«

Vor seinen Augen findet sie nun statt, die Backstory all des Geschehenen, da ist sich der Metzger sicher, nicht nur, weil hier alle Protagonisten vereint auf dieser Bühne stehen, Miguel Maria Hofer, Erich Zawodnik, Paul Gruber und das zur Frau gewordene »Heast Madel« des alten Woplatek, vom Regisseur als Beate angesprochen, sondern weil sich endlich auch der Regisseur erhebt – und es erhebt sich nicht jene Person in Kapuzenjacke, die diesen vermeintlichen Regiesessel okkupiert, sondern der Herr daneben, erklärt: »Ihr seid einfach großartig, wollen wir eine kleine Pause einlegen!«, legt dabei seine Hand auf die Schulter seines Sitznachbarn, wendet sich ihm zu, und jetzt erkennt er das Gesicht des Regisseurs, der Metzger, und alles fügt sich, formt sich langsam zu einem Ganzen.

Richard Vogel, quietschvergnügt, keine Spur von den Leidensqualen in diesem Kellerloch. Der entführte Deutsch- und Turnlehrer gibt in seiner Pension also den Spielleiter eines Laientheaters.

»Hat es dir gefallen?«, beugt er sich zu seinem Nachbarn.

Auch Beate springt als wieder lebendig gewordene Julia von der Bühne, läuft auf den Sitzengebliebenen zu, umarmt die nach wie vor sitzende Person, küsst sie, fragt begeistert: »Wie fühlt es sich an, ein bisschen aus deinem Käfig heraußen?«

Und Willibald Adrian Metzger kann nicht mehr anders, zutiefst gerührt, aufgewühlt. War alles nur ein Irrtum? War alles nur ein Spiel?

»Wie Egon, damals im Zoo. Weißt du noch?«, erhebt er sich nun, unfähig, noch länger sitzen zu bleiben. Krachende Knie, das Touchieren, Umfallen eines Couchtisches, egal, das Knarren der Dielen mit jedem seiner Schritte vor in Richtung Bühne, egal, die todernsten Gesichter der ihm bekannten Menschen, alles egal. All die Worte kommen ihm in den Sinn. Der kleine Hansi und er auf dieser Bank, in diesem großen, von dichten Föhren geworfenen Schatten.

»Und immer hast du mir dieselben Fragen gestellt: Wenn er nicht gefüttert wird, wie würde er jagen gehen, wolltest du zuerst wissen.«

Es ist eine leise Stimme, die nun den Raum erfüllt, zart

und zerbrechlich: »In der Nacht. Ganz still bleibt er sitzen, so wie jetzt, beugt seinen Kopf hinunter, spreizt die Gesichtsfedern, und kaum sieht oder hört er seine Beute, lehnt er sich vor, waagerecht fast, lässt sich fallen, breitet seine Flügel aus, fliegt und fliegt und fliegt, lautlos. Dann schnappt er zu.«

Es ist kein Regiesessel, sondern ein Rollstuhl, erkennt er nun, der Metzger, während er näher und Beate Gruber auf ihn zukommt.

»Dann war dir nur noch eines wichtig, kannst du dich erinnern: ›Muss er wirklich zwanzig Jahre in diesem Käfig bleiben, er hat doch gar nichts getan!‹, wolltest du wissen, und schließlich …«

Ohne sich umzudrehen, wird ihm ins Wort gefallen: »Wann lassen sie ihn frei und darf er endlich fliegen?«

Und Willibald Adrian Metzger tritt ihm gegenüber, sieht unter der Kapuzenjacke einen schmalen, kahlen Kopf, ein blasses Gesicht, eingefallene Wangen, tiefe Augenringe, diesen alles einvernehmenden, freundlichen und plötzlich auch willensstarken, tatkräftigen Blick, denn mit beiden Händen stemmt er sich nun gegen die Armlehnen, versucht, sich hochzudrücken, als gelte es, dem Restaurator entgegenzutreten, Respekt zu erweisen, doch so schwach, so zittrig seine Arme, wie dürre Äste, und so stark, voll Leben seine Augen. Alles an ihm nur Freude.

Wiedersehensfreude.

Dann gibt er auf, lässt sich schwer atmend in seinen Rollstuhl zurückfallen, lächelt, greift nach der Hand seines Gegenübers, deutlich zu spüren sein fehlender rechter Daumen, nur ein Umfassen, und flüstert, sanft, liebevoll fast: »Der Metzger.«

Es sind zuerst nur Blicke voller Verbundenheit zwischen den beiden. Hans Woplatek ist zwar mehr noch als früher das zerbrechliche, in sich gefangene Kind, bemerkt der Restaurator, und doch scheinen sich seine Gittertüren geöffnet zu haben, endgültig. Und es ist Beate Gruber, die nun zwischen die beiden tritt, wohl wissend, was kommen würde: Fragen, nichts als Fragen, also zuallererst die eine, wichtigste beantwortet: »Wann du frei bist und endlich fliegen darfst, willst du wissen? Jetzt, Hans, jetzt. Eine neue Zeit wird für dich nun anbrechen. Eine gute Zeit. Eine gerechte Zeit!«

Dann wendet sie sich dem Metzger zu: »Konrads Tod ist ein Geschenk, ist eine Wiedergutmachung, ist mehr, als wir uns erhoffen konnten. Das Unvorhersehbare. Ausnahmsweise im Guten!«

»Lass es bleiben, Beate!«, will ihr Erich Zawodnik Einhalt gebieten, doch vergeblich: »Keine Unsicherheiten mehr, Papa, er weiß doch schon so viel, oder willst du, dass er falsche Schlüsse zieht?«

»Papa!«, muss der Metzger unterbrechen.

»Erich Zawodnik ist mein Vater, Paul mein Bruder. Familie eben«, antwortet Beate, »kann Fallbeil sein oder, wie in unserem Fall, Lebensretter. Und dazu zählen auch Richard Vogel und Miguel Maria Hofer. Richard, der Hansi als Schüler hatte und so etwas wie ein Ersatzvater wurde, und Miguel Maria Hofer, zuerst ein enger Freund von Richard und jetzt von uns. Richard hat ihm damals das erste Manuskript von Hans gegeben, und Miguel hat es später voll Begeisterung an den Verlag, also Mareike Haberzellner, weitervermittelt.«

Und nun beginnt sie zu erzählen. Kein Zurück mehr.

Danjela leidet wie ein geprügelter Hund.

Nur eine lächerliche Kleinigkeit als Auslöser eines so gewaltigen Zerwürfnisses, wie es in all den Jahren noch nie ihre Beziehung erschüttert hatte! Sie kann es kaum glauben.

Und sie weiß es ja, kennt ja ihre Schwäche, ihre Induktionsherd-Mentalität, ihr schnelles Aufwallen, kaum dreht sich der Partner um, kann theoretisch ohne viel Zutun hinter ihm das Wasser überlaufen. Aber eben nur kurz.

Und normalerweise reagiert er ja sofort, der Metzger, nimmt gekonnt den Topf von diesem Kochfeld, wischt bedächtig die Platte ab, denn er weiß, der Induktionsherd wird selbst bei Hochbetrieb nicht heiß, unmöglich also, sich bei Berührung die Finger zu verbrennen.

Heute aber hat ihr Willibald alles stehen und liegen lassen, und nun auch sie, ist auf die Straße gelaufen, und das in einem solch bitteren Moment, denn Lilli wird wegziehen, und nicht nur ums Eck. Lilli, als wäre es das eigene Kind, so einen Stellenwert hat die kleine Matuschek-Pospischill in ihrem Leben. Diesen Sonnenschein werden sie nun verlieren.

Und wie Danjela nun selbst auf den Gehsteig tritt, Edgar an der Leine, ist es nicht unbedingt ein Hoffnungsschimmer, dem sie entgegenblickt.

Ein Blechsarg wird aus dem Haus gegenüber getragen, dahinter eine ältere Frau. Wie gebannt bleibt sie stehen, nimmt Danjela ins Visier, starrt sie an, hypnotisch fast.

»Meine Güte, ist schrecklich!«, weiß sich Danjela keine andere Hilfe, als die Dame anzusprechen: »Wer ist gestorben?«

»Mein Bruder, Heinrich Langthaler!«

»Oh, meine Beileid!«

Und es kommt keine Erwiderung.

53

Es war der 25. Oktober vor zwei Jahren, als Beate Gruber heim von ihrer Arbeit kam, das Eingangstor der Kaiserstraße 17 bereits im Blick, da lief er aus dem Haus: Konrad.

Er wusste nichts von ihrer Beziehung zu seinem Bruder Hans, den sie niemals Hansi nennen würde, als wäre er ein Kanarienvogel oder Schoßhund. Eine Beziehung, die anfangs nachbarschaftlich war, später fürsorglich, intim, vertraut wurde und dennoch das Wesen des Anfangs nie verlieren sollte. »Sich zu lieben bedeutet gute Nachbarn sein. Den Raum des anderen respektieren, ihn jederzeit Türen schließen lassen und trotzdem gastfreundlich, hilfsbereit bleiben!«, pflegte Hans immer zu betonen. Und es war eine gute Haltung, auch in ihrem Sinn.

Konrad.

Ein ganzes Leben hatte sie ihn nie zu Gesicht bekommen, und eines Tages stand er plötzlich vor seiner Tür. Beate wusste nicht, warum, war voller Misstrauen. Sie wusste nur: Konrad hatte wie Hans keine Mutter mehr, hatte keinen Kontakt zu seinem Vater, lebte in der Stadt. Mehr nicht.

Und sie behielt ihn im Auge, während von Tag zu Tag ihre Hoffnung stieg: Irgendwann würde der Verlag sein Manuskript gelesen haben, begeisterte Zusagen schicken, was sonst, Hans würde sich anfangs sträuben, ihr aber schließlich dankbar sein und ein neues Leben beginnen können.

Doch es kam nichts.

Nur Konrad. Immer öfter.

Bis zu diesem Tag.

Eilig lief er an ihr vorbei. Hatte einen Brief in der Hand, und diesen seltsamen Gesichtsausdruck. Blut war an seinem Hemd.

Schneller wurde ihr Schritt. Ein Läuten an seiner Tür, ein Pochen. Kein Mucks.

Sie lief in ihre Wohnung, den Schlüssel holen, seine Wohnung öffnen, sah den vom Wasserdampf beschlagenen Vorzimmerspiegel, sah die Badezimmertüre offen stehen und ihre schlimmste Vorahnung erfüllt. Die volle, blutrote Badewanne, darin sein Körper, die tiefen Schnitte in seinen Pulsadern, auf dem Bord unter dem Badezimmerspiegel Schlaftabletten. Sie hatte ihn schon einmal gefunden, in seinem Bett, nur Tabletten, diesmal aber schien es aussichtslos. Und doch war da noch Leben in ihm.

Leben, so wurde ihr spätestens beim Anblick des leergeräumten Schreibtisches bewusst, alle seine Unterlagen weg, sein Laptop weg, nichts mehr über, das nur erhalten werden könnte, wenn sie umgehend handelte. In vielerlei Hinsicht, denn Konrad würde, wenn sie nun einen Fehler machte, wiederkommen.

Also zuerst ihren Bruder Paul anrufen, ihn sofort herbeiordern, fragen, ob sie seine Identität und seine Krankenkassenkarte benutzen könne, dann Hans Woplatek von der Rettung abholen und als Paul Gruber ins Spital bringen lassen. Niemand würde Fragen stellen, beide dieselbe Blutgruppe A+, beide beinah dasselbe Alter.

Den Rest wusste Paul, der bei der Bestattung arbeitete, zu erledigen: »Warten wir einfach, Beate, bis ein passender Toter reinkommt!« Eine Woche hat es gedauert. Einen jungen Mann namens Aldrin Senekowitsch musste er zwecks Einäscherung so wie stets nach Tschechien bringen, billiger die Preise, identisch das Resultat, persönlicher, dankbarer die Dienstleister, variabler die Möglichkeiten – diesmal allerdings über einen kleinen Umweg.

In die Wohnung hat er ihn gebracht, friedlich ins Bett gelegt, die Schlaftabletten auf das Nachtkästchen gestellt. Worauf Beate dann ihrerseits offiziell den Selbstmord ihres Geliebten Hans Woplatek meldete, also die Bestattung informierte, sprich ihren Bruder Paul, der, wie in jedem anderen Todesfall auch, mit einem zweiten Bestatter und einem Arzt offiziell die Wohnung seiner Schwester betrat. Und wenn Beate als trauernde Lebensgefährtin weinend einen fremden Aldrin Senekowitsch als ihren geliebten Hans Woplatek bezeichnet, all das bestätigt von Paul, vorgibt, nach ein paar Tagen Urlaub heimgekommen zu sein und nun ihren Hans gefunden zu haben, dann glaubt man ihr das auch.

Und weil es bei Hans Woplatek bereits zuvor nachweisbar mehrere Selbstmordversuche gab, verzichtete man auf die Obduktion. So also fuhr Paul Gruber mit Aldrin Senekowitsch nach diesem kurzen Zwischenstopp doch noch wie ohnedies geplant weiter nach Tschechien, und retour kam er mit zwei Urnen, eine gefüllt mit Aldrin Senekowitsch, eine andere gefüllt mit Asche weit weniger tragischer Herkunft, ein einfacher Kugelgrill tut's auch. Somit also war Hans Woplatek offiziell an einem 31. Oktober gestorben, ordnungsgemäß eingeäschert, und wurde unter den Tränen seines Vaters an einem kalten Novembertag zu Grabe getragen. Ehrliche Tränen, bittere, denn der alte Heinz Woplatek war sich durchaus bewusst, nun eines Tages mit der größten Schande seines Lebens, also sich selbst und seinen eigenen Taten, dem Teufel gegenübertreten zu müssen.

Beate dachte, frei zu sein, und irrte.

Helene Kubelka gab ihr Vorschauen mit, und dort sah sie es: Genau jenes Buch, das sie ohne Erlaubnis ihres Mannes an den Verlag geschickt hatte. Zu diesem Zeitpunkt allerdings wusste sie sich noch keinen anderen Rat, als sich zuerst mit ihrem Vater Erich Zawodnik und ihrem Bruder Paul und schließlich auch noch mit Richard Vogel und Miguel Maria Hofer auszutauschen.

Man beschloss, nicht voreilig zu handeln, die Dinge im Auge zu behalten.

Und gut war das.

54

Und dann haben Sie sich gedacht, veranstalten wir einfach ein Theater, führen in freier Wildbahn ein öffentliches Bühnenstück auf und ruinieren Konrad Hödlmüller, machen ihn fertig, diktieren ihm nach einer Lesung, ohne dass er es bemerkt, ein paar Einladungsschreiben, bitten somit Mareike Haberzellner in seinem Namen auf ein Würstel, was Mareike Haberzellner in vielerlei Hinsicht lustvoll nicht ablehnt, denn man hat ja ein loses Verhältnis, lassen sie zur Zeugin eines höchst grandiosen Schauspiels werden, und weil ich dummerweise grad Erich Zawodnik hinterherlaufe, ihn von etwas abhalten will, das er ja ohnedies nie vorhat zu tun, wird Paul Gruber verständigt, um mich als Mohamed Fahim niederzurennen. Hab ich recht?«

»Glauben Sie wirklich, Metzger«, unterbricht Miguel Maria Hofer und scheint sich prächtig zu amüsieren, »Mareike Haberzellner war nicht eingeweiht? Ich kenn sie seit einer Ewigkeit. Ihr Autor wurde beinah ermordet, wurde betrogen, beraubt, gefreut hat sie sich über meine Einweihung und den Plan, denn für die Verkaufszahlen eines Romanes gibt es kein größeres Geschenk als mediale Dauerpräsenz! Sie wäre ausgemachterweise schon selbst zur Polizei gegangen, nur ein bisschen später, Ihr Besuch hat das allerdings etwas beschleunigt. Und dass sich schmutzige Männerfantasien sehr leicht lose Verhältnisse vorstellen, wo gar keine sind, ist ja keine Überraschung.«

Und jetzt muss er sich hinsetzen, der Metzger.

»Und Ihre miese Kritik war reiner Selbstschutz, um mit

alldem nicht in Verbindung gebracht zu werden, Hofer, seh ich das recht?«

»Metzger, Sie lernen offenbar nicht dazu: Eine miese Kritik ist ein großer Gefallen. Und wenn ich sie dann noch so dermaßen pathologisch und bösartig formuliere wie im Fall dieses Buches, glauben die Leserinnen und Leser ja wahrscheinlich sowie allesamt, ich hätte einen gewaltigen Hieb, was meinem Image keineswegs schadet, und kaufen das Buch erst recht!«

»Na wunderbar!«, kommt der Metzger jetzt in Wallung, erhebt mit ungewohnter Kraft seine Stimme, zornig: »Und Sie alle hier heißen es offenbar gut, Heinz Woplatek zu ermorden. Haben Sie ihn aufgehängt und erschossen, Frau Gruber, tun dann so, als hätten Sie ihn in der Selchkammer gefunden, und jubeln Konrad die Tatwaffe unter?«

»Ja, das war ich! Ich habe ihn aufgehängt und erschossen, genau in dieser Reihenfolge!«, erklärt Beate Gruber, und da ist eine seltsame Gelassenheit in ihrem Gesicht: »Nur muss ich Sie leider enttäuschen, ermordet habe ich ihn nicht! Heinz Woplatek war todkrank. Lungenkrebs. Unheilbar. Und dieses Thema hat er nicht wie andere groß ausgeschlachtet. So ein Kraftmensch gibt sich keine Blöße. Und so ein Lebemann lässt sich nicht vom Leben brechen. Heinz Woplatek hatte längst alles zu Hause, um an sich selbst jederzeit aktive Sterbehilfe ausüben zu können, ohne extra erst in die Schweiz reisen zu müssen. Mit wem, glauben Sie, hat er darüber gesprochen?« Und mit jedem weiteren Wort wird Beate Gruber immer aufgewühlter: »Mit seinem sechsundzwanzigjährigen Flittchen Ludmilla? Oder mit Konrad, der, kaum hat er von der tödlichen Krebsdiagnose seines Vaters erfahren, auf der Matte stand?«

»Und das ist nicht selbstverständlich, wenn man schon die Mutter verloren hat, als Kind dann seinen Vater zu suchen?« zeigt sich der Metzger keineswegs beruhigt.

Beate Gruber verliert nun völlig die Fassung: »Konrad wollte seinen Halbbruder ermorden und hat ihm das Leben gestohlen, da können Sie sich Ihre Sentimentalität sparen, Herr Metzger. Und nein, es ist nicht selbstverständlich, weil Heinz Woplatek hat nach dem fingierten Tod von Hans ja versucht, Kontakt zu Konrad aufzubauen, und ist immer nur abgeblitzt. Einzig Geld wurde von Konrad gefordert, gespickt mit dem Vorwurf, Heinz hätte Hans nun endgültig in den Tod getrieben. Und dann eben kam die Krankheit und Konrad angekrochen. Ja, Heinz Woplatek war ein Schwein, das steht fest, aber er hat seit der Beerdigung von Hans bereut, hat gelitten, ich kann es bezeugen!«

Und Hansi Woplatek greift beruhigend nach Beates Hand. Alles hat er über sich ergehen lassen, so schweigsam und bemüht, die ausführlichen Schilderungen über den Mordversuch seines Bruders, die Beschreibung seines Überlebenskampfes, seiner Lähmung, nun aber meldet auch er sich zu Wort.

»Lass mich weitererzählen, Beate. Mein Vater wollte reden, mit einem Menschen, der ihm wirklich nahesteht, mit Beate, nur reden. Beate war ja auch all die Jahre durch die Arbeit in seiner Nähe, kennt ihn seit ihrer Lehrzeit und wusste dadurch, wie dreckig es ihm geht, wie er sich schuldig fühlt, mich betreffend. Also hat sie ihm von mir erzählt. Ihn zu mir gebracht! Und mein Vater hat, hat …«

Hansi Woplatek weint, schafft es kaum noch zu sprechen, aber zwingt sich, mit all seiner Kraft, »… mir sein Leben geschenkt!«

Einfach ihrem Instinkt folgen, so lautet die Devise, denn die Werkstatt ist verschlossen.

Wo könnte er hin sein?

Gruppe 5, so ihr erster Impuls. Und es ist ihr viel zu weit, um zu Fuß zu gehen.

Ein Taxi setzt sie am Ende der Sackgasse ab. Edgar springt aus dem Wagen, läuft zur Tür, zieht wuchtig an der Leine. Eine verschlossene Tür. Keine Lichter, keine Menschen. Kurz ein Bellen, dann nimmt er Tempo auf.

»Edgar, bleibst du stehen, reicht mir für heute!«

Keine Chance, zu ungestüm der Hund.

Und schon geht es dahin.

Hinaus auf die belebte Straße, vorbei an einer jungen Frau, die einen Rollstuhl den Gehsteig entlangschiebt, darin ein junger Mann mit Kapuzenjacke.

»Es ist ein gutes Leben!«, hört sie ihre Worte, sieht, wie sich die beiden eine Hand reichen, und beginnt zu laufen.

»Na dann suchst du Herrchen, Edgar, such!«

Nur mehr nach Hause will er, der Metzger. Genug gehört.

Konrad Hödlmüller ist an seiner Gier zugrunde gegangen, hat Hansi nicht nur seines Lebens, sondern auch seines Daseins als Schriftsteller beraubt und sich somit sein eigenes Grab geschaufelt.

Irgendwann werden neue Ketalpow-Bücher erscheinen, werden möglicherweise die Medien Hansi in seinem Rollstuhl zeigen, werden die Geschichte erzählen über den von seinem Bruder Konrad ermordeten Woplatek-Sohn, der von seiner Nachbarin Beate Gruber gefunden und nur dank ihrer und des kurzen Zwischenstopps ihres Bruders, dem Bestatter Paul Gruber, gerettet wurde. Mehr nicht.

Keine Rede von dem Schauspiel und einem seiner Regisseure, Miguel Maria Hofer, dem im Grunde seines Herzens also doch gutherzigen Literaturkritiker, der unter all den von ihm verfassten, abgelehnten Manuskripten in seiner Schublade zwar leidet, dennoch heilfroh ist, kein Autor sein zu müssen und lieber austeilen statt einstecken zu dürfen; der sich zugunsten Hans Woplateks beinah überfahren hat lassen, danach unter anderem ein bisschen mit einer weißen

Vespa und einem gefälschten Kennzeichen durch die Gegend gedüst ist, um nicht nur den Metzger, sondern auch die Polizei an der Nase herumzuführen.

Keine Rede von Erich Zawodnik, der seiner Tochter Beate und seinem Schwiegersohn Hans die gut versicherte Würstelbude zur Verfügung gestellt hat und nun wiedererrichten wird, vielleicht mit selbst gestopften vegetarischen Würsten nach dem Rezept seines Schwiegersohnes im Angebot, Kaiserschmarrn in Kombination mit Powidl und Rum.

Keine Rede von Beate Gruber, die so wunderbar Woplatek-Elektrotransporter durch die Gegend chauffieren und damit Blechhütten niederrammen kann, selbst wenn sie halbstarke Enduro-Mopedfahrer dabei stören; die Studenten dafür bezahlt, vor der Fabrik rote Luftballone auszuteilen, selbst während der Lesung den ersten aufsteigen lässt, und danach die Medien bittet, Ketalpow von hinten zu lesen.

Keine Rede von Richard Vogel, der seiner schwer renovierungsbedürftigen Schule und all seinen Kollegen mit der Brandlegung im Bibliothek-Turm ohnedies nur einen großen Gefallen getan, sich wunderbar gemütlich ein paar Tage versteckt und auf Abruf in diesen präparierten Keller gehockt hat – und herrlich wird der Neubau der Waldschule, da ist er sich sicher.

Und vor allem keine Rede vom todkranken Heinz Woplatek, der dank Beate am Ende seines Lebens noch ein so versöhnliches Wunder erleben, seinem doch nicht verstorbenen Sohn gegenübertreten und Vergebung erfahren durfte – um ihm darauf seinen Tod zu schenken. Einen Termin hat er Beate genannt, genau erklärt, wie es verlaufen soll, sich in seine Selchkammer gesetzt, das Leben genommen, seinen Körper zur Verfügung gestellt, um alles ins rechte Lot und somit Hansi ein zweites Mal zur Welt zu bringen.

Was ist sie, diese Wirklichkeit, was von all dem für uns Sichtbaren ist keine Kulisse, ist kein Theater, keine vorsätzliche Täuschung?

»Danjela!«, ist die einzige Antwort, die dem Metzger drauf einfällt. Da legt er jetzt natürlich gewaltig an Tempo zu, läuft durch die Straßen, läuft vorbei an der Buchhandlung Kubelka, sieht es in der Auslage stehen, das Buch des Autors Jonas Fischer, erinnert sich an diese Lesung, hört die Worte, als wären sie in ihm abgespeichert:

Urs Wildbrandt wusste, was nun kommen würde. Brachland. Ausgebreitet über die gesamte Familie. Ungenutzte, fruchtbare Anbaufläche, der nichts weiter entspringen sollte als dorniges Geäst, darüber Dunkelheit. Tagelang.
Denn sein Vater besaß die Gabe, so lange die Seinen mit Schweigen zu strafen, bis sich bei diesen anderen ganz von selbst das Gefühl einstellte, an allem schuld zu sein.

Und er sieht sich selbst, wie er vorhin noch, in seinem Schlafzimmer verschanzt, verhärmt im Bett lag, wie er Danjela nicht nur während Lillis Besuch, sondern auch danach wortlos aus dem Weg ging, erkennt sich mit einem Schlag als jemand, der er nie werden wollte, verachtet sich für sein Verhalten, für die Entdeckung dessen, was möglicherweise alles in ihm steckt, und jetzt läuft er wirklich, der Metzger.

In seine eigene Straße biegt er ein, völlig außer Atem, da passiert auch selbiges genau am anderen Ende der Häuserzeile.

»Danjela!«

»Willibald!«,

erschallt es zu später Stunde, da braucht gegenüber, in der leer gewordenen Langthaler Wohnung, die ernst aus dem Fenster blickende ältere Dame den Fernseher ihres verstorbenen Bruders gar nicht erst einzuschalten, das schönste

Programm läuft nun vor ihr direkt auf der Straße, und zwar aufeinander zu.

Der Metzger würde jetzt zwar, neben Danjela auf dem Chesterfield-Sofa sitzend, das Patschenkino in Betrieb, behaupten: »Immer dasselbe, da kommt dann kurz vor dem Ende so einer Schmonzette noch ein lächerlich konstruierter Streit, damit wir auch ja schön Angst haben, aus dem Ganzen wird nichts, und dann fallen sich die beiden schließlich doch noch in die Arme! Überraschung.«

Und er sollte seine Danjela jetzt verdammt gut festhalten, der Metzger.

»Ach, Willibald. Wollte ich nix streiten, tut mir so leid!«

»Ach, Danjela. Mir tut es auch so leid!«

»Na, wunderbar, dann haben wir uns ja alle wieder lieb!« Und nein, es klingt weder freundlich noch mitfühlend, sondern eher ein bisschen bösartig. Sie macht auch keinerlei Anstalten, das Fenster zu schließen, diese seltsame ältere Dame, sondern bleibt einfach stehen, starrt auf die beiden, und er müsste jetzt lügen, der Metzger, käme ihm die Situation nicht ein wenig unheimlich vor.

»Sagt jetzt wer?«, wirft er dem offenbar recht selten humorigen Exemplar Mensch einen fragenden Blick zu.

»Trude Langthaler, die Schwester!«

»Meine Anteilnahme!«, erklärt er und kann sich das Beileid gleich selbst zusprechen, denn kaum öffnet er Danjela die Haustür und will ihr folgen, hört er es hinter sich.

»Ich wohn jetzt hier!«

»Na dann!«, erwidert er und flüstert: »Ist eben ein Kommen und ein Gehen, dieses Leben. Niemals ein Bleiben!«

Da sollte er sich täuschen.

Und sie bleiben noch lange wach an diesem späten Abend, sitzen eng beisammen, Schulter an Schulter, jeder mit einem Glas Rotwein in der Hand, und reden.

Der Metzger über Hansi und die Liebe.

Danjela über Lilli und die Liebe.

Und nein, es sind keine erbaulichen Themen, da fühlt sich offenbar das ansonsten so gemütliche Chesterfield-Sofa schwer in Richtung Therapiecouch genötigt, denn es rumort.

»Psst, hörst du!«, hebt Danjela die Hand und presst ihr Ohr zuerst an die Rückenlehne.

»Was soll ich hören?«

Dann an die Armlehne.

»Na, scheppert was, oder schabt!«

»Oder krabbelt. Jetzt hör ich es auch!«, legt der Metzger nun sein Ohr auf die Sitzfläche. »Was, meinst du, kann das sein?«

»Na, entweder ist Polsterung gerade Schadstofffilter, Formumwandler für Probleme, Sorgen-Katalysator, oder wie gesagt, sind Mäuse!«

»Mäuse!« Mehr braucht er jetzt nicht, der Metzger, denn sein Chesterfield-Sofa ist ihm heilig. Jedes der drei Sitzkissen wird angehoben, jede Spalte, jede Naht wird kontrolliert. Doch vergeblich.

»Dann umdrehen!«

Unübersehbar das Loch auf der Unterseite, groß genug, um gut hineinblicken zu können, in dieses durchaus kuschelige, wenn auch für das Sofa gewiss schmerzhaft entstandene Nest.

»Das glaub ich jetzt nicht! Lilli hat uns etwas dagelassen, zwar nicht freiwillig, aber immerhin!«, greift der Metzger nun in das Innere der Füllung und reicht den kleinen Quälgeist weiter. »Von wegen Edgar hat ihn gefressen!«

»Ist sozusagen Auferstehung, wie bei Hansi Woplatek!«, kann Danjela ihr Glück nicht fassen.

Was hingegen Hubertus der Zweite in letzter Zeit so alles gefressen hat, lässt durchaus den Eindruck zu, es zöge demnächst der Winter ins Land.

»Na, hat ganz schön zugelegt, passt er wenigstens zu Familie!«

Es ist also ein Kommen und ein Gehen, dieses Leben, und manchmal eben auch ein Bleiben. Sicher, irgendwann heißt es für jeden endgültig Abschied nehmen. Bis dahin aber kann man ja durchaus noch ein bisserl verschont bleiben, fröhlich bleiben und natürlich: zusammenbleiben.

Epi-Prolog

Danjela!

-

Edgar!

-

Das gibt's doch nicht!

-

Ist das wirklich so schwer: Einfach einen Zettel an die Eingangstüre picken oder auf den Kühlschrank: Bin schnell mit dem Hund gegangen!

-

Na, das Stiegenhaus war auch schon einmal sauberer!

-

Petar, bist du da? Hängst du, endlich wieder zu Hause, gleich noch eine Woche Urlaub an?

-

Und die Haustür ölen wäre auch nicht schlecht!

-

Na bitte, sieht nach Regen aus.«

»Ah, der Herr Metzger!«

»Ah, die Frau Langthaler! Sonst noch was?«

»Was sind S' denn so grantig?«

»Und wenn es regnet, ziehen Sie Ihren Kopf dann beim Fenster hinein wie eine Schildkröte?«

»Mein Schädel hat wenigstens nicht so ein nervöses Reißen wie der Ihre. Lernen S' grad Tangotanzen, oder suchen S' wen?«

-

»Ihre Danjela vielleicht?«

-

»Mit Hund?«

-

»Hängt leicht der Hausfrieden schief?«

»Meine Güte, jetzt sagen Sie schon? Welche Richtung?«

»Zuerst dorthin, dann ist der Wagen umgekehrt, und dann dorthin.«

»Wagen? Welcher Wagen?«

»Na, das klappt ja gut mit der Kommunikation in Ihrer Beziehung!«

-

»Jetzt stehen Sie nicht herum, sondern gehen S' einfach in die Wohnung zurück und warten. Was soll schon groß sein? War ja nur ein Taxi, und Koffer hat sie auch keinen mitgehabt.«

»Na dann.«

»Schönen Abend noch, Herr Metzger!«

»Ja, Ihnen auch! Frau Langthaler!«

»Na bitte, jetzt geht er wieder.«

-

»Komischer Kerl!«

-

»Schlüpft er also wieder in sein Loch zurück. Allein.

Der Metzger*.«

* »Der Metzger allein«
erscheint Herbst 2017 im Droemer Knaur Verlag